前頁圖片／八大山人「松鹿圖」——八大山人姓朱，是明宗室，生於明天啓五年。

「鹿鼎記」越南文譯文。右圖／刊於一九六九年十一月十七日西貢「建設日報」。左圖／刊於一九六九年十一月□日西貢

ộc đỉnh ký

Của KIM DUNG

BA NGÀN LƯỢNG BẠC THƯỞNG

ừ nhỏ đến lớn khôn xuất thân từ nơi kỳ viện, chú bé vốn ra tai ản những lời dâm ô dơ dáng, mắt toàn thấy những cử chỉ lời lẽ ang, nào biết chi chữ nghĩa học hành ?

Cái câu sáo tôn danh đại tánh vừa rồi mà chú thốt lên, không chú ta cốt ý nói đùa, mà chính sự thật thường nghe khách ơi khi hỏi thăm tên họ nhau, rất hay dùng cái câu chót lưỡi đầu , nhưng vì chữ nghĩa chẳng thông. chú bé đem ra dùng đại dề ên họ mình mà không biết đó rằng dùng sai.

Và chú ta lại văn vẻ hỏi khách :

— Vậy còn tôn danh đại tánh của lão huynh là chi ?

Khách nhướng mày cười cười :

— Ta họ Mao.., Mà Mao là cây cỏ chứ không phải Mao là lông g chó đâu nhe chú mày ! Tên ta là Thập Bát, vậy Mao Thập Bát à tên họ ta đó ! Chú mày đã xem ta là bạn, nên ta mới nói tên đấy !

Chú bé Vỷ Tiểu Bảo vụt nhảy phắt dậy kêu lên :

— A ?... Hình như tôi có nghe người ta kháo với nhau : trong nha người ta định bắt ông bạn, nói ông bạn là tướng cướp cướp sông gì gì đó !

Mao Thập Bát hừ khẽ lên một tiếng, cười lạt :

— Đúng như thế ! Vậy ngươi có sợ ta không ?

Vỷ Tiểu Bảo nhìn Mao miệng cười :

—Còn lâu! Có gì mà phải sợ chứ? Trong mình tôi không có tiền ng chẳng có châu báu ngọc ngà. Dù cho lão huynh có muốn cướp, chẳng thèm cướp cái thằng bé mạt rệp này, thì lão huynh có thật là cướp sông hay cướp biển tôi củng chẳng ngán. Như trong chuyện Hử đó, Vỏ Tòng và Lâm Xung chẳng phải là những tay đại anh hào kiệt mà củng vẫn là tướng cướp thì sao?

Mao Thập Bát gật gù hân hoan:

—Chú mày đem ta so sánh với Vỏ Tòng Lâm Xung thì khoái cho , nhưng cái việc quan nha muốn bắt ta, chú mày nghe do ai nói lại thế?

Vỷ Tiểu Bảo đáp :

— Trong thành Dương Châu nghe đâu nơi nào cũng có dán yết cáo về việc tróc nã tướng cướp biển Mao Thập Bát, trong bản ghi còn nói có quyền tha hồ giết chết hoặc bắt sống. ai giết lão sẽ được triều đình thưởng cho năm ngàn lạng bạc, Còn như nếu chỗ mà báo tin, cũng sẽ được thưởng ba nghìn lạng bạc

Ngừng lại ngắm nghía khách một thoáng, chú bé lại nói :

— Bữa qua nơi trà quán, tôi còn nghe nhiều người bàn bạc là võ của ông rất cao cường, đừng hòng ai mà giết, hoặc bắt sống ông nổi còn cách rình ông ở đâu. len lén đi báo tin, may ra lảnh được ba lượng bạc cũng đủ sướng chán rồi!

—Hừm!

Mao Thập Bát hừm lên một tiếng trong cổ họng và nghiêng đầu mắt nhìn người bạn nhỏ nửa như trêu đùa, nửa như thách thức: chú mày chẳng đi báo để lảnh thưởng?»...

Ánh mắt đó đã làm cho chú bé họ Vỷ đâm ra suy nghĩ :

« Nếu mà mình lảnh được ba ngàn lượng bạc thưởng đó, mình sẽ ợ cho má ra khỏi chốn lầu xanh, khỏi cảnh bán trôn nuôi miệng nhơ. Ví dù mà má mình không chịu rời khỏi Lệ Xuân Viện thì

Xây Dựng

LỘC ĐỈNH KÝ

nguyên tác của KIMDUNG ✶ dịch thuật HÀNGIANGNHẠN

CHƯƠNG I

ĐỆ TỬ THANH BANG TRUY NÃ BAN ĐO

THẰNG NHỎ CŨNG ĐÓNG VAI HÀO KIỆT

Người trong phòng thách thức không ai dám vào lại quát lên !

— Những quân đê tiện kia ! Các ngươi không dám vào thì lão gia cũng phải ra giết cho kỳ hết không để sống sót một mống, chứ chẳng buông tha.

Bọn diêm kiêu (những tay anh chị chạy hàng lậu) la lên một tiếng rồi cắm đầu chạy. Chỉ trong nháy mắt bọn chúng tan đi hết sạch.

Người kia ngồi trên giường cười ha hả rồi bảo thằng nhỏ :

— Hài tử ! Ngươi hãy... đóng cửa cài then lại.

Thằng nhỏ này rất khâm phục người kia. Gã dạ một tiếng chạy ra đóng cửa cài then rồi từ từ tiến lại trước giường. Trong phòng tối om lại thêm mùi máu tanh xông lên sặc sụa khiến gã phải buồn nôn.

Người kia lại bảo gã:

— Ngươi lượm lấy một thanh đoản kiếm ở dưới đất lên rồi đâm vào ba xác chết. mỗi xác đâm mấy nhát Bọn chúng đã chết rồi. bây giờ có sống lại cũng không phải là những tay kình địch. chẳng có gì đáng ngại

Thằng nhỏ cúi nhìn thấy lờ mờ cũng lượm một thanh đoản kiếm lên Trong lòng vẫn khiếp sợ, gã cầm kiếm mà chưa dám động thủ.

Người kia liền cười hỏi,

— Thằng quỉ nhát gan kia ! Người chết rồi mà ngươi không dám giết ư ?

Thằng nhỏ bản tính quật cường nghe nói khích liền nổi hào khí. vung kiếm lên đâm vào thi thể hai hán tử ốm nhất luôn mấy phát.

Lúc gã phóng kiếm đâm vào lưng đại hán cao lớn thì hắn bổng «ối» lên một tiếng !

Thằng nhỏ sực nhớ ra đại hán này mới bị chém bả vai rồi ngất đi chứ chưa chết hẳn. Gã sợ quá giật bắn người lên, Thanh đoản kiếm trong tay rớt xuống đất đánh «choang» một tiếng.

Người trên giường lại cười hô hố nói :

— Té ra ngươi giết người sống, chứ không phải người chết.

Đại hán run bần bật một lúc nữa rồi mới chết thật,

Người kia khẽ hỏi :

— Ngươi có sợ không ?

Thằng nhỏ đáp :

— Tiểu tử,.., không sợ.

Tuy miệng nói thế, nhưng thanh âm run bần bật tỏ ra gã khiếp vía.

Người kia nói :

— Ai giết người lần đầu tiên cũng không khỏi run sợ nhưng sau giết người nhiều rồi dần dần quen đi thì không sợ gì nữa,

Thằng nhỏ lại dạ một tiếng,

Người kia nấp bấp :

— Ngươi.., ngươi, .

Y chưa dứt lời đã ngã lăn tựa hồ ngất xỉu, xuýt té xuống đất,

Thằng nhỏ vội lại đỡ y, nhưng người y nặng quá, gã phải gắng sức mới đỡ lại được. Gã đặt đầu người kia xuống đất

上圖／查士標「煙江疊嶂圖」——查士標，字二瞻，書畫均擅。本圖作於康熙己巳年，該年簽訂尼布楚條約。

下圖／清嘉慶行樂圖——嘉慶皇帝是康熙的曾孫。韋小寶在宮中做小太監時，與圖中捧琴、捧書的小太監的裝束相同。本圖原藏清宮壽皇殿。

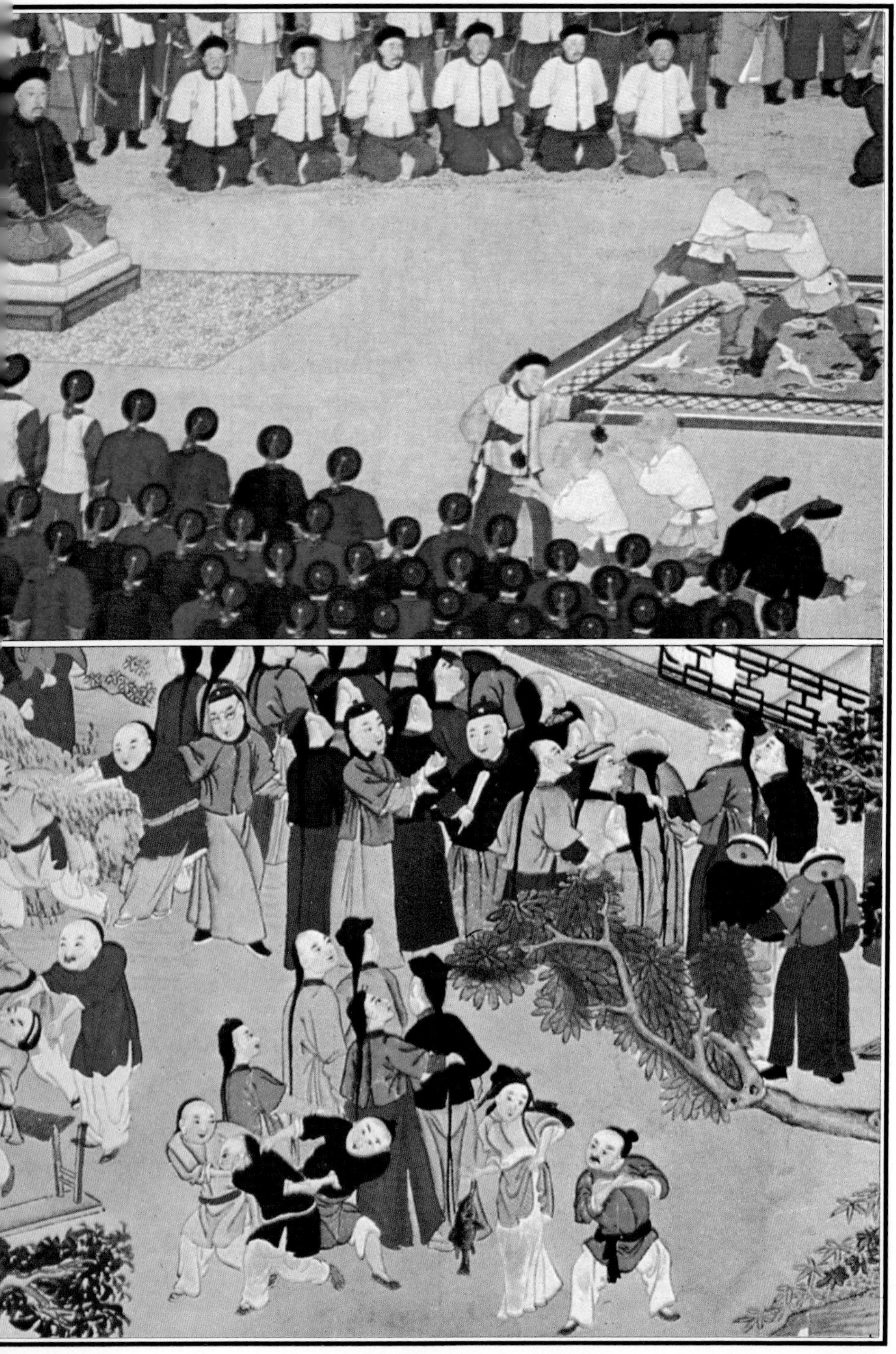

觀看布庫摔交比武，圖中的皇帝是乾隆。錄自清宮所藏「塞宴四事圖」。

右下圖／清代民間演劇——左下角有人打架，拉人腰帶之頑皮小孩似爲韋小寶。

右圖／黃宗羲畫像。

左圖／查愼行畫像——此兩圖及第六頁顧炎武畫像、第四集之吳梅村畫像，均錄自「清代學者象傳」，廣東番禺葉蘭台繪。葉氏所繪圖像，皆細心參照圖中人子孫家傳之寫眞或卷冊，俱有根據。

圖一／顧炎武祠。
圖二／顧炎武畫像。
圖三／呂留良像。
圖四／呂晚村文集之一頁。

圖三

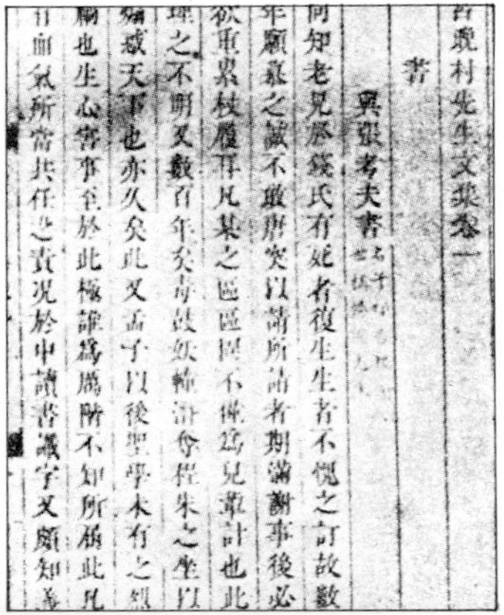

呂晚村先生文集卷一
書
與張考夫書
向知老兄發憤斯道有死者復生生者不愧之託故數
年願慕之誠不敢唐突以請所請者期論斷事後必
欲重累杖履拜凡某之區區但不得爲兄輩計也此
理之不明又數百年矣毒鼓妖輪淪陷程朱之堂以
竊據天下也亦久矣此又孟子以後聖學未有之烈
禍也生心害事至於此極誰爲厲階不知所屆此凡
有血氣所當共任之責況於中讀書識字又頗知義

圖四

圖二

圖一

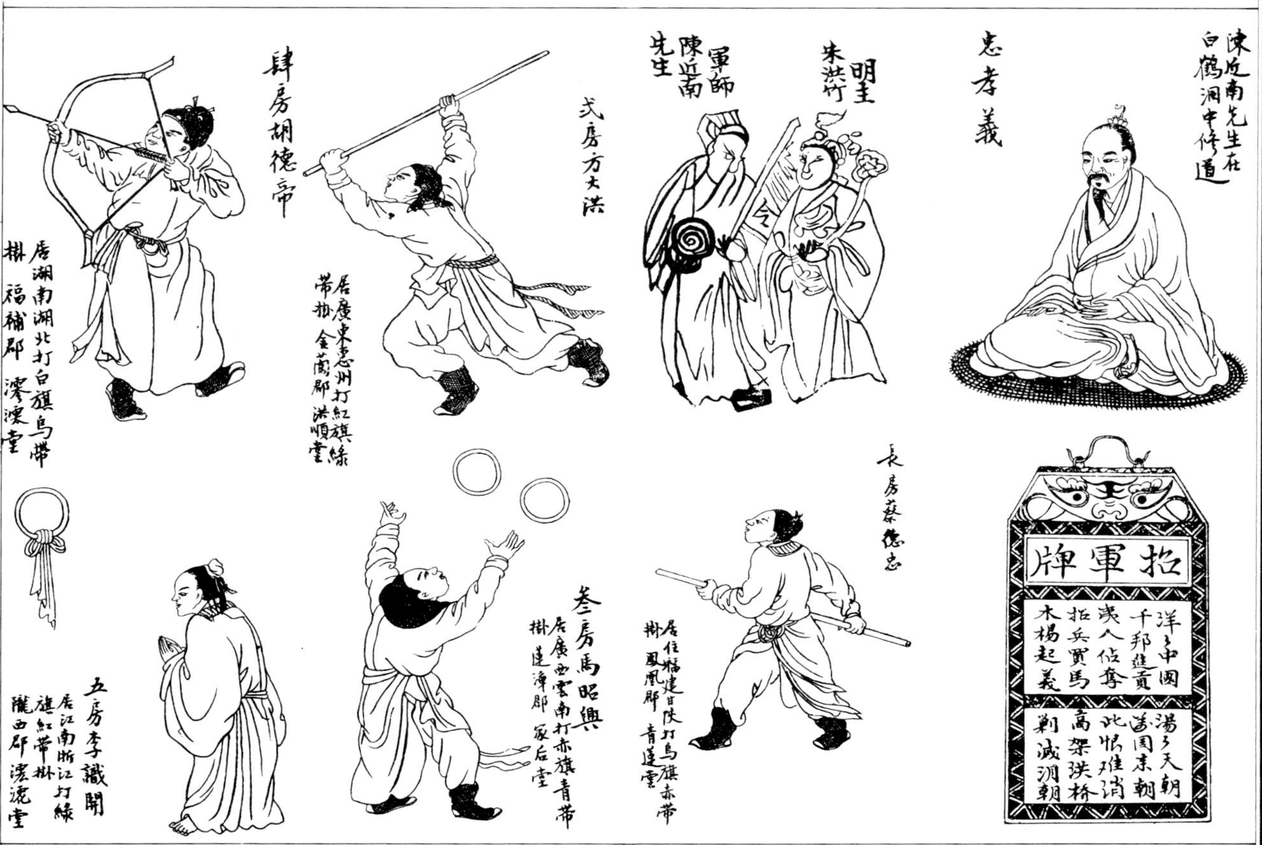

天地會首腦人物畫像──錄自蕭一山「近代秘密社會史料」。

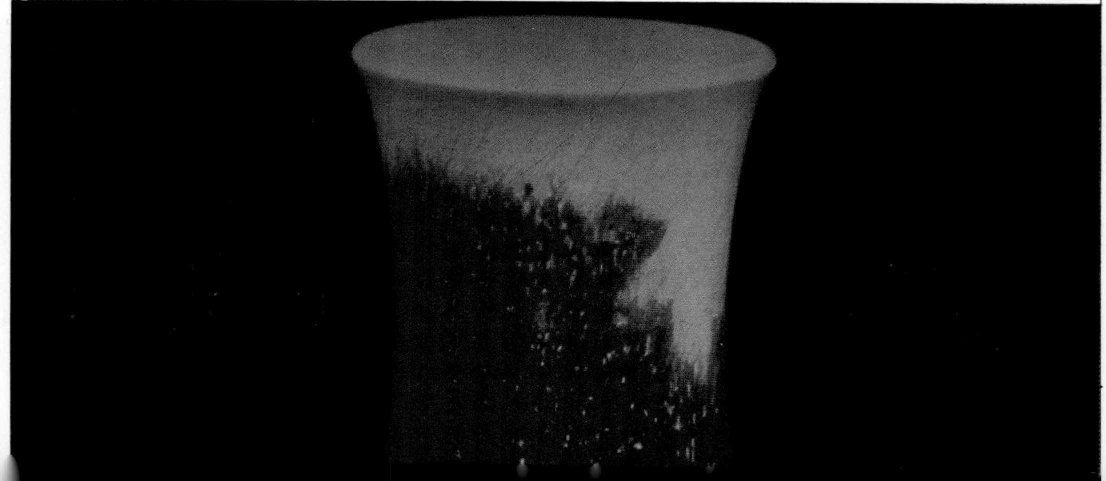

上圖／清帝御轎。

下圖／康熙年間瓷器製作常能反映世代興衰，此寶石紅色彩後世甚難仿製。

圖一

圖二

圖三

圖一／康熙四十四歲時畫像。

圖二／康熙畫像（中國人所繪）。

圖三／康熙二十歲時畫像。

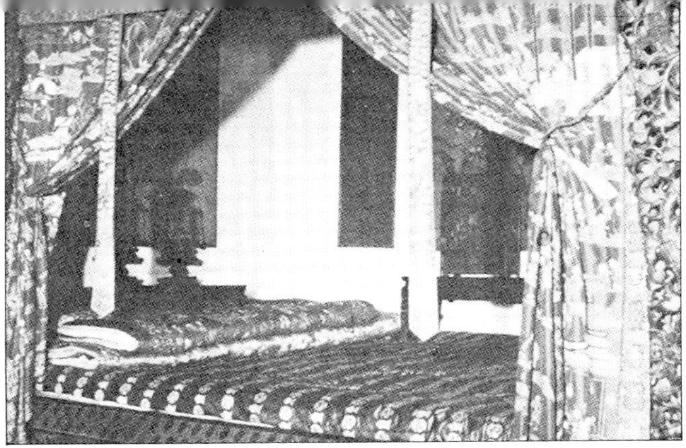
圖一

圖二

圖三

圖四

一、二、四／清朝皇太后臥榻、朝服像、便裝像——圖中人並非康熙時的皇太，臥榻亦非其所用，但服裝形式、臥榻體製，當無大異。
三／康熙四十五歲時畫像（外國人所繪）。

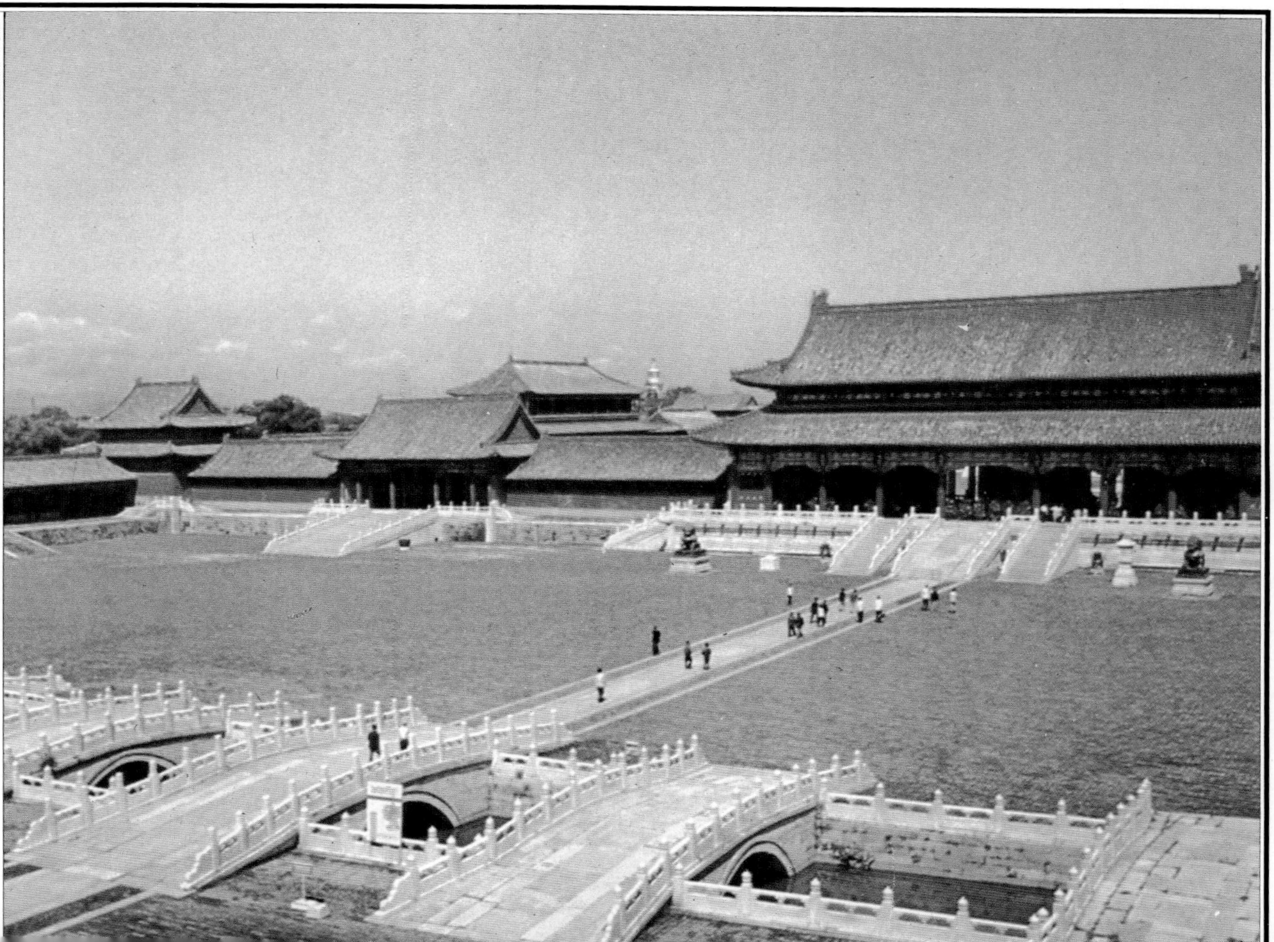

清宮正面圖。

下圖／清代年畫——圖中所繪為戲劇「百花公主」，右為舞台上的太監。韋小寶看得戲多，以為皇宮中的太監也是如此裝束，以致見到海老公等太監時不知其身份。

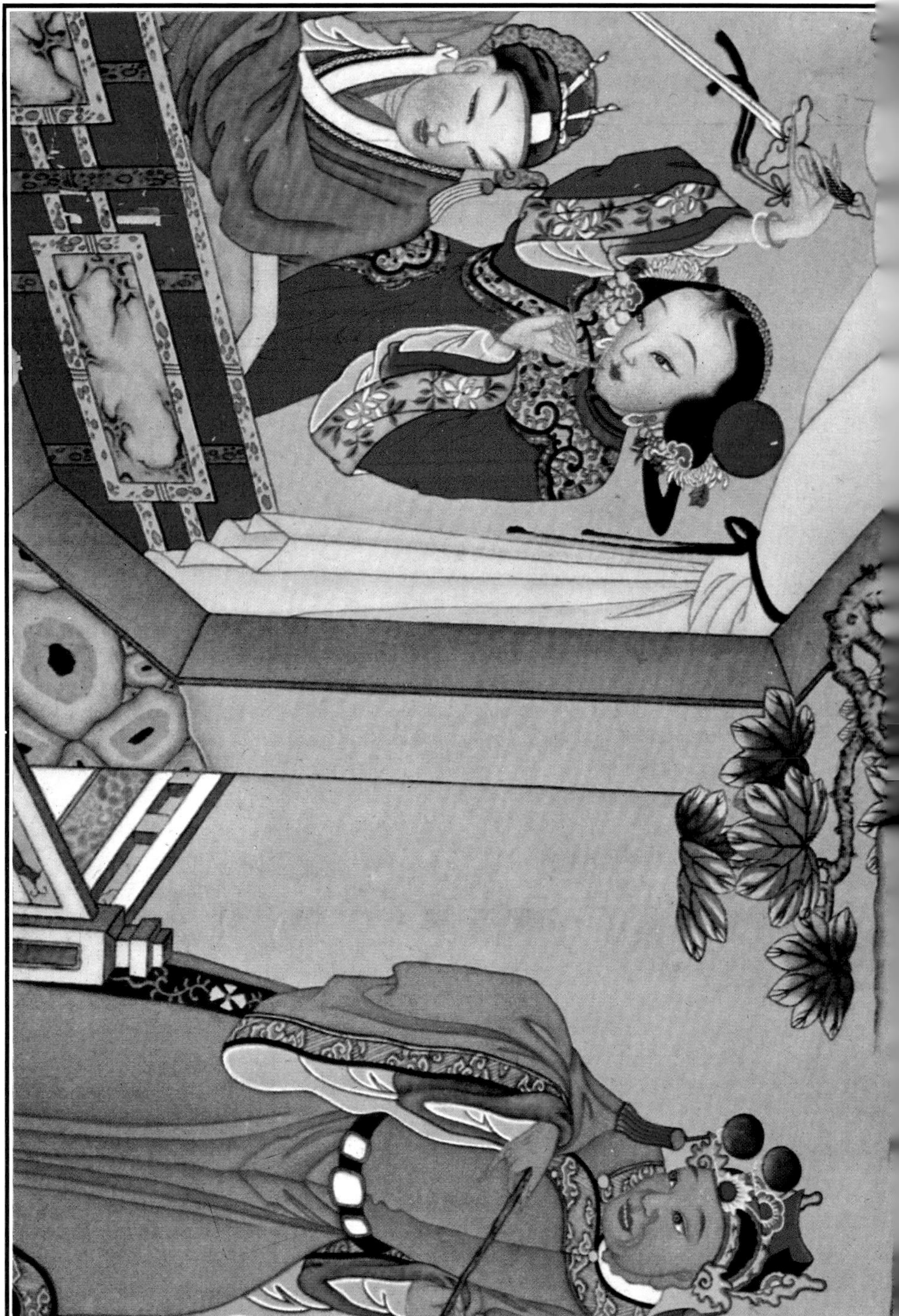

圖一

圖二

圖三

圖四

圖一／康熙元年所鑄的銅錢，背面的兩個滿字是「寶泉」。
圖二／滿清旗兵的裝束。
圖三／清宮御書房——此書房爲韋小寶常到之所。
圖四／滿清高級太監的裝束。左第二人穿七品補服，第三人穿六品補服。

右圖／清宮鳥瞰圖。

左圖／清代木刻「秦淮八艷圖」之一——由此可見到清代妓女的裝束情狀。

圖一

圖二

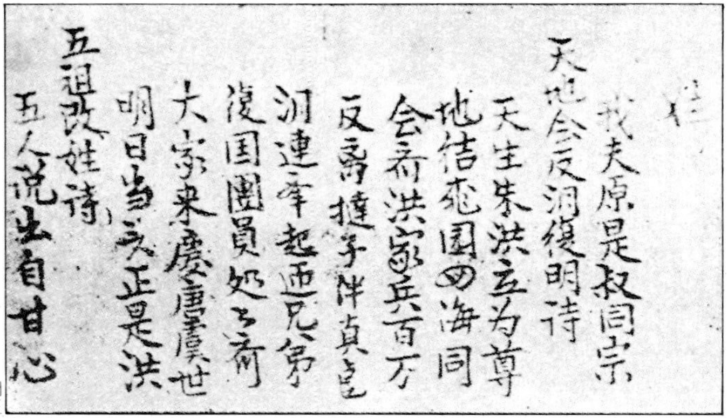

我夫原是叔同宗
天地会反洞復明詩
天生朱洪立為尊
地结丞園四海同
会齐洪家兵百万
反斋攏手伴真皇
洞連牵起匝兄弟
復国圍員如之前
大家來慶唐虞世
明日当天正是洪
五祖改姓詩
五人說出自甘心

圖三

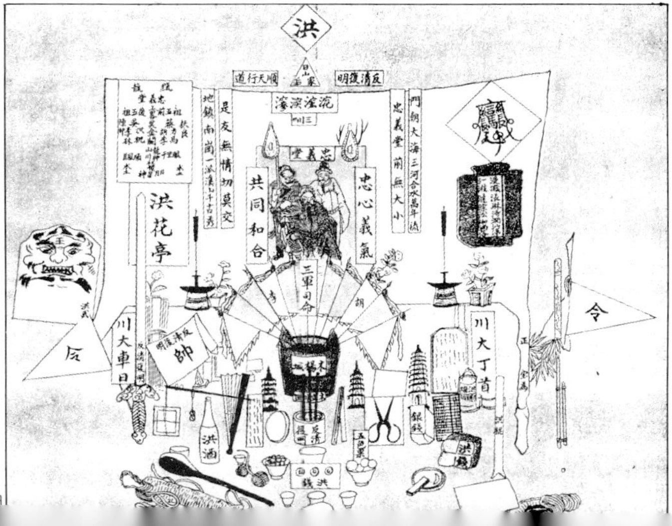

圖四

圖一／天地會的腰憑。（類似於會員證）。
圖二／天地會義興公司的腰憑。（義興公司是天地會對外所用的虛假名稱之一）。
圖三／天地會反清復明詩原抄本。
圖四／天地會香堂陳設圖。

鹿鼎記

金庸著

金庸作品集㉜

鹿鼎記㈠

The Duke of the Mount Deer, Vol. 1

作　　者／金　　庸

平裝版封面設計／霍榮齡　典藏版封面設計／霍榮齡
內頁插畫／姜雲行　內頁圖片構成／霍榮齡・潘清芬・陳銘

發 行 人／王　榮　文
出版・發行／遠流出版事業股份有限公司
臺北市汀州路3段184號7樓之5
電話／2365-1212　傳眞／2365-7979
郵撥／0189456-1

印　　刷／優文印刷有限公司
□ 1987年2月1日　初版一刷
□ 1998年10月1日　三版六刷(套)

平裝版　每冊250元　(本作品全五冊，共1250元)
〔典藏版「金庸作品集」全套36冊，不分售〕

行政院新聞局局版臺業字第1295號

ISBN　957-32-2946-3（套：平裝）
ISBN　957-32-2947-1（第一冊：平裝）
Printed in Taiwan

YLib 遠流博識網
http://www.ylib.com.tw/jinyong　E-mail:ylib@yuanliou.ylib.com.tw

「金庸作品集」台灣版序

金庸

小說是寫給人看的。小說的內容是人。

小說寫一個人、幾個人、一羣人、或成千成萬人的性格和感情。他們的性格和感情從橫面的環境中反映出來，從縱面的遭遇中反映出來，從人與人之間的交往與關係中反映出來。長篇小說中似乎只有「魯濱遜飄流記」，才只寫一個人，寫他與自然之間的關係，但寫到後來，終於也出現了一個僕人「星期五」。只寫一個人的短篇小說多些，寫一個人在與環境的接觸中表現他外在的世界，內心的世界，尤其是內心世界。

西洋傳統的小說理論分別從環境、人物、情節三個方面去分析一篇作品。由於小說作者不同的個性與才能，往往有不同的偏重。

基本上，武俠小說與別的小說一樣，也是寫人，只不過環境是古代的，人物是有武功的，情節偏重於激烈的鬪爭。任何小說都有它所特別側重的一面。愛情小說寫男女之間與性有關的感情，寫實小說描繪一個特定時代的環境，「三國演義」與「水滸」一類小說敍述大羣人物的鬪爭經歷，現代小說的重點往往放在人物的心理過程上。

小說是藝術的一種，藝術的基本內容是人的感情，主要形式是美，廣義的、美學上的美。在小說，那是語言文筆之美、安排結構之美，關鍵在於怎樣將人物的內心世界通過某種形式而表現出來。甚麼形式都可以，或者是作者主觀的剖析，或者是客觀的敍述故事，從人物的行動和言語中客觀的表達。

讀者閱讀一部小說，是將小說的內容與自己的心理狀態結合起來。同樣一部小說，有的人感到強烈的震動，有的人卻覺得無聊厭倦。讀者的個性與感情，與小說中所表現的個性與感情相接觸，產生了「化學反應」。

武俠小說只是表現人情的一種特定形式。好像作曲家要表現一種情緒，用鋼琴、小提琴、交響樂、或歌唱的形式都可以，畫家可以選擇油畫、水彩、水墨、或漫畫的形式。問題不在採取什麼形式，而是表現的手法好不好，能不能和讀者、聽者、觀賞者的心靈相溝通，能不能使他的心產生共鳴。小說是藝術形式之一，有好的藝術，也有不好的藝術。

好或者不好，在藝術上是屬於美的範疇，不屬於眞或善的範疇。判斷美的標準是美，是感情，不是科學上的眞或不眞，道德上的善或不善，也不是經濟上的値錢不値錢，政治上對統治者的有利或有害。當然，任何藝術作品都會發生社會影響，自也可以用社會影響的價値去估量，不過那是另一種評價。

在中世紀的歐洲，基督教的勢力及於一切，所以我們到歐美的博物院去參觀，見到所有中世紀的繪畫都以聖經爲題材，表現女性的人體之美，也必須通過聖母的形象。直到文藝復興之後，凡人的形象才在繪畫和文學中表現出來，所謂文藝復興，是在文藝上復興希臘、羅馬時代對「人」的描寫，而不再集中於描寫神與聖人。

中國人的文藝觀，長期來是「文以載道」，那和中世紀歐洲黑暗時代的文藝思想是一致的，用「善或不善」的標準來衡量文藝。「詩經」中的情歌，要牽強附會地解釋爲諷刺君主或歌頌后妃。陶淵明的「閒情賦」，司馬光、歐陽修、晏殊的相思愛戀之詞，或者惋惜地評之爲白璧之玷，或者好意地解釋爲另有所指。他們不相信文藝所表現的是感情，認爲文字的唯一功能只是爲政治或社會價值服務。

我寫武俠小說，只是塑造一些人物，描寫他們在特定的武俠環境（古代的、沒有法治的、以武力來解決爭端的社會）中的遭遇。當時的社會和現代社會已大不相同，人的性格和感情卻沒有多大變化。古代人的悲歡離合、喜怒哀樂，仍能在現代讀者的心靈中引起相應的情緒。讀者們當然可以覺得表現的手法拙劣，技巧不夠成熟，描寫殊不深刻，以美學觀點來看是低級的藝術作品。無論如何，我不想載甚麼道。我在寫武俠小說的同時，也寫政治評論，也寫與哲學、宗教有關的文字。涉及思想的文字，是訴諸讀者理智的，對這些文字，才有是非、眞假的判斷，讀者或許同意，或許只部份同意，或許完全反對。

對於小說，我希望讀者們只說喜歡或不喜歡，只說受到感動或覺得厭煩。我最高興的是讀者喜愛或憎恨我小說中的某些人物，如果有了那種感情，表示我小說中的人物已和讀者的心靈發生聯繫了。小說作者最大的企求，莫過於創造一些人物，使得他們在讀者心中變成活生生的、有血有肉的人。藝術是創造，音樂創造美的聲音，繪畫創造美的視覺形象，小說是想創造人物。假使只求如實反映外在世界，那麼有了錄音機、照相機，何必再要音樂、繪畫？有了報紙、歷史書、記錄電視片、社會調查統計、醫生的病歷紀錄、黨部與警察局的人事檔案，何必再要小說？

一九八六・二・六　於香港

目錄

那書生奔到船頭，提起竹篙，揮手擲出。月光之下，竹篙猶似飛蛇，急射而前。但聽得瓜管帶「啊」的一聲長叫，竹篙插入他後心，將他釘在地上，篙身兀出自不住幌動。

第一回 縱橫鉤黨清流禍 峭蒨風期月旦評

北風如刀，滿地冰霜。

江南近海濱的一條大路上，一隊清兵手執刀槍，押着七輛囚車，衝風冒寒，向北而行。前面三輛囚車中分別監禁的是三個男子，都作書生打扮，一個是白髮老者，兩個是中年人。後面四輛中坐的是女子，最後一輛囚車中是個少婦，懷中抱着個女嬰。女嬰啼哭不休。她母親溫言相呵，女嬰只是大哭。囚車旁一名清兵惱了，伸腿在車上踢了一脚，喝道：「再哭，再哭！老子踢死你！」那女嬰一驚，哭得更加響了。

離開道路數十丈處有座大屋，屋簷下站着一個中年文士，一個十一二歲的小孩。那文士見到這等情景，不禁長嘆一聲，眼眶也紅了，說道：「可憐，可憐！」

那小孩子問道：「爹爹，他們犯了甚麼罪？」那文士道：「又犯了甚麼罪？昨日和今朝，已逮去了三十幾人，都是我們浙江有名的讀書人，個個都是無辜株連。」他說到「無辜株連」四字，聲音壓得甚低，生怕給押送囚車的官兵聽見了。那小孩道：「那個小女孩還在吃奶，難道也犯了罪？真沒道理。」那文士道：「你懂得官兵沒道理，眞是好孩子。唉，人爲刀俎，我爲魚肉，人爲鼎鑊，我爲麋鹿！」

那小孩子道：「爹，你前幾天教過我，『人爲刀俎，我爲魚肉』，就是給人家斬割屠殺的意思。人家是切菜刀，是砧板，我們就是魚和肉。『人爲鼎鑊，我爲麋鹿』這兩句話，意思也差不多麼？」那文士道：「正是！」眼見官兵和囚車已經去遠，拉着小孩的手道：「外面風大，我們回屋裏去。」當下父子二人走進書房。

那文士提筆醮上了墨，在紙上寫了個「鹿」字，說道：「鹿這種野獸，雖是龐然大物，性子卻極爲和平，只吃青草樹葉，從來不傷害別的野獸。兇猛的野獸要傷它吃它，它只有逃跑，倘若逃不了，那只有給人家吃了。」又寫了「逐鹿」兩字，說道：「因此古人常常拿鹿來比喻天下。世上百姓都溫順善良，只有給人欺壓殘害的份兒。漢書上說：『秦失其鹿，天下共逐之。』那就是說，秦朝失了天下，羣雄並起，大家爭奪，最後漢高祖打敗了楚霸王，就得了這隻又肥又大的鹿。」

那小孩點頭道：「我明白了。小說書上說『逐鹿中原』，就是大家爭着要做皇帝的意思。」

那文士甚是喜歡，點了點頭，在紙上畫了一隻鼎的圖形，道：「古人煮食，不用灶頭鍋子，用這樣三隻脚的鼎，下面燒柴，捉到了鹿，就在鼎裏煮來吃。皇帝和大官都很殘忍，心裏不喜歡誰，就說他犯了罪，把他放在鼎裏活活煮熟。『史記』中記載藺相如對秦王說：『臣知欺大王之罪當誅也，臣請就鼎鑊。』就是說：『我該死，將我在鼎裏燒死了罷！』」

那小孩道：「小說書上又常說『問鼎中原』，這跟『逐鹿中原』好像意思差不多。」

那文士道：「不錯。夏禹王收九州之金，鑄了九口大鼎。當時的所謂『金』其實是銅。每一口鼎上鑄了九州的名字和山川圖形，後世爲天下之主的，便保有九鼎。左傳上說：『楚子觀兵於周疆。定王使王孫滿勞楚子。楚子問鼎之大小輕重焉。』只有天下之主，方能保有九鼎。楚王只是楚國的諸侯，他問鼎的輕重大小，便是心存不規，想取周王之位而代之。」

那小孩道：「所以『問鼎』、『逐鹿』，便是想做皇帝。『未知鹿死誰手』，就是不知那一個做成了皇帝。」

那文士道：「正是。到得後來，『問鼎』、『逐鹿』這四個字，也可借用於別處，但原來的出典，是專指做皇帝而言。」說到這裏，嘆了口氣，道：「咱們做老百姓的，總是死路一條。『未知鹿死誰手』，只不過未知是誰來殺了這頭鹿，這頭鹿，卻是死定了的。」

他說着走到窗邊，向窗外望去，只見天色陰沉沉地，似要下雪，嘆道：「老天爺何其不仁，數百個無辜之人，在這冰霜遍地的道上行走。下起雪來，可又多受一番折磨了。」

忽見南邊大道上兩個人戴着斗笠，並肩而來，走到近處，認出了面貌。那文士大喜，道：「是你黃伯伯、顧伯伯來啦！」快步迎將出去，叫道：「梨洲兄、亭林兄，那一陣好風，吹得你二位光臨？」

右首一人身形微胖，頦下一部黑鬚，姓黃名宗羲，字梨洲，浙江餘姚人氏。左首一人又高又瘦，面目黝黑，姓顧名炎武，字亭林，江蘇崑山人氏。黃顧二人都是當世大儒，明亡之後，心傷國變，隱居不仕，這日連袂來到崇德。顧炎武走上幾步，說道：「晚村兄，有一件要緊事，特來和你商議。」

這文士姓呂名留良，號晚村，世居浙江杭州府崇德縣，也是明末、清初一位極有名的隱逸。他眼見黃顧二人臉色凝重，又知顧炎武向來極富機變，臨事鎮定，既說是要緊事，自然非同小可，拱手道：「兩位請進去先喝三杯，解解寒氣。」當下請二人進屋，吩咐那小孩道：「葆中，去跟娘說，黃伯伯、顧伯伯到了，先切兩盤羊膏來下酒。」

不多時，那小孩呂葆中和兄弟毅中搬出三副杯筷，布在書房桌上。一名老僕奉上酒菜。呂留良待三人退出，關上了書房門，說道：「黃兄，顧兄，先喝三杯！」

黃宗羲神色慘然，搖了搖頭。顧炎武卻自斟自飲，一口氣連乾了六杯。

呂留良道：「二位來此，可是和『明史』一案有關嗎？」黃宗羲道：「正是！」顧炎武提起酒杯，高聲吟道：「『清風雖細難吹我，明月何嘗不照人？』晚村兄，你這兩句詩，眞是絕唱！我每逢飲酒，必誦此詩，必浮大白。」

呂留良心懷故國，不肯在清朝做官。當地大吏仰慕他聲名，保薦他爲「山林隱逸」，應徵赴朝爲官，呂留良誓死相拒，大吏不敢再逼。後來又有一名大官保薦他爲「博學鴻儒」，呂留良眼見若再相拒，顯是輕侮朝廷，不免有殺身之禍，於是削髮爲僧，做了假和尙。地方官員見他意堅，從此不再勸他出山。「清風、明月」這兩句詩，譏刺滿清，懷念前明，雖然不敢刊行，但在志同道合的朋輩之間傳誦已遍，此刻顧炎武又讀了出來。黃宗羲道：「眞是好詩！」舉起酒杯，也喝了一杯。呂留良道：「兩位謬讚了。」

顧炎武一抬頭，見到壁上掛着一幅高約五尺、寬約丈許的大畫，繪的是一大片山水，筆勢縱橫，氣象雄偉，不禁喝了聲采，畫上只題了四個大字：「如此江山」，說道：「看這筆路，當是二瞻先生的丹青了。」呂留良道：「正是。」那「二瞻」姓查，名士標，是明末清初的一位大畫家，也和顧黃呂諸人交好。黃宗羲道：「這等好畫，如何卻無題跋？」呂留良嘆道：「二瞻先生此畫，頗有深意。只是他爲人穩重謹愼，既不落欵，亦無題跋。他上個月在舍間盤桓，一時興到，畫了送我，兩位便題上幾句如何？」

顧黃二人站起身來，走到畫前仔細觀看，只見大江浩浩東流，兩岸峯巒無數，點綴着奇樹怪石，只是畫中雲氣瀰漫，山川雖美，卻令人一見之下，胸臆間頓生鬱積之意。

顧炎武道：「如此江山，淪於夷狄。我輩忍氣吞聲，偷生其間，實令人悲憤塡膺。晚村兄何不便題詩一首，將二瞻先生之意，表而出之？」呂留良道：「好！」當即取下畫來，平鋪於桌。黃宗羲研起了墨。呂留良提筆沉吟半晌，便在畫上振筆直書。頃刻詩成，詩云：

「其爲宋之南渡耶？如此江山眞可恥。其爲崖山以後耶？如此江山不忍視。吾今始悟作畫意，痛哭流涕有若是。以今視昔昔猶今，吞聲不用枚銜嘴。畫將臯羽西台淚，研入丹青提筆泚。所以有畫無詩文，詩文盡在四字裏。嘗謂生逢洪武初，如瞽忽瞳跛可履。山川開霽故壁完，何處登臨不狂喜？」

書完，擲筆於地，不禁淚下。

顧炎武道：「痛快淋漓，眞是絕妙好辭。」呂留良道：「這詩殊無含蓄，算不得好，也只是將二瞻先生之原意寫了出來，好敎觀畫之人得知。」黃宗羲道：「何日故國重光，那時『山川開霽故壁完』，縱然是窮山惡水，也令人觀之大暢胸懷，眞所謂『何處登臨不狂喜』了！」顧炎武道：「此詩結得甚妙！終有一日驅除胡虜，還我大漢山河，比之徒抒悲憤，更加令人氣壯。」

黃宗羲慢慢將畫捲了起來，說道：「這畫是掛不得了，晚村兄須得妥爲收藏才是。倘若給吳之榮之類奸人見到，官府查究起來，晚村兄固然麻煩，還牽累了二瞻先生。」

顧炎武拍桌罵道：「吳之榮這狗賊，我眞恨不得生食其肉。」呂留良道：「二位枉顧，說道有件要緊事。我輩書生積習，作詩題畫，卻擱下了正事。不知究是如何？」黃宗羲道：「我二人此來，乃是爲了二瞻先生那位本家伊璜先生。小弟和顧兄前日得到訊息，原來這場『明史』大案，竟將伊璜先生也牽連在內。」呂留良驚道：「伊璜兄也受了牽連？」

黃宗羲道：「是啊。我二人前日晚上匆匆趕到海寧袁花鎭，伊璜先生並不在家，說是出外訪友去了。炎武兄眼見事勢緊急，忙囑伊璜先生家人連夜躲避；想起伊璜先生和晚村兄交好，特來探訪。」呂留良道：「他……他卻沒有來。不知到了何處。」顧炎武道：「他如在府上，這會兒自已出來相見。我已在他書房的牆壁上題詩一首，他若歸家，自然明白，知所趨避，怕的是不知訊息，在外露面，給公人拿住，那可糟了。」

黃宗羲道：「這『明史』一案，令我浙西名士幾乎盡遭毒手。淸廷之意甚惡，晚村兄名頭太大，亭林兄與小弟之意，要勸晚村兄暫且離家遠遊，避一避風頭。」

呂留良氣憤憤的道：「韃子皇帝倘若將我捉到北京，拚着千刀萬剮，好歹也要痛罵他一場，出了胸中這口惡氣，才痛痛快快的就死。」

顧炎武道：「晚村兄豪氣干雲，令人好生欽佩。怕的是見不到韃子皇帝，卻死於一般下賤的奴才手裏。再說，韃子皇帝只是個小孩子，甚麼也不懂，朝政大權，盡操於權臣鰲拜之手。兄弟和梨洲兄推想，這次『明史』一案所以如此大張旗鼓，雷厲風行，當是鰲拜意欲挫折我江南士人之氣。」

呂留良道：「兩位所見甚是。清兵入關以來，在江北橫行無阻，一到江南，卻處處遇到反抗，尤其讀書人知道華夷之防，不斷跟他們搗蛋。鰲拜乘此機會，要對我江南士子大加鎮壓。哼，野火燒不盡，春風吹又生，除非他把咱們江南讀書人殺得乾乾淨淨。」

黃宗羲道：「是啊。因此咱們要留得有用之身，和韃子周旋到底，倘若逞了一時血氣之勇，反是墮入韃子的算中了。」

呂留良登時省悟，黃顧二人冒寒枉顧，一來固是尋覓查伊璜，二來是勸自己出避，生怕自己一時按捺不住，枉自送了性命，良友苦心，實深感激，說道：「二位金石良言，兄弟那敢不遵？明日一早，兄弟全家便出去避一避。」黃顧二人大喜，齊聲道：「自該如此。」

呂留良沉吟道：「卻不知避向何處才好？」只覺天涯茫茫，到處是韃子的天下，眞無一片乾淨土地，沉吟道：「桃源何處，可避暴秦？桃源何處，可避暴秦？」顧炎武道：「當今之世，便眞有桃源樂土，咱們也不能獨善其身，去躲了起來……」呂留良不等他辭畢，拍案而起，大聲道：「亭林兄此言責備得是。國家興亡，匹夫有責，暫時避禍則可，但若去躲在桃花源裏，逍遙自在，忍令億萬百姓在韃子鐵蹄下受苦，於心何安？兄弟失言了。」

顧炎武微笑道：「兄弟近年浪迹江湖，着實結交了不少朋友。大江南北，見聞所及，不但讀書人反對韃子，而販夫走卒、屠沽市井之中，也到處有熱血滿腔的豪傑。晚村兄要是有意，咱三人結伴同去揚州，兄弟給你引見幾位同道中人如何？」呂留良大喜，道：「妙極，妙極！咱們明日便去揚州，二位少坐，兄弟去告知拙荆，讓她收拾收拾。」說着匆匆入內。

不多時呂留良回到書房，說道：「『明史』一案，外間雖傳說紛紛，但一來傳聞未必確實，二來說話之人又顧忌甚多，不敢盡言。兄弟獨處蝸居，未知其詳，到底是何起因？」

顧炎武嘆了口氣，道：「這部明史，咱們大家都是看過的了，其中對韃子不大恭敬，那也是有的。此書本是出於我大明朱國楨相國之手，說到關外建州衞之事，又如何會對韃子客氣？」呂留良點頭道：「聽說湖州莊家花了幾千兩銀子，從朱相國後人手中將明史原稿買了來，以己名刊行，不想竟然釀此大禍。」

浙西杭州、嘉興、湖州三府，處於太湖之濱，地勢平坦，土質肥沃，盛產稻米蠶絲。湖州府的首縣今日稱爲吳興縣，清時分爲烏程、歸安兩縣。自來文風甚盛，歷代才士輩出，梁時將中國字分爲平上去入四聲的沈約，元代書畫皆臻極品的趙孟頫，都是湖州人氏。當地又以產筆著名，湖州之筆，徽州之墨，宣城之紙，肇慶端溪之硯，文房四寶，天下馳名。

湖州府有一南潯鎮，雖是一個鎮，卻比尋常州縣還大，鎮上富戶極多，著名的富室大族之中有一家姓莊。其時莊家的富戶名叫莊允城，生有數子，長子名叫廷鑨，自幼愛好詩書，和江南名士才子多所結交。到得順治年間，莊廷鑨因讀書過勤，忽然眼盲，尋遍名醫，無法治愈，自是鬱鬱不歡。

忽有一日，隣里有一姓朱的少年携來一部手稿，說是祖父朱相國的遺稿，向莊家抵押，求借數百兩銀子。莊家素來慷慨，對朱相國的後人一直照顧，既來求借，當即允諾，也不要他用甚麼遺稿抵押。但那姓朱少年說道借得銀子之後，要出門遠遊，這部祖先的遺稿帶在身邊，恐有遺失，存在家裏又不放心，要寄存在莊家。莊允城便答應了。那姓朱少年去後，莊允城爲替兒子解悶，叫家中清客讀給他聽。

朱國楨這部明史稿，大部份已經刊行，流傳於世，這次他孫子携來向莊家抵押的，是最後的許多篇列傳。莊廷鑨聽清客讀了數日，很感興味，忽然想起：「昔時左丘明也是盲眼之人，卻因一部史書『左傳』，得享大名於千載之後。我今日眼盲，閒居無聊，何不也撰述一部史書出來，流傳後世？」

大富之家，辦事容易，他既興了此念，當即聘請了好幾位士人，將那部明史稿從頭至尾的讀給他聽。他認爲何處當增，何處當删，便口述出來，由賓客筆錄。

但想自己眼盲，無法博覽羣籍，這部明史修撰出來，如內容謬誤甚多，不但大名難享，反而被人譏笑，於是又花了大批銀兩，延請許多通士鴻儒，再加修訂，務求盡善盡美。有些大有學問之人非錢財所能請到，莊廷鑨便輾轉託人，卑辭相邀。太湖之濱向來文士甚多，受到莊家邀請的，一來憐其眼盲，感其意誠；二來又覺修撰明史乃是一件美事，大都到莊家來作客十天半月，對稿本或正其誤，或加潤飾，或撰寫一兩篇文字。因此這部明史確是集不少大手筆之力。書成不久，莊廷鑨便即去世。

莊允城心傷愛子之逝，即行刊書。淸代刊印一部書，着實不易，要招請工匠，雕成一塊塊木版，這才印刷成書。這部明史卷秩浩繁，雕工印工，費用甚鉅。好在莊家有的是錢，撥出幾間大屋作爲工場，多請工匠，數年間便將書刊成了，書名叫作「明書輯畧」，撰書人列名爲莊廷鑨，請名士李令晳作序。所有曾經襄助其事的學者也都列名其上，有茅元銘、吳之銘、吳之鎔、李礽濤、茅次萊、吳楚、唐元樓、嚴雲起、蔣麟徵、韋金祜、韋一園、張雋、董二西、吳炎、潘檉章、陸圻、查繼佐、范驤等，共一十八人。書中又提到此書是根據朱氏的原稿增刪而成，不過朱國楨是明朝相國，名頭太大，不便直書其名，因此含含糊糊的只說是「朱氏原稿」。

「明書輯略」經過這許多文人學士撰改修訂，是以體例精備，敘述詳明，文字又華贍雅致，書出後大獲士林讚譽。莊家又是志在揚名，書價取得極廉。原稿中涉及滿洲之時，本有不少攻訐指摘的言語，修史諸人早已一一刪去，但讚揚明朝的文字卻也在所不免。當時明亡未久，讀書人心懷故國，書一刊行，立刻就大大暢銷。莊廷鑨之名噪於江北江南。莊允城雖有喪子之痛，但見兒子成名於身後，自是老懷彌慰。

也是亂世之時，該當小人得志，君子遭禍。湖州歸安縣的知縣姓吳名之榮，在任內貪贓枉法，百姓恨之切齒，終於爲人告發，朝廷下令革職。吳之榮做了一任歸安縣知縣，雖然搜刮了上萬兩銀子，但革職的廷令一下，他東賄西賂，到處打點，才免得抄家查辦的處份，這上萬兩贓欵卻也已蕩然無存，連隨身家人也走得不知去向。他官財兩失，只得向各家富室一處處去打秋風，說道爲官清苦，此番丟官，連回家也沒有盤纏，無法成行。有些富人爲免麻煩，便送他十兩八兩銀子。待得來到富室朱家，主人朱佑明卻是個嫉惡如仇的正直君子，非但不送儀程，反而狠狠譏刺，說道閣下在湖州做官，百姓給你害得好苦，我朱某就算有錢，也寧可去周濟給閣下害苦了的貧民。吳之榮雖然惱怒，卻也無法可施，他既已被革職，無權無勢，又怎能再奈何得了富家巨室？當下又來拜訪莊允城。

莊允城平素結交清流名士，對這贓官很瞧不起，見他到來求索，冷笑一聲，封了一兩銀子給他，說道：「依閣下的爲人，這兩銀子本是不該送的，只是湖州百姓盼望閣下早去一刻好一刻，多一兩銀子，能早去片刻，也是好的。」

吳之榮心下怒極，一瞥眼見到大廳桌上放得有一部「明書輯畧」，心想：「這姓莊的愛聽奉承，人家只要一讚這部明史修得如何如何好，白花花的銀子雙手捧給人家，再也不皺一皺眉頭。」便笑道：「莊翁厚賜，卻之不恭。兄弟今日離別湖州，最遺憾的便是無法將『湖州之寶』帶一部回家，好讓敝鄉孤陋寡聞之輩大開眼界。」

莊允城問道：「甚麼叫做『湖州之寶』？」吳之榮笑道：「莊翁這可太謙了。士林之中，紛紛都說，令郎廷鑨公子親筆所撰的那部『明書輯畧』，史才、史識、史筆，無一不是曠古罕有，左馬班莊，乃是古今良史四大家。這『湖州之寶』，自然便是令郎親筆所撰的明史了。」

吳之榮前一句「令郎親筆所撰」，後一句「令郎親筆所撰」，把莊允城聽得心花怒放。他明知此書並非兒子親作，內心不免遺憾，吳之榮如此說，正是大投所好，心想：「人家都說此人貪贓，是個齷齪小人，但他畢竟是個讀書人，眼光倒是有的。原來外間說鑨兒此書是『湖州之寶』，這話倒是第一次聽見。」不由得笑容滿臉，說道：「榮翁說甚麼左馬班莊，古今四大良史，兄弟可不大明白，還請指教。」吳之榮見他臉色頓和，知道馬屁已經拍上，心下暗暗喜歡，說道：「莊翁未免太謙了。左丘明作『左傳』，司馬遷作『史記』，班固作『漢書』，都是傳誦千載的名作，自班固而後，大史家就沒有了。歐陽修作『五代史』，司馬光作『資治通鑑』，文章雖佳，才識終究差了。直到我大清盛世，令郎親筆所撰這部煌煌巨作『明書輯畧』出來，方始有人能和左丘明、司馬遷、班固三位前輩並駕齊驅，『四大良史，左馬班莊』，這句話便是由此而生。」

莊允城笑容滿面，連連拱手，說道：「謬讚，謬讚！不過『湖州之寶』這句話，畢竟當不起。」吳之榮正色道：「怎麼當不起？外間大家都說：『湖州之寶史絲筆，還是莊史居第一』！」蠶絲和毛筆是湖州兩大名產，吳之榮品格卑下，卻有三分才情，出口成章，將「莊史」和湖絲、湖筆並稱。莊允城聽得更是喜歡。

吳之榮又道：「兄弟來到貴處做官，兩袖清風，一無所得。今日老着臉皮，要向莊翁求一部明史，作爲我家傳家之寶。日後我吳家子孫日夕誦讀，自必才思大進，光宗耀祖，全仗莊翁之厚賜了。」莊允城笑道：「自當奉贈。」吳之榮又談了幾句，不見莊允城有何舉動，當下又將這部明史大大恭維了一陣，其實這部書他一頁也未讀過，只是史才如何如何了得，史識又如何如何超卓，不着邊際的瞎說。莊允城道：「榮翁且請寬坐。」回進內堂。

過了良久，一名家丁捧了一個包裹出來，放在桌上。吳之榮見莊允城尚未出來，忙將包裹掂了一掂，那包裹雖大，卻是輕飄飄地，內中顯然並無銀兩，心下好生失望。過得片刻，莊允城回到廳上，捧起包裹，笑道：「榮翁瞧得起敝處的土產，謹以相贈。」

吳之榮謝了，告辭出來，沒回到客店，便伸手到包裹中一陣掏摸，摸到的竟是一部書，一束蠶絲，幾十管毛筆。他費了許多唇舌，本想莊允城在一部明史之外，另有幾百兩銀子相贈，可是贈送的竟是他信口胡謅的「湖州三寶」，心下暗罵：「他媽的，南潯這些財主，都如此小氣！也是我說錯了話，倘若我說湖州三寶乃是金子銀子和明史，豈不是大有所獲？」

氣憤憤的回到客店，將包裹往桌上一丟，倒頭便睡，一覺醒來，天已大黑，客店中吃飯的時候已過，他又捨不得另叫飯菜，愁腸飢火，兩相煎熬，再也睡不着覺，當下解開包裹，翻開那部「明書輯畧」閱看。看得幾頁，眼前金光一閃，赫然出現一張金葉。吳之榮一顆心怦怦亂跳，揉了揉眼細看，卻不是金葉是甚麼？當下一陣亂抖，從書中抖了十張金葉出來，每一張少說也有五錢，十張金葉便有五兩黃金。其時金貴，五兩黃金抵得四百兩銀子。

吳之榮喜不自勝，尋思：「這姓莊的果然狡獪，他怕我討得這部書去，隨手拋棄，翻也不翻，因此將金葉子夾在書中，看是誰讀他兒子這部書，誰便有福氣得此金葉。是了，我便多讀幾篇，明天再上門去，一面謝他贈金之惠，一面將書中文章背誦幾段，大讚而特讚。他心中一喜，說不定另有幾兩黃金相送。」

當下剔亮油燈，翻書誦讀，讀到明萬曆四十四年，後金太祖努兒哈赤即位，國號金，建元「天命」，突然間心中一凜：「我太祖於丙辰建元，從這一年起，就不該再用明朝萬曆年號，該當用大金天命元年才是。」

一路翻閱下去，只見丁卯年後金太宗即位，書中仍書「明天啓七年」，不作「大金天聰元年」。丙子年後金改國號爲清，改元崇德，這部書中仍作「崇禎九年」，不書「大清崇德元年」；甲申年書作「崇禎十七年」，不書「大清順治元年」。又看清兵入關之後，書中於乙酉年書作「隆武元年」、丁亥年書作「永曆元年」，那隆武、永曆，乃明朝唐王、桂王的年號，作書之人明明白白是仍奉明朝正朔，不將清朝放在眼裏。他看到這裏，不由得拍案大叫：「反了，反了，這還了得！」一拍之下，桌子震動，油燈登時跌翻，濺得他手上襟上都是燈油。黑暗之中，突然間靈機一動，不由得大喜若狂：「這不是老天爺賜給我的一注橫財？升官發財，皆由於此。」想到開心處，不由得大聲叫喚起來。忽聽得店伴拍門叫道：「客官，客官，甚麼事？」

吳之榮笑道：「沒甚麼！」點燃油燈，重新翻閱。這一晚直看到雄鷄啼叫，這才和衣上床，卻又在書中找了七八十處忌諱犯禁的文字出來，便在睡夢之中，也是不住的嘻笑。

換朝改代之際，當政者於這年號正朔，最是着意。最犯忌者，莫過於文字言語之中，引人思念前朝。「明書輯畧」記敍的是明代之事，以明朝年號紀年，原無不合，但當文字禁網極密之際，卻是極大的禍端。參與修史的學者文士，大都只助修數卷，未能通閱全書，而修撰最後數卷之人，偏是對清朝痛恨入骨，決不肯在書中用大清年號。莊廷鑨是富室公子，雙眼又盲，未免粗疏，終予小人以可乘之隙。

次日中午，吳之榮便即乘船東行，到了杭州，在客店中寫了一張稟帖，連同這部明史，送入將軍松魁府中。他料想松魁收到稟帖後，便會召見。其時滿清於檢舉叛逆，賞賜極厚，自己立此大功，開復原官固是意料中事，說不定還會連升三級。不料在客店中左等右等，一連等上大半年，日日到將軍府去打探消息，卻如石沉大海一般，後來那門房竟厲聲斥責，不許他再上門囉唣。

吳之榮心焦已極，莊允城所贈金葉兌換的銀子即將用盡，這場告發卻沒半點結果，又是煩惱，又是詫異。這日在杭州城中閒逛，走過文通堂書局門口，踱進去想看看白書，以消永日，只見書架上陳列着三部「明書輯畧」，心想：「難道我所找出的岔子，還不足以告倒莊允城？且再找幾處大逆不道的文字出來，明日再寫一張稟帖，遞進將軍府去。」浙江巡撫是漢人，將軍則是滿洲人，他生怕巡撫不肯興此文字大獄，是以定要向滿洲將軍告發。

他打開書來，只看得幾頁，不由得嚇了一跳，全身猶如墮入冰窖，一時宛如丈二和尙，摸不着頭腦，只見書中各處犯忌的文字竟已全然無影無蹤，自大清太祖開國以後，也都改用了大金大淸的年號紀年，至於攻訐建州衞都督（滿淸皇帝祖宗的親戚），以及大書隆武、永曆等年號的文字，更是一字不見。但文字前後貫串，書頁上乾乾淨淨，更無絲毫塗改痕迹，這戲法如何變來，實是奇哉怪也。

他雙手捧書，在書鋪中只呆呆出神，過得半晌，大叫一聲：「是了！」眼見此書書頁封函，潔白嶄新，向店倌一問之下，果然是湖州販書客人新近送來，到貨還不過七八天。他心道：「這莊允城好厲害！當眞是錢可通神。他收回舊書，重行鐫版，另刊新書，將原書中所有干犯禁忌之處，盡行刪削乾淨。哼，難道就此罷了不成？」

吳之榮所料果然不錯。原來杭州將軍松魁不識漢字，幕府師爺見到吳之榮的稟帖，登時全身嚇出了一身冷汗，知道此事牽連重大之極，拿着稟帖的雙手竟不由自主的顫抖不已。

這幕客姓程，名維藩，浙江紹興人氏。明清兩朝，官府的幕僚十之八九是紹興人，所以「師爺」二字之上，往往冠以「紹興」，稱爲「紹興師爺」。這些師爺先跟同鄉先輩學到一套秘訣，此後辦理刑名錢穀，處事便十分老到。官府中所有公文，均由師爺手擬，大家既是同鄉，下級官員的公文呈到上級衙門去，也就不易遇到挑剔批駁。因此大小新官上任，最要緊的便是重金禮聘一位紹興師爺。明清兩朝，紹興人做大官的並不多，卻操縱了中國庶政達數百年之久，也是中國政治史上的一項奇蹟。那程維藩宅心忠厚，信奉「公門之中好修行」這句名言。那是說官府手操百姓生殺大權，師爺擬稿之際幾字畧重，便能令百姓家破人亡，稍加開脫，即可使之死裏逃生，因之在公門中救人，比之在寺廟中修行效力更大。他見這明史一案倘若釀成大獄，蘇南浙西不知將有多少人喪身破家，當即向將軍告了幾天假，星夜坐船，來到湖州南潯鎮上，將此事告知莊允城。

莊允城陡然大禍臨頭，自是魂飛天外，登時嚇得全身癱軟，口涎直流，不知如何是好，過了良久，這才站起身來，雙膝跪地，向程維藩叩謝大恩，然後向他問計。

程維藩從杭州坐船到南潯之時，反覆推考，已思得良策，心想這部「明書輯畧」流傳已久，隱瞞是瞞不了的，唯有施一個釜底抽薪之計，一面派人前赴各地書鋪，將這部書盡數收購回來銷毀，一面趕開夜工，另鐫新版，刪除所有諱忌之處，重印新書，行銷於外。官府追究之時，將新版明史拿來一查，發覺吳之榮所告不實，便可消弭一場橫禍了。當下便將此計說了出來。莊允城驚喜交集，連連叩頭道謝。程維藩又教了他不少關節，某某官府處應送禮若干，某某衙門處應如何疏通，莊允城一一受教。

程維藩回到杭州，隔了半個多月，才將原書及吳之榮的稟帖移送浙江巡撫朱昌祚，輕描淡寫的批了幾個字，說道投稟者是因贓已革知縣，似有挾怨吹求之嫌，請撫台大人詳查。

吳之榮在杭州客店中苦候消息之時，莊允城的銀子卻如流水價使將出去。其時莊允城的重賂，已經送到將軍衙門、巡撫衙門和學政衙門。朱昌祚接到公事，這等刊書之事，屬學政該管，壓了十多天後，才移牒學政胡尚衡。學政衙門的師爺先擱上大半個月，又告了一個月病假，這才慢吞吞的擬稿發文，將公事送到湖州府去。湖州府學官又耽擱了二十幾天，才移文歸安縣和烏程縣的學官，要他二人申覆。那兩個學官也早得到莊允城的大筆賄賂，其時新版明史也已印就，二人將兩部新版書繳了上去，回說道：「該書平庸粗疏，無裨世道人心，然細查全書，尚無諱禁犯例之處。」層層申覆，就此不了了之。

吳之榮直到在書鋪中發現了新版明史，方知就裏，心想唯有弄到一部原版明史，才能重揭此案。杭州各家書鋪之中，原版書早給莊家買清，當下前赴浙東偏僻州縣搜購，豈知仍是一部也覓不到。他窮愁潦倒，只好廢然還鄉。也是事有湊巧，旅途之中，卻在一家客店中見到店主人正在搖頭幌腦的讀書，一看之下，所讀的便是這部「明書輯畧」，借來一翻，竟是原版。這一下大喜過望，心想若向客店主人求購，一來他未必肯售，二來自己也無銀子，買不起，只好偷。深夜之中悄悄起床，偷了書便即溜出店門，心想浙江全省有關官員都已受了莊允城之賄，一不做，二不休，索性告到北京城去。

吳之榮來到北京，便寫了稟帖，告到禮部、都察院、通政司三處衙門，說明莊家如何賄賂官員，改鑄新版。

不料在京中等不到一個月，三處衙門先後駁覆下來，都稱細查莊廷鑨所著「明書輯畧」一書，內容並無違禁犯例，該革職知縣吳之榮所告，並非實情，顯係挾嫌誣告，至於賄賂官員云云，更係捕風捉影之辭。那通政司的批駁更是嚴厲，說道：「該吳之榮以貪墨被革，遂以天下清官，皆如彼之貪。」原來莊允城受了程維藩之教，早將新版明史送到了禮部、都察院、通政司三處衙門，有關官吏師爺，也早已送了厚禮打點。

吳之榮又碰了一鼻子灰，眼見回家已無盤纏，勢將流落異鄉。其時清廷對待漢人文士極爲嚴峻，文字中稍有犯禁，便即處死，吳之榮所告的若是尋常文人，早已得手，偏生遇着的對手是富豪之家，這才阻難重重。既無退路，心想拚着坐牢，也要將這件案子幹到底，當下又寫了四張稟帖，分呈四位顧命大臣；同時又在客店中寫了數百張招紙，揭露此事，在北京城中到處張貼。他這一着卻大是行險，倘若官府追究起來，說他危言聳聽，擾亂人心，不免有殺頭的重罪。

那四個顧命大臣，名叫索尼、蘇克薩哈、遏必隆、鰲拜，均是滿洲的開國功臣。順治皇帝逝世之時，遺詔命這四大臣輔政。其中鰲拜最爲兇橫，朝中黨羽極衆，清廷大權，幾乎盡操於他一人之手。他生怕敵黨對其不利，是以派出無數探子，在京城內外打探動靜。這日得到密報，說道北京城中出現許多招貼，揭發浙江莊姓百姓著書謀叛，大逆不道，浙江官員受賄、置之不理等情。

鰲拜得悉之下，立即查究，登時雷厲風行的辦了起來。便在此時，吳之榮的稟帖也已遞入鰲拜府中。他當即召見吳之榮，詳問其事，再命手下漢人幕客細閱吳之榮所呈繳的那部原版明史，所言果是實情。

鰲拜以軍功而封公爵、做大官，向來歧視漢官和讀書人，掌握大權後便想辦幾件大案，鎮懾人心，不但使漢人不敢興反叛之念，也令朝中敵黨不敢有甚異動，當即派出欽差，赴浙江查究。這一來，莊家全家固然逮入京中，連杭州將軍松魁、浙江巡撫朱昌祚以下所有大小官員，也都革職查辦。在明史上列名的文學之士，無一不鋃鐺入獄。

顧炎武、黃宗羲二人在呂留良家中，將此案的來龍去脈，詳細道來，呂留良聽得只是嘆息。當晚三人聯榻長談，議論世事，說到明末魏忠賢等太監陷害忠良，把持朝政，種種倒行逆施，終至明室覆亡，入清後漢人慘遭屠戮，禍難方深，無不扼腕切齒。

次日一早，呂留良全家和顧黃二人登舟東行。江南中產以上人家，家中都自備有船，江南水鄉，河道四通八達，密如蛛網，一般人出行都是坐船，所謂「北人乘馬，南人乘舟」，自古已然。

到得杭州後，自運河折而向北，這晚在杭州城外聽到消息，清廷已因此案而處決了不少官員百姓：莊廷鑨已死，開棺戮屍；莊允城在獄中不堪虐待而死；莊家全家數十口，十五歲以上的盡數處斬，妻女發配瀋陽，給滿洲旗兵爲奴。前禮部侍郎李令皙爲該書作序，凌遲處死，四子處斬。李令皙的幼子剛滿十六歲，法司見殺得人多，心腸軟了，命他減供一歲，按照清律，十五歲以下者得免死充軍。那少年道：「我爹爹哥哥都死了，我也不願獨生。」終於不肯易供，一併處斬。松魁、朱昌祚入獄候審，幕客程維藩凌遲棄市。歸安、烏程的兩名學官處斬。因此案牽連，冤枉而死的人亦是不計其數。湖州府知府譚希閔到任還只半月，朝廷說他知情不報，受賄隱匿，和推官李煥、訓導王兆禎同處絞刑。

吳之榮對南潯富人朱佑明心下懷恨最深，那日去打秋風，給他搶白了一場，逐出門來，當下向辦理此案的法司聲稱，該書注明依據「朱氏原稿增刪潤飾而成」，這朱氏便是朱佑明了；又說他的名字「朱佑明」，顯是心存前明，咒詛本朝。這樣一來，朱佑明和他五個兒子同處斬首，朱家的十餘萬財產，清廷下令都賞給吳之榮。

最慘的是，所有雕版的刻工、印書的列工、裝釘的釘工，以及書賈、書鋪的主人、賣書的店員、買書的讀者，查明後盡皆處斬。據史書記載，其時蘇州滸墅關有一個榷貨主事（關吏）李尚白，喜讀史書，聽說蘇州閶門書坊中有一部新刊的明史，內容很好，派一個工役去買。工役到時，書店主人外出，那工役便在書鋪隔壁一家姓朱的老者家中坐着等候，等到店主回來，將書買回。李尚白讀了幾卷，也不以爲意。過了幾個月，案子發作，一直查究到各處販書買書之人。其時李尚白在北京公幹，以購逆書之罪，在北京立即斬決。書店主人和奉命買書的工役斬首。連那隔壁姓朱老者也受牽累，說他既知那人來購逆書，何以不即舉報，還讓他在家中閒坐？本應斬首，姑念年逾七十，免死，和妻子充軍邊遠之處。

至於江南名士，因莊廷鑨慕其大名，在書中列名參校者，同日凌遲處死，計有茅元錫等十四人。所謂凌遲處死，乃是一刀一刀，將其全身肢體肌肉慢慢切割下來，直至犯人受盡痛苦，方才處死。因這一部書而家破人亡的，當眞難以計數。

呂留良等三人得到消息，憤恨難當，切齒痛罵。黃宗羲道：「伊璜先生列名參校，這一會只怕也難逃此刦。」他三人和查伊璜向來交好，都十分掛念。

這一日舟至嘉興，顧炎武在城中買了一份邸報，上面詳列明史一案中獲罪諸人的姓名。卻見上諭中有一句說：「查繼佐、范驤、陸圻三人，雖列名參校，然事先未見其書，免罪不究。」顧炎武將邸報拿到舟中，和黃宗羲、呂留良三人同閱，嘖嘖稱奇。

黃宗羲道：「此事必是大力將軍所爲。」呂留良道：「大力將軍是誰？倒要請教。」黃宗羲道：「兩年之前，兄弟到伊璜先生家中作客，但見他府第煥然一新，庭園寬大，陳設富麗，與先前大不相同。府中更養了一班崑曲戲班子，聲色曲藝，江南少見。兄弟和伊璜先生向來交好，說得上互託肝膽，便問起情由。伊璜先生說出一段話來，確是風塵中的奇遇。」當下便將這段故事轉述了出來。

查繼佐，字伊璜。（「觚賸」一書中有「雪遘」一文，述此奇事，開首說：「浙江海寧查孝廉，字伊璜，才華豐艷，而風情瀟洒，常謂滿眼悠悠，不堪愁對，海內奇傑，非從塵埃中物色，未可得也。」）這一天家居歲暮，命酒獨酌，不久下起雪來，越下越大。查伊璜獨飲無聊，走到門外觀賞雪景，見有個乞丐站在屋簷下避雪，這丐者身形魁梧，骨格雄奇，只穿一件破單衫，在寒風中卻絲毫不以爲意，只是臉上頗有鬱怒悲憤之色。查伊璜心下奇怪，便道：「這雪非一時能止，進來喝一杯如何？」那乞丐道：「甚好！」查伊璜便邀他進屋，命書僮取出杯筷，斟了杯酒，說道：「請！」那乞丐舉杯便乾，讚道：「好酒！」

查伊璜給他連斟三杯，那丐者飲得極是爽快。查伊璜最喜的是爽快人，心下喜歡，說道：「兄台酒量極好，不知能飲多少？」那乞丐道：「酒逢知己千杯少，話不投機半句多。」這兩句雖是熟套語，但在一個乞丐口中說出來，卻令查伊璜暗暗稱異，當即命書僮捧出一大罈紹興女兒紅來，笑道：「在下酒量有限，適才又已飲過，不能陪兄暢飲。老兄喝一大碗，我陪一小杯如何？」那乞丐道：「這也使得。」

當下書僮將酒燙熱，分斟在碗中杯內。查伊璜喝一杯，那乞丐便喝一大碗。待那乞丐喝到二十餘碗時，臉上仍無甚酒意，查伊璜卻已頹然醉倒。要知那紹興女兒紅酒入口溫和，酒性卻頗厲害。紹興人家生下兒子女兒，便釀酒數罈至數十罈不等，埋入地下，待女兒長大嫁人，將酒取出宴客，那酒其時作琥珀色，稱為「女兒紅」。想那酒埋藏十七八年以至二十餘年，自然醇厚之極。至於生兒子人家所藏之酒，稱為「狀元紅」，盼望兒子日後中狀元時取出宴客。狀元非人人可中，多半是在兒子娶媳婦時用以饗客了。酒坊中釀酒用以販賣的，也襲用了狀元紅、女兒紅之名。

書僮將查伊璜扶入內堂安睡，那乞丐自行又到屋簷之下。次晨查伊璜醒轉，忙去瞧那乞丐時，只見他負手而立，正在欣賞雪景。一陣北風吹來，查伊璜只覺寒入骨髓，那乞丐卻是泰然自若。查伊璜道：「天寒地凍，兄台衣衫未免過於單薄。」當即解下身上的羊皮袍子，披在他肩頭，又取了十兩銀子，雙手捧上，說道：「些些買酒之資，兄台勿卻。何時有興，請再來喝酒。昨晚兄弟醉倒，未能掃榻留賓，簡慢勿怪。」那乞丐接過了銀子，說道：「好說。」也不道謝，揚長而去。

第二年春天，查伊璜到杭州遊玩。一日在一座破廟之中，見到有口極大的古鐘，少說也有四百來斤，他正在鑒賞鐘上所刻的文字花紋，忽有一名乞丐大踏步走進佛殿，左手抓住鐘鈕，向上一提，一口大鐘竟然離地數尺。那乞丐在鐘下取出一大碗肉、一大缽酒來，放在一旁，再將古鐘置於原處。查伊璜見他如此神力，不禁駭然，仔細看時，竟然便是去冬一起喝酒的那乞丐，笑問：「兄台還認得我嗎？」那乞丐向他望了一眼，笑道：「啊，原來是你。

今日我來作東，大家再喝個痛快，來來來，喝酒。」說着將土鉢遞了過去。

查伊璜接過土鉢，喝了一大口，笑道：「這酒挺不錯啊。」那乞丐從破碗中抓起一大塊肉，道：「這是狗肉，吃不吃？」查伊璜雖覺骯髒，但想：「我既當他是酒友，倘若推辭，未免瞧他不起了。」當下伸手接過，咬了一口，咀嚼之下，倒也甘美可口。兩人便在破廟中席地而坐，將土鉢遞來遞去，你喝一口，我喝一口，吃肉時便伸手到碗中去抓，不多時酒肉俱盡。那乞丐哈哈大笑，說道：「只可惜酒少了，醉不倒孝廉公。」

查伊璜道：「去年冬天在敝處邂逅，今日又再無意中相遇，實是有緣。兄台神力驚人，原來是一位海內奇男子，得能結交你這位朋友，小弟好生喜歡。兄台有興，咱們到酒樓去再飲如何？」那乞丐道：「甚妙，甚妙！」兩人到西湖邊的樓外樓酒樓，呼酒又飲，不久查伊璜又即醉倒。待得酒醒，那乞丐已不知去向。

那是明朝崇禎末年之事，過得數年，清兵入關，明朝覆亡。查伊璜絕意進取，只在家中閒居，一日忽有一名軍官，領兵四名，來到查府。

查伊璜吃了一驚，只道是禍事上門，豈知那軍官執禮甚恭，說道：「奉廣東省吳軍門之命，有薄禮奉贈。」查伊璜道：「我和貴上素不相識，只怕是弄錯了。」那軍官取出拜盒，拿出一張大紅泥金名帖，上寫「拜上查先生伊璜，諱繼佐」，下面寫的是「眷晚生吳六奇頓首百拜」。查伊璜心想：「我連這吳六奇的名字也沒聽見過，為何送禮於我？」當下沉吟不語。那軍官道：「敝上說道，些些薄禮，請查先生不要見笑。」說着將兩隻朱漆燙金的圓盒放在桌上，俯身請安，便即別去。

查伊璜打開禮盒，赫然是五十兩黃金，另一盒中卻是六瓶洋酒，酒瓶上綴以明珠翡翠，華貴非凡。查伊璜一驚更甚，追出去要那軍官收回禮品，武人快步，早已去得遠了。

查伊璜心下納悶，尋思：「飛來橫財，非福是禍，莫非有人陷害於我？」當下將兩隻禮盒用封條封起，藏於密室。查氏家境小康，黃金倒也不必動用，只是久聞洋酒之名，不敢開瓶品嘗，未免心癢。

過了數月，亦無他異。這一日，卻有一名身穿華服的貴介公子到來。那公子不過十七八歲，精神飽滿，氣宇軒昂，帶着八名從人，一見查伊璜，便即跪下磕頭，口稱：「查世伯，姪子吳寶宇拜見。」查伊璜忙即扶起，道：「世伯之稱，可不敢當，不知尊大人是誰？」那吳寶宇道：「家嚴名諱，上六下奇，現居廣東省通省水陸提督之職，特命小姪造府，恭請世伯到廣東盤桓數月。」

查伊璜道：「前承令尊大人厚賜，心下好生不安。說來慚愧，兄弟生性疏濶，記不起何時和令尊大人相識。兄弟一介書生，素來不結交貴官。公子請少坐。」說着走進內室，將那兩隻禮盒捧了出來，道：「還請公子携回，實在不敢受此厚禮。」他心想這吳六奇在廣東做提督，必是慕己之名，欲以重金聘去做幕客。這人官居高位，爲滿洲人作鷹犬，欺壓漢人，倘若受了他金銀，汚了自己清白，當下臉色之間頗爲不豫。

吳寶宇道：「家嚴吩咐，務必請到世伯。世伯若是忘了家嚴，有一件信物在此，世伯請看。」一在從人手中接過一個包裹，打了開來，卻是一件十分敝舊的羊皮袍子。

查伊璜見到舊袍，記得是昔年贈給雪中奇丐的，這才恍然，原來這吳六奇將軍，便是當年共醉的酒友，心中一動：「韃子佔我天下，若有手握兵符之人先建義旗，四方響應，說不定便能將韃子逐出關外。這奇丐居然還記得我昔日一飯一袍之惠，不是沒良心之人，我若動以大義，未始沒有指望。男兒建功報國，正在此時，至不濟他將我殺了，卻又如何？」

當下欣然就道，來到廣州。吳六奇將軍接入府中，神態極是恭謹，說道：「六奇流落江南，得蒙查先生不棄，當我是個朋友。請我喝酒，送我皮袍，倒是小事，在那破廟中肯和我同缽喝酒，手抓狗肉，那才是眞正瞧得起我了。六奇其時窮途潦倒，到處遭人冷眼，查先生如此熱腸相待，登時令六奇大爲振奮。得有今日，都是出於查先生之賜。」查伊璜淡淡的道：「在晚生看來，今日的吳將軍，也不見得就比當年的雪中奇丐高明了。」

吳六奇一怔，也不再問，只道：「是，是！」當晚大開筵席，遍邀廣州城中的文武官員與宴，推查伊璜坐了首席，自己在下首相陪。

廣東省自巡撫以下的文武百官，見提督大人對查伊璜如此恭敬，無不暗暗稱異。那巡撫還道查伊璜是皇帝派出來微服察訪的欽差大臣，否則吳六奇平素對人十分倨傲，何以對這個江南書生卻這等必恭必敬？酒散之後，那巡撫悄悄向吳六奇探問，這位貴客是否朝中紅員。吳六奇微微一笑，說道：「老兄當眞聰明，鑒貌辨色，十有九中。」這句話本來意存譏刺，說他這第十次卻猜錯了。豈知那巡撫竟會錯了意，只道查伊璜眞是欽差，心想這位查大人在吳提督府中居住，已給他巴結上了，吳提督和自己向來不甚投機，倘若欽差大人回京之後，奏本中對我不利，那可糟糕；回去後備了一份重禮，次日清晨，便送到提督府來。

吳六奇出來見客，說道查先生昨晚大醉未醒，撫台的禮物一定代爲交到，一切放心，不必多所掛懷。巡撫一聽大喜，連連稱謝而去。消息傳出，衆官員都知巡撫大人送了份厚禮給查先生。這位查先生是何來頭，不得而知，但連巡撫都送厚禮，自己豈可不送？數日之間，提督府中禮物有如山積。吳六奇命帳房一一照收，卻不令查先生得知。他每日除了赴軍府辦理公事外，總是陪着查伊璜喝酒。

這一日傍晚時分，兩人又在花園涼亭中對坐飲酒。酒過數巡，查伊璜道：「在府上叨擾多日，已感盛情，晚生明日便要北歸了。」吳六奇道：「先生說那裏話來？先生南來不易，若不住上一年半載，決計不放先生回去。明日陪先生到五層樓去玩玩。廣東風景名勝甚衆，幾個月內，遊覽不盡。」

查伊璜乘着酒意，大膽說道：「山河雖好，已淪夷狄之手，觀之徒增傷心。」吳六奇臉色微變，道：「先生醉了，早些休息罷。」查伊璜道：「初遇之時，我敬你是個風塵豪傑，足堪爲友，豈知竟是失眼了。」吳六奇問道：「如何失眼？」查伊璜朗聲道：「你具大好身手，不爲國爲民出力，卻助紂爲虐，作韃子的鷹犬，欺壓我大漢百姓，此刻兀自洋洋得意，不以爲恥。查某未免羞與爲友。」說着霍地站起身來。

吳六奇道：「先生禁聲，這等話給人聽見了，可是一場大禍。」查伊璜道：「我今日還當你是朋友，有一番良言相勸。你如不聽，不妨便將我殺了。查某手無縛鷄之力，反正難以相抗。」吳六奇道：「在下洗耳恭聽。」查伊璜道：「將軍手綰廣東全省兵符，正是起義反正的良機。登高一呼，天下響應，縱然大事不成，也教韃子破膽，轟轟烈烈的幹它一場，才不負了你天生神勇，大好頭顱。」

吳六奇斟酒於碗，一口乾了，說道：「先生說得好痛快！」雙手一伸，嗤的一聲響，撕破了自己袍子衣襟，露出黑毛毿毿的胸膛，撥開胸毛，卻見肌膚上刺着八個小字：「天父地母，反淸復明。」

查伊璜又驚又喜，問道：「這……這是甚麼？」吳六奇掩好衣襟，說道：「適才聽得先生一番宏論，可敬可佩。先生不顧殞身滅族的大禍，披肝瀝膽，向在下指點，在下何敢再行隱瞞。在下本在丐幫，此刻是天地會的洪順堂紅旗香主，誓以滿腔熱血，反淸復明。」

查伊璜見了吳六奇胸口刺字，更無懷疑，說道：「原來將軍身在曹營心在漢，適才言語冒犯，多有得罪。」吳六奇大喜，心想這「身在曹營心在漢」，那是將自己比作關雲長了，道：「這等比喻，可不敢當。」查伊璜道：「不知何謂丐幫，何謂天地會，倒要請教。」

吳六奇道：「先生請再喝一杯，待在下慢慢說來。」當下二人各飲了一杯。

吳六奇道：「那丐幫由來已久，自宋朝以來，便是江湖上的一個大幫。幫中兄弟均是行乞爲生，就算是家財豪富之人，入了丐幫，也須散盡家資，過叫化子的生活。幫中幫主以下是四大長老，其下是前後左右中五方護法。在下位居左護法，在幫中算是八袋弟子，位份已頗不低。後來因和一位姓孫的長老不和，打起架來，在下其時酒醉，失手將他打得重傷。不敬尊長已是大犯幫規，毆傷長老更是大罪，幫主和四長老集議之後，將在下斥革出幫。那日在府中相遇，先生邀我飲酒，其時在下初遭斥逐，心中好生鬱悶，承先生不棄，還當在下是個朋友，胸懷登時舒暢了不少。」查伊璜道：「原來如此。」

吳六奇道：「第二年春，在西湖邊上再度相逢，先生折節下交，譽我是海內奇男子。在下苦思數日，心想我不容於丐幫，江湖上朋友都瞧我不起，每日裏爛醉如泥，自暴自棄，眼見數年之間，就會醉死。這位查先生卻說我是個奇男子，我吳六奇難道就此一蹶不振，再無出頭之日？過不多時，清兵南下，我心下憤激，不明是非，竟去投効清軍，立了不少軍功，殘殺同胞，思之好生慚愧。」

查伊璜正色道：「這就不對了。兄台不容於丐幫，獨往獨來也好，自樹門戶也好，何苦出此下策，前去投効清軍？」吳六奇道：「在下愚魯，當時未得先生教誨，幹了不少錯事，當眞該死之極。」查伊璜點頭道：「將軍既然知錯，將功贖罪，也還不遲。」

吳六奇道：「後來滿清席捲南北，我也官封提督。兩年之前，半夜裏忽然有人闖入我臥室行刺。這刺客武功不是我對手，給我拿住了，點燈一看，竟然便是昔年給我打傷的那位丐幫孫長老。他破口大罵，說我卑鄙無恥，甘爲異族鷹犬。他越罵越兇，每一句話都打中了我心坎。這些話有時我也想到了，明知自己的所作所爲很是不對，深夜撫心自問，好生慚愧，只是自己所想，遠不如他罵得那麼明白痛快。我嘆了口氣，解開他被我封住的穴道，說道：『孫長老，你罵得很對，你這就去罷！』他頗爲詫異，便即越窗而去。」

查伊璜道：「這件事做得對了！」

吳六奇道：「其時提督衙門的牢獄之中，關得有不少反清的好漢子。第二天清早，我尋些藉口，一個個將他們放了，有的說是捉錯了人，有的說不是主犯，從輕發落。過了一個多月，那位孫長老半夜又來見我，開門見山的問我，是否已有悔悟之心，願意反清立功。我拔出刀來，一刀斬去左手兩根手指，說：『吳六奇決心痛改前非，今後聽從孫長老號令。』一伸出左手，果然無名指和小指已然不見，只剩下三根手指。

查伊璜大拇指一豎，讚道：「好漢子！」

吳六奇繼續說道：「孫長老見我意誠，又知我雖然生性魯莽，說過的話倒是從未食言，便道：『很好，待我回覆幫主，請幫主的示下。』十天之後，孫長老又來見我，說幫主和四長老會商，決定收我回幫，重新由一袋弟子做起。又說丐幫已和天地會結盟，同心協力，反清復明。那天地會是台灣國姓爺鄭大帥手下謀主陳永華陳先生所創，近年來在福建、浙江、廣東一帶，好生興旺。孫長老替我引見會中廣東洪順堂香主，投入天地會。天地會查了我一年，交我辦了幾件要事，見我確是忠心不貳，最近陳先生從台灣傳下訊來，封我爲洪順堂紅旗香主之職。」

查伊璜雖不明天地會的來歷，但台灣國姓爺延平郡王鄭成功孤軍抗清，精忠英勇，天下無不知聞。這天地會既是他手下謀主陳永華所創，自然是同道中人，當下不住點頭。

吳六奇又道：「國姓爺昔年率領大軍，圍攻金陵，可惜寡不敵衆，退回台灣，但留在江浙閩三省不及退回的舊部官兵卻着實不少。陳先生暗中聯絡老兄弟，組成了這天地會，會裏的口號是『天父地母，反清復明』，那便是在下胸口所刺的八個字。尋常會中兄弟，身上也不刺字，在下所以自行刺字，是學一學當年岳武穆『盡忠報國』的意思。」

查伊璜心下甚喜，連喝了兩杯酒，說道：「兄台如此行爲，才眞正不愧爲海內奇男子之稱了。」吳六奇道：「『海內奇男子』五字，愧不敢當。只要查先生肯認我是朋友，姓吳的便已快活不盡。我們天地會總舵主陳永華陳先生，又有一個名字叫作陳近南，那才眞是響噹噹的英雄好漢，江湖上說起來無人不敬，有兩句話說得好：『平生不識陳近南，就稱英雄也枉然。』在下尚未見過陳總舵主之面，算不了甚麼人物。」查伊璜想像陳近南的英雄氣概，不禁神往。斟了兩杯酒，說道：「來，咱們來爲陳總舵主乾一杯！」

兩人一口飲乾。查伊璜道：「查某一介書生，於國於民，全無裨益。只須將軍那一日乘機而動，奮起抗清，查某必當投効軍前，稍盡微勞。」

自這日起，查伊璜在吳六奇府中，與他日夜密談，商討抗清的策略。吳六奇說道：天地會的勢力已逐步擴展到北方諸省，各個大省之中都已開了香堂。查伊璜在吳六奇幕中直躭了六七月之久，這才回鄉。回到家裏，卻大吃一驚，舊宅旁竟起了好大一片新屋，原來吳六奇派人携了廣東大小官員所送的禮金，來到浙江查伊璜府上大興土木，營建樓台。

查伊璜素知黃宗羲和顧炎武志切興復，奔走四方，聚合天下英雄豪傑，共圖反清，因此將這件事毫不隱瞞的跟他說了。

黃宗羲在舟中將這件事源源本本的告知了呂留良，說道：「此事若有洩漏，給韃子們先下手爲強，伊璜先生和吳將軍固是滅族之禍，而反清的大業更是折了一條棟樑。」呂留良道：「除了你我三人之外，此事自是決不能吐露隻字，縱然見到伊璜先生，也決不能提到廣東吳將軍的名字。」黃宗羲道：「伊璜先生和吳將軍有這樣一段淵源，朝中大臣對吳將軍倚畀正殷，吳將軍出面給伊璜先生說項疏通，朝廷非賣他這個面子不可。」呂留良道：「黃兄所見甚是，只不知陸圻、范驤二人，如何也和伊璜先生一般，說是『未見其書，免罪不究』？難道他二人也有朝中有力者代爲疏通嗎？」黃宗羲道：「吳將軍替伊璜先生疏通，倘若單提一人，只怕惹起疑心，拉上兩個人來陪襯一下，也未可知。」呂留良笑道：「這等說來，陸范二人只怕直到此刻，還不知這條命是如何拾來的。」顧炎武點頭道：「江南名士能多保全一位，也就多保留一份元氣。」（按：「聊齋誌異」中有「大力將軍」一則，敘查伊璜遇吳六奇，結語說：「後查以修史一案，株連被收，卒得免，皆將軍力也。」評語稱：「厚施而不問其名，眞俠烈古丈夫哉。而將軍之報，慷慨豪爽，尤千古所僅見。如此胸襟，自不應老於溝瀆。以是知兩賢之相遇，非偶然也。」「觚賸」一書中敘此事云：「先是茗中有富人莊廷鑨者，購得朱相國史稿，博求三吳名士，增益修飾，刊行於世，前列參閱姓氏十餘人，以孝廉夙負重名，亦借列焉。未幾私史禍發，凡有事於是書者，論置極典。吳力爲孝廉奏辯得免。」至於吳六奇參與天地會事，正史及過去裨官皆所未載。）

他三人所談，乃當世最隱秘之事，其時身在運河舟中，後艙中只有呂氏母子三人，黃宗羲又是壓低了嗓子而說，自不虞爲旁人竊聽，舟旣無牆，也不怕隔牆有耳了。不料顧炎武一句話剛說完，忽聽得頭頂喋喋一聲怪笑。三人大吃一驚，齊喝：「甚麼人？」卻更無半點聲息。三人面面相覷，均想：「難道眞有鬼怪不成？」

三人中顧炎武最爲大膽，也學過一點粗淺的防身武藝，一凝神間，伸手入懷，摸出一柄匕首，推開艙門，走上船頭，凝目向船篷頂瞧去，突然間船篷竄起一條黑影，撲將下來。顧炎武喝道：「是誰？」舉匕首向那黑影刺去。但覺手腕一痛，已給人抓住，跟着後心酸麻，已給人點中了穴道，匕首脫手，人也給推進了船艙之中。

黃宗羲和呂留良見顧炎武給人推進艙來，後面站着一個黑衣漢子，心中大驚，見那漢子身材魁梧，滿面獰笑。呂留良道：「閣下黑夜之中，擅自闖入，是何用意？」

那人冷笑道：「多謝你們三個挑老子升官發財啦。吳六奇要造反，查伊璜要造反，鰲少保得知密報，還不重重有賞？嘿嘿，三位這就跟我上北京去作個見證。」

呂顧黃三人暗暗心驚，均深自悔恨：「我們深宵在舟中私語，還是給他聽見了，我們行事魯莽，死不足惜，這一下累了吳將軍，可壞了大事。」

呂留良道：「閣下說甚麼話，我們可半點不懂。你要誣陷好人，儘管自己去幹，要想拉扯上旁人，那可不行。」他已決意以死相拚，如給他殺了，那便死無對證。

那大漢冷笑一聲，突然欺身向前，在呂留良和黃宗羲胸口各點一點，呂黃二人登時也都動彈不得。那大漢哈哈一笑，說道：「衆位兄弟，都進艙來罷，這一次咱們前鋒營立的功勞可大着啦。」後梢幾個人齊聲答應，進來了四人，都是船家打扮，一齊哈哈大笑。

顧黃呂三人面面相覷，知道前鋒營是皇帝的親兵，不知如何，這幾人竟會早就跟上了自己，扮作船夫，一直在船篷外竊聽。黃宗羲和呂留良也還罷了，顧炎武這十幾年來足迹遍神州，到處結識英雄豪傑，眼光可謂不弱，對這幾名船夫卻竟沒留神。

只聽一名親兵叫道：「船家掉過船頭，回杭州去，有甚麼古怪，小心你的狗命。」後梢上那掌舵的梢公應道：「是！」

掌舵梢公是個六七十歲的老頭兒，顧炎武僱船時曾跟他說過話，這梢公滿臉皺紋，彎腰如弓，確是長年搖櫓拉縴的模樣，當時見了便毫不起疑。沒想到這老梢公雖是貨眞價實，他手下的船夫卻都掉了包，自是在衆親兵威逼之下，無可奈何，只怪自己但顧得和黃呂二人高談潤論，陷身危局而不自知。
那黑衣大漢笑道：「顧先生，黃先生，呂先生，你三位名頭太大，連京裏大老們也知道啦，否則我們也不會跟上了你們，哈哈！」轉頭向四名下屬道：「咱們得了廣東吳提督謀反的眞憑實據，就這趕緊去海寧把那姓查的抓了來。這三個反賊倔強得緊，逃是逃不了的，得提防他們服毒跳河。你們一個釘住一個，有甚麼岔子，干係可不小。」那四人應道：「是，謹遵瓜管帶吩咐。」瓜管帶道：「回京後見了鰲少保，人人不愁升官發財。」一名親兵笑道：「那都是瓜管帶提拔栽培，單憑我們四個，那有這等福份。」
船頭忽然有人嘿嘿一笑，說道：「憑你們這四人，原也沒這等福份。」
船艙門呼的一聲，向兩旁飛開，一個三十來歲的書生現身艙口，負手背後，臉露微笑。
瓜管帶喝道：「官老爺們在這裏辦案，你是誰？」那書生微笑不答，邁步踏進船艙。刀光閃動，兩柄單刀分從左右劈落。那書生閃身避過，隨即欺向瓜管帶，揮掌拍向他頭頂。瓜管帶忙伸左臂擋格，右手成拳，猛力擊出。那書生左脚反踢，踹中了一名親兵胸口，那親兵大叫一聲，登時鮮血狂噴。另外三名親兵舉刀或削或剁。船艙中地形狹窄，那書生施展擒拿功夫，劈擊勾打，喀的一聲響，一名親兵給他掌緣劈斷了頸骨。瓜管帶右掌拍出，擊向那書生後腦。那書生反過左掌，砰的一聲，雙掌相交，瓜管帶背心重重撞上船艙，船艙登時塌了一片。那書生連出兩掌，拍在餘下兩名親兵的胸口，喀喀聲響，二人肋骨齊斷。
瓜管帶縱身從船艙缺口中跳將出去。那書生喝道：「那裏走？」左掌急拍而出，眼見便將擊到他背心，不料瓜管帶正在此時左脚反踢，這一掌恰好擊在他的足底，一股掌力反而推着他向前飛出。瓜管帶急躍竄出，見岸邊有一株垂柳掛向河中，當即抓住柳枝，一個倒翻觔斗，飛過了柳樹。

那書生奔到船頭，提起竹篙，揮手擲出。月光之下，竹篙猶似飛蛇，急射而前。但聽得瓜管帶「啊」的一聲長叫，竹篙已揷入他後心，將他釘在地下，篙身兀自不住幌動。

那書生走進船艙，解開顧黃呂三人的穴道，將四名親兵的死屍抛入運河，重點燈燭。顧黃呂三人不住道謝，問起姓名。

那書生笑道：「賤名適才承蒙黃先生齒及，在下姓陳，草字近南。」

註：

本書的寫作時日是一九六九年十月廿三日到一九七二年九月廿三日。開始寫作之時，中共文化大革命的文字獄高潮雖已過去，但慘傷憤懣之情，兀自縈繞心頭，因此在構思新作之初，自然而然的想到了文字獄。

我自己家裏有過一場歷史上著名的文字獄。我的一位祖先查嗣庭，於清雍正四年以禮部侍郎被派去做江西省正考官，出的試題是「維民所止」。這句話出於「詩經・商頌・玄鳥」：「邦畿千里，維民所止。」意思說，國家廣大的土地，都是百姓所居住的，含有愛護人民之意。那本來是一個很尋常的題目，但有人向雍正皇帝告發，說「維止」兩字是「雍正」兩字去了頭，出這試題，用意是要殺皇帝的頭。雍正那時初即位，皇位經過激烈鬥爭而得來，自己又砍了不少人的頭，不免心虛，居然憑了「拆字」的方法，將查嗣庭全家逮捕嚴辦。查嗣庭大受拷掠，死在獄中，雍正還下令戮屍，兒子也死在獄中，家屬流放，浙江全省士人不准參加舉人與進士的考試六年。查慎行後來得以放歸，不久即去世。

另有一種說法是，查嗣庭作了一部書，書名「維止錄」。有一名太監向雍正說「維止」兩字是去「雍正」兩字之頭。又據說「維止錄」中有一則筆記：「康熙六十一年某月日，天大雷電以風，予適乞假在寓，忽聞上大行，皇四子已即位，奇哉。」「大行」是皇帝逝世，皇四子就是雍正，書中用到「奇哉」兩字，顯然是譏刺雍正以不正當手段篡位。「維止錄」中又記載，杭州附近的諸橋鎮，有一座關帝廟，廟聯是：「荒村古廟猶留漢，野店浮橋獨姓諸。」諸、朱兩字同音，雍正認爲是漢人懷念前明。至於查嗣庭在江西出的試題，其實首題是「論語」：「君子不以言舉人，不以人廢言」，第三題是「孟子」：「山徑之蹊間，介然用之而成路，爲間不用，則茅塞之矣。今茅塞子之心矣。」這時候正在行保舉，廷旨說他有意訕謗，三題茅塞於心，廷旨謂其「不知何指，居心殊不可問。」

雍正的上諭中說：「查嗣庭……朕令在內庭行走，後授內閣學士，見其語言虛詐，兼有狼顧之相，料其心術不端。今閱江西試錄所出題目，顯係心懷怨望，諷刺時事之意。料其居心乖張，平日必有記載，遣人查其寓所行李中，有日記二本，悖亂荒唐、怨誹揑造之語甚多。又於聖祖之用人行政，大肆訕謗……熱河偶發水，則書淹死官員八百餘人，又書雨中飛蝗蔽天；此一派荒唐之言，皆未有之事。……着即拿問，交三法司嚴審定擬。」雍正所公開的罪名是：看其相而料其心術不端；諷刺時事；日記中記錄天災。

本書初在「明報」發表時，第一回稱爲「楔子」，回目是查慎行的一句詩「如此冰霜如此路」。查慎行本名嗣璉，是嗣庭的親哥哥，他和二弟嗣瑮、三弟嗣庭都是翰林。此外堂兄嗣韓是榜眼，姪兒查昇是侍講，也都是翰林。查慎行的大兒子克建、堂弟嗣珣都是進士。當時稱爲「一門七進士、叔姪五翰林」，門戶科第甚盛。查慎行和嗣瑮因受胞弟文字獄之累，都於嚴冬奉旨全家自故鄉赴京投獄。當時受到牽連的還有不少名士，查慎行在投獄途中寫詩贈給一位同科中進士的難友，有兩句是：「如此冰霜如此路，七旬以外兩同年。」

查慎行在清朝算得是第一流詩人，置之唐人宋人間大概只能算第二流了。清人王士禎、趙翼、紀曉嵐等都評他的詩與陸遊並駕齊驅，互有長短，恐怕有點過譽。康熙皇帝很喜歡他的詩，他中舉後三次考不中進士，康熙召他進宮，在南書房當直。進宮之後再考，才中二甲第二名進士，這時他的堂兄、二弟、姪兒、兒子都已中了進士。和查慎行癸未年（康熙四十二年）同科中進士的有他堂弟嗣珣，以及同鄉陳世倌（「書劍恩仇錄」中陳家洛的父親）。查慎行和二弟嗣瑮都是黃宗羲的弟子。

查慎行有「敬業堂詩集」五十卷，續集六卷。他在北京獄中之時，仍不斷做詩，今錄其獄中詩數首，以見其詩風一斑：

「哭三弟潤木」：「家難同時聚，多來送汝終，吞聲自兄弟，泣血到孩童。地出陰寒洞，天號慘澹風。莫嗟泉路遠，父子獲相逢。」（原註：上姪先一日卒。）按：潤木即查嗣庭，其子早一日死。

「閏三月朔作」：「年光何與衰翁事，也復時時喚奈何。爲百草憂春雨少，替千花惜曉風多。」按：「春雨少」當暗指朝廷少恩，「曉風多」，當指政事嚴苛。

五言絕句：「南所對北監，傳是錦衣獄。賸有圍外人，追思璫禍酷。」按「璫禍」指明末魏忠賢等太監陷害無辜。「蟲以臭得名，橫行罪難掩，均爲血肉害，蟣蝨當末滅。」「人間有桃杏，悵望春維暮。風捲飛花來，誰家庭下樹。」（原註：清明前一日大風，杏花數片，吹入牆內。）

「敗羣鵲」：「朝喳喳，暮嚄嚄，鵲聲喜，烏聲惡。兒童打烏不打鵲，道是紇干生處樂維南（按：紇干，山名，積雪極寒）。兩鵲鷙不仁，占巢高樹旁無鄰，有如鷹化爲鳩眼未化，以猛濟貪四顧圖併吞，每當下食羣退避，六國何敢爭強秦？我欲驅使去，擧火兼巢焚，一回一嘆還逡巡。天生萬物何物無敗羣？吁嗟乎！天生萬物何物無敗羣？」

「春已盡矣，孤柳尚未舒條，閒步其下偶成。」：「圍外新葉樹，出牆高亭亭，畫地乃爲牢，獨來伴拘囹。我衰何足道，日夜望汝榮。已經三月餘，衆眼終未青。將毋學病叟，爾作支離形？並生天地間，草木非無情。寄語後栽者，勿依問囚廳。」

查愼行的詩篇中極多同情平民疾苦之作，甚至對禽獸草木也寄以同情心。「敬業堂詩集」當時公開刊行，獄中諸詩也都保留，可見即在清朝統治最嚴酷之時，禁網之密，對文字的檢查，仍遠遠不及中共文化大革命的厲害。

本書五十回的回目都是集查愼行詩中的對句。「敬業堂詩集」篇甚雖富，要選五十聯七言句來標題每一回的故事內容，倒也不大容易。這裏所用的方法，不是像一般集句那樣從不同詩篇中選錄單句，甚至是從不同作者的詩中選集單句，而是選用一個人詩作的整個聯句。有時上一句對了，下一句無關，或者下一句很合用，上一句卻用不着，只好全部放棄。因此有些回目難免不很貼切。所以要集查愼行的詩，因爲這些詩大都是康熙曾經看過的（「獄中詩」自是例外），康熙又曾爲查愼行題過「敬業堂」三字的匾額。當然，也有替自己祖先的詩句宣揚一下的私意。當代讀書人知道查愼行是淸代一位重要詩人，但他的詩作到底怎樣，恐怕很少人讀到過，畢竟，他不能和眞正的大詩人相比。

古人寫文章提到自己祖先，決不敢直呼其名，通常在字號或官銜之下加一「公」字。記得小時候在祠堂中聽長輩談論祖先，說到查愼行時稱「初白太公」，說到查昇時稱「聲山太公」。現代人寫白話文，不必這樣迂了，要尊敬祖先，在自己心中尊敬就是了。

本書回目中有生僻詞語或用典故的，在每回文末稍作注解，以助年輕讀者了解。本回回目中，「鈎黨」是「牽連陷害」，「縱橫鈎黨淸流禍」的意思是：對許多有名的讀書人株連迫害。「峭蒨」是高峻鮮明，形容人格高尚、風采俊朗，「峭蒨風期月旦評」的意思是：賢豪風骨之士，當會得到見識高超之人的稱譽。

韋小寶嚇得魂不附體，牢牢抓住馬尾，但覺耳旁風生，身子不住倒退，大叫大嚷：「乖乖我的媽啊，辣塊媽媽不得了，茅十八，你再不拉住馬頭，老子……」

第二回　絕世奇事傳聞裏　最好交情見面初

揚州城自古爲繁華勝地，唐時杜牧有詩云：「十年一覺揚州夢，贏得青樓薄倖名。」古人云人生樂事，莫過於「腰纏十萬貫，騎鶴上揚州。」自隋煬帝開鑿運河，揚州地居運河之中，爲蘇浙漕運必經之地。明清之季，又爲鹽商大賈所聚居，殷富甲於天下。

清朝康熙初年，揚州瘦西湖畔的鳴玉坊乃青樓名妓匯聚之所。這日正是暮春天氣，華燈初上，鳴玉坊各家院子中傳出一片絲竹和歡笑之聲，中間又夾着猜枚行令、唱曲鬧酒，當眞是笙歌處處，一片昇平景象。

突然之間，坊南坊北同時有五六人齊聲吆喝：「各家院子生意上的朋友，姑娘們，來花錢玩兒的朋友們，大夥兒聽着：我們來找一個人，跟旁人並不相干，誰都不許亂叫亂動。不聽吩咐的，可別怪我們不客氣！」一陣吆喝之後，鳴玉坊中立時靜了片刻，跟着各處院子中喧聲四起，女子驚呼聲、男子叫嚷聲，亂成一團。

麗春院中正在大排筵席，十餘名大鹽商坐了三桌，每人身邊都坐着一名妓女，一聽到這呼聲，人人臉色大變。齊問：「甚麼事？」「是誰？」「是官府查案嗎？」突然間大門上擂鼓也似的打門聲響了起來，龜奴嚇得沒了主意，不知是否該去開門。

砰的一聲，大門撞開，湧進十七八名大漢。

這些大漢短裝結束，白布包頭，青帶纏腰，手中拿着明晃晃的鋼刀，或是鐵尺鐵棍。衆鹽商一見，便認出是販私鹽的鹽梟。當時鹽稅甚重，倘若逃漏鹽稅，販賣私鹽，獲利頗豐。揚州一帶是江北淮鹽的集散之地，一般亡命之徒成羣結隊，逃稅販鹽。這些鹽梟極是兇悍，遇到大隊官兵時一鬨而散，逢上小隊官兵，一言不合，抽出兵刃，便與對壘。是以官府往往眼開眼閉，不加干預。衆鹽商知道鹽梟向來只是販賣私鹽，並不搶刦行商或做其他歹事，平時與百姓買賣鹽斤，也公平誠實，並不仗勢欺人，今日忽然這般強兇霸道的闖進鳴玉坊來，無不又是驚惶，又是詫異。

鹽梟中一個五十餘歲的老者說道：「各位朋友，打擾莫怪，在下陪禮。」說着抱拳自左至右、又自右至左的拱了拱手，跟着朗聲道：「天地會姓賈的朋友，賈老六賈老兄，在不在這裏？」說着眼光向衆鹽商臉上逐一掃去。

衆鹽商遇上他的眼光，都是神色惶恐，連連搖頭，心下卻也坦然：「他們江湖上幫會自夥裏鬧事尋仇，跟旁人可不相干。」

那鹽梟老者提高聲音叫道：「賈老六，今兒下午，你在瘦西湖旁酒館中胡說八道，說甚麼揚州販私鹽的人沒種，不敢殺官造反，就只會走私漏稅，做些沒膽子的小生意。你喝飽了黃湯，大叫大嚷，說道揚州販私鹽的倘若不服，儘管到鳴玉坊來找你便是。我們這可不是來了嗎？賈老六，你是天地會的好漢子，怎地做了縮頭烏龜啦？」

其餘十幾名鹽梟跟着叫嚷：「天地會的好漢子，怎麼做了縮頭烏龜？」「辣塊媽媽，你們到底是天地會，還是縮頭會哪？」

那老者道：「這是賈老六一個人胡說八道，可別牽扯上天地會旁的好朋友們。咱們販私鹽的，原只掙一口苦飯吃，哪及得上天地會的英雄好漢？可是咱們縮頭烏龜倒是不做的。」

等了好一會，始終不聽得那天地會的賈老六搭腔。那老者喝道：「各處屋子都去瞧瞧，見到那姓賈的縮頭老兄，便把他請出來。這人臉上有個大刀疤，好認得很。」衆鹽梟轟然答應，便一間間屋子去搜查。

忽然東邊廂房中有個粗豪的聲音說道：「是誰在這裏大呼小叫，打擾老子尋快活？」

衆鹽梟紛紛喝道：「賈老六在這裏了！」「賈老六，快滾出來！」「他媽的，這狗賊好大膽子！」

東廂房那人哈哈大笑，說道：「老子不姓賈，只是你們這批傢伙胡罵天地會，老子可聽着不大順耳。老子不是天地會的，卻知道天地會的朋友們個個是英雄好漢。你們這些販私鹽的，跟他們提鞋兒、抹屁股也不配。」

衆鹽梟氣得哇哇大叫，三名漢子手執鋼刀，向東廂房撲了進去。卻聽得「哎唷」、「啊喲」連聲，三人一個接一個的倒飛了出來，摔在地下。一名大漢手中鋼刀反撞自己額頭，鮮血長流，登時暈去。跟着又有六名鹽梟先後搶進房去，但聽得連聲呼叫，那六人一個個都給摔了出來。這些人兀自喝罵不休，卻已無人再搶進房去。

那老者走上幾步，向內張去，朦朧中見一名虬髯大漢坐在床上，頭上包了白布，臉上並無刀疤，果然不是賈老六。那老者大聲問道：「閣下好身手，請問尊姓大名？」

房內那人罵道：「你爹爹姓甚麼叫甚麼，老子自然姓甚麼叫甚麼。好小子，連你爺爺的姓名也忘記了。」

站在一旁的眾妓女之中，突然有個三十來歲的中年妓女「格格」一聲，笑了出來。一名私鹽販子搶上一步，拍拍兩記耳光，打得那妓女眼淚鼻涕齊流。那鹽梟罵道：「他媽的臭婊子，有甚麼好笑？」那妓女嚇得不敢再說。

驀地裏大堂旁鑽出一個十二三歲的男孩，大聲罵道：「你敢打我媽！你這死烏龜、爛王八，你出門便給天打雷劈，你手背手掌上馬上便生爛疔瘡，爛穿你手，爛穿舌頭，膿血吞下肚去，爛斷你肚腸。」

那鹽梟大怒，伸手去抓那孩子。那孩子一閃，躲到了一名鹽商後面。那鹽梟左手將那鹽商一推，將他推得摔了一交，右手一拳，往那孩子背心重重捶了下去。那中年妓女大驚，叫道：「大爺饒命！」那孩子甚是滑溜，一矮身，便從那鹽梟胯下鑽了過去，伸手抓出，正好抓住他的陰囊，使勁猛捏，只痛得那大漢哇哇怪叫。那孩子卻已逃了開去。

那鹽梟氣無可洩，砰的一拳，打在那中年妓女臉上。那妓女立時暈了過去。那孩子撲到她身上，叫道：「媽，媽！」那鹽梟抓住孩子後領，將他提了起來，正要伸拳打去，那老者喝道：「別胡吵！放下小娃子。」那鹽梟放下孩子，在他屁股上踢了一脚，將他踢得幾個觔斗翻將出去，砰的一聲，撞在牆上。

那老者向那鹽梟横了一眼，對着房門說道：「我們是青幫弟兄，只因天地會一位姓賈的朋友公然辱罵青幫，又說在鳴玉坊中等候我們來評理，因此前來找人。閣下既然不是天地會的，又跟敝幫河水不犯井水，如何便出口傷人？請閣下留下姓名，幫主他們查問起來，也好有個交代。」

房裏那人笑道：「你們要尋天地會的朋友算帳，跟我甚麼相干？我自在這裏風流快活，大家既然河水不犯井水，那便別來打擾老子興頭。不過我勸老兄一句，天地會的人，老兄是惹不起的，給人家罵了，也還是白饒，不如挾起尾巴，乖乖的去販私鹽、賺銀子罷。」那老者怒道：「江湖之上，倒沒見過你這等不講理的人。」房裏那人冷冷的道：「我講不講理，跟你有甚相干？莫非你想招郎進舍，要叫我姊夫？」

便在此時，門外悄悄閃進三個人來，也都是鹽販子的打扮。一個手拿鏈子槍的瘦子低聲問道：「點子是甚麼來頭？」那老者搖頭道：「他不肯說，但口口聲聲的給天地會吹大氣，說不定那姓賈的便躲在他房裏。」那瘦子一擺鏈子槍，頭一擺，那老者從腰間取出兩柄尺來長的短劍。突然之間，四人一齊衝進房中。

只聽得房中兵刃相交之聲大作，那麗春院乃鳴玉坊四大院子之一，每間房都擺設得極爲考究，梨木桌椅，紅木床榻。乒乓喀喇之聲不絕，顯是房中用具一件件碎裂。老鴇臉上肥肉直抖，口中唸佛，心痛無已。那四名鹽梟不斷吆喝呼叫，房中那客人卻默不作聲。廳堂上衆人都站得遠遠地，唯恐遭上池魚之殃。但聽得兵刃碰撞之聲越來越快，忽然有人長聲慘呼，猜想是一名鹽梟頭目受了傷。

那踢倒了孩子的大漢陰囊兀自痛得厲害，見那孩子從牆邊爬起身來，惱怒之下，揮拳又向他打去。那孩子側身閃避，那大漢反手一記耳光，打得那孩子轉了兩個圈子。衆龜奴、鹽商眼見這鹽梟如此兇狠，再打下去勢必要將那孩子活活打死，可是誰也不敢出言相勸。那大漢右拳舉起，又往孩子頭頂擊落。那孩子向前一衝，無地可避，便即推開廂房房門，奔了進去。廳上衆人都是「啊」的一聲。那大漢一怔，卻不敢衝入房中追打。

那孩子奔進廂房，一時瞧不清楚，突然間兵刃相交，噹的一聲，迸出幾星火花，只見床上坐着一人，滿頭纏着白布繃帶，形狀可怖。他只嚇得「啊」的一聲大叫。火星閃過，房中又黑，廳上燈燭之光從房門中照映進來，漸漸看清，那頭纏繃帶之人手握單刀，揮舞格鬥。四名鹽梟頭目已只剩下兩名，兩名瘦子都躺在地下，只有手握雙短劍的老者和一名魁梧漢子仍在相鬥。那孩子心想：「這人頭上受了重傷，站都站不起來，打不過這些私鹽販子的。老子得趕快逃走。但不知媽媽怎樣了？」

他想起母親被人毆辱。氣往上衝，隔着廂房門大罵：「賊王八，你奶奶的雄，我操你十八代祖宗的臭鹽皮……你私鹽販子家裏鹽多，奶奶、老娘、老婆死了，都用鹽醃了起來，拿到街上當母豬肉賣，一文錢三斤，可沒人賣這臭鹹肉……」廳上那鹽梟聽他罵得惡毒陰損，心下大怒，想衝進房去抓來幾拳打死，卻又不敢進房。

房中那人突然間單刀一側，刷的一聲響，砍入那魁梧大漢的左肩，連肩骨都砍斷了。那大漢驚天動地般大聲呼叫，搖搖欲倒。那老者雙劍齊出，刺向那人胸口。那人舉刀格開，便在此時，拍的一聲悶響，那大漢一鞭擊中他右肩，單刀噹啷落地。那老者一聲吆喝，雙劍疾刺。那人左掌翻出，喀喇喇幾聲響，那老者肋骨紛斷，直飛出房，狂噴鮮血，暈倒在地。那大漢雖左肩重傷，仍然勇悍之極，舉起鋼鞭，向那人頭頂擊落。那人卻不閃避，竟似筋疲力盡，已然動彈不得。那大漢的力氣也所餘無幾，鋼鞭擊落之勢甚緩。

那孩子眼見危急，起了敵愾同仇之心，疾衝而前，抱住那大漢的雙腿，猛力向後拉扯。這大漢少說也有二百來斤，那孩子瘦瘦小小，平時休想動他分毫，但此刻他重傷之下，全仗一口氣支持，突然給那孩子一拉，一交摔倒，躺在血泊中動也不動了。

床上那人喘了幾口氣，大聲笑道：「有種的進來打！」那孩子連連搖手，要他不可再向外人挑戰。當那老者飛出房外之時，撞得廂房門忽開忽合，此刻房門兀自來回幌動，廳上燭光射進房來。照在那人虬髯如草、滿染血污的臉上，說不出的猙獰可畏。

廳上衆鹽梟瞧不清房中情形，駭然相顧，只聽得房中那人又喝：「王八蛋，你們不敢進來，老子就出來一個個殺了。」衆鹽梟一聲喊，抬起地下傷者，紛紛奪門而出。

那人哈哈大笑，低聲道：「孩子，你……你去將門閂上了。」那孩子心想這門是非閂不可的，忙應道：「是！」將房門閂上，慢慢走到床前，黑暗中只聞到一陣陣血腥氣。

那人道：「你……你……」一句話未說完，忽然身子一側，似是暈了過去，身子搖幌，便欲掉下床來。那孩子忙搶上扶住，這人身子極重，奮力將他扶正，將他腦袋放在枕上。那人呼呼喘氣，隔了一會，低聲道：「那些販鹽的轉眼又來，我力氣未復，可得避……避他媽的一避。」伸手撐起身子，似是碰到了痛處，大哼了一聲。

那孩子過去扶他，那人道：「拾起刀，遞給我！」那孩子拾起地下單刀，遞入他右手，那人緩緩從床上下來，身子不住搖幌。那孩子走將過去，將右肩承在他左腋之下。那人道：「我要出去了，你別扶我。否則給那些販鹽的見到，連你也殺了。」那孩子道：「他媽的，殺就殺，我可不怕，咱們好朋友講義氣，非扶你不可。」那人哈哈大笑，笑聲中夾着連連咳嗽，笑道：「你跟我講義氣？」那小孩道：「幹麼不講？好朋友有福同享，有難同當。」

揚州市上茶館中頗多說書之人，講述三國志、水滸傳、大明英烈傳等等英雄故事。這小孩日夜在妓院、賭場、茶館、酒樓中鑽進鑽出，替人跑腿買物，揩點油水，討幾個賞錢，一有空閒，便蹲在茶桌旁聽白書。他對茶館中茶博士大叔前大叔後的叫得口甜，茶博士也就不趕他走。他聽書聽得多了，對故事中英雄好漢極是心醉，眼見此人重傷之餘，仍能連傷不少鹽梟頭目，心下仰慕，書中英雄常說的語句便即脫口而出。

那人哈哈大笑，說道：「這兩句話說得好。老子在江湖上聽人說過了幾千百遍，有福共享的傢伙見得多了，有難同當的人卻碰不到幾個。咱們走罷！」

那小孩子以右肩承着那人左肩，打開房門，走到廳上。眾人一見，都是駭然失色，四散避開。那小孩的母親叫道：「小寶，小寶，你到那裏去？」那小孩道：「我送這位朋友出門去，就回來的。」那人笑道：「這位朋友！哈哈，我成了你的朋友啦！」小孩的母親叫道：「不要去，你快躲起來。」那孩子笑了笑，邁着大步走出大廳。

兩人走出麗春院，巷中靜悄悄的竟然無人，想必眾鹽梟遇上勁敵，回頭搬救兵去了。

那人轉出巷子，來到小街之上，抬頭看了看天上星辰，道：「咱們向西走！」走出數丈，迎面趕來一輛驢車。那人喝道：「僱車！」趕車的停了下來，眼見二人滿身血汚，臉有訝異疑忌之色。那人從懷中取出一錠銀子，約有四五兩重，道：「銀子先拿去！」那趕車的見銀錠不小，當即停車，放下踏板。

那人慢慢將身子移到車上，從懷中摸出一隻十兩重的元寶，交給那小孩，說道：「小朋友，我走了，這隻元寶給你。」

那小孩見到這隻大元寶，不禁骨嘟一聲，吞了口饞涎，暗暗叫道：「好傢伙！」但他聽過不少俠義故事，知道英雄好漢只交朋友，不愛金錢，今日好容易有機會做上英雄好漢，說甚麼也要做到底，可不能膿包貪錢，大聲道：「咱們只講義氣，不要錢財。你送元寶給我，便是瞧我不起。你身上有傷，我送你一程。」

那人一怔，仰天狂笑，說道：「好極，好極，有點意思！」將元寶收入懷中。那小孩爬上驢車，坐在他身旁。

車夫問道：「客官，去那裏？」那人道：「到城西，得勝山！」車夫一怔，道：「得勝山？這深更半夜去城西嗎？」那人道：「不錯！」手中單刀在車轅上輕輕一拍。車夫心中害怕，忙道：「是，是！」放下車帷，趕驢出城。那人閉目養神，呼吸急促，有時咳嗽幾聲。

得勝山在揚州城西北三十里的大儀鄉，南宋紹興年間，韓世忠曾在此處大破金兵，因此山名「得勝」。

車夫趕驢甚急，只一個多時辰，便到了山下，說道：「客官，得勝山到啦！」那人見那山只七八丈高，不過是個小丘，呸的一聲，問道：「這便是他媽的得勝山嗎？」車夫道：「正是！」那小孩道：「這確是得勝山。我媽和姊妹們去英烈夫人廟燒香，我跟着來，曾在這裏玩過。再過去一點子路，便是英烈夫人廟了。」那英烈夫人廟供奉的是韓世忠夫人梁紅玉，揚州人又稱之爲「異娼廟」。梁紅玉年輕時做過妓女，風塵中識得韓世忠。揚州妓女每年必到英烈夫人廟燒香許願，祈禱這位宋朝的安國夫人有靈，照顧後代的同行姊妹。

那人道：「你既知道，就不會錯。下去罷。」那小孩跳下車來，扶着那人下車。眼見四周黑沉沉地，心想：「是了，此地甚是荒野，躲在這裏，那些販鹽的賊坯一定找不到。」

趕車的生怕這滿身是血之人又要他載往別處，拉轉驢頭，楊鞭欲行。那人道：「且慢，你將這個小朋友帶回城去。」車夫道：「是！」那小孩道：「我便多陪你一會。明兒一早，我好給你去買饅頭吃。」那人道：「你眞的要陪我？」那小孩道：「沒人服侍你，可不大對頭。」那人又是哈哈大笑，對車夫道：「那你回去罷！」車夫忙不迭的趕車便行。

那人走到一塊巖石上坐下，眼見驢車走遠，四下裏更無聲息，突然喝道：「柳樹後面的兩個烏龜王八蛋，給老子滾了出來。」

那小孩嚇了一跳，心道：「這裏有人？」果見柳樹後面兩人慢慢走了出來，兩人白布纏頭，青帶繫腰，自是鹽梟一夥了。兩人手中所握鋼刀一閃一閃，走了兩步，便即站住。那人喝道：「烏龜兒子王八蛋，從窰子裏一直釘着老子到這裏，卻不上來送死，幹甚麼了？」那小孩心道：「是了，他們要查明這人到了那裏，好搬救兵來殺他。」

那兩人低聲商議了幾句，轉身便奔。那人急躍而起，待要追趕，「噯」的一聲，復又坐倒。他重傷之餘，已無力追人。

那小孩心道：「驢車已去，我們兩人沒法走遠，這兩人去通風報訊，大隊人馬殺來，那可糟糕。」突然間放聲大哭，叫道：「啊喲，你怎麼死了？死不得啊，你不能死啊！」

二名鹽梟正自狂奔，忽聽得小孩哭叫，一怔之下，立時停步轉身，只聽得他大聲哭叫：「你怎麼死了？」不由得又驚又喜。一人道：「這惡賊死了？」另一人道：「他受傷很重，挨不住了。這小鬼如此哭法，自然是死了。」遠遠望去，只見那人蜷成一團，臥在地下。先一人道：「就算沒死，也不用怕他了。咱們割了他腦袋回去，豈不是大功一件？」另一人道：「妙極！」兩人挺着單刀，慢慢走近。只聽那小孩兀自在搥胸頓足，放聲號咷，一面叫道：「老兄，你怎麼忽然死了？那些販私鹽的追來，我怎抵擋得了？」

那二人大喜，奔躍而前。一人喝道：「惡賊，死得正好！」抓住了那小孩的背心，另一人便舉刀往那人頸中砍去。突然間刀光一閃，一人腦袋飛去，抓住小孩之人自胸至腹，開了一道長長的口子。那人哈哈大笑，撐起身來。

那小孩哭道：「啊喲，這位販私鹽的朋友怎麼沒了腦袋？你兩位老人家去見了閻王，又有誰回去通風報訊哪？這可不是糟了嗎？」說到最後，忍不住大笑。

那人笑道：「你這小鬼當眞聰明得緊，哭得也眞像。若不是這麼一哭，這兩個王八蛋還眞不會過來。」那小孩笑道：「要裝假哭，還不容易？我媽要打我，鞭子還沒上身，我已哭得死去活來，她下鞭時自然不會重了。」那人道：「你娘幹麼打你？」那小孩道：「那不一定，有時是我偷了她的錢，有時爲了我作弄院中的閔婆、尤叔。」

那人嘆了一口氣，說道：「這兩個探子倘若不殺，可當眞有些兒不妙。喂，剛才你假哭時，怎地你不叫我老爺、大叔，卻叫我老兄？」那小孩道：「你是我朋友，自然叫你老兄。你是他媽的甚麼老爺了？你如要我叫你老爺，鬼才理你？」

那人哈哈大笑，說道：「很好！小朋友，你叫甚麼名字？」那小孩道：「你問我尊姓大名嗎？我叫小寶。」那人笑道：「你大名叫小寶，那麼尊姓呢？」那小孩眉頭一皺，說道：「我……我尊姓韋。」

這小孩生於妓院之中，母親叫做韋春花，父親是誰，連他母親也不知道，人人一向都叫他小寶，也從來無人問他姓氏。此刻那人忽然問起，他就將母親的姓搬了出來。這韋小寶生於妓院，長於妓院，從沒讀過書。他自稱「尊姓大名」，倒不是說笑，只是聽說書的常常提到「尊姓大名」四字，不知乃是向別人說話時的尊敬稱呼，用在自己身上，可不合適。

他跟着問道：「那你尊姓大名叫作甚麼？」那人微微一笑，說道：「你既當我是朋友，我便不能瞞你。我姓茅，茅草之茅，不是毛蟲之毛，排行第十八。茅十八便是我了。」

韋小寶「啊」的一聲，跳了起來，說道：「我聽人說過的，官府……官府不是正在捉拿你嗎？說你是甚麼江洋大盜。」茅十八嘿的一聲，道：「不錯，你怕不怕我？」韋小寶笑道：「怕甚麼？我又沒金銀財寶，你要搶錢，也不會搶我的。江洋大盜又打甚麼緊？水滸傳上林冲、武松那些英雄好漢，也都是大強盜。」茅十八甚是高興，說道：「你拿和我林冲、武松那些大英雄相比，那可好得很。官府要捉拿我，你是聽誰說的？」

韋小寶道：「揚州城裏貼滿了榜文，說是捉拿江洋大盜茅十八，又是甚麼格殺不論，只要有人殺了你，賞銀二千兩，倘若有人通風報信，因而捉到你，那就少賞些，賞銀一千兩。

昨天我還在茶館聽大家談論，說道你這樣大的本事，要捉住你，殺了你，那是不用想了，最好是知道你的下落，向官府通風報信，領得一千兩銀子的賞格，倒是一注橫財。」

茅十八側着頭看看他，嘿的一聲。

韋小寶心中閃過一個念頭：「我如得了這一千兩賞銀，我和媽娘兒倆可有得花了，鷄鴨魚肉，賭錢玩樂，幾年也花不光。」見茅十八仍是側頭瞧着自己，臉上神氣頗有些古怪，韋小寶怒道：「你心裏在想甚麼？你猜我會去通風報信，領這賞銀？」茅十八道：「是啊，白花花的銀子，誰又不愛？」韋小寶怒罵：「操你奶奶！出賣朋友，還講甚麼江湖義氣？」茅十八道：「那也只好由你。」

韋小寶道：「你既信不過我，爲甚麼說了眞名字出來？你頭上臉上纏了這許多布條，和榜文上的圖形完全不同了。你不說你是茅十八，誰又認得你？」茅十八道：「你說咱們有福共享，有難共當。我倘若連自己姓名身分也瞞了你，那還算甚麼他媽巴羔子的好朋友？」

韋小寶大喜，說道：「對極！就算有一萬兩、十萬兩銀子的賞金，老子也決不會去通風報信。」心中卻想：「倘若眞有一萬兩、十萬兩銀子的賞格，出賣朋友的事要不要做？」頗有點打不定主意。

茅十八道：「好，咱們便睡一會，明日午時，有兩個朋友要來找我。我們約好在揚州城西得勝山相會，死約會，不見不散。」

韋小寶亂了一日，早已神困眼倦，聽他這麼一說，靠在樹幹上便即睡着了。

次日醒來，只見茅十八雙手按胸，笑道：「你也醒了，你把這兩個死人拖到樹後面去，將三把刀子磨一磨。」

韋小寶依言拖開死人，其時朝陽初升，這才看清楚茅十八約莫四十來歲年紀，手臂上肌肉盤虯，目閃精光，神情威猛，當下將三柄鋼刀拿到溪水之旁，蘸了水，在一塊石頭上磨了起來。心想：「對付鹽販子，有一把刀也夠了。倘若這茅老兄給人殺了，餘下兩柄刀又磨來幹甚麼？難道讓人用來殺我韋小寶嗎？」他向來懶惰，裝模作樣的磨了一會刀，道：「我去買些油條饅頭來吃。」

茅十八道：「那裏有油條饅頭賣？」韋小寶道：「過去那邊沒多遠，有個小市鎮。茅大哥，你身邊銀子，借幾兩來使使？」茅十八一笑，又取出那隻元寶，說過：「哥兒倆你的就是我的，我的就是你的，拿去使便了，說甚麼借不借的？」

韋小寶大喜，心想：「這好漢眞拿我當朋友看待，便有一萬兩銀子的賞格，我也不能去報官。十萬兩呢？這倒有點兒傷腦筋。呸，憑他這副德性，值得這麼多銀子？我也不用傷腦筋啦。」接過銀子，問道：「要不要給你買甚麼傷藥？」茅十八道：「不用了，我自己有傷藥。」韋小寶道：「好，我去了。茅大哥，你放心，倘若公差捉住了我，就算殺了我腦袋，我也決不說你就是茅十八。」茅十八見他說得眞誠，點了點頭。

韋小寶自言自語：「你還有兩個朋友來，最好再買一壺酒，來幾斤熟牛肉。」茅十八喜道：「有酒肉最好，快去快回，吃飽了好廝殺。」韋小寶驚道：「鹽販子知道你在這裏？就要追來？」茅十八道：「不是！我約了別的人到得勝山來打架，否則巴巴的趕來幹甚麼？」

韋小寶吁了口氣，道：「你身上有傷，怎麼能再打架？這場架嗎，等傷好了再打不遲，只不過……只不過就怕人家不肯。」

茅十八道：「呸，人家是有名的英雄好漢，怎能不肯？是我不肯。今天是三月廿九，是不是？半年之前，這場架便約好了的。後來我給官府捉了關在牢裏，牽記着這場約會，非來不可，只好越獄趕來，越獄時殺了幾個鷹爪孫，揚州城裏才這麼鬧得亂糟糟的，懸下他媽的賞格捉拿老子。他奶奶的，偏生前天又遇上好幾個功夫很硬的鷹爪子，殺了他們三個，自己竟還受了點傷，也眞算倒足了大霉。」

韋小寶道：「好，我趕去買些吃的，等你吃飽了好打架。」當即拔足快奔，轉過山坡，奔了六七里路，便是一個小市鎭，心下盤算：「茅大哥傷得路也走不動，怎能跟人家打架？他說對方是有名的英雄好漢，武功定然了得，我怎地幫他個忙才好。」手裏捧着銀子，心癢難搔，一生之中，手裏從來沒拿過這許多銀子，須得怎生大花一場，這才痛快，走到熟肉鋪中，買了兩斤熟牛肉，一隻醬鴨，再去買了兩瓶黃酒，賸下的銀子仍是不少，又買了十來個饅頭，八根油條，只多用了廿幾文，忽想：「我去買些繩索，在地下結成了絆馬索。打架之時，對方不小心在繩索上一絆，摔倒在地，茅大哥就可一刀將他殺死。」

他想起說書先生說故事，大將上陣交鋒，馬足被絆，摔將下來，敵將手起刀落，將之砍爲兩段，當下興匆匆的去買繩索。來到一家雜貨鋪前，只見鋪中一排放着四隻大缸，一缸白米，一缸黃豆，一缸鹽，另一缸是碎石灰。立時想起：「去年仙女橋邊私鹽幫跟人打架，給人家用石灰撒在眼裏，登時反勝爲敗。我怎麼不想到這個主意？」繩索也不買了，買了一袋石灰，負在背上，回到茅十八身邊。

茅十八躺在樹邊睡覺，聽到他脚步聲，便即醒了，打開酒瓶，喝了兩口，大聲讚好，說道：「你喝不喝？」韋小寶從來不喝酒，這時要充英雄好漢，接過酒瓶便喝了一大口，只覺一股熱氣湧入肚中，登時大咳起來。茅十八哈哈大笑，說道：「小英雄喝酒的功夫可還沒學會。」忽聽得遠處有人朗聲道：「十八兄，別來好啊？」

茅十八道：「吳兄、王兄，你兩位也很淸健啊！」韋小寶心中突突亂跳，抬頭向聲音來處瞧去，只見大路上兩個人快步走來，頃刻間便到了面前。一人是老頭子，一部白鬍鬚直垂至胸，但面皮紅潤泛光，沒半點皺紋。另一個是四十來歲的中年人，矮矮胖胖，是個禿子，後腦拖着條小辮子，前腦光滑如剝殼鷄蛋。

茅十八拱手道：「兄弟腿上不方便，不能起立行禮了。」那禿頭眉頭微微一皺。那老者笑道：「何必客氣？」韋小寶心想：「茅大哥爲人太過老實，自己腿上有傷，怎能說給人家聽？」茅十八道：「這裏有酒有肉，兩位吃一點嗎？」那老人道：「叨擾了！」坐在茅十八身側，接過酒瓶。韋小寶大喜：「原來這兩人是茅大哥的朋友，不是跟他來打架的，那可妙得緊。待會敵人到來，這兩人也可幫忙打架。」

那老者將酒瓶湊到口邊，待要喝酒，那禿頭說道：「吳大哥，這酒不喝也罷！」那老者一怔，隨即哈哈大笑，說道：「十八兄是鐵錚錚的好漢子，酒中難道還會有毒？」骨嘟、骨嘟喝了兩口，將酒瓶遞給禿頭，道：「你不喝酒，那可瞧不起好朋友了。」那禿頭神色有些猶豫，但對老者之言似是不便違拗，接過酒瓶，剛放到口邊，茅十八夾手奪過，說道：「酒不夠啦！王兄又不愛喝酒，省幾口給我。」仰頭喝了兩大口。那禿頭臉上一紅，坐下來抓起牛肉便吃。

茅十八道：「我給兩位引見一位好朋友。」指着老者道：「這位吳老爺子，大號叫作大鵬，江湖上人稱『摩雲手』，拳脚功夫，武林中大大有名。」那老者笑道：「茅兄給我臉上貼金了。」說着左右顧視，不見另有旁人，不禁頗爲詫異。茅十八指着那禿子道：「這位王師傅單名一個『潭』字，外號『雙筆開山』，一對判官筆使將出來，當眞出神入化。」那禿頭道：「茅兄取笑了，在下是你的手下敗將，慚愧得緊。」

茅十八道：「不敢當。」指着韋小寶道：「這位小朋友是我新交的好兄弟……」他說到這裏，吳王二人愕然相顧，跟着一齊凝視韋小寶，實看不出這個又乾又瘦的十二三歲小孩子是甚麼來頭，只聽茅十八續道：「這位小朋友姓韋，名小寶，江湖上人稱……人稱，嗯，他的外號，叫作……叫作……」頓了一頓，才道：「叫作『小白龍』，水上功夫，最是了得，在水中游上三日三夜，生食魚蝦，面不改色。」

他要給這個新交的小朋友掙臉，不能讓他在外人之前顯得洩氣，有心要吹噓幾句，可是韋小寶全無武功，吳王二人都是行家，一伸手便知端的，難以瞞騙，一凝思間，便說他水上功夫十分厲害，吳王二人是北地豪傑，不會水性，那便無法得知眞假。他接着說道：「你們三位都是好朋友，多親近親近。」吳王二人抱拳道：「久仰，久仰！」

韋小寶依様學様，也抱拳道：「久仰，久仰！」又驚又喜：「茅大哥給我吹牛，其實我是甚麼江湖好漢了？這西洋鏡卻拆穿不得。」

四人過不多時，便將酒肉饅頭吃得乾乾淨淨。這禿頭王潭食量甚豪，初食時有些顧忌，到後來放量大嚼，他獨個兒所吃的牛肉、饅頭和油條，比三人加起來還多。

茅十八伸衣袖抹了抹嘴，說道：「吳老爺子，這位小朋友水性固是極好，陸上功夫卻還沒學，在下只好一對二。這可不是瞧不起兩位。」吳大鵬道：「咱們這個約會，我看還是再推遲半年罷。」茅十八道：「那為甚麼？」吳大鵬道：「茅兄身上有傷，顯不出眞功夫。老朽打贏了固然沒甚麼光采，打輸了更是沒臉見人。」

茅十八哈哈一笑，說道：「有傷沒傷，沒多大分別，再等半年，豈不牽肚掛腸？」左手扶着樹幹，慢慢站起身來，右手已握單刀，說道：「吳老爺子向來赤手空拳，王兄便亮兵刃罷！」王潭道：「好！」伸手入懷，嗆啷一聲輕響，摸出一對判官筆來。

吳大鵬道：「既然如此，王賢弟，你替愚兄掠陣。愚兄要是不成，你再上不遲。」王潭應道：「是！」退開三步。吳大鵬左掌上翻，右手兜了個圈子，輕飄飄揮掌向茅十八拍來。

茅十八單刀斜劈，逕砍他左臂。吳大鵬一低頭，自他刀鋒下搶進，左手向他右臂肘下拍去。茅十八一側身轉在樹旁，拍的一聲響，吳大鵬那掌擊在樹幹之上。這棵大樹高五六丈，樹身粗壯，給吳大鵬這麼一拍，樹上黃葉便似雨點般撒下來。茅十八叫道：「好掌力！」單刀攔腰揮去。吳大鵬突然縱起身子，從半空中撲將下來，白鬚飄揚，甚是好看。茅十八一招「西風倒捲」，單刀自下拖上。吳大鵬在半空中一個倒翻觔斗，躍了出去。茅十八這一刀和他小腹相距不到半尺。刀勢固然勁急，吳大鵬的閃避卻也迅速靈動之極。

韋小寶一生之中，打架是見得多了，但都是市井流氓抱腿拉辮、箍頸撞頭的爛打，除了昨日麗春院中茅十八惡鬥鹽梟之外，從未見過高手如此兇險的比武。但見吳大鵬忽進忽退，雙掌翻飛，茅十八將單刀舞得幻成一片銀光，擋在身前。吳大鵬幾次搶上，都被刀光逼了出來。

正鬥到酣處，忽聽得蹄聲響動，十餘人騎馬奔來，都是滿淸官兵的打扮。十餘騎奔到近處，散將開來，將四人圍在垓心，爲首的軍官喝道：「且住！咱們奉命捉拿洋大盜茅十八，跟旁人並不相干，都退開了！」

吳大鵬一聽，住手躍開。茅十八道：「吳老爺子，鷹爪子又找上來啦！他們衝着我來，你不用理會，再上啊！」吳大鵬向衆官兵道：「這位兄台是安份良民，怎地是江洋大盜？你們認錯了人罷？」爲首的軍官冷笑道：「他是安份良民，天下的安份良民未免太多了。茅朋友，你在揚州城裏做下了天大的案子，好漢一人做事一人當，乖乖的跟我們去罷！」

茅十八道：「你們等一等，且瞧我跟這兩位朋友分了勝敗再說。」轉頭向吳大鵬和王潭道：「吳老爺子，王兄，咱們今日非分勝負不可，再等上半年，也不知我姓茅的還有沒有性命。爽爽快快，兩位一起上罷！」

那軍官喝道：「你們兩個若不是跟茅十八一夥，快快離開這是非之地，別惹事上身。」

茅十八罵道：「你奶奶的，大呼小叫幹甚麼？」

那軍官道：「茅十八，你越獄殺人，那是揚州地方官的事，本來用不着我們理會。不過聽說你在妓院裏大叫大嚷，說道天地會作亂造反的叛賊都是英雄好漢，這話可是有的？」

茅十八大聲道：「天地會的朋友們當然是英雄好漢，難道倒是你這種給韃子舐卵蛋的漢奸，反而是英雄好漢？」

那軍官眼露兇光，說道：「鰲少保派我們從北京到南方來，爲的是捉拿天地會反賊。茅十八，你跟我們走。」說着轉頭向吳大鵬與王潭道：「兩位正在跟這逆賊相鬥，想來不是一路的了，兩位這就請便罷。」

吳大鵬道：「請教閣下尊姓大名？」那軍官在腰間一條黑黝黝的軟鞭上一拍，說道：「在下『黑龍鞭』史松，奉了鰲少保將令，擒拿天地會反賊。」

吳大鵬點了點頭，向茅十八道：「茅兄，天地父母！」

茅十八睜大了雙眼，問道：「你說甚麼？」

吳大鵬微微一笑，道：「沒甚麼，茅兄，你好像並不是天地會中的兄弟，卻幹麼要大說天地會的好話？」茅十八道：「天地會保百姓，殺韃子，做的是英雄好漢的勾當，自然是英雄好漢了。江湖上有言道：『爲人不識陳近南，就稱英雄也枉然。』陳近南陳總舵王，便是天地會的頭腦。天地會的朋友們，都是陳總舵主的手下，豈有不是英雄好漢之理？」吳大鵬道：「茅兄可識得陳總舵主麼？」茅十八怒道：「甚麼？你譏笑我不是英雄嗎？」他爲此發怒，自然是不識陳近南了。吳大鵬微笑道：「不敢。」茅十八又道：「難道你又識得陳總舵主了？」吳大鵬搖了搖頭。

史松向吳王二人問道：「你們兩個識得天地會的人嗎？要是有甚麼訊息，說了出來，我們拿到了天地會的頭目，好比那個陳近南甚麼的，鰲少保必定重重有賞。」

吳大鵬和王潭尚未回答，茅十八仰天大笑，說道：「發你媽的清秋大夢，憑你這塊料，也想去拿天地會的陳總舵主？你開口閉口的鰲少保，這鰲拜自稱是滿洲第一勇士，武功到底怎樣？」史松道：「鰲少保天生神勇，武功蓋世，曾在北京街上一拳打死一頭瘋牛，你這反賊也知道嗎？」茅十八罵道：「他奶奶的，我就不信鰲拜有這等厲害，我正要上北京去鬥他一鬥。」史松冷笑道：「憑你也配和鰲少保動手？他老人家伸一根手指頭，就將你捺死了。姓茅的，閒話別多說了，跟我們走罷！」

茅十八道：「那有這般容易？你們這裏一共一十三人，老子以一敵十三，明知打不過，也得打一打。」

吳大鵬微笑道：「茅兄怎能如此見外？咱們是以三敵十三，一個打四個，未必便輸。」史松和茅十八都是一驚。史松道：「兩位別轉錯了念頭，造反助逆，可不是好玩的。」吳大鵬笑道：「助逆那也罷了，造反卻是不敢。」史松道：「助逆即是造反！你們兩個想清楚些，是不是幫定了這反賊？」吳大鵬道：「半年之前，茅兄和這位王兄弟約定了，今日在這裏以武會友，並將在下牽扯在內。想不到官府不識趣，將茅兄關在獄裏。他是言而有信的好漢子，今日若不踐約，此後在江湖上如何做人？他越獄殺人，都是給官府逼出來的。這叫做官逼民反，不得不反。史大人，你如賣老漢的面子，那就收隊回去，待老漢和茅兄較量一下手底下功夫，明日你捉不捉他，老漢和王兄弟就管不了啦！」史松道：「不成！」

軍官隊中忽有一人喝道：「老傢伙，那有這麼多說的？」說着拔刀出鞘，雙腿一夾，縱馬衝將過來，高舉單刀，便向吳大鵬頭頂砍落。吳大鵬斜身一閃，避過了他這一刀，右臂探出，身子縱起，抓住了他背心，順手一甩，將他摔了出去。

眾軍官大叫：「反了，反了！」紛紛躍下馬來，向吳大鵬等三人圍了上去。

茅十八大腿受傷，倚樹而立，手起刀落，便劈死了一名軍官，鋼刀橫削，又一名軍官被他攔腰斬死。餘人見他悍勇，一時不敢逼近。史松雙手叉腰，騎在馬上掠陣。

韋小寶本給軍官圍在垓心，當史松和茅十八、吳大鵬二人說話之際，他一步一步的退出圈子。眾軍官也不知這乾瘦小孩在這裏幹甚麼？誰也不加理會。待得眾人動上手，他已躲在數丈外的一株樹後，心想：「我快快逃走呢，還是在這裏瞧着？茅大哥他們只三個人，定會給這些官兵殺了。這些軍爺會不會又來殺我？」轉念又想：「茅大哥當我是好朋友，說過有難同當，有福共享。我若悄悄逃走，可太也不講義氣。」

吳大鵬揮掌劈倒了一名軍官。王潭使開雙筆，和三名軍官相鬥。這時茅十八又將一名軍官右腿砍斷。這軍官倒在血泊之中，大聲呼叫喝罵，聲音淒厲。

史松一聲長嘯，黑龍鞭出手，跟着縱身下馬。他雙足尚未落地，鞭梢已向茅十八捲去。茅十八使開「五虎斷門刀」刀法，見招拆招，史松的軟鞭一連七八招厲害招數，都給他單刀擋了回來。但聽得吳大鵬長聲吆喝，一人飛了出去，拍噠一響，掉在地下，軍官中又少了一人。

這邊王潭以一敵三，卻漸漸落了下風，左腿上被鋸齒刀拉了一條口子，鮮血急噴。他一跛一拐，浴血苦鬥。和吳大鵬急鬥的三人武功均頗不弱，雙刀一劍，在他身邊轉來轉去，吳大鵬的摩雲掌力一時擊不到他們身上。

史松的軟鞭越使越快，始終奈何不了茅十八，突然間一招「白蛇吐信」，鞭梢向茅十八右肩點去。茅十八舉刀豎擋，不料史松這一招乃是虛招，手腕抖動，先變「聲東擊西」，再變「玉帶圍腰」，黑龍鞭倏地揮向左方，隨即圈轉，自左至右，遠遠向茅十八腰間圍來。

茅十八雙腿難以行走，全仗身後大樹支撐。史松這一招「玉帶圍腰」捲將過來，本來只須向前竄出，或是往後縱躍，即能避過，但此刻卻非硬接硬架不可，當下單刀對準黑龍鞭的鞭梢拍落。史松斗然放手，鬆脫鞭柄，那軟鞭一沉，忽兒兜轉，迅疾無倫的捲將過來，將茅十八繞在樹上，一共繞了三匝，噗的一聲，鞭梢擊中他右胸。史松要將茅十八生擒，以便逼問天地會的訊息，眼見吳大鵬和王潭尚未降服，急欲取下黑龍鞭使用，當即俯身拾起地下丟棄的一柄單刀，要砍下茅十八的一條右臂。

他拾刀在手，剛抬起身，驀地裏白影幌動，無數粉末衝進眼裏、鼻裏、口裏，一時氣爲之窒，跟着雙眼劇痛，猶似萬枚鋼針同時扎刺一般，待欲張口大叫，滿嘴粉末，連喉頭嗌住了，再也叫不出聲來。這一下變故突兀之極，饒是他老於江湖，卻也心慌意亂，手一鬆，單刀跌落，雙手去揉擦眼睛，擦得一擦，這才恍然：「啊喲，敵人將石灰撒入了我眼睛。」生石灰遇水即沸，立即將他雙眼燒爛，便在此地，肚腹上一陣冰涼，一柄單刀插入了肚中。

茅十八爲軟鞭繞身，眼見無倖，陡然間白粉飛揚，史松單刀脫手，雙手去揉擦眼睛，正詫異間，只見韋小寶拾起單刀，一刀插入了史松肚中，隨即轉身又躲在樹後。

史松搖搖幌幌，轉了幾轉，翻身摔倒。幾名軍官大驚，齊叫：「史大哥，史大哥！」吳大鵬左掌一招「鐵樹開花」，掌力吐處，一名軍官身子飛出數丈，口中鮮血狂噴，餘下五人眼見不敵，再也無心戀戰，轉身便奔，連坐騎也不要了。

吳大鵬回頭說道：「茅兄當眞了得，這黑龍鞭史松武功高強，今日命喪你手！」他眼見史松肚腹中刀而死，想來自然是茅十八所殺。

茅十八搖頭道：「慚愧！是韋小兄弟殺的。」吳王二人大爲詫異，齊聲道：「是這小孩所殺？」他二人適才忙於對付敵人，沒見到韋小寶撒石灰。地下滿是死屍鮮血，傷者身上滾得滿身是泥，雖有石灰粉末撒在地下，他二人也沒留意。

茅十八左手抓住黑龍鞭鞭梢，抖開軟鞭，呼的一聲，抽在史松頭上。史松肚腹中刀，一時未死，給這一鞭擊正在天靈蓋上，立時斃命。茅十八叫道：「韋兄弟，你好功夫啊！」

韋小寶從樹後轉出，想到自己居然殺了一個官老爺，心中有一分得意，倒有九分害怕。吳王二人將信將疑，上上下下的向韋小寶打量，但見他臉色蒼白，全身發抖，雙目含淚，搖搖幌幌的立足不定，只像隨時隨刻要放聲大哭，又或是大叫：「我的媽啊！」說甚麼也不像是殺了黑龍鞭史松之人。吳大鵬道：「小兄弟，你使甚麼招式殺了此人？」韋小寶顫聲道：「我……我……是我殺了這……官……官老爺嗎？不，不是我殺的，不……不是我……」他知道殺官之罪極大，心慌意亂之下，惟有拚命抵賴。

茅十八皺起眉頭，搖了搖頭，說道：「吳老爺子，王兄，承你二位拔刀相助，救了兄弟性命。咱們還打不打？」吳大鵬道：「救命之話，休得提起。王兄弟，我看這場架是不必打了？」王潭道：「不打了！我和茅兄原沒甚麼深仇大怨，大家交上了朋友，豈不是好？茅兄武功高強，有膽量，有見識，兄弟是十分佩服的。」吳大鵬道：「茅兄，咱們就此別過，山長水遠，後會有期。茅兄十分欽佩天地會的陳總舵主，這一句話，兄弟當設法帶給陳總舵主他老人家知曉。」

茅十八大喜，搶上一步，說道：「你……你……識得陳總舵主？」

吳大鵬笑道：「我和這位王兄弟，都是天地會宏化堂屬下的小脚色。承茅大哥對敝會如此瞧得起，別說大夥兒本來沒甚麼過節，就算眞有樑子，那也是一筆勾銷了。」茅十八又驚又喜，說道：「原來……原來你果然識得陳近南。」吳大鵬道：「敝會兄弟衆多，陳總舵主行蹤無定，在下在會中職司低下，的確沒見過陳總舵主的面，剛才並不是有意相欺。」茅十八道：「原來如此。」

吳大鵬一拱手，轉身便行，雙掌連揚，拍拍之聲不絕，在每個躺在地下的軍官身上補了一掌，不論那軍官本來是死是活，再中了他的摩雲掌力，死者筋折骨裂，活着的也即氣絕。

茅十八低聲喝采：「好掌力！」眼見二人去得遠了，喃喃的道：「原來他二人倒是天地會的。」隔了一會，向韋小寶道：「去牽匹馬過來！」

韋小寶從未牽過馬，見馬匹身軀高大，心中害怕，從馬匹身後慢慢挨近。茅十八喝道：「向着馬頭走過去。你從馬屁股過去，馬兒非飛腿踢你不可。」韋小寶繞到馬前，伸手去拉韁繩，那馬倒甚馴良，跟着他便走。

茅十八撕下衣襟，裹了右臂的傷口，左手在馬鞍上一按，躍上馬背，說道：「你回家去罷！」韋小寶問道：「你到那裏去？」茅十八道：「你問來幹麼？」韋小寶道：「咱們既是朋友，我自然要問問。」茅十八臉一沉，罵道：「你奶奶的，誰是你朋友？」韋小寶退了一步，小臉兒脹得通紅，淚水在眼中滾來滾去，不明白他爲甚麼好端端突然大發脾氣。

茅十八道：「你爲甚麼用石灰撒在那史松的眼裏？」聲音嚴厲，神態更是十分兇惡。

韋小寶甚是害怕，退了一步，顫聲道：「我……我見他要殺你。」茅十八問道：「石灰那裏來的？」韋小寶道：「我……我買的。」茅十八道：「買石灰來幹甚麼？」韋小寶道：「你說要跟人打架，我見你身上有傷，所以……所以買了石灰粉幫你。」茅十八大怒，罵道：「小雜種，你奶奶的，這法子那裏學來的？」

韋小寶的母親是娼妓，不知生父是誰，最恨的就是人家罵他小雜種，不由得怒火上衝，也罵道：「你奶奶的老雜種，我操你茅家十七八代老祖宗，烏龜王八蛋，你管我從那裏學來的？你這臭王八，死不透的老甲魚……」一面罵，一面躲到了樹後。

茅十八雙腿一挾，縱馬過來，長臂伸處，便將他後頸抓住，提了起來，喝道：「小鬼，你還罵不罵？」韋小寶雙足亂踢，叫道：「你這賊王八，臭烏龜，路倒屍，給人斬上一千刀的豬玀……」他生於妓院之中，南腔北調的罵人言語，學了不計其數，這時怒火上衝，滿口的汚言穢語。

茅十八更是惱怒，拍的一聲，重重打了他一記耳光。韋小寶放聲大哭，罵得更是響了，突然之間，張口在茅十八手背上狠狠咬了一口。茅十八手背一痛，脫手將他摔在地下。韋小寶發足便奔，口中兀自罵聲不絕。茅十八縱馬自後緩緩跟來。

韋小寶雖然跑得不慢，但他人小步短，那裏撇得下馬匹的跟蹤？奔得十幾丈，便已氣喘力竭，回頭一看，茅十八的坐騎和他相距不過丈許，心中一慌，失足跌倒，索性便在地上打滾，大哭大叫。他平日在妓院之中，街巷之間，時時和人爭鬧，打不過時便要這無賴手段，對手都是大人，總不成繼續追打，將他打死？生怕被人說以大欺小，只好搖頭退開。

茅十八道：「你起來，我有話跟你說。」韋小寶哭叫：「我偏不起來，死在這裏也不起來！」茅十八道：「好！我放馬過來，踹死了你！」

韋小寶最不受人恐嚇，人家說：「我一拳打死你，我一腳踢死你」這等言語，他幾乎每天都會聽到一兩次，根本就沒放在心上，當即大聲哭叫：「打死人啦，大人欺侮小孩哪！烏龜王八蛋騎了馬要踏死我啦！」茅十八一提馬韁，坐騎前足騰空，人立起來。韋小寶一個打滾，滾了開去。茅十八笑罵：「小鬼，你畢竟害怕。」韋小寶叫道：「我怕了你這狗入的，不是英雄好漢！」

茅十八見他如此憊賴，倒也無法可施，笑道：「憑你也算英雄好漢？好啦，你起來，我不打你了。我走啦！」韋小寶站起身來，滿臉都是眼淚鼻涕，道：「你打我不要緊，可不能罵我小雜種。」茅十八笑道：「你罵我的話，還多了十倍，更難聽十倍，大家扯直，就此算了。」韋小寶伸衣袖抹了抹，當即破涕爲笑，說道：「你打我耳光，我咬了你一口，大家扯直，就此算了。你去那裏？」

茅十八道：「我上北京。」韋小寶奇道：「上北京？人家要捉你，怎麼反而自己送上門去？」茅十八道：「我老是聽人說，那鰲拜是滿洲第一勇士，他媽的，還有人說他是天下第一勇士。我可不服氣，要上北京去跟他比劃比劃。」

韋小寶聽他說要去跟滿洲第一勇士比武，這熱鬧不可不看，平時在茶館中，聽茶客說起天子脚下北京的種種情狀，心下早就羨慕，又想到自己殺了史松，官老爺查究起來可不是玩的，雖然大可賴在茅十八身上，但萬一拆穿西洋鏡，那可乖乖不得了，還是溜之大吉爲妙，說道：「茅大哥，我求你一件事，成不成？這件事不大易辦，只怕你不敢答應。」

茅十八最恨人說他膽小，登時氣往上衝，罵道：「你奶奶的，小……」他本想罵「小雜種」，總算及時收口，道：「甚麼敢不敢的？你說出來，我一定答應。」又想自己性命是他所救，天大的難事，也得幫他。

韋小寶道：「大丈夫一言既出，甚麼馬難追，你說過的話，可不許反悔。」茅十八道：「自然不反悔。」韋小寶道：「好！你帶我上北京去。」茅十八奇道：「你也要上北京？去幹甚麼？」韋小寶道：「我要看你跟那個鰲拜比武。」

茅十八連連搖頭，道：「從揚州到北京，路隔千里，官府又在懸賞捉我，一路上甚是兇險，我怎能帶你？」韋小寶道：「我早知道啦，你答應了的事定要反悔。你帶着我，官府容易捉到你，你自然不敢了。」茅十八大怒，喝道：「我有甚麼不敢？」韋小寶道：「那你就帶我去。」茅十八道：「帶着你累贅得很。你又沒跟你媽說過，她豈不掛念？」韋小寶道：「我常常幾天不回家，媽從來也不掛念。」

茅十八一提馬韁，縱馬便行，說道：「你這小鬼頭花樣眞多。」

韋小寶大聲叫道：「你不敢帶我去，因爲你打不過鰲拜，怕我見到了丟臉！」茅十八怒火衝天，兜轉馬頭，喝道：「誰說我打不過鰲拜？」韋小寶道：「你不敢帶我去，自然因爲怕我見到你打輸了的醜樣。你給人家打得爬在地下，大叫：『鰲拜老爺饒命，求求鰲拜大人饒了小人茅十八的狗命』，給我聽到，羞也羞死了！」

茅十八氣得哇哇大叫，縱馬衝將過來，一伸手，將韋小寶提將起來，橫放鞍頭，怒道：「我就帶你去，且看是誰大叫饒命。」韋小寶大喜：道：「我若不是親眼目覩，猜想起來，大叫饒命的定然是你，不是鰲拜。」

茅十八提起左掌，在他屁股上重重打了一記，喝道：「我先要你大叫饒命！」韋小寶痛得「啊」的一聲大叫，笑道：「狗爪子打人，倒是不輕！」

茅十八哈哈大笑，說道：「小鬼頭，當眞拿你沒法子。」韋小寶半點也不肯吃虧，道：「老鬼頭，我也當眞拿你沒法子。」茅十八笑道：「我帶便帶你上北京，可是一路上你須得聽我言語，不可胡鬧。」韋小寶道：「誰胡鬧了？你入監牢，出監牢，殺鹽販子，殺軍官，還不算是胡鬧？」茅十八笑道：「我說不過你，認輸便是。」將韋小寶放在身前鞍上，縱馬過去，又牽了一匹馬，辨明方向，朝北而行。

韋小寶從未騎過馬，初時有些害怕，但靠在茅十八身上，準定不會摔下來，騎了五六里路後，膽子大了，說道：「我騎那匹馬，行不行？」茅十八道：「你會騎便騎，不會騎乘早別試，小心摔斷了你腿。」

韋小寶要強好勝，吹牛道：「我騎過好幾十次馬，怎麼不會騎？」從馬背上跳了下來，走到另一匹馬左側，一抬右足，踏入了馬鐙，脚上使勁，翻身上了馬背。不料上馬須得先以左足踏鐙，他以右足上鐙，這一上馬背，竟是臉孔朝着馬屁股。

茅十八哈哈大笑，脫手放開了韋小寶坐騎的韁繩，揮鞭往那馬後腿上打去，那馬放蹄便奔。韋小寶嚇得魂不附體，險些掉下馬來，雙手牢牢抓住馬尾，兩隻脚挾住了馬鞍，身子伏在馬背之上，但覺耳旁生風，身子不住倒退。幸好他人小體輕，抓住馬尾後竟沒掉下馬來，口中自是大叫大嚷：「乖乖我的媽啊，辣塊媽媽不得了，茅十八，你再不拉住馬頭，老子操你十八代的臭祖宗，啊喲，啊喲……」

這馬在官道上直奔出三里有餘，勢道絲毫未緩，轉了個彎，前面右首岔道上一輛騾車緩緩行來，車後跟着一匹白馬，馬上騎着個二十七八歲的漢子。這一車一馬走上大道，也向北行。韋小寶的坐騎無人指揮，受驚之下，向那一車一馬直衝過去，相距越來越近。趕車的車夫大叫：「是匹瘋馬！」忙要將騾車拉到一旁相避。那乘馬漢子掉轉馬頭，韋小寶的坐騎也已衝到了跟前。那漢子一伸手，扣住了馬頭。那馬奔得正急，這漢子膂力甚大，一扣之下，那馬立時站住，鼻中大噴白氣，卻不能再向前奔。

車中一個女子聲音問道：「白大哥，甚麼事？」那漢子道：「一匹馬溜了韁，馬上有個小孩，也不知是死是活。」

韋小寶翻身坐起，轉頭說道：「自然是活的，怎麼會死？」只見這漢子一張長臉，雙目炯炯有神，穿一襲青綢長袍，帽子上鑲了塊白玉，衣飾打扮顯是個富家子弟，韋小寶出身微賤，最憎有錢人家的子弟，在地下重重吐了口唾沫，說道：「他媽的，老子倒騎千里馬，騎得正快活，卻碰到攔路屍，阻住了……阻住了老子……」一口氣喘不過來，伏在馬屁股上大咳。那馬屁股一聳，左後腿倒踢一脚。韋小寶「啊喲」一聲，滑下馬來，大叫：「哎唷喂，哎唷喂！」

那漢子先前聽韋小寶出口傷人，正欲發作，便見他狼狽萬分的摔下馬來，微微一笑，轉過馬頭，隨着騾車自行去了。茅十八騎馬趕將上來，大叫：「小鬼頭，你沒摔死麼？」韋小寶道：「摔倒沒摔死，老子倒騎馬兒玩，卻給個臭小子攔住路頭，氣得半死。哎唷喂……」哼哼唧唧的爬起身來，膝頭一痛，便即跪倒。茅十八縱馬近前，拉住他後領，提上馬去。

韋小寶吃了這苦頭，不敢再說要自己乘馬了。兩人共騎，馳出三十餘里，見太陽已到頭頂，到了一座小市鎮上。茅十八慢慢溜下馬背，再抱了韋小寶下馬，到一家飯店去打尖。韋小寶在妓院中吃飯，向來是坐在廚房門檻上，捧隻青花大碗，白米飯上堆滿嫖客吃剩下來的鷄鴨魚肉。菜餚雖是不少，卻從來不曾跟人並排坐在桌邊好好吃過一頓飯。這時見茅十八當他是平起平坐的朋友，眼前雖只幾碗粗麵條，一盤炒鷄蛋，心中卻也大樂。

他吃了半碗麵，只聽得門外馬嘶人喧，湧進十七八個人來，瞧模樣是官面上的。韋小寶暗暗吃驚，低聲道：「是官兵，怕是來捉你的。咱們快逃！」茅十八哼了一聲，放下筷子，伸手按住刀柄。卻見這羣人對他並不理會，一疊連聲的只催店小二快做菜做飯。

小鎮上的小飯店中無甚菜餚，便只醬肉、薰魚、鹵水豆腐乾、炒鷄蛋。那羣人中爲首的吩咐取出自己帶來的火腿、風鷄佐膳。一人說道：「咱們在雲南一向聽說，江南是好地方，穿的是綾羅綢緞，吃的是山珍海味，我瞧啊，單講吃的，就未必比得上咱們昆明。」另一人道：「你老哥在平西王府享福慣了，吃的喝的，自是大不相同。那可不是江南及不上雲南，要知道，世上及得上平西王府的，可就少得很了。」衆人齊聲稱是。

茅十八臉上變色，尋思：「這批狗腿子是吳三桂這大漢奸的部下？」

只聽一個焦黃臉皮的漢子問道：「黃大人，你這趟上京，能不能見到皇上啊？」一個白胖胖的人道：「依我官職來說，本來是見不着皇上的，不過憑着咱們王爺的面子，說不定能陛見罷！朝廷裏的大老們，對咱們『西選』的官員總是另眼相看幾分。」另一人道：「這個當然，當世除了皇上，就數咱們王爺爲大了。」

茅十八大聲道：「喂，小寶，你可知道世上最不要臉的是誰？」韋小寶說：「我自然知道，那是烏龜兒子王八蛋！」他其實不知道，這句話等於沒說。茅十八在桌上重重一拍，說道：「不錯！烏龜兒子王八蛋是誰？」韋小寶道：「他媽的，這烏龜兒子王八蛋，他媽的不是好東西。」說着也在桌上重重一拍。茅十八道：「我教你個乖，這烏龜兒子王八蛋，是個認賊作父的大漢奸，將咱們大好江山，花花世界，雙手送了給韃子……」

他說到這裏，那十餘名官府中人都瞪目瞧着他，有的已是滿臉怒色。

茅十八道：「這大漢奸姓吳，他媽的，一隻烏龜是吳一龜，兩隻烏龜是吳二龜，三隻烏龜呢？」韋小寶大聲道：「吳三龜！」茅十八大笑，說道：「正是吳三桂這大……」

突然之間，嗆啷啷聲響，七八人手持兵刃，齊向茅十八打來。韋小寶忙往桌底一縮。只聽得乒乒乓乓，乒刃碰撞聲不絕，茅十八手揮單刀，已跟人鬥了起來，韋小寶見他坐在長櫈上不動，知他大腿受傷，行走不便，心中暗暗着急。過了一會，噹的一聲，一柄單刀掉在地下，跟着有人長聲慘呼，摔了出去。但對方人多，韋小寶見桌子四周一條條腿不住移動，這些腿的脚上或穿布鞋，或穿皮靴，自然都是敵人，茅十八穿的是草鞋。只聽得茅十八邊打邊罵：「吳三桂是大漢奸，你們這批小漢奸，老子不將你們殺個乾乾淨淨……啊喲！」大叫一聲，想是身上受了傷，跟着只見一人仰天倒下，胸口汩汩冒血。

韋小寶伸出手去，拾起掉在地下的一柄鋼刀，對準一隻穿布鞋的脚，一刀向脚背上剁了下去，擦的一聲，那人半隻脚掌登時斬落。那人「啊」的一聲大叫，向後便倒。

桌子底下黑濛濛地，衆人又鬥得亂成一團，誰也不知那人因何受傷，只道是給茅十八打傷的。韋小寶見此計大妙，提起單刀，又將一人的脚掌斬斷。

那人卻不摔倒，痛楚之下，大叫：「桌子底……底下……」彎腰察看，卻給茅十八一刀背打上後腦，登時昏暈。便在此時，韋小寶又是一刀斬在一人的小腿之上。

那人大叫一聲，左手一掀桌子，一張板桌連着碗筷湯麵，飛將起來。那人隨即舉刀向韋小寶當頭砍去。茅十八揮刀格開，韋小寶連爬帶滾，從人叢中鑽了出來。那小腿被斬之人怒極，挺刀追殺過來。韋小寶大叫：「辣塊媽媽！」又鑽入了一張桌子底下，那人叫道：「小鬼，你出來！」韋小寶道：「老鬼，你進來！」

那人怒極，伸左手又去掀桌子。突然之間，砰的一聲響，胸口中拳，身子飛了出去，卻是坐在桌旁的一人打了他一拳。

出拳之人隨即從桌上筷筒中拿起一把竹筷，一根根的擲將出去。只聽得「唉唷」、「啊喲」慘呼聲不絕，圍攻茅十八的諸人紛紛被竹筷揷中，或中眼睛、或揷臉頰，都是傷在要緊之處。

一人大聲叫道：「強盜厲害，大夥兒走罷！」扶起傷者，奪門而出。跟着聽得馬蹄聲響，一行人上馬疾奔而去。

韋小寶哈哈大笑，從椅子底下鑽出來，手中兀自握着那柄帶血的鋼刀。茅十八一蹺一拐的走過去，抱拳向坐在桌邊之人說道：「多謝尊駕出手助拳，否則茅十八寡不敵衆，今日的事可不好辦。」韋小寶回頭看去，微微一怔，原來坐着的那人，便是先前在道上拉住了他坐騎的漢子，自己曾罵過他幾句的。

那漢子站起身來還禮，說道：「茅兄身上早負了傷，仍是激於義憤，痛斥漢奸，令人好生相敬。」茅十八笑道：「我生平第一個痛恨之人，便是大漢奸吳三桂，只可惜這惡賊遠在雲南，沒法找他晦氣，今日打了他手下的小漢奸，當眞痛快。請教閣下尊姓大名。」那漢子道：「此處人多，說來不便。茅兄，咱們就此別過，後會有期。」說着轉身去扶桌邊的一個女客。那女客始終低下了頭，瞧不見她臉容。

茅十八怫然道：「你姓名也不肯說，太也瞧不起人啦。」那人並不答理，扶着那女客走了出去，經過茅十八身畔時，輕輕說了一句話。

茅十八全身一震，立時臉現恭謹之色，躬身說道：「是，是。茅十八今日見到英雄，實是……實是三生有幸。」

那人竟不答話，扶着那女客出了店門，上車乘馬而去。

韋小寶見茅十八神情前倨後恭，甚覺詫異，問道：「這小子是甚麼來頭？瞧你嚇得這個樣子。」茅十八道：「甚麼小子不小子的？你嘴裏放乾淨些。」眼見飯店中的老闆與店伴探頭探腦，店堂中一塌胡塗，滿地鮮血，說道：「走罷！」扶着桌子走到門邊，拿起一根門閂撐地，走到店門外，從店外馬椿子上解開馬韁，說道：「你扳住馬鞍，左脚先踏馬鐙子，然後上馬……對了，就是這樣。」韋小寶道：「我本來會騎馬的，好久不騎，這就忘了。那有甚麼希奇？」

茅十八一笑，躍上另一匹馬，左手牽着韋小寶坐騎的韁繩，縱馬北行，說道：「我身上有傷，遇上了鷹爪對付不了。咱們不能再走官道，須得找個隱僻所在，養好了傷再說。」

韋小寶道：「剛才那人武功倒也了得，一根根竹筷擲了出去，便將人打走。茅大哥，我瞧你是及不上他了。」茅十八道：「那自然。他是雲南沐王府中的英雄，豈有不了得的？」韋小寶道：「他是雲南沐王府的嗎？我還道是天地會中那個甚麼陳總舵主呢，瞧你嚇得這副德性。」茅十八怒道：「我嚇甚麼了？小鬼頭胡說八道。我是尊敬沐王府，對他自當客氣三分。」韋小寶道：「人家可沒對你客氣哪！你問他尊姓大名，他理也不理，只說『咱們就此別過，後會有期。』」茅十八道：「他後來不是跟我說了嗎？否則的話，我怎知他是沐王府的？」韋小寶問道：「他在你耳朵邊說了句甚麼話？」茅十八道：「他說：『在下是雲南沐王府的，姓白。』」韋小寶道：「嗯，姓白，原來是個吃白食的。」茅十八道：「小孩兒別胡說八道。」

韋小寶道：「你見了沐王府的人便嚇得魂不附體，老子可不放在心上。茅大哥，你不怕鰲拜，不怕大漢奸吳三桂，卻去怕甚麼雲南沐王府，他們當眞有三頭六臂不成？啊，我知道啦，你怕他用兩根筷子戳瞎了你一對眼睛，茅十八變成了茅瞎子。」

茅十八道：「我也不是怕他們，只不過江湖上的好漢倘若得罪了雲南沐王府，丟了性命不打緊，卻惹得萬人唾罵，給人瞧不起。」韋小寶道：「雲南沐王府到底是甚麼脚色，又有這等厲害？」茅十八道：「你不是武林中人，跟你說了，你也不懂。」韋小寶道：「他媽的，好神氣嗎？我壓根兒就不希罕。」

茅十八道：「咱們在江湖上行走，要見到雲南沐王府的人，本來已挺不容易，要他們結交，那更是千難萬難了。今天剛好碰上老子跟吳三桂的手下人動手，沐王府跟吳三桂是死對頭，他們自然要幫我。偏偏你這小子不學好，儘使些下三濫的手段，連帶老子也給人家瞧不起了。」說着不由得滿臉怒色。

韋小寶道：「啊喲，嘖嘖嘖，人家擺臭架子，不肯跟你交朋友，怎麼又怪起我來啦？」

茅十八怒道：「你鑽在桌子底下，用刀子去剁人家脚背，他媽的，這又是甚麼武功了？人家英雄好漢瞧在眼裏，怎麼還能當咱們是朋友？」韋小寶道：「你奶奶的，若不是老子剁下幾隻脚底板，只怕你的性命早沒了，這時候卻又怪起我來。」

茅十八想到給雲南沐王府的人瞧得低了，越想越怒，說道：「我叫你不要跟着我，你偏要跟來。你用石灰撒人眼睛，這等下三濫的行徑，江湖上最給人瞧不起，比之下蒙樂、燒悶香，品格還低三等。我寧可給那黑龍鞭史松殺了，也不願讓你用這等卑鄙無恥的下流手段來救了性命。他媽的，你這小鬼，我越瞧越生氣。」

韋小寶這才明白，原來用石灰撒人眼睛，在江湖上是極其下流之事，自己竟是犯了武林中的大忌，而鑽在桌子底下剁人脚板，顯然也不是甚麼光采武功，但給他罵得老羞成怒，惡狠狠的道：「用刀殺人是殺，用石灰殺人也是殺，又有甚麼上流下流了？要不是我這小鬼用下流手段救你，你這老鬼早就做了上流鬼啦。你的大腿可不是受了傷麼？人家用刀子剁你大腿，我用刀子剁人家脚板，大腿跟脚板，都是下身的東西，又有甚麼分別？你不願我跟你上北京，你走你的，我走我的，以後大家各不相識便是。」

茅十八見他身上又是塵土，又是血迹，心想這小孩所以受傷，全是因己而起，此地離揚州已遠，將這小孩撇在荒野之中，畢竟太也說不過去，何況這小孩於自己有兩番救命之德，豈能忘恩負義？便道：「好，我帶你上北京是可以的，不過你須得依我三件事。」

韋小寶大喜，說道：「依你三件事，那有甚麼打緊？大丈夫一言既出，甚麼馬難追！」他曾聽說書先生說過「駟馬難追」，但這個「駟」字總是記不起來。

茅十八道：「第一件是不許惹事生非，汚言罵人，口中得放乾淨些。」韋小寶道：「那還不容易？不罵就不罵，可是倘若人家惹到我頭上來呢？」茅十八道：「好端端地，人家爲甚麼會來惹你？第二件，倘若跟人家打架，不許張口咬人，更不許撒石灰壞人眼睛，至於在地下打滾，躲在桌子底下剁人脚板，鑽人褲襠，揑人陰囊，打輸了大哭大叫，躺着裝死這種種勾當，一件也不許做。這都是給人家瞧不起的行徑，不是英雄好漢之所爲。」

韋小寶道：「我打不過人家，難道儘挨揍不還手？」茅十八道：「還手要憑眞武功，似你這等無賴流氓手段，可讓別人笑歪了嘴巴。你在妓院中鬼混，那也不打緊，跟着我行走江湖，乘早別幹這一套。」韋小寶心想：「你說打架要憑眞實武功，我一個小孩子，有甚麼眞實武功？這也不許，那也不許，還不是挨揍不還手？」

茅十八又道：「武功都是學的，誰又從娘肚子裏把武功帶出來了？你年紀還小，這時候起始練武，正來得及。你磕頭拜我爲師，我就收了你這個徒弟。我一生浪蕩江湖，從沒幾天安靜下來，好好收個徒弟。算你造化，只要你聽話，勤學苦練，將來未始不能練成一身好武藝。」說着凝視韋小寶，頗有期許之意。

韋小寶搖頭道：「不成，我跟你是平輩朋友，要是拜你爲師，豈不是矮了一輩？你奶奶的，你不懷好意，想討我便宜。」

茅十八大怒，江湖之上，不知有多少人曾想拜他爲師，學他江湖上赫赫有名的「五虎斷門刀法」，只是這些人若非心術不正，便是資質不佳，又或是機緣不巧，自己身有要事，無暇收徒傳藝，今日感念韋小寶救過自己性命，想授他武功，那知他竟一口拒絕，大怒之下，便欲一掌打將過去，手已提起，終於忍住不發，說道：「我跟你說，此刻我心血來潮，才肯收你爲徒，日後你便磕一百個響頭求我，我也不收啦。」

韋小寶道：「那有甚麼希罕？日後你便是磕三百個響頭求我，哀求我拜你爲師，我也還是不肯。做了你徒弟，甚麼事都得聽你吩咐，那有甚麼味道？我不要學你的武功。」

茅十八氣憤憤的道：「好，不學便不學，將來你給敵人拿住了，死不得，活不成，可別後悔。」韋小寶道：「又有甚麼後悔了？就算學成跟你一般的武功，又有甚麼好？你給黑龍鞭纏住了，動也動不得；見到雲南沐家一個吃白食的傢伙，恭恭敬敬的只想拍馬屁，跟人家結交，人家卻偏偏不睬你。我武功雖不及你，卻……」

茅十八越聽越怒，再也忍耐不住，拍的一聲，重重打了他個嘴巴。韋小寶料知他要打，竟然不哭，反而哈哈大笑，說道：「你給我說中了心事，這才大發脾氣。我問你，是不是你想跟人家交朋友，人家不睬你，你就把氣出在老子頭上？」

茅十八拿這小孩眞沒辦法，打也不是，罵也不是，撇下他不理又不是，他本是霹靂火爆的脾氣，這時只好強自忍耐，哼了一聲，鼓起了腮幫子生氣，鬆手放開了韁繩，叫道：「馬兒，馬兒，快來個老虎跳，把這小鬼頭摔個半死。」他本來要韋小寶依他三件事，但第二件便說不攏，第三件事也想不起來了。

韋小寶自行拉韁，那坐騎倒乖乖的行走，並不跟他爲難。韋小寶心下大樂，心道：「你不教我騎馬，老子可不是自己會了嗎？」又想：「今後我跟着你行走江湖，總會時時見你和人家動手打架。你不教我，難道我沒生眼珠，不會瞧麼？我不但會學你的武功，連你對頭的武功也一起學了。幾個人的武功加在一起，自然就比你強了。呸，他媽的，好希罕嗎？那吃白食的小子擲筷子的本事倒挺管用，倘若他向老子磕頭，求我學他這門功夫，老子倒不妨答應了他。他媽的，他爲甚麼要向我磕頭，求我學他這門功夫？」想到這裏，不禁嗤的一聲，笑了出來。

茅十八回頭問道：「甚麼事好笑？」韋小寶道：「我想沐王府這吃白食的小子……」茅十八道：「甚麼吃白食的小子？」韋小寶道：「他可不是姓白嗎？」茅十八道：「姓白管姓白，怎麼姓白的就吃白食？他們姓白的，在雲南沐王府中可大大的了不起哪。劉、白、方、蘇，是雲南沐王府的四大家將。」韋小寶道：「甚麼三大家將、四大家將？沐王府又是甚麼鬼東西？」茅十八道：「你口裏乾淨些成不成？江湖之上，提起沐王府，無不佩服得五體投地，甚麼鬼不鬼的？」韋小寶嗯了一聲。

茅十八道：「當年明太祖起兵反元，沐王爺沐英立有大功，平服雲南，太祖封他沐家永鎮雲南，死後封爲甚麼王，子孫代代，世襲甚麼國公。」韋小寶一拍馬鞍，大聲道：「原來雲南沐王府甚麼的，是沐英沐王爺家裏。你老說雲南沐王府，說得不清不楚，要是早說沐英沐王爺，我哪還有不知道的？沐王爺早死了幾千年啦。你也不用這麼害怕。」

茅十八道：「甚麼幾千年？胡說八道。咱們江湖上漢子敬重沐王府，倒不是爲了沐英沐王爺，而是爲了他的子孫沐天波。明朝末代皇帝桂王逃到雲南，黔國公沐天波，對了，記起來啦，是黔國公，他忠心耿耿，保駕護主。吳三桂這奸賊打到雲南，黔國公保了桂王逃到緬甸。緬甸的壞人要殺桂王，沐天波代主而死。這等忠義雙全的英雄豪傑，當眞古今少有。」

韋小寶道：「啊，這位沐天波老爺，原來就是『英烈傳』中沐英的子孫。沐王爺勇不可當，是太祖皇帝的愛將，這個我知道得不想再知道啦。」他曾聽說書先生說「英烈傳」，徐達、常遇春、胡天海、沐英這些大將的名字，他聽得極熟，又問：「你怎不早說？我如早知沐王府便是沐英沐王爺家中，對那吃白食的朋友也客氣三分了。劉、白、方、蘇四大家將，又是甚麼人？」

茅十八道：「劉白方蘇四家，向來是沐王府的家將，祖先隨着沐王爺平服雲南。天波公護駕到緬甸，這四大家將的後人也都力戰而死。只有年幼的子弟逃了出來。我見了那位姓白的英雄所以這樣客氣，一來他幫我打退大漢奸的鷹犬……」韋小寶道：「我也幫你打退大漢奸的鷹犬，你對我怎麼又不客氣？」茅十八瞪了他一眼，說道：「二來他是忠良的後人，江湖上人人敬重。倘若得罪了雲南沐家之人，豈不爲天下萬人唾罵？」韋小寶道：「原來如此，見到忠良之後，自然是要客氣些。」

茅十八道：「識得你以來，第一次聽到你說一句有道理的話。」韋小寶道：「我可不知要等到幾時，才聽到你說一句有道理的話。沐王爺銅角渡江，火箭射象，這樣的大英雄，誰不敬重？又何必要你多說個屁？」茅十八問道：「甚麼叫做銅角渡江，火箭射象？」

韋小寶哈哈一笑，說道：「你只知道拍雲南沐王府的馬屁，原來不知道沐王爺是多大的英雄。你可知沐王爺是太祖皇帝的甚麼人？」茅十八道：「沐王府是太祖皇帝手下大將，誰不知道？」韋小寶道：「呸，大將？大將自然是大將，難道是無名小卒？哪，太祖手下，共有六王，徐達徐王爺、常遇春常王爺，你自然知道啦，還有四王是誰？」

茅十八是草莽豪傑，於明朝開國的史實一竅不通，徐達、常遇春的名字當然聽見過，卻不知他們是甚麼六王，也不知此外還有四個甚麼王。韋小寶卻在揚州茶坊之中將這部「英烈傳」聽得滾瓜爛熟。其時明亡未久，人心思舊，卻又不敢公然談論反清復明之事，茶坊中說書先生講述各朝故事，聽客最愛聽的便是這部敷演明朝開國、驅逐韃子的「英烈傳」。明太祖開國，最艱巨之役是和陳友諒鄱陽湖大戰，但聽客聽來興致最高的，卻是如何將蒙古韃子趕出塞外，如何打得衆韃子落荒而逃。大家耳中所聽，是明太祖打蒙古韃子，心中所想，打的卻變成了滿洲韃子。漢人大勝而韃子大敗，自然志得意滿。是以明朝開國諸功臣中，尤以徐達、常遇春、沐英三人最爲聽衆所崇拜。說書先生說到三人如何殺韃子之時，加油添醬，如火如荼，聽衆也便眉飛色舞，如醉如痴。

韋小寶見茅十八答不上來，甚是得意，說道：「還有四王，便是李文忠、鄧愈、湯和、以及沐英沐王爺。這四位王爺封的是甚麼王，跟你說了，料你也記不到，是不是？」其實他自己也根本記不起這六王封的是甚麼王。茅十八點了點頭。

韋小寶又道：「湯和是明太祖的老朋友，年紀大過太祖，鄧愈也是很早就結識了太祖，一直跟他打江山的。李文忠是太祖的外甥。沐王爺是太祖的義子，跟太祖姓朱，叫做朱英，後來立大功了，太祖叫他復姓，才叫做沐英。」茅十八道：「原來如此，那麼銅角射象甚麼的，又是怎麼一回事？」

韋小寶道：「是銅角渡江，不是銅角射象。太祖打平天下，最後只有雲南、貴州的梁王未曾降服。那梁王嘰哩咕嚕花，是元朝末代皇帝的姪兒，守住了雲南、貴州，不肯投降。」那梁王本名把匝刺瓦爾密，韋小寶記不住他的名字，隨口胡謅。茅十八雖覺奇怪，也不敢反駁，只聽韋小寶續道：「太祖皇帝龍心大怒，便點三十萬軍馬，命沐王爺帶領前去攻打，來到雲南邊界，遇到元兵。元兵的元帥叫做達里麻，此人身高十丈，頭如巴斗……」

茅十八道：「那有身高十丈之人？」韋小寶知道說溜了嘴，辯道：「韃子自然生得比咱們中國人高大些。那達里麻身披鐵甲，手執長槍，在江邊哇啦哇啦一聲大叫，便如半空中連打三個霹靂，只聽得撲通、撲通、撲通，響聲不斷，水花四濺。你道是甚麼事？」茅十八道：「不知道，是甚麼事？」韋小寶道：「原來達里麻哇哇大叫，聲音傳過江去，登時有十名明兵給他嚇破膽子，摔下馬來，掉進江中。沐王爺一見不對，心想再給他叫得幾聲，我軍紛紛墮江，大事不好，於是眉頭一皺，計上心來。」

韋小寶平時說話，出口便是粗話，「他媽的」三字片刻不離口，但講到沐英平雲南的故事，學的是說書先生的口吻，粗話固然一句沒有，偶然還來幾句或通或不通的成語。

他繼續說道：「沐王爺眼見得達里麻張開血盆大口，又要大叫，於是彎弓搭箭，颼的一箭，便向達里麻口中射去。沐王爺的箭法百步穿楊，千步穿口，這一箭呼呼風響，橫過了江面，直向達里麻的大嘴射到。那達里麻也是英雄好漢，眼見這箭來得勢道好兇，急忙低頭，避了開去。只聽得後軍齊聲吶喊：『不好了！』達里麻回頭一看，只見十名將軍胸口都穿了個洞，鮮血狂噴。卻原來沐王爺這一箭連穿十名將軍，從第一名將軍胸口射進，背後出來，又射入了第二名將軍胸口，一共穿了十人。」

茅十八搖頭道：「那有此事？沐王爺就算天生神力，一箭終究也射穿不了十個人。」韋小寶道：「沐王爺是天上星宿下凡，玉皇大帝派他來保太祖皇帝駕的，豈同凡人？你道是你茅十八嗎？這一箭一穿十，有個名堂，叫做『穿雲箭』。」

茅十八將信將疑，問道：「後來怎樣？」

韋小寶道：「達里麻一見大怒，心想你會射箭，難道我就不會？提起硬弓，也是一箭向沐王爺射將過來。沐王爺叫聲：『來得好！』左手兩根手指伸出，輕輕便將來箭挾住了。正在此時，天空一羣大雁飛過，啼聲嘹喨，沐王爺心生一計，叫道：『我要射中第三隻雁兒的左眼！』颼的一箭，向那雁兒射去。達里麻心想：『你要射第三隻雁兒，已不容易，怎地還分左眼右眼？』抬頭看去。便在此時，沐王爺連珠箭發，三箭齊向達里麻射到。」

茅十八拍腿叫道：「妙極！這是聲東擊西的法子。」

韋小寶道：「也算達里麻命不該絕，第一箭射中他的左眼，仰後便倒，第二箭、第三箭又接連射死了韃子八名大將。韃子身上多毛，明軍叫他們毛兵毛將。沐王爺連射三箭，射死了一十八員毛將，這叫做『沐王爺隔江大戰，三箭射死毛十八！』」

茅十八一怔，道：「甚麼？」韋小寶道：「沐王爺隔江射死毛十八！」說到這裏，忍不住格格格笑了出來。茅十八這才明白，他果然是繞着彎兒在罵自己，罵道：「他媽的，胡說八道！沐王爺隔江大戰，三箭射死韋小寶！」韋小寶笑道：「那時我還沒生，沐王爺又怎射得死我？」茅十八道：「你休得亂說。達里麻左眼中箭，卻又如何？」

韋小寶道：「元兵見元帥中箭，倒下馬來，登時大亂。沐王爺正要下令大軍渡江，忽然聽得隔江響號，元兵已有援兵開到，對岸亂箭齊發，只遮得天都黑了。沐王爺又生一計，派了手下四員大將，悄悄領兵到下游渡江，繞到元兵陣後，大吹銅角。」

茅十八道：「這四員大將，想必便是劉白方蘇四人了？」韋小寶也不知是與不是，卻不願被茅十八猜中，說道：「不對，那四員大將，乃是趙錢孫李。劉白方蘇四將，隨在沐王爺身邊。」茅十八點頭道：「原來如此。」

韋小寶道：「沐王爺傳下號令，叫劉白方蘇四將手下兵士，齊聲吶喊，同時將小船、木排推下江中，派出一千明兵，裝腔作勢，假作渡江。元兵眼見明兵要渡過江來，更是沒命的放箭。沐王爺當即收兵，過不到半個時辰，又派兵裝模裝樣的假渡江，元兵又再放箭。江中也不知射死了多少魚鼈蝦蟹。」

茅十八道：「這個我又不信了。射死魚兒，那也罷了。蝦兒極細，螃蟹甲魚身上有甲，隻給射死了的、身上有毛的老甲魚，煮來吃了，便沒事了。」

你說射得死便射得死，後來怎樣？」韋小寶道：「後來沐王爺手下的兵士，從江中拾起十八

「咱們趕路要緊，那有這等閒功夫去胡鬧。」他聽得入神，生怕韋小寶放刁不說，便道：「好，

一隻蝦兒，用繩穿了，掛將起來，再放箭射過去，且看射得死呢還是射不死。」茅十八心想：

又怎射得它死？」韋小寶道：「你若不信，那就到前面鎮上買一隻甲魚，買一隻螃蟹，再買

茅十八笑罵：「小鬼頭，偏愛繞着彎兒罵人。你說沐王爺怎生渡江。」

韋小寶道：「沐王爺一見韃子兵放箭，便吩咐擂鼓吶喊，作勢渡江，如此多次，卻並不眞的渡江。只聽得韃子兵陣後銅角之聲大作，知道趙錢孫李四將已從下游渡江，繞到韃子兵陣後，這才下令殺將過去。衆兵將豎起盾牌，擋在身前，撐動小船筏子，渡江進攻。韃子兵放了大半天箭，這箭已差不多射完啦，聽得陣後敵人殺來，主將又中箭重傷，不由得軍心大亂。沐王爺一馬當先，衝將過去。韃子兵東奔西逃，亂成一團。沐王爺眼見韃子兵陣有中一大將橫臥馬上，許多韃子兵前後保護，知道必是達里痲，當即拍馬追上，喝道：『韃子達里痲，還不下馬投降？』達里痲道：『我……我不是達里痲！我是茅……』沐王爺見他左眼之中插着一根羽箭，箭梢上有個金字，正是一個『沐』字，卻不是自己的羽箭是甚麼？那裏還肯客氣，輕伸猿臂，一把抓將過來，往地下一擲，喝道：『綁起來！』早有劉白方蘇四將過來，揪住達里痲，綁得結結實實。這一仗韃子兵大敗，溺死在江中的不計其數。江中的王八吃了不少長毛韃子的屍首，從此身上有毛，這種王八叫做毛王八，那是別處沒有的。」

茅十八覺得韋小寶又在罵自己了，哼了一聲，卻也不敢確定，或許雲南江中眞有毛王八

亦未可知。

韋小寶道：「沐王爺大獲全勝，當即進兵梁王的京城。來到城外，只見城中無聲無息。沐王爺下令擂鼓討戰，只見城頭挑起一塊木牌，寫着『免戰』二字。」茅十八道：「原來梁王知道打不過，掛起免戰牌。」韋小寶道：「沐王爺仁慈爲懷，心想這梁王高掛免戰牌，多半是要投降，我如下令攻城，城破之後，百姓死傷必多，不如免戰三日，讓他投降，免得殺傷百姓。」茅十八一拍大腿，大聲道：「是啊，沐王爺一家永鎭雲南，與明朝同始同終，便因沐王爺愛護百姓，一片仁心，所以上天保祐。」

韋小寶道：「當晚沐王爺坐在軍營之中，挑燈夜看春秋。」茅十八道：「關王爺才看春秋，難道沐王爺也看春秋嗎？」韋小寶道：「大家都是王爺，自然都看春秋。不看春秋，難道看夏冬嗎？那夏冬是張飛看的書，莽張飛有勇無謀。沐王爺是天上武曲星轉世，和關王爺一般，只看春秋，不看夏冬。」茅十八也不知道春秋和夏冬是甚麼東西，點頭稱是。

韋小寶道：「沐王爺看了一會，忽然要小便，站起身來，拿起太祖皇帝御賜的金夜壺，正要小便，忽聽得城中傳來幾聲大吼，聲音極響，既不是虎嘯，亦不是馬嘶。沐王爺一聽，暗叫不好……」茅十八道：「那是甚麼叫聲？」韋小寶道：「你倒猜猜看。」茅十八道：「定是又有幾個韃子，好像達里麻一般，在城中大聲吼叫。」韋小寶搖頭道：「不是！沐王爺一聽之下，登時也不小便了，將金夜壺恭恭敬敬的往桌上一放……」茅十八道：「怎地將便壺放在桌上？」

韋小寶道：「這是太祖皇帝御賜的金便壺，你道是尋常便壺嗎？所以沐王爺放的時候，定要恭恭敬敬。他放下便壺，立即擊鼓升帳，召集衆將官，取過一枝金批令箭，說道：『劉將官聽者：令你帶領三千士兵，連夜去捕捉田鼠，捕多者有賞，捉不到者軍法從事。』劉將官道：『得令！』接了令箭，便去捕捉田鼠。」

茅十八大奇，問道：「捕捉田鼠又幹甚麼？」韋小寶道：「沐王爺用兵如神，軍機豈可洩漏。元帥有令，照辦就是。接令的將軍倘若多問一句，沐王爺一怒之下，立刻推出帳外斬首。你要是做沐王爺手下的將官，老是這樣問長問短，便有十八顆腦袋瓜子，他媽的也都給沐王爺教砍了。」茅十八道：「我倘若做了將官，自然不問。你又不是沐王爺，難道就問不得嗎？」

韋小寶搖手道：「問不得，問不得！沐王爺取過第二枝金批令箭，叫白將官聽令，說道：『命你帶二萬官兵，在五里之外掘下一條長坑，長二里，寬二丈，深三丈，連夜趕掘，不得有誤。』白將官領命而去。沐王爺隨即下令退兵，拔營而去，退到離城六里紮營。」

茅十八愈聽愈奇，道：「那當眞奇怪，我可半點也猜不到了。」

韋小寶道：「哼！沐王爺用兵之法倘若給你猜到，沐王爺變成茅十八，茅十八變成沐王爺了。第二日早晨，劉白二將回報：田鼠已捉到一萬多隻，長坑也已掘成。沐王爺點頭道：『好！』命探子到城邊探看動靜。午牌時分，忽聽得城中金鼓雷鳴，齊聲吶喊，探子飛馬回報：『啓稟元帥：大事不好！』沐王爺一拍桌子，喝道：『他媽的，何事驚慌？』探子說道：『啓稟元帥：韃子大開北門，城中湧出幾百隻長鼻子牛妖，正向我軍衝鋒而來！』沐王爺哈哈大笑，說道：『甚麼長鼻子牛妖！再探。』探子得令而去。」

茅十八奇道：「長鼻子牛妖是甚麼傢伙？」韋小寶正色道：「我早料到你也是不識的了。這些傢伙身子比牛還大，皮粗肉厚，鼻子老長，兩根尖牙向前突出，一雙大耳朵幌啊幌的，模樣兒兇猛無比，可不是長鼻子牛妖嗎？」茅十八「嗯」了一聲，點點頭，凝思這長鼻子牛妖的模樣。韋小寶道：「沐王爺自言自語：『這探子是個胡塗蛋，少見多怪，見到駱駝說是馬背腫，見到大象說是長鼻子牛妖！』」

茅十八一怔，隨即哈哈大笑，說道：「這探子果然胡塗，竟管大象叫作長鼻子牛妖。不過他是北方人，從來沒見過大象，倒也怪不得。」

揚州城說書先生說到「長鼻子牛妖」這一節書時，茶館中必定笑聲大作，此刻韋小寶依樣葫蘆的說來，果然也引得茅十八放懷大笑。韋小寶繼續說道：「沐王爺擺開陣仗，遠遠望去，但見塵頭大起，幾百頭大象頭上都縛了尖刀，狂奔衝來，象尾上都是火光。原來雲南地近緬甸，那梁王向緬甸買了幾百頭大象，擺下了一個火象陣，用松枝縛在大象尾上，點着了火。大象受驚，便向明軍衝來。大象皮堅肉厚，弩箭射牠不倒，明軍只消一亂，韃子兵便可跟在象後，掩殺過來。明軍都是北方人，從未見過大象，一見之下，不由得心頭發慌，暗暗叫道：『牛魔王尾巴會噴火，今日大事不好了！』」

茅十八臉有憂色，沉吟道：「這火象陣果然厲害。」

韋小寶道：「沐王爺不動聲色，只是微微冷笑，待得大象衝到十丈之外，喝道：『放田鼠！』那一萬多隻田鼠放了出來，霎時之間，滿地都是老鼠，東奔西竄。要知道大象不怕獅熊虎豹，最怕的卻是老鼠。老鼠如果鑽入了大象的耳朵，吃牠腦髓，大象半點奈何不得。衆大象一見老鼠，嚇得魂飛天外，掉頭便逃，衝入韃子陣中，只踏得韃子將官兵卒頭破腿斷。有些大象不辨東南西北，向明軍繼續衝將過來，便一一掉入陷坑之中。沐王爺叫道：『放火箭！』他老人家這一聲令下，只見天空中千朶萬朶火花，好看煞人。」

茅十八問道：「怎麼箭上會發火？」

韋小寶道：「你道火箭是有火的箭麼？錯了！火箭便是烟花炮仗。明軍之中，有放炮放銃用的硝磺火藥，沐王爺早一晚已傳下號令，命軍士用火藥做成烟火炮仗，射出去時，火花滿天，砰砰嘭嘭的響成一片。那些大象更加怕了，沒命價的奔跑，韃子的陣勢被大象衝了個稀巴爛，希里呼盧，一塌裏胡塗。沐王爺下令擂鼓進攻，衆兵將大聲吶喊，跟着大象衝進城去。梁王帶了妃子正在城頭喝酒，等候明軍大敗的消息，卻見幾百頭大象衝進城來。梁王大叫：『咕嚕阿布吐，嗚里嗚！咕嚕阿布吐，嗚里嗚！』」

茅十八奇道：「他嗚野嗚的，叫甚麼？」

韋小寶道：「他是韃子，叫的自然是韃子話，他說：『啊喲不好了，大象起義了！』奔下城頭，看見一口井，便跳將下去，想要自殺。不料那梁王太過肥胖，肚子極大，跳下了一半，肚子塞在井口，上不上，下不下，大叫：『啊喲不好了！孤王半天吊！』」

茅十八道：「怎麼他這次不叫韃子話了？」

韋小寶道：「他叫的還是韃子話，反正你又不懂，我便改成了咱們的話。沐王爺一馬當先，衝進城來，看見一個老韃子身穿黃袍，頭戴金冠，知道必是梁王，見他一個大肚皮塞在井口，不由得哈哈大笑，抓住他頭髮，一把提了起來，只聞得臭氣沖天，卻原來梁王慌得很了，屎尿直流！」

茅十八哈哈大笑，說道：「小寶，你說的故事當眞好聽。原來沐王爺平雲南，全仗智勇雙全。倘若他不擺老鼠陣，梁王那火象陣衝將過來，明軍非大敗不可。」韋小寶道：「那還用說？沐王爺打仗用老鼠，咱們打仗用石灰，哥兒倆半斤八兩。」茅十八搖頭道：「不對！常言道兵不厭詐，打仗用計策是可以的。諸葛亮可不是會擺空城計嗎？咱們一刀一槍，行走江湖，卻得光明磊落，打仗和打架全然不同。」韋小寶道：「我看也差不多。」

兩人一路上談談說說，倒也頗不寂寞。茅十八將江湖上的種種規矩禁忌，一件件說給韋小寶聽，最後說道：「你不會武功，人家知道你不是會家子，就不會辣手對付，千萬不可冒充，反而吃虧。」韋小寶道：「我『小白龍』韋小寶只會水底功夫，伏在水底，生吃魚蝦，這陸上功夫嘛，卻不怎麼考究。」茅十八哈哈大笑。

當晚兩人在一家農家借住。茅十八取出幾兩銀子給那農家，將養了十來日，身上各處傷勢大好，這才僱了大車上道。

註：「最好交情見面初」是「一見如故」的意思，並不是說初見面交情最好，後來就漸漸不好了。

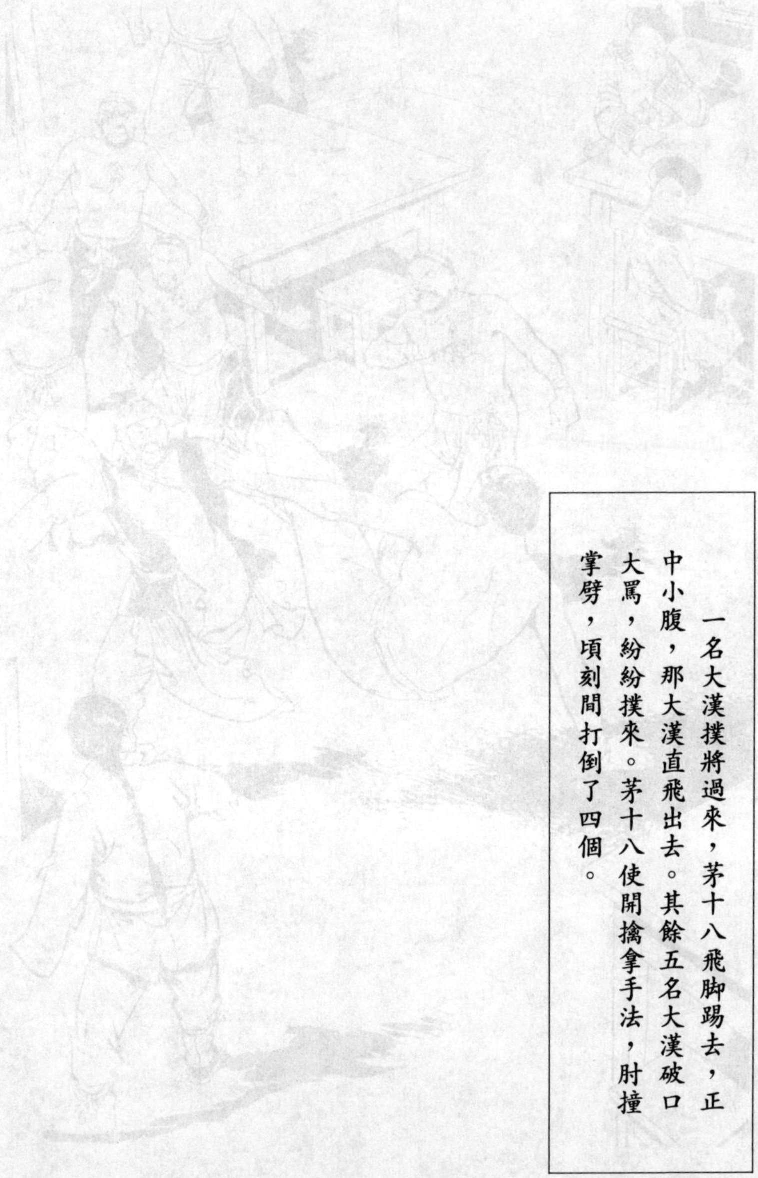

一名大漢撲將過來，茅十八飛脚踢去，正中小腹，那大漢直飛出去。其餘五名大漢破口大罵，紛紛撲來。茅十八使開擒拿手法，肘撞掌劈，頃刻間打倒了四個。

第三回　符來袖裏圍方解　椎脫囊中事竟成

不一日到了北京，進城之時，已是午後，茅十八叫韋小寶說話行動，須得小心，京城之地，公差耳目衆多，可別露出了破綻。韋小寶道：「我有甚麼破綻？你自己小心別露出破綻才是。你不是要找鰲拜比武嗎？上門去找便是。」

茅十八苦笑不答。當日說要找鰲拜比武，只是心情激盪之際的一句壯語，他雖然鹵莽粗豪，畢竟也在江湖上混了二十來年，豈不知鰲拜是一人之下、萬人之上的大官，怎肯來跟他這麼個江湖漢子比武？自己武功不過是二三流脚色，鰲拜倘若眞是滿洲第一勇士，多半打他不過。不過既已在韋小寶面前誇下海口，可不能不上北京，心想帶着這小孩在北京城裏逛得十天半月，瞧瞧京城的景色，大吃大喝個痛快，送他回揚州便是。鰲拜是一定不肯跟自己比武的，然而是他不肯，可不是自己不敢，韋小寶也不能譏笑我沒種。萬一鰲拜當眞肯比，那麼茅十八拚了這條命也就是了。

兩人來到西城一家小酒店中，茅十八要了酒菜，正飲之間，忽見酒店外走進兩個人來，一老一小，那老的約莫六十來歲，小的只十二三歲。兩人穿的服色都甚古怪，韋小寶不知他們是何等樣人，茅十八卻知他們是皇宮中的太監。

那老太監面色蠟黃，弓腰曲背，不住咳嗽，似是身患重病。小太監扶住了他，慢慢走到桌旁坐下。老太監尖聲尖氣的道：「拿酒來！」酒保諾諾連聲，忙取過酒來。

老太監從身邊摸出一個紙包，打了開來，小心翼翼的用小指甲挑了少許，溶在酒裏，把藥包放回懷中，端起酒杯，慢慢喝下，過得片刻，突然全身痙攣，抖個不住。那酒保慌了，忙問：「怎麼？怎麼？」那小太監喝道：「走開！囉裏囉嗦幹甚麼？」那酒保哈腰陪笑，走了開去，卻不住打量二人。老太監雙手扶桌，牙關格格相擊，越抖越厲害，再過得片刻，連桌子也不住搖幌起來，桌上筷子一根根掉在地下。

小太監慌了，說道：「公公，再服一劑，好不好？」伸手到他懷中摸出了藥包，便要打開。老太監尖聲叫道：「不……不……不要……！」臉上神色甚是緊迫。小太監握着藥包，不敢打開。

就在這時，店門口脚步聲響，走進七名大漢來。都是光着上身，穿了牛皮褲子，辮子盤在頭頂，全身油膩不堪，晶光發亮，似是用油脂自頂至腿都塗滿了。七人個個肌肉虬結，胸口生着毿毿黑毛，伸出手來，無不掌巨指粗。七人分坐兩張桌子，大聲叫道：「快拿酒來，牛肉肥鷄，越快越好！」

酒保應道：「是！是！」擺上杯筷，問道：「客官，吃甚麼菜？」一名大漢怒道：「你是聾子嗎？」另一名大漢突然伸手，抓住了酒保後腰，轉臂一挺，將他舉了起來。酒保手足亂舞，嚇得哇哇大叫。七名大漢哈哈大笑。那大漢一甩手，將酒保摔了到店外，砰的一聲，掉在地下。酒保大叫：「啊喲，我的媽啊！」衆大漢又是齊聲大笑。

茅十八低聲道：「這是玩摔跤的。他們抓起了人，定要遠遠摔出，免得對手落在身邊，立即反攻。」韋小寶道：「你會不會摔跤？」茅十八道：「我沒學過。這種硬功夫遇上了武功好手，便沒多大用處。」韋小寶道：「那你打得過他們了？」茅十八微笑道：「跟這種莽夫有甚麼好打？」韋小寶道：「你一個打他們七個，一定要輸。」茅十八道：「他們不是我對手。」

韋小寶突然大聲道：「喂，大個兒們，我這個朋友說，他一個人能打贏你們七個。」茅十八忙喝：「別惹事生非。」但韋小寶最愛的偏偏就是惹事生非，眼見那七名大漢無緣無故的將酒保摔得死去活來，心頭有氣，聽茅十八說一人能打贏他們七個，便從中挑撥，好叫茅十八教訓教訓他們。

七名大漢齊向茅韋二人瞧來。一人問道：「小娃娃，你說甚麼？」韋小寶道：「我這朋友說，你們欺侮酒保，不算英雄好漢，有種的就跟他鬥鬥。」一名大漢怒目圓睜，對着茅十八道：「王八蛋，是你說的嗎？」

茅十八知道這七人都是玩摔跤的滿洲人，本來不想鬧事，但他一見滿洲人便心中有氣，又聽那大漢開口罵人，提起酒壺，劈面便飛了出去。那大漢伸手一格，豈知茅十八在這一擲之中使上了內勁，喀喇一聲，酒壺撞上他手臂，那大漢手臂劇痛，「啊喲」一聲，叫了出來。另一名大漢撲將過來，茅十八飛脚向他踢去。滿洲人摔跤極少用腿，這一腿閃避不了，正中小腹，登時直飛出去。

其餘五名大漢「混帳王八蛋」的亂罵，紛紛撲來。茅十八身形靈便，使開擒拿手法，肘撞掌劈，頃刻間打倒了四個，另一個斜身以肩頭受了茅十八一掌，伸手抓住他後腰，舉將起來，隨即將他身子倒轉，要將他頭頂往階石上搗去。茅十八雙腿連環，噗噗兩聲，都踢在他胸口。那大漢口一張，鮮血狂噴，雙手立即鬆開。

茅十八順着那大漢仰面跌倒之勢，雙足已踹上他胸口，雙掌一招「迴風拂柳」，斜劈而出，正中第一名被酒壺擲中的大漢後心，喀喇一聲響，那大漢斷了幾根肋骨，爬在桌上。茅十八一手拉住韋小寶，道：「小鬼頭，就是會闖禍，快走！」兩人發足往酒店門口奔去。只跨出兩步，卻見那老太監彎着腰，正站在門口，茅十八伸手往他右臂輕輕一推，要想把他推開。不料手掌剛和他肩頭相觸，只覺得全身劇震，不由自主的一個踉蹌，向旁跌出數步，右腰撞在桌上，那張桌登時倒塌，這一步之勢，帶得韋小寶也摔了出去。韋小寶大叫：「哎唷喂，我的媽啊，痛死人啦。」茅十八猛拿樁子，這才站住，只覺得全身發滾，便如火燒一般。他心下大駭，看那老太監時，只見他弓腰曲背，不住咳嗽，於適才之事似乎渾若不知。

茅十八知道今日遇上了高人，對方多半身懷邪術，否則武功縱比自己為高，也決不能將自己輕輕一推之力，化為偌大力道。武功中雖有「借力反打」之術，「四兩撥千斤」之法，但都是對方有多大力量打來，便有多大力量反擊出去，決無將小力化為大力之理。他急忙轉身，提起兀自在大呼小叫的韋小寶，向後堂奔去。

只奔出三步，只聽得一聲咳嗽，那老太監已站在面前。茅十八一驚，足底使勁，上身向前一撲，似是向對方撲擊，身子卻已向後翻出。他雙足尚未落地，忽覺背心上有股輕柔的力量撞到，急忙左手反掌擊出，卻擊了個空，身子向前撲出，摔在兩名大漢身上。

這一交摔得極重，幸好那兩名大漢又肥又壯，做了厚厚的肉墊子，才沒受傷。那兩名大漢腿骨折斷，站不起來，手臂卻是無恙，當即施展摔跤手法，將他牢牢抓住。茅十八欲待抗拒，手脚上竟使不出半點力道，原來背心穴道已給人封了。

他背脊向天，看不見身後情景，但聽得那老太監不住咳嗽，有氣無力的在責備小太監：「你又要給我服藥，那不是存心害死我嗎？這藥只要多服得半分，便要了我的老命，咳……咳……咳，你這孩子，眞是胡鬧。」小太監道：「孩兒實在不知道，以後不敢了。」老太監道：「還有以後？唉，也不知道活得幾天，咳……咳……咳……」小太監道：「公公，這傢伙是甚麼來頭？只怕是個反賊。」

老太監道：「你們這幾位朋友，是那裏的布庫？」一名大漢道：「回公公的話，我們都是鄭王爺府裏的。今天若不是公公出手，擒住了這反賊，我們的臉可丟得大了。」老太監哼了一聲，道：「那……那也是碰巧罷啦。咳……咳咳……你們也別驚動旁人，就將這漢子和那孩子，都送到大內尙膳監來，說是海老公要的人。」幾名大漢齊聲答應。

老太監道：「還不去叫轎子？你瞧我這等模樣，還走得動嗎？」小太監答應一聲，飛奔出去。老太監扶在桌上，不停的咳嗽。

韋小寶見茅十八被擒，想起說書先生曾道：「留得青山在，不怕沒柴燒。」須得脚底抹油，三十六着，走爲上着。他沿着牆壁，悄悄溜向後堂，眼見誰也沒留意到他，正自暗暗歡喜，那老公伸指一彈，一根筷子飛將出來，戳在他右腿的腿彎之中。韋小寶右腿痲軟，摔倒在地，再也動彈不得，張口便罵：「癆病成精老烏龜……」轉眼見到一名大漢惡狠狠的模樣，心中一嚇，此後十來句惡毒的言語都縮入了肚裏。

過不多時，門外抬來一乘轎子。小太監走了進來，說道：「公公，轎子到啦！」老太監咳嗽連聲，在小太監扶持之下，坐進轎子，兩名轎夫抬着去了。小太監跟隨在後。

七名大漢中四人受傷甚輕，當下將茅十八和韋小寶用繩索牢牢綁起。綁縛之時，不住向茅十八拳打足踢。韋小寶忍不住口中不乾不淨，但兩個重重的耳括子一打，也只好乖乖的不敢作聲。衆大漢叫了兩頂轎子來，又在二人口中塞了布塊，用黑布蒙了眼，放入轎中抬走。韋小寶只在七歲時曾跟母親去燒香時坐過轎子，此刻只好自己心下安慰：「他媽的，老子好久沒坐轎了，今日孝順兒子服侍老子坐轎，眞是乖兒子、乖孫子！」但想到不知會不會陪着茅十八一起殺頭，卻也不禁害怕發抖。

他在轎中昏天黑地，但覺老是走不完。有時轎子停了下來，有人盤問，聽得轎外的大漢總是回答：「尙膳監海老公公叫給送去的。」韋小寶不知尙膳監是甚麼東西，但那海老公似乎頗有權勢，只一提他的名頭，轎子便通行無阻。有一次盤問之人揭開轎帷來張了張，說道：「是個小娃娃！」韋小寶想說：「是你祖宗！」苦於口中被塞了布塊，說不出話來。

一路行去，他迷迷糊糊幾乎要睡着了，忽然轎子停住，有人說道：「海公公要的人送到啦。」只聽一個小孩聲音道：「是了，海公公在休息，將人放在這裏便是。」韋小寶聽他聲音，便是酒店中遇到的那小孩。只聽先前那人道：「咱們回去稟告鄭王爺，王爺必定派人來謝海老公。」那小孩道：「是了，你說海老公向王爺請安。」那人道：「不敢當。」跟着便有人將茅十八和韋小寶從轎中拖了出來，提入屋中放下。

耳聽得衆人脚步聲遠去，卻聽得海老公的幾下咳嗽之聲。韋小寶聞到一股極濃的藥味，心想：「這老鬼病得快死了，偏偏不早死幾日，看來還要我和茅大哥，替他到閻王跟前打個先鋒。」四周靜悄悄地，除了海老公偶爾咳嗽之外，更無別般聲息。韋小寶手足被綁，手指脚趾都已發麻，說不出的難受，偏偏海老公似乎將他二人忘了，渾沒理會。

過了良久良久，才聽得海老公輕聲叫了一聲：「小桂子！」那小孩應道：「是！」韋小寶心想：「原來你這臭小子叫作小桂子，跟你爺爺的名字有個『小』字相同。」只聽海老公道：「將他二人鬆了綁，我有話問他們。」小桂子應道：「是！」

韋小寶聽得喀喀之聲，想是小桂子用刀子在割茅十八手脚上的繩子，過了一會，自己手脚上的繩子也割斷了，跟着眼上黑布揭開。韋小寶睜開眼來，見置身之所是一間大房，房中物事稀少，只一張桌子，一張椅子，桌上放着茶壺茶碗。海老公坐在椅中，半坐半躺，雙頰深陷，眼睛也是半開半閉。此時天色已黑，牆壁上安着兩座銅燭台，各點着一根蠟燭，火光在海老公蠟黃的臉上忽明忽暗的搖幌。

小桂子取出茅十八口中所塞的布塊，又去取韋小寶口中的布塊。海老公道：「這小孩子嘴裏不乾不淨，讓他多塞一會。」韋小寶雙手本來已得自由，卻不敢自行挖出口中的布塊，心中所罵的污言穢語，只怕比海老公所能想得到的遠勝十倍。

海老公道：「拿張椅子，給他坐下。」小桂子到隔壁房裏搬了張椅子來，放在茅十八身邊，茅十八便即坐下。韋小寶見自己沒有座位，老實不客氣便往地下一坐。

海老公向茅十八道：「老兄尊姓大名，是那一家那一派的？閣下擒拿手法不錯，似乎不是我們北方的武功。」茅十八道：「我姓茅，叫茅十八，是江北泰州五虎斷門刀門下。」海老公點點頭，說道：「茅十八茅老兄，我也曾聽到過你的名頭。聽說老兄在揚州一帶，打家刦舍，殺官越獄，着實做了不少大事。」茅十八道：「不錯。」他對這癆病鬼老太監的驚人武功不由得不服。也就不敢出言挺撞，海老公道：「閣下來到京師，想幹甚麼事，能跟我說說嗎？」

茅十八道：「既落你手，要殺要剮，悉聽尊便，姓茅的是江湖漢子，不會皺一皺眉頭。你想逼供，那可看錯人了。」海老公微微一笑，說道：「誰不知茅十八是鐵錚錚的好漢子，逼供可不敢。聽說閣下是雲南平西王的心腹親信……」

他一句話沒說完，茅十八大怒而起，喝道：「誰跟吳三桂這大漢奸有甚麼干係了？你這麼說，沒的污了我茅十八豪傑的名頭。」海老公咳嗽幾聲，微微一笑，說道：「平西王有大功於大清，主子對他甚是倚重，閣下倘若是平西王親信，咱們瞧着王爺的面子，小小過犯，也不必計較了。」茅十八大聲道：「不是，不是！茅十八跟吳三桂這臭賊黏不上半點邊兒，姓茅的決不叨這漢奸的光，你要殺便殺，若說我是吳賊的甚麼心腹親信，姓茅的祖宗都倒足了大霉。」

吳三桂帶清兵入關，以致明室淪亡，韋小寶在市井之間，聽人提起吳三桂來，總是加上幾個「漢奸」、「臭賊」、「直娘賊」的字眼，心想：「聽這老烏龜的口氣，只要茅大哥冒認是吳三桂的心腹，便可放了我們。偏偏茅大哥骨頭硬，不肯冒充。但骨頭硬，皮肉就得受苦了。常言道得好：『好漢不吃眼前虧』，吃眼前虧的自然不是好漢。咱們不妨胡說八道一番，說道吳三桂對咱哥兒倆如何如何看重，等到溜之大吉之後，再罵吳三桂的十八代祖宗不遲。」他手脚上血脈漸和，悄悄以袖子遮口，將嘴裏塞着的布塊挖了出來。

海老公正注視着茅十八的臉色，沒見到韋小寶在暗中搗鬼，他見茅十八聲色俱厲，微笑道：「我還道閣下是平西王派來京師的，原來猜錯了。」

茅十八心想：「這一下在北京被擒，皇帝脚下的事，再要脫身是萬萬不能的了。豹死留皮，人死留名，茅十八一死不打緊，做人可不能含糊。」眼見韋小寶眼睜睜的正瞧着自己，便大聲道：「老實跟你說，我在南方聽得江湖上說道，那鰲拜是滿洲第一勇士，甚麼拳斃瘋牛，脚踢虎豹，說得天花亂墜。姓茅的不服，特地上北京來，要跟他比劃比劃。」

海老公嘆了口氣，說道：「你想跟鰲少保比武？鰲少保官居極品，北京城裏除了皇上、皇太后，便數鰲少保了。老兒在北京等上十年八年，也未必見得着，怎能跟他比武？」

茅十八當時還當海老公使邪術，後來背心穴道被封，直到此刻才緩緩解開，已知這是極上乘的內功武術。瞧這老太監的神情口音，自是滿人，自己連一個滿洲老病夫都打不過，還說甚麼跟滿洲第一勇士比武？他在揚州得勝山下惡戰史松等人之時，雖情勢危急，卻毫不氣餒，此刻對着這個癆病鬼太監，竟不由得豪氣盡消，終於嘆了口長氣。

海老公問道：「閣下還想跟鰲少保比武嗎？」茅十八道：「請問那鰲拜的武功，及得上尊駕幾成？」海老公微微一笑，說道：「鰲少保是出將入相的顧命大臣，富貴極品，榮華無比。我是個苦命的下賤人。跟鰲少保一個在天，一個在地，怎能相比？」他說的是二人身分地位，於武功一節竟避而不提。茅十八道：「那鰲拜的武功倘若有你一半，我就已萬萬不是對手。」海老公微笑道：「老兄說得太謙了。以老兄看來，在下的粗淺功夫，若和陳近南相比，卻又如何？」

茅十八一跳而起，問道：「你……你……你說甚麼？」海老公道：「我問的是貴會總舵主陳近南。聽說陳總舵主練有『凝血神抓』，內功之高，人所難測，只可惜緣慳一面，我這下賤人，沒福拜見陳總舵主。」茅十八道：「我不是天地會的，也沒福氣見過陳總舵主。聽說陳總舵主武功極高，到底怎樣高法，可就不知道了。」

海老公嘆了口氣，道：「茅兄，我早知你是條好漢子，以你這等好身手，卻為甚麼不跟皇家効力？將來做提督、將軍，也不是難事。跟着天地會作亂造反，唉……」搖了搖頭，又道：「那總是沒有好下場。我良言相勸，你不如臨崖勒馬，退出了天地會罷。」

茅十八道：「我……我……我不是天地會。」突然放大喉嚨，說道：「我這可不是抵賴不認。姓茅的只盼加入天地會，只是一直沒人接引。江湖上有句話道：『為人不識陳近南，就稱英雄也枉然。』海老公，這話想來你也聽見過。姓茅的是堂堂漢人，雖然沒入天地會，然而決意反清復明，那有反投滿清去做漢奸的道理？你快快把我殺了罷！姓茅的殺人放火，犯下的事太大，早就該死了，只是沒見過陳近南，死了有點不閉眼。」

海老公道：「你們漢人不服滿人得了天下，原也沒甚麼不對。我敬你是一條好漢子，今日便不殺你，讓你去見了陳近南之後，死得眼閉。盼你越早見到他越好，見到之時說海老公很想見見他，要領敎領敎他的『凝血神抓』功夫，到底是怎樣厲害，盼望他早日駕臨京師。唉，老頭兒沒幾天命了，陳總舵主再不到北京來，我便見他不到了。嘿嘿，『爲人不識陳近南，就稱英雄也枉然！』陳近南又到底如何英雄了得？江湖上竟有偌大名頭？」

茅十八聽他說竟然就這麼放自己走，大出意料之外，站了起來卻不就走。海老公道：「你還等甚麼？還不走嗎？」茅十八道：「是！」轉身去拉了韋小寶的手，想要說幾句話交待，卻不知說甚麼話才好。

海老公又嘆了口氣，道：「虧你也是在江湖上混了這麼久的人，這一點規矩也不懂。你不留點甚麼東西，就想一走了之？」

茅十八咬了咬牙道：「不錯，是我姓茅的粗心大意。小兄弟，借這刀子一用，我斷了左手給你。」說着向小太監小桂子身旁的匕首指了指。這匕首長約八寸，是小桂子適才用來割他手脚上繩索的。

海老公道：「一隻左手，却還不夠。」茅十八鐵青着臉道：「你要我再割下右手？」海老公點頭道：「不錯，兩隻手。本來嘛，我還得要你一對招子，咳……咳……可是你想見一見陳近南，沒了招子，便見不到人啦。這麼着，你自己廢了左眼，留下右眼！」

茅十八退了兩步，放開拉着韋小寶的手，左掌上揚，右掌斜按，擺了個「犀牛望月」的招式，心想：「你要我廢了左眼，再斷雙手，這麼個殘廢人活着幹麼？不如跟你一拚，死在你的掌底，也就是了。」

海老公眼睛望也不望他，不住咳嗽，越咳越厲害，到後來簡直氣也喘不過來，本來蠟黃的臉忽然脹得通紅。小桂子道：「公公，再服一劑好麼？」海老公不住搖頭，但咳嗽仍是不止，咳到後來，忍不住站起身來，以左手扠住自己頭頸，神情痛苦已極。

茅十八心想：「此時不走，更待何時？」一縱身，拉住了韋小寶的手，便往門外竄去。海老公右手拇指和食指兩根手指往桌邊一揑，登時在桌邊上揑下一小塊木塊，嗤的一聲響，彈了出去。茅十八正自一大步跨將出去，那木片撞在他右腿「伏兔穴」上，登時右脚酸軟，跪倒在地，跟着嗤的一聲響，又是一小塊木片彈出，茅十八左腿穴道又被擊中，在海老公咳嗽聲中，和韋小寶一齊滾倒。

小桂子道：「再服半劑，多半不打緊。」海老公道：「好，好，只……只要一點兒，多了危……危險得很。」小桂子應道：「是！」伸手到他懷中取出藥包，轉身回入內室，取了一杯酒出來，打開藥包，伸出小指，用指甲挑了一些粉末。海老公道：「太……太多……」小桂子道：「是！」將指甲中一些粉末放回藥包，眼望海老公。海老公點了點頭，彎腰又大聲咳嗽起來，突然間身子向前一撲，爬在地下，不住扭動。

小桂子大驚，搶過去扶，叫道：「公公，公公，怎麼啦？」海老公喘息道：「好……好熱……扶……扶我……去水……水缸……水缸裏浸……浸……」小桂子道：「是！」用力扶了他起來。兩人踉踉蹌蹌的搶入內室，接着便聽到撲通一響的濺水之聲。

這一切韋小寶都瞧在眼裏，當即悄悄站起，躡足走到桌邊，伸出小指，連挑了三指甲藥粉，傾入酒中，生怕不夠，又挑了兩指甲，再將藥包摺攏，重新打開，泯去藥粉中指甲挑動過的痕迹，只聽得小桂子在內室道：「公公，好些了嗎？別浸得太久了。」海老公道：「好熱……好……熱得火燒一般。」韋小寶見那柄匕首放在桌上，當即拿在手中，回到茅十八身邊，伏在地下。

過不多時，水聲響動，海老公全身濕淋淋地，由小桂子扶着，從內房中出來，仍是不住咳嗽，小桂子拿起酒杯，餵到他口邊。海老公咳嗽不止，並不便喝。韋小寶一顆心幾乎要從心窩中跳將出來。海老公道：「能夠不吃……最好不……不吃這藥……」小桂子道：「是！」將酒杯放在桌上，將藥包包好，放入海老公懷中。可是海老公跟着又大咳起來，向酒杯指了指。小桂子拿起酒杯，送到他嘴邊，這一次海老公一口喝乾。

茅十八沉不住氣，不禁「啊」的一聲。海老公道：「你……你如想……活着出去……」突然間喀喇一聲響，椅子倒塌。他身子向桌上伏去，這一伏力道奇大，喀喇、喀喇兩聲，桌子又塌，連人帶桌，向前倒了下來。

小桂子大驚，大叫：「公公，公公！」搶上去扶，背心正對着茅十八和韋小寶二人。韋小寶輕輕躍起，提起匕首，向他背心猛戳了下去。小桂子低哼一聲，便即斃命。海老公卻兀自在地下扭動。

韋小寶提起匕首，對準了海老公背心，又待戳下。便在此時，海老公抬起頭來，說道：「小……小桂子，這藥不對啊。」韋小寶只嚇得魂飛天外，匕首那裏還敢戳下去？海老公轉過身來，一伸手，抓住了韋小寶左腕，道：「小桂子，剛才的藥沒弄錯？」

韋小寶含含糊糊的道：「沒……沒弄錯……」只覺左腕便如給一道鐵箍箍住了，奇痛入骨，只嚇得抓着匕首的右手縮轉了尺許。

海老公顫聲道：「快……快點蠟燭，黑漆漆一團，甚麼……甚麼也瞧不見。」

韋小寶大奇，蠟燭明明點着，他為甚麼說黑漆漆一團？「莫非他眼睛瞎了？」便道：「蠟燭沒熄，公公，你……你沒瞧見嗎？」他和小桂子雖然都是孩子口音，但小桂子說的是旗人官腔，一時怎學得會，只好說得含含糊糊，只盼海老公不致發覺。

海老公叫道：「我……我瞧不見，誰說點了蠟燭？快去點起來！」說着便放開了韋小寶的手腕。韋小寶道：「是，是！」急忙走開，快步走到安在牆壁上的燭台之側，伸手撥動燭台的銅圈，發出叮噹之聲，說道：「點着了！」

海老公道：「甚麼？胡說八道！為甚麼不點亮了蠟……」一句話沒說完，身子一陣扭動，仰天摔倒。

韋小寶向茅十八急打手勢，叫他快逃。茅十八向他招手，要他同逃。韋小寶轉身走向門口，卻聽海老公呻吟道：「小……小桂子，小……桂子……你……」韋小寶應道：「是，我在這兒！」左手連揮，叫茅十八先逃出去再說，自己須得設法穩住海老公。

茅十八掙扎着想要站起，但雙腿穴道被封，伸手自行推拿腰間和腿上穴道，勁力使去，竟沒半點動靜，心想：「我雙腿無法動彈，只好爬了出去。這孩子鬼精靈，一個小孩兒家，旁人也不會留神，他要脫身不難，倘若跟我在一起，一遇上敵人，反而牽累了他。」當下向韋小寶揮了揮手，雙手據地，悄悄爬了出去。

海老公的呻吟一陣輕，一陣響。韋小寶不敢便走，生怕他發覺小桂子已死，聲張起來，他手下出動圍捕，自己和茅十八定然難以逃脫，心想：「這次禍事，都是我惹出來的。茅大哥雙腿不能行走，不知要多少時候才能逃遠。我在這裏多挨一刻好一刻。只要海老烏龜不發覺我是冒牌貨，那便沒事。這老烏龜病得神志不清，等他昏過去時，我一刀殺了他，就可逃走了。」

過得片刻，忽聽得遠處傳來的篤的篤鑼、的篤的篤鑼的打更之聲，卻是已交初更。韋小寶見燭光閃耀，突然一亮，左首的蠟燭點到盡頭，跟着便熄了，眼見小桂子的屍首蜷曲成一團，很是害怕：「這人是我殺的，他變成了鬼，會不會找我索命？」又想：「等到天一亮，那就難以脫身了，須得半夜裏乘黑逃走。」

可是海老公呻吟之聲不絕，始終不再昏迷，他仰天而臥，韋小寶膽子再大，也不敢提起匕首往他胸膛或小腹上插將下去，知道這老人武功厲害之極，只要刀尖碰到他肌膚，他立時知覺，一掌打來，自己非腦漿迸裂不可。又過了一會，另外一枝蠟燭也熄了。

黑暗之中，韋小寶想到小桂子的屍首觸手可及，害怕之極，只盼儘早逃出去，但只要他身子一動，海老公便叫道：「小……小桂子，你……在這裏麼？」韋小寶只好答應：「我在這裏！」

過了大半個時辰，他躡手躡脚的走到門邊。海老公又叫：「小桂子，你上那裏去？」韋小寶道：「我……我去小便。」海老公問：「爲……爲甚麼不在屋裏小便？」韋小寶應道：「是，是。」

他走到內室，那是他從未到過的地方，剛進門，只走得兩步，便砰的一聲，膝頭撞在桌子脚上。海老公在外面問道：「小……桂子，你……你幹甚麼？」韋小寶道：「沒……沒甚麼！」伸出手去摸索，在桌上摸到了火刀火石，忙打着了火，點燃紙媒，見桌上放着十幾根蠟燭，當即點燃一根，插上燭台。

見房中放着一張大床，一張小床，料想是海老公和小桂子所睡。房中有幾隻箱子，一桌一櫃，此外無甚物件。東首放着一隻大水缸，顯得十分突兀，地下濺得濕了一大片。他正在察看是否可從窗子中逃出去，海老公又在外面叫了起來：「你幹麼還不小便？」

韋小寶一驚：「他怎地一停不歇的叫我？莫非他聽我的聲音不對，起了疑心？否則我小便不小便，管他屁事？」當即應道：「是！」從小床底下摸到便壺，一面小便，一面打量窗子，見窗子關得甚實，每一道窗縫都用棉紙糊住，想是海老公咳得厲害，生怕受寒，連一絲冷風也不讓進來。倘若用力打開窗子，海老公定然聽到，多半還沒逃出窗外，便給擒住了。

他在房中到處打量，想找尋脫身的所在，但房中連狗洞、貓洞也沒一個，倘若從外房逃走，定然會給海老公發覺，一瞥眼間，見到小桂子床上脚邊放着一襲新衣，心念一動，忙脫下身上衣服，將新衣披在身上。

海老公又在外面叫道：「小桂子，你……你在幹甚麼？」韋小寶道：「來啦！來啦！」一面結扣子，一面走了出去，拾起小桂子的帽子，戴在頭上，說道：「蠟燭熄了，我去點一枝。」回到內室，取了兩根蠟燭，點着了出來。

海老公嘆了口長氣，低聲道：「你當眞已點着了蠟燭？」韋小寶道：「是啊，難道你沒瞧見？」海老公半晌不語，咳嗽幾聲，才道：「我明知這藥不能多吃，只是咳得實在……實在……太苦，唉，雖然每次只吃一點點，可是日積月累下來，毒性太重，終於……終於眼睛出了毛病。」韋小寶心中一寬：「老傢伙不知我在他酒中加了藥粉，還道是服藥多日，積了下來，這才發作。」

只聽海老公又道：「小桂子，公公平日待你怎樣？」韋小寶半點也不知道海老公平日待小桂子怎樣，忙道：「好得很啊。」海老公道：「唔，公公現下……眼睛瞎了，這世上就只有你一個人照顧我，你會不會離開公公，不……不理我了？」韋小寶道：「我……當然不會。」海老公道：「這話眞不眞啊？」

韋小寶忙道：「自然半點不假。」回答得毫不猶疑，而且語氣誠懇，勢要海老公非大為感動不可。他又道：「公公，你沒人相陪，如果我不陪你，誰來陪你？我瞧你的眼病過幾天就會好的，那也不用擔心。」

海老公嘆了口氣，道：「好不了啦，好不了啦！」過了一會，問道：「那姓茅的已逃走了？」韋小寶道：「是！」海老公道：「他帶來的那個小孩給你殺了？」韋小寶心中怦怦亂跳，答道：「是！他……他這屍首怎麼辦？」

海老公微一沉吟，道：「咱們屋中殺了人，給人知道了，查問起來，囉唆得很。你……你去將我的藥箱拿來。」韋小寶道：「是！」走進內室，不見藥箱，拉開櫃子的抽斗，一隻隻的找尋。

海老公突然怒道：「你在幹甚麼？誰……誰叫你亂開抽斗？」韋小寶嚇了一跳，心道：「原來這幾隻抽斗是開不得的。」道：「我找藥箱呢，不知放在那裏去了。」海老公怒道：「胡說八道，藥箱放在那裏都不知道。」

韋小寶道：「我……我殺了人，心……心裏害怕得緊。你……你公公……又瞎了眼睛，我……我完全胡塗了。」說到後來，竟哇的一聲哭了出來。他不知藥箱的所在，只怕單是這件事便露出了馬脚，說哭便哭，卻也半點不難。

海老公道：「唉，這孩子，殺個人又打甚麼緊了？藥箱是在第一口箱子裏。」

韋小寶抽抽噎噎的道：「是……是……我……我怕得很。」見兩口箱子都用銅鎖鎖着，又不知鑰匙在甚麼地方，伸手在鎖扣上一推，那鎖應手而開，原來並未鎖上，暗叫：「運氣眞好！這鎖中的古怪我如又不知道，老烏龜定要大起疑心。」除下了鎖，打開箱子，見箱中大都是衣服，左邊有隻走方郎中所用的藥箱，當即取了，走到外房。

海老公道：「挑些『化屍粉』，把屍首化了。」韋小寶應道：「是。」拉出藥箱的一隻隻小抽斗，但見抽斗中盡是形狀顏色各不相同的瓷瓶，也不知那一瓶是化屍粉，問道：「是那一隻瓶子？」海老公道：「這孩子，怎麼今天甚麼都胡塗了，當眞是嚇昏了頭嗎？」韋小寶道：「我……我怕得很，公公，你的眼睛……會……會好嗎？」語氣中對他眼病的關切之情，着實熱切無比。

海老公似乎頗為感動，伸手輕輕摸了摸他頭，說道：「那個三角形的、青色有白點的瓶子便是了。這藥粉挺珍貴，只消挑一丁點便夠了。」

韋小寶應道：「是，是！」拿起那青色白點的三角瓶子，打開瓶塞，從藥箱中取了一張白紙，倒了少許藥末出來，便即撒在小桂子的屍身之上。

可是過了半天，並無動靜。海老公道：「怎麼了？」韋小寶道：「沒見甚麼。」海老公道：「是不是撒在他血裏的？」韋小寶道：「啊，我忘了！」又倒了些藥末，撒在屍身傷口之中。海老公道：「你今天眞有些古裏古怪，連說話聲音也大大不同了。」

便在此時，只聽得小桂子屍身的傷口中嗤嗤發聲，升起淡淡烟霧，跟着傷口中不住流出黃水，烟霧漸濃，黃水也越流越多，發出又酸又焦的臭氣，眼見屍身的傷口越爛越大。屍身肌肉遇到黃水，便即發出烟霧，慢慢的也化而爲水，連衣服也是如此。

韋小寶只看得撟舌不下，取過自己換下來的長衫，丟在屍身上，又見自己脚下一對鞋子已然踢破了頭，忙除下小桂子的鞋子，換在自己脚上，將破鞋投入黃水。

約莫一個多時辰，小桂子的屍身連着衣服鞋襪，盡數化去，只賸下一灘黃水。韋小寶心想：「老烏龜倘若這時昏倒，那就再好也沒有了，我將他推入毒水之中，片刻之間也教他化得屍骨無存。」

可是海老公不斷咳嗽，不斷唉聲嘆氣，卻總是不肯昏倒。

眼見窗紙漸明，天已破曉，韋小寶心想：「我已換上了這身衣服，便堂而皇之的出去，也沒人認得我，那倒不用發愁。」

海老公忽道：「小桂子，天快亮了，是不是？」韋小寶道：「是啊。」海老公道：「你舀水把地下沖沖乾淨，這氣味不太好聞。」韋小寶應了，回到內室，用水瓢從水缸中舀了幾瓢水，將地下黃水沖去。

海老公又道：「待會吃過早飯，便跟他們賭錢去。」韋小寶大是奇怪，料想這是反話，便道：「賭錢？我才不去呢！你眼睛不好，我怎能自己去玩？」海老公怒道：「誰說是玩了？我教了你幾個月，幾百兩銀子已輸掉了，爲來爲去，便是爲了這件大事，你不聽我吩咐麼？」

韋小寶不明白他的用意，只得含糊其辭的答道：「不……不是不聽你吩咐，不過你身子不好，咳得又兇，我去幹……幹這件事，沒人照顧你。」海老公道：「你給我辦妥這件事，比甚麼都強。你再擲一把試試。」韋小寶道：「擲一把？擲……擲那一把？」海老公怒道：「快拿骰子來，推三阻四的。就是不肯下苦功去練，練了這許久，老是沒長進。」

韋小寶聽說是擲骰子，精神爲之一振，他在揚州，除了聽說書，大多數時候便在跟人擲骰子賭錢，年紀雖小，在揚州街巷之間，已算得是一把好手，只是不知骰子放在甚麼地方，說道：「這一天搞得頭昏腦脹，那幾粒骰子也不知放在甚麼地方了。」

海老公罵道：「不中用的東西，聽說擲骰子便嚇破了膽，輸錢又不是輸你的。那骰子不是好端端放在箱子中嗎？」

韋小寶道：「也不知是不是。」進內室打開箱子，翻得幾翻，在一隻錦緞盒子中果然見到有隻小瓷碗，碗裏放着六粒骰子。當眞是他鄉遇故知，忍不住一聲歡呼，待得拿起六粒骰子，又是一聲歡呼。原來遇到的不但是老朋友，而且是最最親密的老朋友，這六粒骰子一入手，便知是灌了水銀的騙局骰子。

他將瓷碗和骰子拿到海老公身邊，說道：「你當眞定要我去賭錢？你一個人在這裏，沒人服侍，成嗎？」

海老公道：「你少給我囉嗦，限你十把之中，擲一隻『天』出來。」

當時擲骰子賭錢，骰子或用四粒，或用六粒，如用六粒，則須擲成四粒相同，餘下兩粒便成一隻骨牌，兩粒六點是「天」，兩粒一點是「地」，以此而比大小。韋小寶心想：「這骰子是灌水銀的，要我十把才擲成一隻『天』，太也小覷老子了。」但用灌水銀骰子作弊，比之灌鉛骰子可難得多了，他連擲四五把，都擲不出點子，擲到第六把上，兩粒六點，三粒三點，一粒四點，倘若這四點的骰子是三點，這隻「天」便擲出來了，他小指頭輕輕一撥，將這粒四點的撥成三點，拍手叫道：「好，好，這可不是一隻『天』嗎？」

海老公道：「別欺我瞧不見，拿過來給我摸。」伸手到瓷碗中一摸，果然六粒骰子之中四粒三點，兩粒六點。海老公道：「今天運氣倒好，給我擲個『梅花』出來。」

韋小寶提起骰子，正要擲下去時，心念一動：「聽他口氣，小桂子這小烏龜擲骰子的本事極差，我要是擲甚麼有甚麼，定會引起老烏龜的疑心。」手勁一轉，連擲了七八把都是不對，再擲一把之後嘆了口氣。

海老公道：「擲成了甚麼？」韋小寶道：「是……是……」海老公哼了一聲，伸手入碗去摸，摸到是四粒兩點，一粒四點，一粒五點，是個「九點」。海老公道：「手勁差了這麼一點兒，梅花變成了九點。不過九點也不小了。你再試試。」

韋小寶試了十七八次，擲出了一隻「長三」，那比「梅花」只差一級。海老公摸清楚之後，頗為高興，說道：「有些長進啦，去試試手氣罷。今天帶五十……五十兩銀子去。」

韋小寶適才在箱中翻尋骰子之時，已見到十來隻元寶。說到賭錢，原是他平生最喜愛之事，只是一來沒本錢，二來太愛作假，揚州市井之間，人人均知他是小騙子，除了外來的羊牯，誰也不上他的當。此刻驚魂畧定，忽然能去賭錢，何況賭本竟有五十兩之多，那是連做夢也難得夢到的豪賭，更何況有騙局骰子攜去，當眞是甫出地獄，便上天堂，就算賭完要殺頭，也不肯就此逃走了，只是不知對手是誰，上那裏去賭，倘若一一詢問，立時便露出了馬脚，那可是個大大的難題。

他開箱子取了兩隻元寶，每隻都是二十五兩，正自凝思，須得想個甚麼法子，才能騙出海老公的話來，忽聽得門外有人嘎聲叫道：「小桂子，小桂子！」

韋小寶走到外堂，答應了一聲。海老公低聲道：「來叫你啦，這就去罷。」韋小寶欣然正要出門，猛然間肚子裏叫一聲苦，不知高低：「那些賭鬼可不是瞎子，他們一眼便知我不是小桂子，那便如何是好？」只聽門外那人又叫：「小桂子，你出來，有話跟你說。」

韋小寶道：「來啦！」當即回到內室，取了塊白布，纏在頭上臉上，只露出了一隻眼睛與嘴巴，向海老公道：「我去啦！」快步走出房門，只見門外一名三十來歲的漢子，低聲問道：「你怎麼啦？」

韋小寶道：「輸了錢，給公公打得眼青臉腫。」那人嘻的一笑，更無懷疑，低聲問道：

「敢不敢再去翻本？」韋小寶拉着他衣袖，走開幾步，低聲道：「別給公公聽見。當然要翻本啦。」那人大拇指一豎，道：「好小子，有種！這就走！」

韋小寶和他並肩而行，見這人頭小額尖，臉色青白。走出數丈後，那人道：「溫家哥兒倆、平威他們都已先去了。今日你手氣得好些才行。」韋小寶道：「今天再不贏，那……那可糟了！」

一路上走的都是迴廊，穿過一處處庭院花園。韋小寶心想：「他媽的，這財主眞有錢，起這麼大的屋子。」眼見飛簷繪彩，棟樑雕花，他一生之中那裏見過這等富麗豪華的大屋？心想：「咱麗春院在揚州，也算得上是數一數二的漂亮大院子了，比這裏可又差得遠啦。乖乖弄的東，在這裏開座院子，嫖客們可有得樂子了。不過這麼大的院子裏，如果不坐滿百來個姑娘，卻也不像樣。」

韋小寶跟着那人走了好一會，走進一間偏屋，穿過了兩間房間，那人伸手敲門，篤篤篤三下，篤篤兩下，又是篤篤篤三下，那門呀的一聲開了，只聽得玎玲玲、玎玲玲骰子落碗之聲，說不出的悅耳動聽。房裏已聚着五六個人，都是一般的打扮，正在聚精會神的擲骰子。

一個二十來歲的漢子問道：「小桂子幹麼啦？」帶他進來那人笑道：「輸了錢，給海老公打啦。」那人嘿嘿一笑，口中嘖嘖的數聲。韋小寶站在數人之後，見各人正在下注，有的一兩，有的五錢，都是竹籤籌碼。他拿出一隻元寶來，買了五十枚五錢銀子的籌碼。

一人說道：「小桂子，今日偷了多少錢出來輸？」韋小寶道：「呸！甚麼偷不偷，輸不輸的？難聽得緊！」他本要烏龜兒子王八蛋的亂罵一起，只是發覺自己說話的腔調跟他們太也不像，罵人更易露出馬脚，心想少開口爲妙，一面留神學他們的說話。

帶他進來的那漢子拿着籌碼，神色有些遲疑。旁邊一人道：「老吳，這會兒霉莊，多押些。」老吳道：「好！」押了二兩銀子，說道：「小桂子，怎麼樣？」韋小寶心想：「最好不要人家留心自己，不要贏多，不要輸多，押也不要押得大。」於是押了五錢銀子。旁人誰也不來理他。

那做莊的是個肥胖漢子，這些人都叫他平大哥，韋小寶記得老吳說過賭客中有一人叫作平威，這平大哥自是平威了。只見他拿起骰子，在手掌中一陣抖動，喝道：「通殺！」將骰子擲入碗中。韋小寶留神他的手勢，登時放心：「此人是個羊牯！」在他心中，凡是不會行騙的賭客，便是羊牯。平威擲了六把骰子，擲出個「牛頭」，那是短牌中的大點子。餘人順次一個個擲下去，有的賠了，有的吃了。老吳擲了個「八點」，給吃了。

韋小寶每見到一人擲骰，心中便叫一聲：「羊牯！」他連叫了七聲「羊牯」，登時大爲放心。

他懷中帶着海老公的水銀骰子，原擬玩到中途，換了進去，贏了一筆錢後，再設法換出來。擲假骰子的手法固然極爲難練，而將骰子換入換出，也須眼明手快，便如變戲法一般，先得引開旁人的注意，例如忽然踢倒一隻櫈子、倒翻一碗茶之類，衆人眼光都去瞧櫈瞧茶碗時，眞假骰子便掉了包。但若是好手，自也不必出到踢櫈翻茶的下等手法，通常是在手腕間暗藏六粒骰子，手指上抓六粒骰子，一把擲下，落入碗中的是腕間骰子，而手指中的六粒骰子一合手便轉入左掌，神不知、鬼不覺的揣入懷中，這門本事韋小寶卻沒學會。

有道是：「骰子灌鉛，贏錢不難；灌了水銀，點鐵成金。」水銀和鉛均極沉重，骰子一邊輕一邊重，能依己意指揮。只是鉛乃硬物，水銀卻不住流動，是以擲灌鉛骰子甚易而擲水銀骰子極難。骰子灌鉛易於爲人發覺，同時你既能擲出大點，對方亦能擲出大點，但若灌的是水銀，要甚麼點子，非有上乘手法不可，非尋常騙徒之所能。韋小寶擲灌鉛骰子有六七成把握，對付水銀骰子，把握便只一成二成。雖只一成二成，但十把中只須多贏得一兩把，幾個時辰賭將下來，自然大佔贏面。至於眞正的一流高手，則能任意投擲尋常骰子，要出幾點便是幾點，絲毫不爽，決不需借助於灌鉛灌水銀的骰子，這等功夫萬中無一，韋小寶也未曾遇上過，就算遇上了，他也看不出來。

他見入局的對手全是羊牯，心想骰子換入換出全無危險，且不忙換骰子，他入局時有兩隻二十五兩的元寶，一隻兌了籌碼，當下將另一隻元寶放在左手邊，以作掉換骰子的張本，又想：「小桂子既常常輸錢，我也得先輸後贏，免得引人疑心。」擲了幾把，擲出一隻么六來，自然是給吃了。

如此輸一注，贏一注，拉來拉去，輸了五兩銀子。賭了半天，各人下注漸漸大了，韋小寶仍下五錢。莊家平威將他的竹籌一推，說道：「至少一兩，五錢不收。」韋小寶當即添了一根籌碼。莊家擲出來是張「人」牌，一注注吃了下來。韋小寶惱他不收自己的五錢賭注，這一次決意贏他，心道：「你不肯輸五錢，定要輸上一兩，好小子，有種，算盤挺精。我若用天牌贏你，不算好漢。」他右手抓了骰子，左手手肘一挺，一隻大元寶掉下地去，托的一聲，正好掉在他左脚脚面。他大叫一聲：「啊喲，好痛！」跳了幾下。同賭的七人都笑了起來，瞧着他彎下腰去拾元寶。韋小寶輕輕易易的便換過了骰子，一手擲下去，四粒三點，兩粒一點，是張「地」牌，剛好比「人」牌大了一級。平威罵道：「他媽的，小鬼今天手氣倒好。」

韋小寶心中一驚：「不對，我這般贏法，別人一留神，便瞧出我不是小桂子了。」下一次擲時。他便輸了一兩，眼見各人紛紛加注，有的三兩，有的二兩，他便下注二兩，贏了二兩，下一次卻輸一兩。

賭到中午時分，韋小寶已贏得二十幾兩，只是每一注進出甚小，誰也沒加留神。老吳卻已將帶來的三十幾兩銀子輸得精光，神情甚是懊喪，雙手一攤，說道：「今兒手氣不好，不賭啦！」

韋小寶賭錢之時，十次中倒有九次要作弊騙人，但對賭友卻極爲豪爽。他平時給人辱罵毆打，無人瞧他得起，但若有人輸光了，他必借錢給此人，那人自然十分感激，對他另眼相看。韋小寶生平偶有機會充一次好漢，也只在借賭本給人之時。那人就算借了不還，他也並不在乎，反正這錢也決不是他自己掏腰包的。這時見老吳輸光了要走，當即抓起一把籌碼，約有十七八兩，塞在他手裏，說道：「你拿去翻本，贏了再還我！」

老吳喜出望外。這些人賭錢，從來不肯借錢與人，一來怕借了不還，二來覺得錢從己手而出，彩頭不好，本來贏的會變成輸家。他見韋小寶如此慷慨，大爲高興，連連拍他肩頭，讚道：「好兄弟，眞有你的。」

莊家平威氣勢正旺，最怕人輸乾了散局，對韋小寶的「義舉」也是十分讚許，說道：「哈，小桂子轉了性，今天不怎麼小氣啦！」

再賭下去，韋小寶又贏了六七兩。忽然有人說道：「開飯啦，明兒再來玩過。」衆人一聽到「開飯啦」三字，立即住手，匆匆將籌碼換成了銀子。韋小寶來不及換回水銀骰子，心想反正這些羊牯也瞧不出來，倒也沒放在心上。

韋小寶跟着老吳出來，心想：「不知到那裏吃飯去？」老吳將借來的十幾兩銀子又輸得差不多了，說道：「小兄弟，只好明天還你。」韋小寶道：「自己兄弟，打甚麼緊？」老吳笑道：「嘿嘿，這才是好兄弟呢，你快回去，海老公等你吃飯呢。」

韋小寶道：「是。」心想：「原來是回去跟老烏龜一起吃飯，此刻再不逃之夭夭，更待何時？」眼見老吳穿入一處廳堂，尋思：「這裏又是大廳，又是花園，又是走廊，不知大門在甚麼地方。」只好亂闖亂走，時時撞到和他一般服色之人，可不敢問人大門所在。

他越走越遠，心下漸漸慌了：「不如先回到海老烏龜那裏去再說。」可是此刻連如何回到海老公處，也已迷失了路徑，所行之處都是沒到過的，時時見到廳上、門上懸有匾額，反正不識，也沒去看。

再走一會，連人也不大碰到了，肚中已餓得咕咕直響。他穿過一處月洞門，見左側有間屋子，門兒虛掩，走過門邊，突然一陣食物香氣透了出來，不由得饞涎欲滴，輕輕推門，探頭一張。

只見桌上放着十來碟點心糕餅，眼見屋內無人，便即躡手躡脚的走了進去，拿起一塊千層糕，放入口中。只嚼得幾嚼，不由得暗暗叫好。這千層糕是一層麵粉夾一層蜜糖豬油，更有桂花香氣，既鬆且甜。維揚細點天下聞名，妓院中欵待嫖客，點心也做得十分考究。韋小寶往往先嫖客之嚐而嚐，儘管老鴇龜奴打罵，他還是偷吃不誤。此刻所吃的這塊糕，顯然比妓院中的細點更精緻得多，心道：「這千層糕做得眞好，我瞧這兒多半是北京城裏的第一大妓院。」

他吃了一塊千層糕，不聽得有人走近，又去取了一隻小燒賣放入口中。他偷食的經驗極豐，知道一碗一碟之中不能多取，這才不易爲人發覺。吃了一隻燒賣後，又吃一塊碗豆黃，將碟中糕點畧加搬動，不露偷食之迹。

正吃得興起，忽聽得門外靴聲橐橐，有人走近，忙拿了一個肉末燒餅，但見屋中空空洞洞，牆壁邊倚着幾個牛皮製的人形，樑上垂下來幾隻大布袋，裏面似乎裝着米麥或是沙土，此外便只眼前這張桌子，桌前掛着塊桌帷，當下更不細思，便即鑽入了桌底。

小玄子見韋小寶撲到，側身讓開，伸手在他背上重重一推。韋小寶撲了個空，本已收脚不住，再給他順力推出，登時俯身摔倒。

第四回　無迹可尋羚掛角　忘機相對鶴梳翎

靴聲響到門口，那人走了進來。韋小寶從桌底下瞧出去，見那靴子不大，來人當是個和自己差不多年紀的男孩，當即放心，將燒餅放入口中，卻也不敢咀嚼，只是用唾沫去浸濕燒餅，待浸軟了吞嚥。

只聽得咀嚼之聲發自桌邊，那男孩在取糕點而食，韋小寶心想：「也是個偷食的，我大叫一聲衝出去，這小鬼定會嚇得逃走，我便可大嚼一頓了。」又想：「剛才眞笨，該當把幾碟點心倒在袋裏便走。這裏又不是麗春院，難道短了甚麼，就定是把帳算在我頭上？」

忽聽得砰砰聲響，那男孩在敲擊甚麼東西，韋小寶好奇心起，探頭張望，只見那男孩約莫十四五歲年紀，身穿短打，伸拳擊打樑上垂下來的一隻布袋。他打了一會，又去擊打牆邊的皮人。那男孩一拳打在皮人胸口，隨即雙臂伸出，抱住了皮人的腰，將之按倒在地，所用手法，便似昨日在酒館中所見到那些摔跤的滿人一般。韋小寶哈哈一笑，從桌底鑽了出來，說道：「皮人是死的，有甚麼好玩？我來跟你玩。」

那男孩見他突然現身，臉上又纏了白布，微微一驚，但聽他說來陪自己玩，登時臉現喜色，道：「好，你上來！」

韋小寶撲將過去，便去扭男孩的雙臂。那男孩一側身，右手一勾，韋小寶站立不住，立時倒了。那男孩道：「呸，你不會摔跤。」韋小寶道：「誰說不會？」躍起身來，去抱他左腿。那男孩伸手抓他後心，韋小寶一閃，那男孩便抓了個空。韋小寶記得茅十八在酒館中與七名大漢相鬥的手法，突然左手出拳，擊向那男孩下顎，砰的一聲，正好打中。

那男孩一怔，眼中露出怒色。韋小寶笑道：「呸，你不會摔跤！」那男孩一言不發，左手虛幌，韋小寶斜身避讓，那男孩手肘斗出，撞正在他的腰裏。韋小寶大叫一聲，痛得蹲了下來。那男孩雙手從他背後腋下穿上，十指互握，扣住了他後頸，將他上身越壓越低。韋小寶右足反踢。那男孩雙手猛推，將韋小寶身子送出，拍的一聲，跌了個狗吃屎。

韋小寶大怒，翻滾過去，用力抱住了男孩的雙腿，使勁拖拉，那男孩站立不住，倒了下來，正好壓在韋小寶身上。這男孩身材比韋小寶高大，立即以手肘逼住韋小寶後頸。韋小寶呼吸不暢，拚命伸足力撐，翻了幾下，終於翻到了上面，反壓在那男孩身上。只見他人小身輕，壓不住對方，又給那男孩翻了上來壓住。

韋小寶極是滑溜，放開男孩雙腿，鑽到他身後，大力一脚踢中他屁股。那男孩反手抓住他右腿使勁一扯，韋小寶仰面便倒。那男孩撲上去扠住他頭頸，喝道：「投不投降？」

韋小寶左足鈎轉，在那男孩腰間擦了幾下，那男孩怕癢，嘻的一笑，手勁便即鬆了。韋小寶乘機躍起，抱住他頭頸。那男孩使出摔跤手法，抓住了韋小寶後領，把他重重往地下一摔。韋小寶一陣暈眩，動彈不得。那男孩哈哈大笑，說道：「服了麼？」

韋小寶猛地躍起，一個頭錘，正中對方小腹。那男孩哼了一聲，倒退幾步。韋小寶衝將上去，那男孩身子微斜，橫脚鈎掃。韋小寶摔將下來，狠命抱住了他大腿。兩人同時跌倒。一時那男孩翻在上面，一時韋小寶翻在上面，翻了十七八個滾，終於兩人互相扭住，呼呼喘氣，突然之間，兩人不約而同的哈哈大笑，都覺如此扭打十分好玩，慢慢放開了手。

那男孩一伸手，扯開了韋小寶臉上的白布，笑道：「包住了頭幹麼？」

韋小寶吃了一驚，便欲伸手去奪，但想對方既已看到自己眞面目，再加遮掩也是無用，笑道：「包住了臉，免得進來偷食時給人認了出來。」那男孩站起身來，笑道：「好啊，原來你時時到這裏偷食。」韋小寶道：「時時倒也不見得。」說着也站了起來，見那男孩眉清目秀，神情軒昂，對他頗有好感。

那男孩問道：「你叫甚麼名字？」韋小寶道：「我叫小桂子，你呢？」那男孩畧一遲疑，道：「我叫……叫小玄子。你是那個公公手下的？」韋小寶道：「我跟海老公。」小玄子點了點頭，就用韋小寶那塊白布抹了抹額頭汗水，拿起一塊點心便吃。韋小寶不肯服輸，心想你大膽偷食，我的膽子也不小於你，當即拿起一塊千層糕，肆無忌憚的放入口中。

小玄子笑了笑，道：「你沒學過摔跤，可是手脚挺靈活，我居然壓你不住，再打幾個回合，你便輸了。」韋小寶道：「那也不見得，咱們再打一會試試。」小玄子道：「很好！」兩人又扭打起來。

小玄子似乎會一些摔跤之技，年紀和力氣又都大過韋小寶，不過韋小寶在揚州市井間身經百戰，與大流氓、小無賴也不知打過了多少場架，扭打的經驗遠比小玄子豐富。總算他記得茅十八的教訓，而與小玄子的扭打只是遊戲，並非拚命，甚麼拗手指、拉辮子、咬咽喉、抓眼珠、扯耳朵、揑陰囊等等拿手的成名絕技，倒也一項沒使。這麼一來，那就難以取勝，扭打幾回合，韋小寶終於給他騎在背上再也翻不了身。小玄子笑道：「投不投降？」韋小寶道：「死也不降。」小玄子哈哈一笑，跳了起來。

韋小寶撲上去又欲再打。小玄子搖手笑道：「今天不打了，明天再來。不過你不是我對手，再打也沒用。」韋小寶不服氣，摸出一錠銀子，約有三兩上下，說道：「明天再打，不過要賭錢，你也拿三兩銀子出來。」小玄子一怔，道：「好，咱們打個彩頭。明天我帶銀子來，中午時分，在這裏再打過。」韋小寶道：「死約會不見不散，大丈夫一言既出，……馬難追。」這「駟馬難追」的「駟」，他總是記不住，只得隨口含糊帶過。小玄子哈哈大笑，說道：「不錯，大丈夫一言既出，……馬難追。」說着出屋而去。

韋小寶抓了一大把點心，放在懷裏，走出屋去，想起茅十八與人訂約比武，雖在獄中，也要越獄赴約，雖然身受重傷，仍是誓守信約，在得勝山下等候兩位高手，這等氣概，當眞令人佩服。他聽說書先生說英雄故事，聽得多了，時時幻想自己也是個大英雄、大豪傑，既與人訂下比武之約，豈可不到？心想明日要來，今晚須得回到海老公處，於是順着原路，慢慢覓到適才賭錢之處。先前向着右首走，以致越走越遠，這次折而向左，走過兩道迴廊，依稀記得庭園中的花木曾經見過，一路尋將過去，終於回到海老公的住所。

他走到門口，便聽到海老公的咳嗽之聲，問道：「公公，你好些了嗎？」海老公沉聲道：「好你個屁！快進來！」

韋小寶走進屋去，只見海老公坐在椅上，那張倒場了桌子已換過了一張。海老公問道：「贏了多少？」韋小寶道：「贏了十幾兩銀子，不過……不過……」海老公道：「不過怎麼？」韋小寶道：「不過借給了老吳。」其實他贏了二十幾兩，除了借給老吳之外，還有八九兩贓下，生怕海老公要他交出來，不免報帳時不盡不實。

海老公臉一沉，說道：「借給老吳這小子有甚麼用？他又不是上書房的。怎麼不借給溫家哥兒倆？」韋小寶不明緣由，道：「溫家哥兒沒向我借。」海老公道：「沒向你借，你不會想法子借給他嗎？我吩咐你的話，難道都忘了？」韋小寶道：「我……我昨晚殺了這小孩子，嚇得甚麼都忘了。要借給溫家哥兒，不錯，不錯，你老人家確是吩咐過的。」

海老公哼了一聲，道：「殺個把人，有甚麼了不起啦？不過你年紀小，沒殺過人，那也難怪。那部書，你沒有忘記？」韋小寶道：「那部書……書……我……我……」海老公又哼了一聲，道：「當眞甚麼都忘記了？」韋小寶道：「公公，我……我頭痛得很，怕……怕得厲害，你又咳得這樣，我眞擔心，甚……甚麼都胡塗了。」

海老公道：「好，你過來！」韋小寶道：「是！」走近了幾步。海老公道：「我再說一遍，你倘若再不記得，我殺了你。」韋小寶道：「是，是。」心想：「你只要再說一遍，我便過一百年也不會忘記。」

海老公道：「你去贏溫家哥兒倆的銀子，他們輸了，便借給他們，借得越多越好。過得幾日，你便要他們帶你到上書房去。他們欠了你錢，不敢不依，如果推三阻四，你就說我會去跟上書房總管烏老公算帳。溫家兄弟還不出錢來，自會乘皇上不在……」韋小寶道：「皇上？」海老公道：「怎麼？」韋小寶道：「沒……沒甚麼。」海老公道：「他們會問你，到上書房幹甚麼，你就說人望高處，盼望見到皇上，能夠在上書房當差。溫家兄弟不會讓你見到皇上的，帶你過去時，皇上一定不會在書房裏，你就得設法偷一部書出來。」

韋小寶聽他接連提到皇上，心念一動：「難道這裏是皇宮？不是北京城裏的大妓院？啊喲喂，是了，是了，若不是皇宮，那有這等富麗堂皇的？這些人定是服侍皇帝的太監。」韋小寶雖然聽人說過皇帝、皇后、太子、公主，以及宮女、太監，但只知道皇帝必穿龍袍，餘人如何模樣就不知道了。他在揚州看白戲倒也看得多了，不過戲台上的那些太監，服色打扮跟海老公、老吳他們全然不同，手中老是拿着一柄拂塵揮來揮去，唱的戲文沒一句好聽。他和海老公相處一日，又和老吳、溫氏兄弟賭了半天錢，可不知他們便是太監，此刻聽海老公這麼說，這才漸漸省悟，心道：「啊喲，這麼一來，我豈不變成了小太監？」

海老公厲聲道：「你聽明白了沒有？」韋小寶道：「是，是，明白了，要到皇……皇帝的書房去。」海老公道：「到皇上書房去幹甚麼？去玩嗎？」韋小寶道：「是去偷一部書出來。」海老公道：「偷甚麼書？」韋小寶道：「這個……這個……甚麼書……我……我記不起了。」海老公道：「我再說一遍，你好好記住了。那是一部佛經，叫做『四十二章經』，這部經書模樣挺舊的，一共有好幾本，你要一起拿來給我。記住了嗎？叫甚麼？」韋小寶喜道：「叫做四十二章經。」海老公聽出他言語中的喜悅之意，問道：「有甚麼開心？」韋小寶道：「你一提，我便記起了，所以高興。」

原來他聽海老公說要他到上書房去「偷書」，「偷」是絕不困難，「書」卻難倒了人。他西瓜大的字識不了一擔，要分辨甚麼書，可眞殺了頭也辦不到，待得聽說書名叫做「四十二章經」，不由得心花怒放，「章經」是甚麼東西不得而知，「四十二」三字卻是識得的，五個字中居然識得三個，不禁大爲得意。

海老公又道：「在上書房中偷書，手脚可得乾淨利落，假如讓人瞧見了，你便有一百條性命也不在了。」韋小寶道：「這個我理會得，偷東西給人抓住了，還有好戲唱嗎？」靈機一動，說道：「不過我決不會招你公公出來。」海老公嘆道：「招不招我出來，也沒甚麼相干了。」咳了一陣，說道：「今天你幹得不錯，居然贏到了錢。他們沒起疑心罷？」韋小寶笑道：「嘿嘿，沒有，那怎麼會？」想要自稱自讚一番，終於忍住。海老公道：「別躲懶，左右閒着沒事，便多練練。」

韋小寶應了，走進房中，只見桌上放着碗筷，四菜一湯，沒人動過，忙道：「公公，你不吃飯？我裝飯給你。」海老公道：「不餓，不吃，你自己吃好了。」

韋小寶大喜，來不及裝飯，挾起一塊紅燒肉便吃，雖然菜餚早已冷了，吞入飢腸，卻是說不出的美味，心想：「這些飯菜不知是誰送來的。這種小事別多問，睜大眼睛瞧着，慢慢的自會知道。」又想：「倘若這裏眞是皇宮，那麼老吳、溫家哥兒，還有那個小玄子都是太監了。卻不知皇帝老兒和皇后娘娘是怎麼一副模樣，總得瞧個明白才是。回到揚州，嘿嘿，老子這說起來可就神氣啦。茅大哥不知能不能逃出皇宮去？賭錢時沒聽到他們說起拿住了人，多半是逃出去啦。」

吃完飯後，只怕海老公起疑，便拿着六顆骰子，在碗裏玎玲玲的擲個不休，擲了一會，只覺眼皮漸重，昨晚一夜沒睡，這時實在疲倦得很了，不多時便即睡着了。

這一覺直睡到傍晚時分，跟着便有一名粗工太監送飯菜來。

韋小寶服侍海老公吃了一碗飯，又服侍他上床睡覺，自己睡在小床上，心想：「明日最要緊的是和小玄子比武，要打得贏他才好。」閉上眼睛，回想茅十八在酒館中跟滿洲武士打架的手法，卻模模糊糊的記不明白，不禁有些懊悔：「茅大哥要教我武藝，我偏不肯學，這一路上倘若學了來，小玄子力氣雖比我大，又怎能是我對手？明天要是再給他騎住了翻不過來，輸了銀子不打緊，這般面子大失，我這『小白龍』韋小寶在江湖上可也不用混啦。」

突然心想：「滿洲武士打不過茅大哥，茅大哥又不是老烏龜的對手，何不騙得老烏龜教我些本事？」當即說道：「公公，你要我去上書房拿幾本書，這中間卻有一樁難處。」

海老公道：「甚麼難處？」韋小寶道：「今兒我賭了錢回來，遇到一個小……小太監，攔住了路，要我分錢給他，我不肯，他就跟我比武，說道我勝得過他，才放我走。我跟他鬥了半天，所以……所以連飯也趕不及回來吃。」海老公道：「你輸了，是不是？」韋小寶道：「他又高又壯，力氣可比我大得多了。他說天天要跟我比武，那一日我贏了他，他才不來纏我。」海老公道：「這小娃娃叫甚麼名字？那一房的。」韋小寶道：「他叫小玄子，可不知是那一房的。」

海老公道：「定是你贏了錢，神氣活現的惹人討厭，否則別人也不會找上你。」韋小寶道：「我不服氣，明兒再跟他鬥過，就不知能不能贏。」海老公哼了一聲，道：「你又在想求我教武功了。我說過不教，便是不教，你再繞彎兒也沒用。」

韋小寶心中暗驚：「老烏龜倒聰明，不上這當。」說道：「這小玄子又不會武功，我要贏他，也不用學甚麼武藝，誰要你教了？今兒我明明已騎在他身上，只不過他力氣大，翻了過來。明天我出力揿住他，這傢伙未必就能烏龜翻身。」他這一天已然小心收斂，不說一句粗話，這時終於忍不住說了一句。

海老公道：「你想他翻不過來，那也容易。」韋小寶道：「我想也沒甚麼難處，我明天一定牢牢揿住他肩頭。」海老公道：「哼，揿住肩頭有甚麼用？能不能翻身，全仗腰間的力道，你須用膝蓋抵住他後腰穴道。你過來，我指給你看。」

韋小寶一骨碌從床上躍下，走到他床前，海老公摸到他後腰一處所在，輕輕一按，韋小寶便覺全身酸軟無力，海老公道：「記住了嗎？」韋小寶道：「是，明兒我便去試試，也不知成不成？」海老公怒道：「甚麼成不成？那是百發百中，萬試萬靈。」又伸手在他頭頸兩側輕輕一按。韋小寶「啊」的一聲叫了出來，只覺胸口一陣窒息，氣也透不過來。海老公道：「你如出力拿他這兩處穴道，他就沒力氣和你相鬥。」

韋小寶大喜，道：「成了，明兒我準能贏他。」這個「準」字，是日間賭錢時學的。回到床上睡倒，想起明天「小白龍」韋小寶打得小玄子大叫「投降」，十分得意。

次日老吳又來叫他去賭錢。那溫家兄弟一個叫溫有道，一個叫溫有方，輪到兩兄弟做莊時，韋小寶使出手段，贏了他們二十幾兩銀子。他兄弟倆手氣又壞，不到半個時辰，五十兩本錢已輸乾了。韋小寶借了二十兩給他們，到停賭時，溫家兄弟又將這二十兩銀子輸了。

韋小寶心中記着的只是和小玄子比武之事，賭局一散，便奔到那間屋去。只見桌上仍是放着許多碟點心，他取了幾塊吃了，聽得靴子聲響，只怕來的不是小玄子，心想先鑽入桌底再說，卻聽得小玄子在門外叫道：「小桂子，小桂子！」

韋小寶躍到門口，笑道：「死約會，不見不散。」小玄子也笑道：「哈哈，死約會，不見不散。」走進屋子。韋小寶見他一身新衣，甚是華麗，不禁頗有妒意，尋思：「待會我扯破你的新衣，叫你神氣不得！」一聲大叫，便向他撲了過去。

小玄子喝道：「來得好。」扭住他雙臂，左足橫掃過去。韋小寶站立不定，幌了幾下，一交跌倒，拉着小玄子也倒了下來。

韋小寶一個打滾，翻身壓在小玄子背上，記得海老公所教，便伸手去拿他後腰穴道，可是他沒練過打穴拿穴的功夫，這穴道豈能一拿便着？拿的部位稍偏，小玄子已然翻了過來，抓住他左臂，用力向後拗轉。韋小寶叫道：「啊喲，你不要臉，拗人手臂麼？」小玄子笑道：「學摔跤就是學拗人手臂，甚麼不要臉了？」韋小寶乘他說話之時一口氣浮了，全身用力向他後腰撞去，將背心撞在他頭上，右手從他臂腋裏穿了過來，用勁向上甩出。小玄子的身子從他頭頂飛過，拍的一聲，掉在地下。

小玄子翻身跳起，道：「原來你也會這招『翎羊掛角』。」韋小寶不知「翎羊掛角」是甚麼手法，誤打誤撞的勝了一招，大爲得意，說道：「這『翎羊掛角』算得甚麼，我還有許多厲害手法沒使出來呢。」小玄子喜道：「那再好也沒有了，咱們再來比劃。」

韋小寶心道：「原來你學過武功，怪不得打你不過。可是你使一招，我學一招，最多給你多摔幾交，你的法子我總能學了來。」眼見小玄子又撲將過來，便也猛力撲去。不料小玄子這一撲卻是假的，待韋小寶撲到，他早已收勢，側身讓開，伸手在他背上一推。韋小寶撲了個空，本已收脚不住，再給他順力推出，登時砰的一聲，重重摔倒。

小玄子大聲歡呼，跳過來騎在他背上，叫道：「投不投降？」

韋小寶道：「不降！」欲待挺腰翻起，驀地裏腰間一陣酸麻，後腰兩處穴道已被小玄子屈指抵住，那正是海老公昨晚所敎的手法，自己雖然學會了，卻給對方搶先用出。韋小寶掙了幾下，始終難以掙脫，只得叫道：「好，降你一次！」

小玄子哈哈大笑，放了他起身。韋小寶突然伸足絆去，小玄子斜身欲跌，韋小寶順手出拳，正中他腰間。小玄子痛哼一聲，彎下腰來，韋小寶自後撲上，雙手箍住他頭頸兩側。小玄子一陣暈眩，伏倒在地。韋小寶大喜，雙手緊箍不放，問道：「投不投降？」

小玄子哼了一聲，突然間雙肘向後力撞。韋小寶胸口肘骨痛得便欲折斷，大叫一聲，仰天倒下。小玄子翻身坐在他胸口，這一回合又是勝了，只是氣喘吁吁，也已累得上氣不接下氣，問道：「服……服……服了沒有？」韋小寶道：「服個屁！不……不……服，一百個……一……一萬個不服。你不過碰巧贏了。」小玄子道：「你不服，便……便起來打過。」韋小寶雙手撐地，只想使勁彈起來，但胸口要害處給對手按住了，甚麼力氣都使不出來，僵持良久，只得又投降一次。

小玄子站起身來，只覺雙臂酸軟。韋小寶勉力站起，身子搖搖擺擺，說道：「明兒……明兒再來打過，非……非叫你投降不可。」小玄子笑道：「再打一百次，你也……也……也是個輸，你有膽子，明天就再來打。」韋小寶道：「只怕你沒膽子呢，我為甚麼沒膽子？死約會，不見不散。」小玄子道：「好，死約會，不見不散。」

兩人打得興起，都不提賭銀子的事。小玄子既然不提，韋小寶樂得假裝忘記，倘若是他贏了，銀子自然非要不可。

韋小寶回到屋中，向海老公道：「公公，你的法子不管用，太也稀鬆平常。」海老公哼了一聲，說道：「沒出息，又打輸了。」韋小寶道：「如果用我自己的法子，雖然不一定準贏，也不見得準輸。可是你的法子太也膿包，人家也都會的，有甚麼希奇？」海老公奇道：「他也知道這法子？你試給我瞧瞧。」

韋小寶心想：「你眼睛瞎了，試給你看看，難道你看得見麼？」突然心念一動：「不知他是眞瞎還是假瞎，可得試他一試。」當即雙肘向後一撞，道：「他這麼一撞，只撞得我全身三千根骨頭，根根都痛。」海老公嘆了口氣，道：「你說這麼一撞，我又怎瞧得見？」顫巍巍的站起身來，道：「你試着學他的樣。」韋小寶心下暗喜：「老烏龜是眞的瞎了。」背心向着他，挺肘緩緩向後撞去，道：「他用手肘這樣撞我。」待得手肘碰到了海老公胸口，便不再使力。

海老公嗯了一聲，說道：「這是『腋底錘』，那也算不了甚麼。」韋小寶道：「還有這樣。」拉住了海老公左手，放在自己右肩，說道：「他用力一甩，我身子便從他頭頂飛了過去。」這一招其實是他甩倒小玄子的得意之作，故意倒轉來說，要考一考海老公。海老公道：「這是『羚羊掛角』。」韋小寶道：「原來你早知道了。」跟着拉住他手臂，慢慢而後拗轉。海老公道：「嗯，這是『倒折梅』中的第三手。還有甚麼？」

韋小寶道：「原來小玄子這些手法都有名堂，我跟他亂打亂扭，那些手段可也得有幾個好聽的名堂才成啊。我向他撲過去，這小子向旁閃開，卻在我背上順勢一推，我就……」海老公不等他說完，便問：「他推在你那裏？」韋小寶道：「他一推我便摔得七葷八素，怎還記得推在那裏。」海老公道：「你記記看。是推在這裏麼？」說着伸手按在他左肩背後。韋小寶道：「不是。」海老公道：「是這裏麼？」按在他右肩背後。韋小寶仍道：「不是。」海老公連按了六七個部位，韋小寶都說不是。海老公伸掌按在他右腰肋骨之下，問道：「是這裏麼？」說着輕輕一推。韋小寶一個踉蹌，跌出幾步，立時記起小玄子推他的正是這個所在，大聲道：「是了，一點不錯，正是這裏。公公，你怎麼知道？」

海老公不答，凝思半晌，道：「我教你的兩個法子，你說他居然也會，這話不假罷？」韋小寶道：「自然不假。貨眞價實，童叟無欺。這小子不但會按我後腰，還揪住了我胸口這個地方，我登時氣也透不過來，只好暫且投降一次。這叫做……」

海老公不理他叫做甚麼，伸出手來，說道：「他按在你胸口甚麼地方？」韋小寶拉過他手來，按在自己胸口，正是小玄子適才制住他的所在，道：「這裏。」海老公嘆了口氣，道：

「這是『紫宮穴』，這孩子的師父，可是位高人哪。」

韋小寶道：「那也沒甚麼，大丈夫能屈能伸，留得青山在，不怕沒燒柴（忙亂之中，將「不怕沒柴燒」說成了「不怕沒燒柴」。）我……我韋……我小桂子今日輸了一仗，明日去贏他回來，也非難事。」

海老公回坐椅中，右手五指屈了又伸，伸了又屈，閉目沉思，過了好一會，說道：「他會『小擒拿手』，那倒沒甚麼，可是他那一掌推在你右腰『意舍穴』上，這是武當派的『綿掌』手法。後來他按你『筋縮穴』，再按你『紫宮穴』，更是武當派的打穴手法。原來咱們宮中暗藏着一位武當高手。嗯，很好，很好！你說那小……小玄子有多大年紀？」

韋小寶道：「比我大得多了。」海老公道：「大幾歲？」韋小寶道：「好幾歲。」海老公怒道：「甚麼好幾歲？大一兩歲是幾歲，八九歲也是幾歲。他要是大了你八九歲，你還跟他打個甚麼？」韋小寶道：「好，算他只大我一兩歲罷，可是他比我高大得多。」好在對手年紀大，身材高，打輸了也不算太過丟臉，若不是要海老公傳授武藝，比武敗陣之事那是決計不說的，回來勢必天花亂墜，說得自己是大勝而歸。

海老公沉吟道：「這小子十四五歲年紀，嗯，你跟他打了多少時候才輸？」韋小寶道：「少說也有兩三個時辰。」海老公臉一沉，喝道：「別吹牛！到底多少時候？」韋小寶道：「就算沒一個時辰，也有大半個時辰。」海老公哼了一聲，道：「我問你，你便好好的說。這人學過武功，你沒學過，打輸了又不丟臉。跟人打架，輸十次八次不要緊，就算是輸一百次，二百次，你年紀還小，又怕甚麼了？只要最後一次贏了，贏得對手再也不敢跟你打，那才是英雄好漢。」韋小寶道：「對！當年漢高祖百戰百敗，最後一次卻把楚霸王打得烏江上吊……」海老公道：「甚麼烏江上吊，是烏江自刎。」韋小寶道：「上吊也罷，自刎也罷，都是輸得自殺。」

海老公道：「你總有得說的。我問你，今兒跟小玄子打，一共輸了幾次？」韋小寶道：「也不過一兩次，兩三次。」海老公道：「是四次，是不是？」韋小寶道：「眞正輸的，也不過兩次，另外兩次他賴皮，我不算輸。」

海老公道：「每一次打多少時候？」韋小寶道：「我算不準時候，有時像大便，有時像小便。」海老公道：「胡說八道！甚麼有時像大便，有時像小便？」韋小寶道：「拉屎便慢些，撒一泡尿就用不了多少時候。」

海老公微微一笑，說道：「這小子比喻雖然粗俗，說得倒明白。」尋思半晌，道：「你沒學過武功，這小玄子須得跟你纏上一會，才將你打倒，他這『小擒拿手』功夫是新學的，你不用怕。我教你一路『大擒拿手』，你好好記住了，明天去跟他打過。」韋小寶大喜，道：「他使的是小擒拿手，咱們使大擒拿手，以大壓小，自然必勝。」海老公道：「那也不一定。大小擒拿手各有所長，要瞧誰練得好。要是他練得好過了你，小擒拿手便勝過大擒拿手了。這大擒拿手共有一十八手，每一手各有七八種變化，一時之間你也記不全，先學一兩手再說。」當下站起身來，擺開架式，演了一遍，說道：「這一招叫做『仙鶴梳翎』。你先練熟了，跟我拆解。」

韋小寶看了一遍便已記得，練了七八次，自以爲十分純熟，說道：「練熟啦！」

海老公坐在椅上，左臂一探，便往他肩頭抓去，韋小寶伸手擋格，卻慢了一步，已被他抓住肩頭。海老公道：「熟甚麼？再練。」

韋小寶又練了幾次，再和海老公拆招。海老公左臂一探，姿式招數仍和先前一模一樣。韋小寶早就有備，只見他手一動便伸手去格，豈知仍是慢了少許，還是給他抓住了肩頭。海老公哼了一聲，罵道：「小笨蛋！」韋小寶心中罵道：「老烏龜！」不住練那格架的姿式，到得第三次拆解，仍是給他抓住，不禁心下迷惘，不知是甚麼緣故。

海老公道：「我這一抓，你便再練三年，也避不開的。我跟你說，你不能避，我來抓你肩頭，你就須得用手掌切我手腕，這叫做以攻爲守。」

韋小寶大喜，說道：「原來如此，那容易得很！你如早說，我早就會了。」待得海老公左手抓來，韋小寶右掌發出，去切他手腕，不料海老公並不縮手，手掌微偏，拍的一聲，重重打了他一記耳光。韋小寶大怒，也是一記耳光打過去，海老公左掌翻轉，抓住了他手腕，順勢一甩，將他身子摔了出去，笑道：「小笨蛋，記住了嗎？」韋小寶這一下摔倒，肩頭撞上牆脚，幸好海老公出手甚輕，否則只怕肩骨都得撞斷。

韋小寶大怒之下，一句「老烏龜」剛到口邊，總算及時收住，隨即心想：「這兩下好得很啊，明天我跟小玄子比武，便用他媽的一下，包管小玄子抵擋不了。」當即爬起身來，將海老公這兩下手法想了一下，記在心裏，跟着又再去試演。

試到十餘次後，海老公神秘莫測的手法，瞧在眼裏已不覺太過奇怪，終於練到肩頭已不會給他抓中，但那一記耳光，卻始終避不開，只不過海老公出手時已不如第一次時使勁，手指輕輕在他臉上一拂，便算一記耳光，這一拂雖然不痛，但每一次總是給拂中了。韋小寶既不回打，海老公也不抓他摔出。

韋小寶心下沮喪，問道：「公公，你這一記怎樣才避得開？」海老公微微一笑，說道：「我要打你，你便再練十年也躲不開的，小玄子卻也打你不到。咱們練第二招罷。」站起身來，將第二招大擒拿手「猿猴摘果」試演了一遍，又和他照式拆解。

韋小寶天性甚懶，本來決不肯用心學功夫，但要強好勝之心極盛，一心要學得幾下巧妙手法，逼得小玄子大叫投降，便用心學招。海老公居然也並不厭煩。這天午後直到傍晚，兩人不停的拆解手法。海老公坐在椅上，手臂便如能夠任意伸縮一般，只要隨意一動，韋小寶身上便中了一記，總算他下手甚輕，每一招都未使力。但饒是如此，當晚韋小寶睡在床上，只覺自頭至腿，周身無處不痛，這大半天中，少說也挨了四五百下。他躺在床上，只是暗罵：「老烏龜，打了老子這麼多下。明日老子打贏了小玄子，老烏龜，你就向我磕三百個響頭，老子也決不跟你學功夫了。」

次日上午，韋小寶賭完錢後，便去跟小玄子比武，眼見他又換了件新衣，心道：「你這小子，天天穿新衣，你上院子嫖姑娘嗎？」妒意大盛，上手便撕他衣服，嗤的一聲響，將他衣襟撕了一條大縫，這一來，可忘了新學的手法，給小玄子一拳打在腰裏，痛得哇哇大叫。小玄子乘機伸指戳出，戳中他左腿。韋小寶左腿酸麻，跪了下來，給小玄子在後一推，立時伏倒。小玄子縱身騎在他背上，又制住了他「意舍穴」，韋小寶只得投降。

他站起身來，凝了凝神，待得小玄子撲將過來，便即使出那招「仙鶴梳翎」，去切對方手腕。小玄子急忙縮手，伸拳欲打，這一招已給韋小寶料到，一把抓住他手腕，扭了過來，跟着以左肘在他背心急撞，小玄子大叫一聲，痛得無力反抗，這一回合卻是韋小寶勝了。

兩人比武以來，韋小寶首次得勝，心中喜悅不可言喻。他雖在揚州得勝山下殺過一名軍官，在宮中又殺過小桂子，但兩次均是使詐。他生平和人打架，除了欺侮八九歲的小孩子戰無不勝之外，和大人打架，向來必輸，偶然佔一兩次上風，也必是出到用口咬、撒泥沙等等卑鄙手段。至於在小飯店桌子底下用刀剁人脚板，其無甚光采之處，也不待人言而後知。以眞本事獲勝，這一役實是生平第一次。他一得意，不免心浮氣粗，第三回合卻又輸了。

第四回合上韋小寶留了神，使出那招「猿猴摘果」，和對方扭打良久，竟然僵持不下，到後來兩人都沒了力氣，摟住了一團，不停喘氣，只得罷鬥。

小玄子甚喜，笑道：「你今天……今天的本事長進了，跟你比武有些味道，是誰……誰教你了？」韋小寶也氣喘吁吁的道：「這本事我……我早就有的，不過前兩天沒使出來，明兒我還有更……更厲害的手段，你敢不敢領教？」小玄子哈哈大笑，說道：「自然要領教的，可別是大叫投降的手段。」韋小寶道：「呸，明天定要你大叫投降。」

韋小寶回到屋中，得意洋洋的道：「公公，你的大擒拿手果然使得，我扭住了那小子的手腕，再用手肘在他背上這麼一撞，這小子只好認輸。」

海老公問道：「今日你和他打了幾個回合？」韋小寶道：「打了四場，各贏兩場。本來我可以贏足三場，第三場太不小心。」海老公道：「你說話七折八扣，倘若打了四場，你最多只贏一場。」韋小寶笑了笑，說道：「第一場我沒贏。第二場卻的的確確是我贏了，若有虛言，天誅地滅。第三場他不算輸。第四場打得大家沒了氣力，約定明天再打過。」海老公道：「你老老實實說給我聽，一招一式，細細比來。」

韋小寶記心雖好，但畢竟於武術所知太少，這四場一招一式如何打法，卻說不完全，他只記得第二場取勝的那一招得意之作。可是海老公偏要細問他如何落敗。韋小寶只想含糊其辭的混了過去，最後總是給逼問到了眞相。小玄子用以取勝的招式，海老公一一舉出，便如親見一般，比之韋小寶還說得詳盡十倍。他這麼一提，韋小寶便記得果是如此。

韋小寶道：「公公，你定有千里眼，否則小玄子那些手法，你怎能知道得清清楚楚？」海老公低頭沉思，喃喃道：「果眞是武當高手，果眞是武當高手。」韋小寶又驚又喜，道：「你說小玄子這小子是武當派高手？我能跟這高手鬥得不分上下，哈哈……」海老公呸的一聲，道：「別臭美啦！誰說是他了？我是說教他拳脚的師父。」韋小寶道：「那麼你是甚麼派的？咱們這一派武功天下無敵，自然比武當派厲害得多，那也不用說啦。」他還不知海老公是何門派，便先大肆吹嘘。

海老公道：「我是少林派。」韋小寶大喜，道：「那好極了，武當派的武功一遇上咱們少林派，那是落花流水，夾着尾巴便逃。」海老公哼的一聲，說道：「我又沒收你做弟子，你怎麼能算少林派？」韋小寶訕訕的道：「我又不說我是少林派，我學的是少林派武功，那總不錯罷？」海老公道：「小玄子使的既是武當派正宗擒拿手，咱們便須以少林派正宗擒拿手法對付，否則就敵他不過。」韋小寶道：「是啊，我打輸了事小，連累了咱們少林派的威名，卻大大的不值得了。」少林派的威名到底有多大，他全然不知，但如自己跟少林派拉上一些干係，總不會是蝕本生意。

海老公道：「昨天我傳你這兩手大擒拿手，本意只想打得那小子知難而退，不再糾纏不清，你便可以去上書房拿書。可是眼前局面有點兒不同了，這小子果是武當派嫡系，這一十八路大擒拿手，便須一招一式的從頭教起。你會不會弓箭步？」韋小寶道：「弓箭步嗎，那當然是彎弓射箭時的姿式了。」海老公臉一沉，說道：「要學功夫，便得虛心，不會的就說不會。學武的人，最忌自作聰明，自以爲是。前腿屈膝，其形如弓，稱爲『弓足』；後腿斜挺，其形如箭，稱爲『箭足』，兩者合稱，就叫做『弓箭步』。」說着擺了個「弓箭步」的姿式。

韋小寶依樣照做，說道：「這有甚麼難哪？我一天擺他個百兒八十的。」

海老公道：「我不要你擺百兒八十的，就只要你擺一個。你這麼擺着，我不叫站起來，你可不許動。」說着摸他雙腿姿式，要他前腿更曲，後腿更直。

韋小寶道：「那也挺容易呀。」可是這麼擺着姿式不動，不到半炷香時分，雙腿已酸麻之極，叫道：「這可行了罷？」海老公道：「還差得遠呢。」韋小寶道：「我練這怪模樣又管甚麼用？難道還能將小玄子打倒麼？」海老公道：「這『弓箭步』練得穩了，人家就推你不倒，用處大着呢。」韋小寶強辯：「就算人家推倒了我，我翻個身便站起來了，又不吃虧。」海老公緩緩點頭，不去理他。

韋小寶見他點頭，便挺直身子，拍了拍酸麻的雙腿。海老公喝道：「誰叫你站直了？快擺『弓箭步』！」韋小寶道：「我要拉尿！」海老公喝道：「不准！」韋小寶道：「我要拉屎！」海老公道：「不准！」韋小寶道：「這可當眞要拉出來啦！」海老公嘆了口氣，只得任由他上茅房，鬆散雙腿。

韋小寶人雖聰明，但要他循規蹈矩，一板一眼的練功，卻說甚麼也不幹。海老公倒也不再勉強，只傳了他幾下擒拿扭打的手法。拆解之時，須得彎腰轉身、蹲倒伏低，海老公卻不跟他來這一套，只是出聲指點，伸手一摸，便知他姿式手法是否有誤。

次日韋小寶又去和小玄子比武，自忖昨夫四場比賽，輸了兩場，贏了一場，今日多學了許多功夫，自非四場全勝不可。那知一動手，幾招新手法用到小玄子身上之時，竟然並不管用，或是給他以特異手法化解了開去，一上來兩場連輸。韋小寶又驚又怒，在第三場中小心翼翼，才拗住了小玄子的左掌向後扳，小玄子翻不過來，只得認輸。

韋小寶得意洋洋，第四場便又輸了，給小玄子騎在頭頸之中，雙腿挾住了頭頸，險些窒息。他投降之後，站起身來，罵道：「他媽的，你……」

小玄子臉一沉，喝道：「你說甚麼？」神色間登時有股凜然之威。韋小寶一驚，尋思：「不對，這裏是皇宮，可不能說粗話。茅大哥說，到了北京，不能露出破綻，我說他媽的粗話，便露出了他媽的破綻，拆穿了西洋鏡。」忙道：「我說我這一招『他媽的』式打你不過，只好投降。」小玄子臉露笑容，問道：「你這招手法叫做『他媽的』？那是甚麼意思？」

韋小寶心道：「還好，還好！這小烏龜整天在皇宮之中，不懂外邊罵人的言語。」便胡謅道：「這式『踢馬蹄』本來是學馬前失蹄，踢了下去，教你不防，我就翻上來壓住你。那知你不上當，這「踢馬蹄」式便用不出了。」

小玄子哈哈大笑，道：「甚麼踢馬蹄，就是踢牛蹄也贏不了我。明天還敢不敢再打？」韋小寶道：「那還用說，自然要打。喂，小玄子，我問你一句話，你可得老老實實，不能瞞我。」小玄子道：「甚麼話？」韋小寶道：「教你功夫的師父，是武當派高手，是不是？」小玄子奇道：「咦，你怎麼知道？」韋小寶道：「我從你的手法之中看了出來。」小玄子道：「你懂得我的功夫？那叫甚麼名堂？」韋小寶道：「那還有不知道的？這是武當派嫡傳正宗的『小擒拿手』，在江湖上也算是第一流的武功了，只不過遇到我少林派嫡傳正宗的『大擒拿手』，你終於差了一級。」

小玄子哈哈大笑，說道：「大吹牛皮，也不害羞！今天比武，是你贏了還是我贏了？」韋小寶道：「勝敗兵家常事，不以輸贏論英雄。」小玄子笑道：「不以成敗論英雄。」韋小寶道：「輸贏就是成敗。」他曾聽說書先生說過「不以成敗論英雄」的話，只是「成敗」二字太難，一時想不起來，卻給小玄子說了出來，不由得微感佩服：「你也不過比我大得一兩歲，知道的事倒多。」

他回到屋中，嘆了口氣，道：「公公，我在學功夫，人家也在學，不過人家的師父本事大，教的法子好。」他不說自己不成，卻賴海老公教法不佳。

海老公道：「今天定是四場全輸了！渾小子不怪自己不中用，卻來埋怨旁人。」韋小寶道：「呸！那怎麼會四場全輸？多少也得贏他這麼一兩場、兩三場。我今天問過了，人家的師父的的確確是武當派嫡傳正宗。」海老公道：「他認了嗎？」語調中顯得頗爲興奮。韋小寶道：「我問他：『教你功夫的師父，是武當派的高手，是不是？』他說：『咦，你怎麼知道？』那不是認了？」

海老公喃喃的道：「所料不錯，果然是武當派的。」隨即呆呆出神，似在思索一件疑難之事，過了良久，道：「咱們來學幾招勾脚的法子。」

如此韋小寶每天向海老公學招，跟小玄子比武。學招之時，凡是遇上難些的，韋小寶便敷衍含糊過去。海老公卻也由他，撇開了紮根基的功夫，只是教他躲閃、逃避，以及諸般取巧、佔便宜的法門。可是與小玄子相鬥之時，他招式增加，小玄子的招式也相應增加，打來打去，十次中仍有七八次是韋小寶輸了。

這些日子中，每日上午，韋小寶總是去和老吳、平威、溫有道、溫有方等太監賭錢。起初幾日他用白布蒙臉，後來漸漸越蒙越少。衆人雖見他和小桂子相貌完全不同，但一來賭得興起，小桂子以前到底是怎生模樣，心中也模模糊糊；二來他不住借錢於人，人人都愛交他這個朋友；三來他逐日少蒙白布，旁人慢慢的習以爲常，居然無人相詢。賭罷局散，他便去和小玄子比武，午飯後學習武功。

擒拿法越來越難，韋小寶已懶得記憶，更懶得練習，好在海老公倒也不如何逼迫督促，只是順其自然。

時日匆匆，韋小寶來到皇宮不覺已有兩個月，他每日裏有錢可賭，日子過得雖不逍遙自在，卻也快樂。只可惜不能污言穢語，肆意謾罵，又不敢在宮內偷鷄摸狗，撒賴使潑，未免美中不足。有時也想到該當逃出宮去，但北京城中一人不識，想想有些膽怯，便在宮中一天又一天的躭了下來。韋小寶和小玄子兩個月鬥了下來，日日見面，交情越來越好。韋小寶輸得慣了，反正「不以輸贏論英雄」，賭場上得意武場上輸，倒也不放在心上。他和小玄子兩人都覺得，只消有一日不打架比武，便渾身不得勁。韋小寶的武功進展緩慢，小玄子卻也平平；韋小寶雖然輸多贏少，卻也決不是只輸不贏。

這兩個月賭了下來，溫氏兄弟已欠了韋小寶二百多兩銀子。這一日還沒賭完，兩兄弟互相使個眼色，溫有道向韋小寶道：「桂兄弟，咱們有件事商量，借一步說話。」韋小寶道：「好，要銀子使嗎？拿去不妨。」溫有方道：「多謝了！」兩兄弟走出門去，韋小寶跟着出去，三人到了隔壁的廂房。

溫有道說道：「桂兄弟，你年紀輕輕，爲人慷慨大方，當眞難得。」韋小寶給他這麼一奉承，登時心花怒放，說道：「那裏，那裏！自己哥兒們，你借我的，我借你的，那打甚麼緊！有借有還，上等之人！」這兩個月下來，他已學了一口京片子，雖然偶爾露出幾句揚州土話，在旁人聽來，卻也已不覺得如何刺耳。

溫有道說道：「我哥兒倆這兩個月來手氣不好，欠下你的銀子着實不少，你兄弟雖然不在乎，我二人心中卻十分不安。」溫有方道：「現下銀子越欠越多，你兄弟的手氣更越來越旺，我哥兒卻越來越霉，這樣下去，也不知何年何月纔能還你。這麼一筆債揹在身上，做人也沒有味兒。」韋小寶笑道：「欠債不還，那是理所當然之事，兩位以後提也休提。」

溫有方嘆了口氣，道：「小兄弟的爲人，那是沒得說的了，老實不客氣說，咱哥兒的債倘若是欠你小兄弟的，便欠一百年不還也不打緊，是不是？」韋小寶笑道：「正是，正是，便欠二百年、三百年卻又如何？」

溫有方道：「二三百年嗎？大夥兒都沒這個命了。」說到這裏，轉頭向兄長望去。溫有道點了點頭。溫有方續道：「可是咱哥兒知道，你小兄弟的那位主兒，卻厲害得緊。」韋小寶道：「你說海老公？」溫有方道：「可不是嗎？你小兄弟不追，海老公總有一天不能放過咱兄弟。他老人家伸一根手指，溫家老大、溫老二便吃不了要兜着走啦。因此咱們得想一個法子，怎生還這筆銀子才好？」

韋小寶心道：「來了，來了，海老公這老烏龜果然是料事如神。這些日子來我只記着練拳，跟小玄子比武，可把去上書房偷書的事給忘了。我且不提，聽他們有何話說。」當下嗯了一聲，不置可否。

溫有方道：「我們想來想去，只有一個法子，求你小兄弟大度包容，免了我們這筆債，別向海老公提起。以後咱哥兒贏了回來，自然如數奉還，不會拖欠分文。」

韋小寶心頭暗罵：「你奶奶的，你兩隻臭烏龜當我韋小寶是大羊牯？憑你這兩隻王八蛋的本事，跟老子賭錢還有贏回來的日子？」當下面有難色，說道：「可是我已經向海公公說了。他老人家說，這筆銀子嘛，還總是要還的，遲些日子倒不妨。」

溫氏兄弟對望了一眼，神色甚是尷尬，他二人顯然對海老公十分忌憚。溫有道道：「那麼小兄弟可不可幫這樣一個忙？以後你贏了錢，拿去交給海老公，便說……便說是我們還你的。」韋小寶心中又再暗罵：「越說越不成話了，眞當我是三歲小孩兒麼？」說道：「這樣雖然也不是不行，不過我……我可未免太吃虧了些。」

溫氏兄弟聽他口氣鬆動，登時滿面堆歡，一齊拱手，道：「承情，承情，多多幫忙。」溫有方道：「小兄弟的好處，我哥兒倆今生今世，永不敢忘。」韋小寶道：「倘若這麼辦，我要二位大哥辦一件事，不知成不成？」二人沒口子的答應：「成，成，甚麼事都成。」

韋小寶道：「我在宮裏這許多日子，可連皇上的臉也沒有見過。你二位在上書房服侍皇上，我想請二位帶我去見見皇上。」

溫氏兄弟登時面面相覷，大有難色。溫有道連連搔頭。溫有方說道：「唉，這個……這個……這個……」連說了七八個「這個」，再也接不下去。

韋小寶道：「我又不想對皇上奏甚麼事，只不過到上書房去躭上一會兒，能見到皇上的金面，那是咱們做奴才的福氣，要是沒福見到，也不能怪你二位啊。」

溫有道忙道：「這個倒辦得到。今日申牌時分，我到你那兒來，便帶你去上書房。那個時候，皇上總是在書房裏做詩寫字，你多半能見到。別的時候皇上在殿上辦事，那便不易見着了。」說着斜頭而溫有方霎了霎眼睛。

韋小寶瞧在眼裏，心中又是「臭烏龜、賤王八」的亂罵一陣，尋思：「這兩隻臭烏龜聽說我要見皇帝，臉色就難看得很。他們說申牌時分皇帝一定在上書房，其實是一定不在上書房。他們不敢讓我見皇帝，我幾時又想見了？他奶奶的，皇帝倘若問我甚麼話，老子又怎回答得出？一露出馬脚，那還不滿門抄斬？說不定連老子的媽也要從揚州給拉來殺頭。海老烏龜教我武功，也不知教得對不對，爲甚麼打來打去，總是打不過小玄子？我去把那部不知是『三十二章經』還是『四十二章經』從上書房偷了出來，給了海老烏龜，他心裏一喜歡，說不定便有眞功夫教我了。」當下便向溫氏兄弟拱手道謝，道：「咱們做奴才的，連萬歲爺的金面也見不着，死了定給閻王老子大罵烏龜王八蛋。」

他去和小玄子比武之後，回到屋裏，只和海老公說些比武的情形，溫氏兄弟答允帶他去上書房之事卻一句不提，心想待我將那部經書偷來，好教海老烏龜大大驚喜一場。

未牌過後，溫氏兄弟果然到來。溫有方輕輕吹了聲口哨，韋小寶便溜了出去。溫氏兄弟打個手勢，也不說話，向西便行。韋小寶跟在後面，有了上次的經歷，他一路上留心穿廊過戶時房舍的形狀，以免回來時迷失道路。

從他住屋去上書房，比之去賭錢的所在更遠，幾乎走了一盞茶時分。溫有道才輕聲道：「上書房到了，一切小心些！」韋小寶道：「我理會得。」

兩人帶着他繞到後院，從旁邊一扇小門中挨身而進，再穿過兩座小小的花園，走進一間大房間中。

但見房中一排排都是書架，架上都擺滿了書，也不知有幾千幾萬本。韋小寶倒抽了口涼氣，暗叫：「辣塊媽媽不開花，開花養了小娃娃！他奶奶的，皇帝屋裏擺了這許多書，整天見的都是書，朝也書（輸），晚也書（輸），還能賭錢麼？海老公要的這幾本書，我可到那裏找去？」他生長市井，一生之中從來沒過書房是甚麼樣子，只道房中放得七八本書，就是書房了。從七八本書中，檢一本寫有「三十二」或「四十二」幾個字的書，想必不難，此刻眼前突然出現了千卷萬卷書籍，登時眼花繚亂，不由得手足無措，便想轉身逃走。

溫有道低聲道：「再過一會，皇上便進書房來了，坐在這張桌邊讀書寫字。」

韋小寶見那張紫檀木的書桌極大，桌面金鑲玉嵌，心想：「桌上鑲的黃金白玉，一定不是假貨，挖了下來拿去珠寶店，倒有不少銀子好賣。」見桌上攤着一本書。左首放着的硯台筆筒也都雕刻精緻。椅子上披了錦緞，繡着一條金龍。韋小寶見了這等氣派，心中不禁怦怦亂跳，尋思：「他奶奶的，這烏龜皇帝倒會享福！」書桌右首是一隻青銅古鼎，燒着檀香，鼎蓋的獸頭口中嬝嬝吐出一縷縷青烟。

溫有道道：「你躲在書架後面，悄悄見一見皇上，那就是了。皇上讀書寫字的時候，不許旁人出聲，你可不得咳嗽打噴嚏。否則皇上一怒，說不定便叫侍衞將你拖出去斬首。」韋小寶道：「我自然知道，不能咳嗽打噴嚏，更加不得放響屁。」溫有道臉一沉，道：「小兄弟，上書房不比別的地方，可不能說不恭不敬的胡話。」韋小寶伸了伸舌頭，不敢說了。

只見他兩兄弟一個拿起拂塵，一個拿了抹布，到處拂掃抹拭。書房中本就清潔異常，一塵不染，但他二人還是細心收拾。溫氏兄弟抹了灰塵後，各人從一隻櫃子中取出一塊雪白的白布，再在各處揩抹，揩抹一會，拿起白布來瞧瞧，看白布上有無黑迹，眞比抹鏡子還要細心，直抹了大半天，這才歇手。

溫有道說道：「小兄弟，皇上這會兒還不來書房，今天是不來啦。躭會侍衞大人便要來巡查，見到你這張生面孔，定要查究，大夥兒可吃罪不起。」韋小寶道：「你們先去，我再等一會就走。」溫氏兄弟齊聲道：「那不成！」溫有道說道：「宮裏的規矩，你也不是不知道，皇上所到的地方，該當由誰侍候，半分也亂不得。宮裏太監宮女幾千人，倘若那一個想見皇上，便自行走到皇上跟前，那還成體統嗎？」溫有方道：「好兄弟，不是咱哥兒不肯幫忙，咱二人能夠進上書房，每天也只有這半個時辰，打掃揩抹過後，立刻便須出去。不瞞你說，別說你不能在上書房裏多耽，便是咱哥兒倆，過了時不出去，給侍衛大人們查到了，那也是重則抄家殺頭，輕則坐牢打板子。」

韋小寶伸了伸舌頭，道：「那有這麼厲害？」溫有方頓足道：「皇上身邊的事，也開得玩笑麼？好兄弟，你想見皇上，咱們明日這時再來碰碰運氣。」韋小寶道：「好，那麼咱們就走罷。」溫氏兄弟如釋重負，一個挽住他左臂，一個挽住他右臂，惟恐他不走，挾了他出去。韋小寶突然道：「其實你們兩個，也從來沒見過皇上，是不是？」

溫有方一怔，道：「你……你……怎麼……」他顯是要說「你怎麼知道？」溫有道忙道：「我們怎麼沒見過？皇上在書房裏讀書寫字，那是常常見到的。」韋小寶心想：「每天這時候，你們進書房裏來揩抹灰塵，這時候皇帝自然不會來，難道你兩個王八蛋東摸西摸抹灰塵的孫子德性，皇帝愛瞧得很麼？」溫有道又道：「小兄弟答允還銀子給海公公，我兄弟倆日後必有補報。要見皇上嘛，那是一個人的福命，是前生修下來的福報，造橋鋪路，得積無數陰德，命中如果注定沒這個福氣，可也勉強不來。」

說話之間，三個人已從側門中出去。韋小寶道：「既是如此，過幾天你們再帶我來碰碰運氣罷！」二人連說：「好極，好極！」三人就此分手。

韋小寶快步回去，穿過了兩條走廊，便在一扇門後一躲，過得一會，料想他二人已經去遠，悄悄從門後出來，循原路回去上書房，去推那側門時，不料裏面已經閂上。他一怔，心想：「只這麼一會兒，裏面便已上了閂，看來溫家兄弟的話不假，侍衞當眞來巡查過了。不知他們走了沒有？」

附耳在門上一聽，不聞有何聲息，又湊眼從門縫中向內張去，庭院中並無一人，他想了想，從靴筒中摸出一把薄薄的匕首。這匕首便是當日用來刺死小桂子的，他潛身皇宮，自知危機四伏，打從那日起，這匕首便始終沒離過身。當下將匕首刃身從門縫中插了進去，輕輕撥得幾撥，門閂向上抬起。他將門推開兩寸，從門縫中伸手進去先抓住了門閂，不讓落地出聲，這才推門，閃身入內，反身又關上了門，上了門閂，傾聽房中並無聲息，一步步的挨過去，探頭在書房中一張，幸喜無人，等了片刻，這才進去。

他走到書桌之前，看到那張披了繡龍錦緞的椅子，忽有個難以抑制的衝動：「他媽的，這龍椅皇帝坐得，老子便坐不得？」斜跨一步，當即坐入了椅中。

他初坐下時心中怦怦亂跳，坐了一會，心道：「這椅子也不怎麼舒服，做皇帝也沒甚麼了不起。」畢竟不敢久坐，便去書架上找那部「四十二章經」。可是書架上幾千部書一部疊着一部。那些書名一百本中難得有一兩個字識得。他拚命去找「四」字，「四」字倒也找到了好幾次，可是下面卻沒有「十」字「二」字。原來他找到的全是「四書」，甚麼「四書集註」、「四書正義」之類。找了一會，看到了一部「十三經注疏」，識得了「十三」二字，歡喜了片刻，但知道那終究不是「四十二章經」。

正自茫無頭緒之際，忽聽得書房彼端門外靴聲橐橐，跟着兩扇門呀的一聲開了，原來那邊一座大屏風之後另行有門，有人走了進來。韋小寶大吃一驚：「那邊原來有門，老子今日要滿門抄斬。」要去開門從進門溜出，無論如何來不及了，急忙貼牆而立，縮在一排書架後面。只聽得兩個人走進書房，揮拂塵四下裏拂拭。

過不多時，又走進一個人來，先前兩人退出了書房。另外那人卻在書房中慢慢的來回踱步。韋小寶暗叫：「糟糕，定是侍衛們在房中巡視了，莫非我從後門進來，給他們發見了蹤迹？」不由得背上出了一陣冷汗。

那人踱步良久，忽然門外有人朗聲說道：「回皇上：鰲少保有急事要叩見皇上，在外候旨。」書房內那人嗯了一聲。韋小寶又驚又喜：「原來這人便是皇帝。那鰲少保便是茅大哥要跟他比武之人了。此人算是甚麼滿洲第一勇士，卻不知是如何威武的模樣，非得偷瞧一下不可。下次見到茅大哥，可有得我說的了。」

只聽得門外脚步之聲甚是沉重，一人走進書房，說道：「奴才鰲拜叩見皇上！」說着跪下磕頭。韋小寶忙探頭張去，只見一個魁梧大漢爬在地下磕頭。他不敢多看，只怕鰲拜一抬起頭便見到了自己，忙將頭縮回，但身子稍稍移出，斜對鰲拜，心道：「你又向皇帝磕頭，又向老子磕頭。甚麼滿洲第一勇士，第二勇士，有甚麼了不起，還不是向我韋小寶磕頭？」

只聽皇帝說道：「罷了！」鰲拜站起身來，說道：「回皇上：蘇克薩哈蓄有異心，他的奏章大逆不道，非處極刑不可。」皇帝嗯了一聲，不置可否。鰲拜又道：「皇上剛剛親政，蘇克薩哈這廝便上奏章，說甚麼『茲遇躬親大政，伏祈睿鑒，令臣往守先皇帝陵寢，如綫餘息，得以生存。』那不是明明藐視皇上嗎？皇上不親大政，他可以生，皇上一親大政，他就要死了。這是說皇上對奴才們殘暴得很。」皇帝仍是嗯了一聲。

鰲拜道：「奴才和王公貝勒大臣會議，都說蘇克薩哈共有廿四項大罪，懷抱奸詐，存蓄異心，欺藐幼主，不願歸政，實是大逆不道。按本朝『大逆律』，應與其長子內大臣察克旦一共凌遲處死，養子六人，孫一人，兄弟之子二人，皆斬決。其族人前鋒營統領白爾赫、侍衛額圖等也都斬決。」皇帝道：「如此處罪，只怕太重了罷？」

韋小寶心道：「這皇帝說話聲音像個孩童，倒和小玄子很是相似，當眞好笑。」

鰲拜道：「回皇上：皇上年紀還小，於朝政大事恐怕還不十分明白。這蘇克薩哈奉先皇遺命，與奴才等共同輔政，聽得皇上親政，該當歡喜才是。他卻上這道奏章，訕謗皇上，顯是包藏禍心，請皇上准臣下之議，立加重刑。皇上親政之初，應該立威，使臣下心生畏懼。倘若寬縱了蘇克薩哈這大逆不道之罪，日後衆臣下都欺皇上年幼，出言不敬，行事無理，皇上的事就不好辦了。」

韋小寶聽他說話的語氣很是驕傲，心道：「你這老烏龜自己先就出言不敬，行事無禮。你說皇帝年幼，難道皇帝是個小孩子嗎？這倒有趣了，怪不得他說話聲音有些像小玄子。」

只聽得皇帝道：「蘇克薩哈雖然不對，不過他是輔政大臣，跟你一樣，都是先帝很看重的。倘若朕親政之初，就……就殺了先帝眷顧的重臣，先帝在天之靈，只怕不喜。」

鰲拜哈哈一笑，說道：「皇上，你這幾句可是小孩子的話了。先帝命蘇克薩哈輔政，是囑咐他好好侍奉皇上，用心辦事。他如體念先帝的厚恩，該當盡心竭力，赴湯蹈火，爲皇上効犬馬之勞，那才是做奴才的道理。可是這蘇克薩哈心存怨望，又公然訕謗皇上，說甚麼致休乞命，這倒是自己的性命要緊，皇上的朝政大事不要緊了。那是這廝對不起先帝，可不是皇上對不起這廝。哈哈，哈哈！」

皇帝道：「鰲少保有甚麼好笑？」鰲拜一怔，忙道：「是，是，不，不是。」猜想起來，鰲拜此時臉上的神色定然十分尷尬。

皇帝默不作聲，過了好一會才道：「就算不是朕對不住蘇克薩哈，但如此刻殺了他，未免有傷先帝之明。天下百姓若不是說我殺錯了人，就會說先帝無知人之能。朝廷將蘇克薩哈二十四條大罪布於天下，人人心中都想，原來蘇克薩哈這廝如此罪大惡極，這樣的壞蛋，先帝居然會用做輔政大臣，和你鰲少保並列，這，這……豈不是太沒見識了麼？」

韋小寶心道：「這小孩子皇帝的話說得很有道理。」

鰲拜道：「皇上只知其一，不知其二。天下百姓愛怎麼想，讓他們胡思亂想好了，諒他們也不敢隨便說出口來。有誰敢編排一句先帝的不是，瞧他們有幾顆腦袋？」皇帝道：「古書上說得好：『防民之口，甚於防川』，一味殺頭，不許衆百姓說出心裏的話來，那終究不好。」鰲拜道：「漢人書生的話，是最聽不得的。倘若漢人這些讀書人的話對，怎麼漢人的江山，又會落入咱們滿洲人手裏呢？所以奴才奉勸皇上，漢人這許多書，還是少讀爲妙，只有越讀腦子越胡塗了。」皇帝並不答話。

鰲拜又道：「奴才當年跟隨太宗皇帝和先帝爺東征西討，從關外打到關內，立下無數汗馬功勞，漢字不識一個，一樣殺了不少南蠻。這打天下、保天下嘛，還是得用咱們滿洲人的法子。」皇帝道：「鰲少保的功勞當然極大，否則先帝也不會這樣重用少保了。」鰲拜道：「奴才就只知道赤膽忠心，給皇上辦事。打從太宗皇帝起，到世祖皇帝，再到皇上都是一樣的。皇上，咱們滿洲人辦事，講究有賞有罰，忠心的有賞，不忠的處罰。這蘇克薩哈是個大大的奸臣，非處以重刑不可。」

韋小寶心道：「辣塊媽媽，我單聽你的聲音，就知你是個大大的奸臣。」

皇帝道：「你一定要殺蘇克薩哈，到底自己有甚麼原因？」

鰲拜道：「我有甚麼原因？難道皇上以爲奴才有甚麼私心？」越說聲音越響，語氣也越來越淩厲，頓了一頓，又厲聲道：「奴才爲的是咱們滿洲人的天下。太祖皇帝、太宗皇帝辛辛苦苦創下的基業，可不能讓子孫給誤了。皇上這樣問奴才，奴才可當眞不明白皇上是甚麼意思！」

韋小寶聽他說得這樣兇狠，吃了一驚，忍不住探頭望去，只見一條大漢滿臉橫肉，雙眉倒豎，兇神惡煞般的走上前來，雙手握緊了拳頭。

一個少年「啊」的一聲驚呼，從椅子中跳了起來。這少年一側頭間，韋小寶情不自禁，也是「啊」的一聲叫了出來。

這少年皇帝不是別人，正是天天跟他比武打架的小玄子。

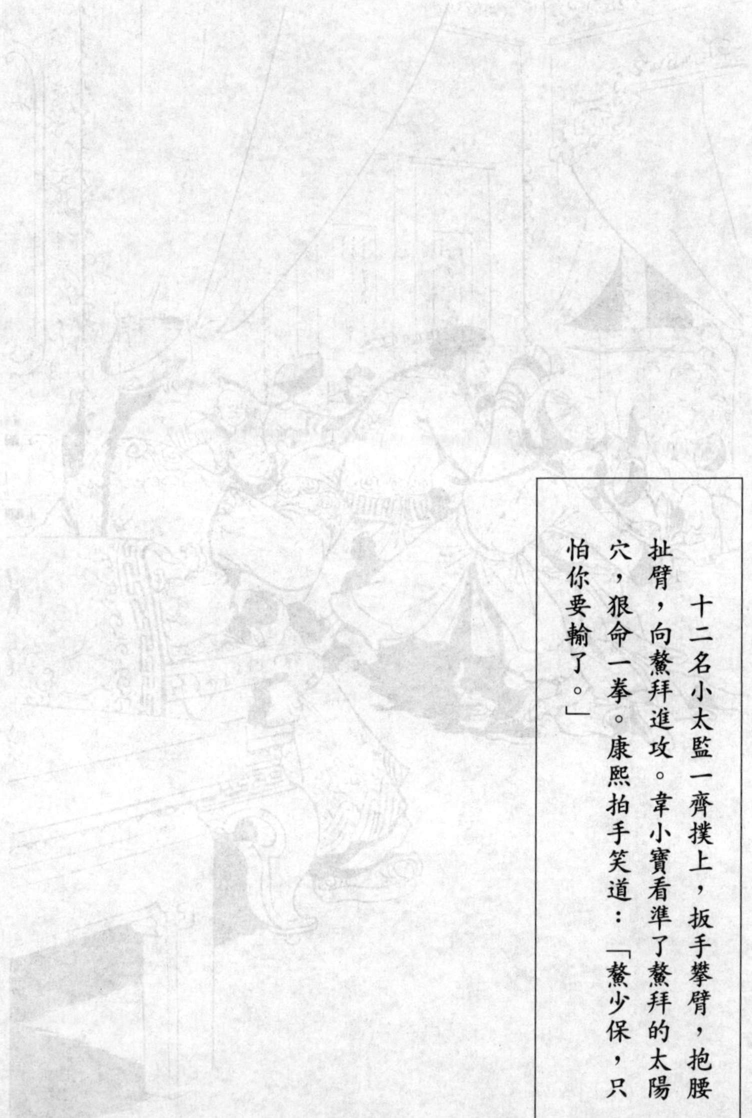

十二名小太監一齊撲上，扳手攀臂，抱腰扯臂，向鰲拜進攻。韋小寶看準了鰲拜的太陽穴，狠命一拳。康熙拍手笑道：「鰲少保，只怕你要輸了。」

第五回　金戈運啓驅除會　玉匣書留想像間

韋小寶見到皇帝，縱然他面目如同妖魔鬼怪，也決不會呼喊出聲，但一見到居然是小玄子，這一下驚詫眞是非同小可，呼聲出口，知道大事要糟，當即轉身，便欲出房逃命，但心念電轉：「小玄子武功比我高，這鰲拜更是厲害，我說甚麼也逃不出去。」靈機一動，心道：「咱們這一寶押下了！通殺通賠，就是這一把骰子。」縱身而出，擋在皇帝身前，向鰲拜喝道：「鰲拜，你幹甚麼？你膽敢對皇上無禮麼？你要打人殺人，須得先過我這一關。」

鰲拜身經百戰，功大權重，對康熙這少年皇帝原不怎麼瞧在眼裏。康熙（按：康熙本是年號，但通俗小說習慣，不稱他本名玄燁而稱之爲康熙）譏刺他要殺蘇克薩哈是出於私心，正揭破了他的痛瘡。這人原是個衝鋒陷陣的武人，盛怒之下，便握拳上前和康熙理論，倒也並無犯上作亂之心，突然間見書架後面衝出一個小太監，擋在皇帝的面前，叱責自己，不由得吃了一驚，這才想起做臣子的如何可以掌握威脅皇帝，急忙倒退數步，喝道：「你胡說甚麼？我有事奏稟皇上，誰敢對皇上無禮了？」一說着又倒退了兩步，垂手而立。

每天和韋小寶比武的小玄子，正是當今大清康熙皇帝。他本名玄燁，眼見韋小寶不識得自己，問自己叫甚麼名字，童心一起，隨口就說是「小玄子」。他秉承滿洲人習性，喜愛角觝之戲，只是練習摔跤這門功夫，必須扭打跌撲，扳頸拗腰。侍衛們雖教了他摔跤之法，卻又有誰敢對皇帝如此粗魯無禮？有誰敢去用力扳他的龍頭，扼他的御頸？被逼不過之時，只好裝模作樣，皇帝御腿掃來，撲地便倒，御手扭來，跪下投降，勉強要還擊一招半式，也是碰到衣衫邊緣，便即住手。康熙一再叮囑，必須眞打，衆侍衛可沒一個有此膽子，最多不過扮演得像了一些而已。和皇帝下棋，尙可假意出力廝拚，殺得難解難分，直到最後關頭方輸（據說清末慈禧太后與某太監下象棋，那太監吃了慈禧的馬，說道：「奴才殺了老佛爺的一隻馬。」慈禧怒他說話無禮，立時命人將他拖了出去，亂棒打死），這摔跤之戲，卻萬難裝假，就算最後必輸，中間廝打之時，有誰敢抓起皇帝來摔他一交？

康熙對摔跤之技興味極濃，眼見衆侍衛互相比拚時精采百出，一到做自己的對手，便戰戰兢兢，死樣活氣，心下極不痛快，後來換了太監做對手，人人也均如挨打不還手的死人一般。做皇帝要甚麼有甚麼，但要找一個眞正的比武對手，卻萬難辦到，有時眞想微服出宮，去找個老百姓打上一架，且看自己的武功到底如何，但這樣做畢竟太過危險，終究不過是少年皇帝心中偶爾興起的異想天開而已。

這天和韋小寶相遇，比拚一場，韋小寶出盡全力而仍然落敗。康熙不勝之喜，生平以這一架打得最是開心。韋小寶約他次日再比，正是投其所好。從此兩人日日比武，康熙始終不揭破自己身分，比武之時，也從不許別的太監走近，以免洩露了秘密，這小太監只要一知道對手是皇帝，動起手來便毫無興味了。

宮中太監逾千，從來沒見過皇帝的本來亦復不少，但淨身入宮，首先必當學習宮中種種規矩、品級服色等高下分別，見到康熙身穿皇帝服色而居然不識，也只有韋小寶這冒牌貨一人了。就康熙而言，這個胡塗小太監萬金難買，實是難得而可貴之至。

此後康熙的武功漸有長進，韋小寶居然也能跟得上，兩人打來打去，始終旗鼓相當，而韋小寶卻又稍遜一籌。這樣一來，康熙便須努力練功，才不致落敗。他是個十分要強好勝之人，練功越有進步，興味越濃，對韋小寶的好感也是大增。

這日鰲拜到上書房來啓奏要殺蘇克薩哈，康熙早已知道，鰲拜為了鑲黃旗和正白旗兩旗換地之爭，與蘇克薩哈有仇，今日一意要殺蘇克薩哈，乃是出於私怨，因此遲遲不肯准奏。那知鰲拜囂張跋扈，盛怒之下顯出武人習氣，捋袖握拳，便似要上來動手。鰲拜身形魁梧，模樣猙獰，康熙見他氣勢洶洶的上來，不免吃驚，一衆侍衛又都候在上書房外，呼喚不及，何況衆侍衛大都是鰲拜心腹，殊不可靠，正沒做理會處，恰好韋小寶躍了出來。康熙大喜，尋思：「我和小桂子合力，便可和鰲拜這廝鬥上一鬥了。」待見鰲拜退下，更是寬心。

韋小寶情不自禁的出聲驚呼，洩露了行藏，只得鋌而走險，賭上一賭，衝出來向鰲拜呼喝，不料一喝之下，鰲拜竟然退下，不由大樂，大聲道：「殺不殺蘇克薩哈，自當由皇上拿主意。你對皇上無禮，想拔拳頭打人，不怕殺頭抄家嗎？」

這句話正說到了鰲拜心中，他登時背上出了一陣冷汗，知道適才行事實在太過魯莽，當即向康熙道：「皇上不可聽這小太監的胡言亂語，奴才是個大大的忠臣。」

康熙初親大政，對鰲拜原是十分忌憚，眼見他已有退讓之意，心想此刻不能跟他破臉，便道：「小桂子，你退在一旁。」韋小寶躬身道：「是！」退到書桌之旁。

康熙道：「鰲少保，我知道你是個大大的忠臣。你衝鋒陷陣慣了的，原不如讀書人那樣斯文，我也不來怪你。」鰲拜大喜，忙道：「是，是。」康熙道：「蘇克薩哈之事，便依你辦理就是。你是大忠臣，他是大奸臣，朕自然賞忠罪奸。」鰲拜更是喜歡，說道：「皇上這才明白道理了。奴才今後總是忠心耿耿的給皇上辦事。」康熙道：「很好，很好。朕稟明皇太后，明日上朝，重重有賞。」鰲拜喜道：「多謝皇上。」康熙道：「還有甚麼事沒有？」鰲拜道：「沒有了。奴才告退。」

康熙點點頭，鰲拜笑容滿臉，退了出去。

康熙等他出房，立刻從椅中跳了出來，笑道：「小桂子，這秘密可給你發見了。」韋小寶道：「皇上，我這……這可當眞該死，一直不知道你是皇帝，跟你動手動脚，大膽得很。」

康熙嘆了口氣，道：「唉，你知道之後，再也不敢跟我眞打，那就乏味極了。」韋小寶笑道：「只要你不見怪，我以後仍是跟你眞打，那也不妨。」康熙大喜，道：「好，一言爲定，若不眞打，不是好漢。」說着伸出手來。韋小寶一來不知宮廷中的規矩，二來本是個天不怕地不怕的憊懶人物，當即伸手和他相握，笑道：「今後若不眞打，不是好漢。」兩人緊握着手，哈哈大笑。

皇太子自出娘胎，便注定了將來要做皇帝，自幼的撫養教誨，就與常人全然不同，一哭一笑，一舉一動，無不是衆目所視，當眞是沒半分自由。囚犯關在牢中，還可隨便說話，在牢房之中，總還可任意行動，皇太子所受的拘束卻比囚犯還厲害百倍。負責教誨的師保、服侍起居的太監宮女，生怕太子身上出了甚麼亂子，整日價戰戰兢兢，如臨深淵，如履薄冰。太子的言行只要有半分隨便，師傅便諄諄勸告，唯恐惹怒了皇上。太子想少穿一件衣服，宮女太監便如大禍臨頭，唯恐太子着涼感冒。一個人自幼至長，日日夜夜受到如此嚴密看管，實在殊乏生人樂趣。歷朝頗多昏君暴君，原因之一，實由皇帝一得行動自由之後，當即大大發洩歷年所積的悶氣，種種行徑令人覺得匪夷所思，泰半也不過是發洩過份而已。

康熙自幼也受到嚴密看管，直到親政，才得時時吩咐宮女太監離得遠遠的，不必跟隨左右。但在母親和衆大臣眼前，還是循規蹈矩，裝作少年老成模樣，見了一衆宮女太監，也始終擺出皇帝架子，不敢隨便，一生之中，連縱情大笑的時候也沒幾次。

可是少年人愛玩愛鬧，乃人之天性，皇帝乞丐，均無分別。在尋常百姓人家，任何童子天天可與遊伴亂叫亂跳，亂打亂鬧，這位少年皇帝卻要事機湊合，方得有此「福緣」。他只有和韋小寶在一起時，才得無拘無束，抛下皇帝架子，縱情扭打，實是生平從所未有之樂，這些時日中，往往睡夢之中也在和韋小寶扭打嬉戲。

他拉住韋小寶的手，說道：「在有人的時候，你叫我皇上，沒人的時候，咱們仍和從前一樣。」韋小寶笑道：「那再好沒有了。我做夢也想不到你的皇帝。我還道皇帝是個白鬍子老公公呢。」

康熙心道：「父皇崩駕之時，不過廿四歲，也不是甚麼白鬍子老公公，你這小傢伙怎地甚麼也不知道？」問道：「難道海老公沒跟你說起過我麼？」韋小寶搖頭道：「沒有。他便是教我練功夫。皇上，你的功夫是誰教的？」康熙笑道：「咱們說過沒人的時候，還是和從前一樣，怎麼叫我皇上了？」韋小寶笑道：「對，我心裏有點慌。」

康熙嘆了口氣，說道：「我早料到，你知道我是皇帝之後，再也不會像從前那樣跟我比武了。」韋小寶微笑道：「我一定跟以前一樣打，就只怕不容易。喂，小玄子，你的武功到底是誰教的？」康熙道：「我可不能跟你說。你問來幹甚麼？」韋小寶道：「鰲拜這傢伙自以爲武功了得，對你磨拳擦掌的，倒像想要打人。我想你師父武功很高，咱們請你師父來對付他。」康熙微微一笑，搖頭道：「不成的，我師父怎能做這種事？」

韋小寶道：「可惜我師父海老公瞎了眼睛，否則請他來打鰲拜，多半也贏得了他。啊，有了，明兒咱二人聯手，跟他打上一架，你看如何？這鰲拜雖說是滿洲第一勇士，但咱二人併肩子上，就未必會輸給他。」康熙大喜。叫道：「妙極，妙極！」但隨即知道此事決計難行，搖了搖頭，嘆道：「皇帝跟大臣打架，那太也不成話了。」韋小寶道：「你不是皇帝就好了！」

康熙點了點頭，一霎時間，頗有些羨慕韋小寶這小太監，愛幹甚麼便幹甚麼，雖在皇宮之中，倒也逍遙自在。又想起適才鰲拜橫眉怒目，氣勢洶洶，大踏步走上來的神態，不禁猶有餘悸，尋思：「這人對我如此無禮，他要殺誰，便非殺誰不可，半點也不將我瞧在眼裏。到底他做皇帝，還是我做皇帝哪？只是朝中宮裏的侍衛總管都由他統率，八旗兵將也歸他調動，我如下旨殺他，他作起亂來，只怕先將我殺了。我須得先換侍衞總管，再撤他的兵權，然後再罷他輔政大臣的職位，最後才將他推出午門，斬首示衆，方洩我心頭之恨。」

但轉念又想，此計也是不妥，只要一換侍衞總管，鰲拜便知是要對付他了，此人大權在握，如果給他先下手爲強，自己可要遭殃，只有暫且不動聲色，待想到妥善的法子再說。

他不願在韋小寶面前顯得沒有主意，說道：「你這就回海老公那裏去罷，好好用心學本事，明日咱們仍在那邊比武。」韋小寶應道：「是。」康熙又道：「你見到我和鰲拜的事，可不許跟誰提起。」韋小寶道：「是。這裏沒有旁人，我要走便走，不跟你請安磕頭了。」康熙哈哈一笑，擺手道：「不用了。明兒仍是死約會，不見不散。」

韋小寶雖然沒偷到「四十二章經」，但發見日日與他比武之人竟然便是皇帝，實是興奮萬分。幸好海老公雙眼盲了，瞧不出他神情有異，只是覺得他今日言語特多，不知遇上了甚麼高興事情，試探了幾句。韋小寶卻十分機警，不露半點口風。

次日韋小寶去和康熙比武，他心中頗想和平日一般打法，但既知他是皇帝，自衞時儘管守得嚴密，反擊的招數卻自然而然的疲弱無力。康熙明白他心意，進攻時也不出全力，心想對方既有顧忌，自己使勁攻擊，未免勝之不武。只打得片刻，韋小寶已輸了兩個回合。

康熙嘆了口氣，問道：「小桂子，昨兒你到我書房去幹甚麼？」韋小寶道：「溫有道昨天發燒，起不了身，他兄弟叫我到上書房去幫着打掃收拾。我沒做慣，手脚慢了些，不想遇到了你。」他說得煞有介事，不但面不改色，幾乎連自己也相信確是如此。

康熙道：「你知道我是皇帝之後，咱們再也不能眞打了。」頗感意興索然。韋小寶道：「我也覺得今天打來沒甚麼勁道。」康熙忽然想起，說道：「我倒有個法兒。咱們既然不能再打，我只好瞧你跟別人打，過過癮也是好的。來，你跟我去換衣服，咱們到布庫房去。」韋小寶道：「布庫房是甚麼地方？放布匹的庫房嗎？」康熙笑道：「不是的。布庫房是武士練武摔跤的地方。」韋小寶拍手笑道：「那好極了！」

康熙回去更衣，韋小寶跟在後面。康熙一換了袍服，十六名太監前呼後擁，到布庫房去瞧衆武士摔跤，那就神色莊嚴，再也不跟韋小寶說笑了。

衆武士見皇上駕到，無不出力相搏。康熙看了一會，叫一名胖大武士過來，說道：「我身邊有個小太監，也學過一點摔跤，你教他幾手。」轉頭向韋小寶道：「你跟他學學。」說着左眼眏了一眏。他二人均已見到，這武士雖然身材魁梧，卻是笨手笨脚，看來不是韋小寶的對手。

兩人下場之後，扭打幾轉，韋小寶使出一招「順水推舟」，要將那武士推出去。不料那武士身子太重，說甚麼也推他不倒。武士首領背轉身子，連使眼色。那胖大武士會意，假裝脚下踉蹌，撲地倒了，好一會爬不起來。衆武士和太監齊聲喝采。

康熙甚是喜歡，命近侍太監賞了一錠銀子給韋小寶，暗想：「這小桂子武功不及我，他能推倒這胖大傢伙，我自然也能。」一心癢難搔，躍躍欲試，但礙於萬乘之尊，總不能下場動手，嘆了口氣，向近侍太監道：「你去選三十名小太監來，都要十四五歲的，叫他們天天到這裏來練功夫。那一個學得快的，像這小桂子那樣，我就有賞賜。」那太監含笑答應，心想皇帝是小孩心性，要搞些新玩意。

韋小寶回到屋中，海老公問起今日和小玄子比武的經過。韋小寶說得有聲有色，似乎一番大戰，雙方打得激烈非凡。但海老公細問之下，立刻發覺了破綻，沉着臉問道：「小玄子怎麼啦？今日生了病嗎？」韋小寶道：「沒有啊，不過他精神不大好。」海老公哼了一聲，道：「你從頭到尾，一招一式的說給我聽。」韋小寶情知瞞他不過，只得照實細細說了。

海老公抬起了頭，緩緩道：「這一招你明明可以將他腦袋扳向左方，你卻想把他身子抱起，以致落敗。你不是不會，而是故意在讓他，那是甚麼緣故？」

韋小寶笑道：「我也沒故意讓他。只不過他打得客氣，我也就手下留情。我和他做了好朋友，自然不能打得太過份了。」想到自己和皇帝是「好朋友」，不自禁的十分得意。

海老公道：「你和他成了好朋友？哼，不過你的打法不是手下留情，而是不敢碰他。你終於……你終於知道了？」

韋小寶心中一驚，顫聲道：「知……知道甚麼？」海老公道：「是他自己說的，還是你猜到了的？」韋小寶道：「說甚麼啊！我這可不懂了。」海老公厲聲道：「你給我老老實實說來！咳咳……咳咳……你怎麼知道小玄子身分的？」一伸手，抓住了他左腕。

韋小寶登時痛入骨髓，手骨格格作響，似乎即便欲折斷，叫道：「投降，投降！」海老公道：「你怎麼知道的？」手上反而加勁。韋小寶叫道：「喂，喂，你……你……你懂不懂規矩？我已叫了投降，你還不放手？」海老公道：「我問你話，你就好好的答。」

韋小寶道：「好，你如早已知道小玄子是誰，我就跟你說其中的原因。否則的話，你就捏死了我，我也不說。」

海老公道：「那有甚麼希奇？小玄子就是皇上，我起始教你『大擒拿手』之時，就已知道了。」說着放開了手。

韋小寶喜道：「原來你早知道了，可瞞得我好苦。那麼跟你說了也不打緊。」於是將昨天在上書房中撞見康熙和鰲拜的事說了，講到今天在布庫房中打倒一名胖大武士，又是眉飛色舞起來。海老公聽得甚是仔細，不住插口查問。

韋小寶說完後，又道：「皇上吩咐我不得跟你說的，你如洩漏了出去，我兩個人都要殺頭。」海老公冷冷道：「皇上跟你是好朋友，不會殺你，只會殺我。」韋小寶得意洋洋的道：「你知道就好啦。」

海老公沉思半晌，道：「皇上要三十名小太監一起練武，那是幹甚麼來着？多半他是技癢，跟你打得不過癮，要找些小太監來挨他的揍。」站起身來，在屋中繞了十來個圈子，說道：「小桂子，你想不想討好皇上？」

韋小寶道：「他是我好朋友，讓他歡喜開心，那也是做朋友的道理啊。」

海老公厲聲道：「我有一句話，你好好記在心裏。今後皇上再說跟你是朋友甚麼的，你無論如何不可應承。你是甚麼東西，眞的能跟皇上做朋友？他今日還是個小孩子，說着高興，這豈能當眞？你再胡說八道，小心脖子上的腦袋。」

韋小寶原也想到這種話不能隨口亂講，經海老公這麼疾言厲色的一點醒，伸了伸舌頭，說道：「以後殺我的頭也不說了。不過人頭落地之後，是不是還能張嘴說話，這中間只怕大大兒的有些講究。」

海老公哼了一聲，道：「你想不想學上乘武功？」

韋小寶喜道：「你肯教我上乘武功，那眞是求之不得了。公公，你這樣一身好武藝，不收一個徒兒傳了下來，豈不可惜？」海老公道：「世人陰險奸詐的多，忠厚老實的少。收了個壞徒兒，讓他來謀害師父，卻又何苦？」

韋小寶心中一動：「我弄瞎了他眼睛，他心中是不是也有點因頭？這件事性命交關，非查個清清楚楚、明明白白不可。」但見他神色木然，並無惱怒之意，便道：「是啊，既要你信得過，又對你忠心，原也不大易找，這世上只怕也只我小桂子一人了。公公，你道我到上書房去幹甚麼？我是冒了殺頭的危險，想去將那部『四十二章經』偷出來給你。只不過皇上書房裏的書成千成萬，我又不大識字……」

海老公揷嘴道：「嗯，你又不大識字！」

韋小寶心中突的一跳：「啊喲，不好！不知小桂子識字多不多。倘若他識得很多字，我這麼說，可露出馬脚了。」忙道：「我找來找去，也尋不着那部『四十二章經』。不過不要緊，以後我時時能到上書房去，總能教這部書成爲順手牽羊之羊，葉底偷桃之桃。」

海老公道：「你沒忘了就好。」韋小寶道：「我怎麼會忘？你公公待我眞是沒得說的，我如不想法子好好報答你，這一生一世當眞枉自爲人了。」海老公喃喃的道：「嗯，我如不想法子好好報答你，這一生一世當眞枉自爲人了。」這兩句話說得冷冰冰地，韋小寶聽在耳裏，不由得背上一陣發毛，偷眼瞧他臉色，卻無絲毫端倪可尋，心想：「老烏龜厲害得很，他早知小玄子就是皇上，卻不露半點口風。我可須得小心，他如知道他這對眼珠子是我弄瞎的，我韋小寶這對眼珠子倘若仍能保得住，那定是老天爺沒了眼珠子啦。」

兩人默默相對。韋小寶半步半步的移向門邊，只要瞧出海老公神色稍有不善，立即飛奔出外，決意逃出宮去，從此不再回來。

卻聽得海老公道：「你以後再也不能用大擒拿手跟皇上扭打了。這門功夫再學下去，都是分筋錯骨之法，脫人關節，斷人筋骨，怎能用在皇上身上？」韋小寶道：「是！」海老公道：「我從今天起教你一門功夫，叫做『大慈大悲千葉手』。」韋小寶道：「這名字倒怪，我只聽過大慈大悲、救苦救難、觀世音菩薩。」

海老公道：「你見過千手觀音沒有？」韋小寶道：「千手觀音？我見過的，觀音菩薩身上生了許許多多手。每隻手裏拿的東西都不同，有的是個水瓶，有的是根樹枝，還有籃子、鈴子，好玩得緊。」海老公道：「你是在揚州廟裏見到的麼？」

韋小寶道：「揚州廟裏？」這一驚當眞非同小可，一個箭步竄到門邊，便欲奪門而出。

海老公道：「千手觀音嗎，天下就只揚州的廟裏有，你沒去過揚州廟裏，怎能見到千手觀音？」韋小寶輕吁一口長氣，心道：「原來只揚州的廟裏才有千手觀音，險些給你嚇得拉尿。」忙道：「我怎會去過揚州？揚州在甚麼地方？千手觀音甚麼的，是聽人家說的，我可沒見過。想在你老人家面前吹幾句牛，神氣神氣，那知道你見多識廣，一下子就戳破了我的牛皮。」海老公嘆道：「要戳破你這小滑頭的牛皮，可實在不容易得很。」韋小寶道：「容易，容易。我撒一句謊，不到半個時辰，就給你老人家戳穿了西洋鏡。」

海老公嗯了一聲，問道：「你冷嗎？怎不多穿件衣服？」韋小寶道：「我不冷。」海老公道：「怎麼你說話聲音有點兒發抖？」韋小寶道：「剛才給吹了陣冷風，現下好了。」海老公道：「門邊風大，別站在門口。」韋小寶道：「是，是！」走近幾步，卻總是不敢走到海老公身邊。

海老公道：「這『大慈大悲千葉手』是佛門功夫，動起手來能制住對方，卻不會殺人傷人，乃是天下最仁善的武功。」韋小寶喜道：「這門功夫不會殺人傷人，跟皇上動手過招，那是再好也沒有了。」

海老公道：「不過這功夫十分難學，招式挺多，可不大容易記得周全。」韋小寶笑道：「既然招式挺多，記不全就不要緊，忘了一大半，賸下來的還是不少。」海老公道：「哼，懶小子，還沒學功夫，就已在打偷懶的主意。你這一輩子，可別想學好上乘武功。」韋小寶道：「是，是。要學到你老人家那樣厲害的武功，我這一輩子自然是老貓鼻子上掛鹹魚，嗅鮝啊嗅鮝（休想）。」心想：「就算武功練得跟你一模一樣，到頭來還是給人弄瞎了眼睛，你老烏龜挺開心嗎？」

海老公道：「你走過來。」韋小寶道：「是！」走近了幾步，離開海老公仍有數尺。海老公道：「你怕我吃了你嗎？」韋小寶笑道：「我的肉是酸的，不大好吃。」

海老公左手揚起，突然拍出。韋小寶吃了一驚，向右一避，忽然背上拍拍兩聲，已被海老公打中，登時跪倒在地動彈不得，心下大駭：「這一下糟了，他……他要取我性命。」海老公道：「這是『大慈大悲千葉手』的第一手，叫做『南海禮佛』。你背上已給打中了兩處穴道，不過打穴功夫十分難練，要以上乘內功作根基，跟皇上過招，又難道眞能打他穴道，叫他跪在你面前？你只須記住了手法，裝模作樣的比比架式，也就是了。」說着伸手在他背心兩處穴道上按了按。韋小寶手足登時得能動彈，心神略定，慢慢站起身來，心道：「原來老烏龜是教我功夫，可嚇得我魂靈出竅，這會兒也不知歸了竅沒有。」

這一日海老公只教了三招，道：「第一天特別難些，以後你如用心，便可多學幾招。」

韋小寶第二天也不去賭錢了，中午時分，自行到比武的小室中去等候康熙，知道桌上糕點是爲皇帝而設，也就不敢再拿來吃。等了大半個時辰，康熙始終不來。韋小寶心道：「是了，他跟我比武沒味道，不來玩了。」於是逕去上書房。書房門外守衛的侍衛昨天見康熙帶同韋小寶去布庫房，神色甚和，知道他是皇上跟前得寵的小太監，也不加阻攔。

韋小寶走進書房，只見康熙伸足在踢一隻皮櫈，踢了一脚又是一脚，神色氣惱，不住吆喝：「踢死你，踢死你！」韋小寶心想：「他在練踢脚功夫麼？」不敢上前打擾，靜靜的垂手站在一旁。

康熙踢了一會，抬頭見到韋小寶，露出笑容，道：「我悶得很，你來陪我玩玩。」

韋小寶道：「是。海老公教了我一門新功夫，叫做甚麼『大慈大悲千葉手』，比之先前所教的大擒拿手，那可厲害得多了。他說我學會之後，你一定鬥我不過了。」

康熙道：「那是甚麼功夫，你使給我瞧瞧。」

韋小寶道：「好！我這可要打你啦！」拉開招式，雙掌飛揚，「南海禮佛」、「金玉瓦礫」、「人命呼吸」，一共三招，出手迅捷，在康熙背心、肩頭、左胸、右腿、咽喉五處都用手指輕輕一拍。這「大慈大悲千葉手」變化奇特，和「大擒拿來」大不相同。康熙猝不及防，連一下也沒躲過。韋小寶出手甚輕，自然沒打痛他。其實韋小寶內力固然全無，膂力也微弱之極，就算當眞相鬥，給他打中幾下也是無關痛癢。但這麼連中五下，畢竟是從所未有之事。康熙「咦」的一聲，喜道：「這門功夫妙得很啊。你明天再來，我也去請師父教上乘功夫，跟你比過。」韋小寶道：「好極，好極！」

他回到住處，將康熙的話說了。海老公道：「不知他師父教的是甚麼功夫，今日你再學幾招千葉手。」這一日韋小寶又學了六招，乃是「鏡裏觀影」、「水中捉月」、「浮雲去來」、「水泡出沒」、「夢裏明明」、「覺後空空」。這六招都是若隱若現、變幻莫測的招數，虛式多而實式少，海老公只是要韋小寶硬記招式，至於招式中的奧妙之處卻毫不講解，甚至姿式是否正確無誤，出招部位是否恰到好處，海老公一來看不見，二來毫不理會。韋小寶見他教得隨便，心下暗暗歡喜，心道：「你馬馬虎虎的教，我就含含糊糊的學，哥兒倆胡裏胡塗的混過便算。倘若你要頂眞，老子可沒閒功夫陪你玩了。」

次日韋小寶來到御書房外，只見門外換了四名侍衛，正遲疑間，一名侍衛笑道：「你是桂公公嗎？皇上命你即刻進去。」韋小寶一怔，心道：「甚麼桂公公？」但隨即明白：「桂公公就是老子了，這侍衛知道我是皇帝親信，對我加意客氣。」當即笑着點了點頭，說道：「幸會，幸會，你四位貴姓啊？」四名侍衛跟他通了姓名。韋小寶客氣了幾句。那姓張的侍衞笑道：「你這可快進去罷，皇上已問了你幾次呢。」

韋小寶走進書房。康熙從椅中一躍而起，笑道：「你昨天這三招，我師父已教了破法，咱們這便試試去。」韋小寶道：「你師父旣說破得，自然破得了，也不用試啦。」康熙道：「非試不可！你先悄悄到咱們的比武廳去，別讓別人知道了，我隨後就來。」韋小寶答應了，逕去那間小房。

康熙初學新招，甚是性急，片刻間就來了。兩人一動上手，康熙果然以巧妙手法，將韋小寶第一天所學的三招都拆解了，還在韋小寶後肩上拍了一掌。

韋小寶見他所出招數甚爲高明，心下也是佩服，問道：「你這套功夫叫甚麼名堂？」康熙道：「這是『八卦遊龍掌』。我師父說，你的『大慈大悲千葉手』招式太多，記起來挺麻煩。我們的『八卦遊龍掌』只有八八六十四式，但反覆變化，儘可敵得住你的千葉手。」韋小寶道：「那麼那一門功夫厲害些？」康熙道：「我也問過了。師父說道，這兩門都是上乘掌法，說不上那一門功夫厲害。誰的功夫深，用得巧妙，誰就勝了。」

韋小寶道：「我昨天又學了六招，你倒試試。」當下將昨天那六招使出來，雖然第二、三招全然忘記，第五招根本用得不對。康熙還是一連給他拍中了七八下，點頭道：「你這六招妙得很，我這就去學拆解之法。」

韋小寶回到住處，將康熙學練「八卦遊龍掌」的事說了給海老公聽。海老公點了點頭，道：「我少林派的千葉手，原只武當派這路八卦遊龍掌敵得住。他師父的話不錯。兩路掌法各有各的妙處，誰學得好，誰就厲害。」韋小寶道：「他是皇帝，我怎能蓋過了他去？自然該當讓他學得好些。」他不肯刻苦練功，先安排好落場勢再說。

海老公道：「你如太也差勁，皇上就沒興致跟你練了。」韋小寶道：「常言道：明師必出高徒，強將手下無弱兵。你是明師，又是強將，教出來的人也不會太差勁的。你老望安，放一百二十個心好啦！」海老公搖了搖頭，說道：「別胡吹大氣啦，桌上的飯菜快冷了，你先去喝那碗湯罷！」

韋小寶道：「我服侍你老人家喝湯。」海老公道：「我不喝湯，喝了湯要咳嗽。」韋小寶道：「是。」自行過去喝湯，心道：「我老人家喝湯，倒不咳嗽。」

此後幾個月中，康熙和韋小寶各學招式，日日比試。兩人並不眞打，沒了各出全力以爭勝負之心，拚鬥時的樂趣不免大減，總算兩人所學的招式頗爲繁複，以之拆解，倒也變化多端，只是如此文比，更似下棋，決不像打架。康熙明知韋小寶決不敢向自己屁股狠狠踢上一脚，就也不好意思向他腦袋重重捶上一拳。

韋小寶學武只是爲了陪皇帝過招，自己全不用心，學了後面，忘了前面的。康熙的師父顯然教得也頗馬虎。兩人進步甚慢，比武的興致也是大減。到後來康熙隔得數日，才和韋小寶拆一次招。

這些時日中，康熙除了和韋小寶比武外，也常帶他到書房伴讀。皇宮中侍衞太監，都知尙膳監的小太監小桂子眼下是皇上跟前第一個紅人，大家見到他時都不敢直呼「小桂子」，都是桂公公長，桂公公短的，叫得又恭敬又親熱。

韋小寶要討好海老公，每日出入上書房，總想將那部「四十二章經」偷出來給他，可是尋來尋去，始終不見。

這日康熙和韋小寶練過武後，臉色鄭重，低聲道：「小桂子，咱們明天要辦一件大事，你早些到書房來等我。」韋小寶應道：「是。」他知道皇帝不愛多說話，他不說是甚麼事，自己就不能多問。

次日一早，他便到上書房侍候。康熙低聲道：「我要你辦一件事，你有沒有膽子？」韋小寶道：「你叫我辦事，我還怕甚麼？」康熙道：「這件事非同小可，辦得不妥，你我俱有性命之憂。」韋小寶微微一驚，說道：「最多我有性命之憂。你是皇帝，誰敢害你？再說，你照看着我，我說甚麼也不能有性命之憂。」心想須得把話說在前頭，我韋小寶如有性命之憂，唯你皇帝是問，你可不能置之不理。

康熙道：「鰲拜這廝橫蠻無禮，心有異謀，今日咱們要拿了他，你敢不敢？」

韋小寶在宮中已久，除了練武和陪伴康熙之外，極少玩耍，近幾個月來海老公不許自己再去跟溫氏兄弟他們賭錢，只有偶爾偷偷去賭上一手，而跟康熙比武，更是越來越沒勁，正感氣悶，聽得要拿鰲拜，不由得大喜，忙道：「妙極，妙極！我早說咱二人合力鬥他一鬥。就算他是滿洲第一勇士，你我武功都已練得差不多了，決不怕他。」

康熙搖頭道：「我是皇帝，不能親自動手。鰲拜這廝身兼領內侍衛大臣，宮中侍衛都是他的親信心腹。他一知我要拿他，多半就會造反。衆侍衛同時動手，你我固然性命不保，連太皇太后、皇太后也會遭難。因此這件事當眞危險得緊。」

韋小寶一拍胸膛，說道：「那麼我到宮外等他，乘他不備，一刀刺死了他。要是刺他不死，他也不知是你的意思。」

康熙道：「這人武功十分了得，你年紀還小，不是他對手。何況在宮門之外，他衞士衆多，你難以近身，就算眞的刺死了他，只怕你也會給他的衞士們殺了。我倒另有個計較。」韋小寶道：「是。」康熙道：「待會他要到我這裏來奏事，我先傳些小太監來在這裏等着。你見我手中的茶盞跌落，便撲上去扭住他。十幾名小太監同時擁上，拉手拉脚，讓他施展不出武功。倘若你還是不成，我只好上來幫忙。」

韋小寶喜道：「此計妙極，你有刀子沒有？這件事可不能弄糟，要是拿他不住，我便一刀將他殺了。」他在殺了小桂子之初，靴筒中帶得有匕首，後來得知小玄子便是皇帝，和康熙對拆掌法，時常縱躍竄跳，生怕匕首從靴中跌了出來，除了當値的帶刀侍衞，在宮中帶刀那可是殺頭的罪名，就此不敢隨身再帶了。

康熙點了點頭，拉開書桌抽屜，取出兩把黃金爲柄的匕首，一把交給了韋小寶，一把揷入自己靴筒。韋小寶也將匕首揷入靴筒，只覺血脈賁張，全身皆熱，呼呼喘氣，說道：「好傢伙，咱們幹他的！」

康熙道：「你去傳十二名小太監來。」韋小寶答應了，出去呼傳。這些小太監在布庫房中練習撲擊已有數月，雖然沒甚麼武功，但拉手扳脚的本事卻都已不差。康熙向十二名小太監道：「你們練了好幾個月，也不知有沒有長進。待會有個大官兒進來，這人是咱們朝裏的撲擊好手，我讓他試試你們的功夫。你們一見我將茶盞摔在地下，便即一擁而上，冷不防的十二個打他一個。要是能將他按倒在地，令他動彈不得，我重重有賞。」說着拉開書桌的抽屜，取出十二隻五十兩的元寶，道：「贏得了他，每人一隻元寶，倘若輸了，十二個人一齊斬首。這等懶惰無用的傢伙，留着幹甚麼？」最後這兩句話說得聲色俱厲。

十二名小太監一齊跪下，說道：「奴才們自當奮力為皇上辦事。」

康熙笑道：「那又是甚麼辦事了？我只是考考你們，且瞧誰學得用心，誰在貪懶。」

韋小寶暗暗佩服：「他在小太監面前也不露半點口風，以防這些小鬼沉不住氣，在鰲拜面前露出了馬脚。」

衆小太監起身後，康熙從桌上拿起一本書，翻開來看。韋小寶聽他低聲吟哦，居然聲不顫、手不抖，面臨大事，鎮定如恆，自己手心中卻是一陣冷汗，又是一陣發熱，心下暗罵：「韋小寶你這小王八蛋，這一下你可給小玄子比下去啦。你武功不及他，定力也不及他。」轉念又想：「他是皇帝，自然膽子該比我大些。那也沒甚麼了不起。倘若我做皇帝，當然勝過他了。」但內心隱隱又覺得未免難以自圓其說。

過了好半晌，門外靴聲響起，一名侍衞叫道：「鰲少保見駕，皇上萬福金安。」康熙道：「鰲少保進來罷！」鰲拜掀起門帷，走了進來，跪下磕頭。

康熙笑道：「鰲少保，你來得正好，我這十幾名小太監在練摔跤。聽說你是我滿洲勇士中武功第一，你來指點他們幾招如何？」鰲拜微笑道：「皇上有興，臣自當效力。」

康熙笑道：「小桂子，你吩咐外面侍衞們下去休息，不聽傳呼，不用進來伺候。」說着笑了笑，向鰲拜扮個鬼臉，鰲拜哈哈一笑。韋小寶走出去吩咐。

康熙低聲道：「鰲少保，你勸我別讀漢人的書，我想你的話很對，咱們還是在書房裏摔跤玩兒的好，不過別讓人聽到了。要是給皇太后知道了，可又要逼我讀書啦。」鰲拜大喜，連聲道：「對，對，對！皇上這主意挺高明，漢人的書本兒，讀了有甚麼用？」

韋小寶回進書房，道：「侍衛們多謝皇上恩典，都退下去啦。」

康熙笑道：「好，咱們玩咱們的。小監們，十二個人分成六對，打來瞧瞧。」

十二名小太監捲袖束帶，分成六對，撲擊起來。

鰲拜笑吟吟的觀看，見這些小太監武功平平，笑着搖了搖頭。康熙拿起茶盞喝了一口，笑道：「鰲少保，小孩兒們本事還使得嗎？」鰲拜笑道：「將就着瞧瞧，也過得去！」康熙笑道：「跟你鰲少保比，那自然不成！」身子微側，手一鬆，嗆啷一聲，茶盞掉在地下，呼叫出聲：「啊喲！」

鰲拜一怔，說道：「皇上……」兩個字剛出口，身後十二名小太監已一齊撲了上來，扳手攀臂，抱腰扯腿，同時進攻。康熙哈哈大笑，說道：「鰲少保留神。」鰲拜只道少年皇帝指使小太監試他功夫，微微一笑，雙臂分掠，四名小太監跌了出去。他還不敢使力太過，生怕傷了衆小監，左腿輕掃，又掃倒了兩名，隨即哈哈大笑。餘下衆小監記着皇上「若是輸了，十二個人一齊斬首」的話，出盡了吃奶的力氣，牢牢抱住他腰腿。

韋小寶早已閃在他身後，看準了他太陽穴，狠命一掌。鰲拜只感頭腦一陣暈眩，心下微感惱怒：「這些小監兒好生無禮。」左臂倏地掃出，將三個小太監猛推出去，轉過身來，胸口又吃了韋小寶一拳。韋小寶這兩下偷襲，手法算得甚快，但他全無力道，打中的雖是鰲拜的要害之處，卻無效用。鰲拜見偷襲自己之人竟是皇帝貼身的小太監，隱隱覺得有些不妙，但畢竟不信皇帝是要這些小孩兒來擒拿自己，左掌一伸，往韋小寶右肩按了下去。

韋小寶使一招「覺後空空」，左掌在鰲拜面前幌了兩下。鰲拜一低頭，砰的一聲，胸口已吃了一腿。韋小寶卻「啊」的一聲叫了出來，原來這一腿踢在他胸口，便如踢中一堵牆壁一般，自己脚上反是一陣劇痛。鰲拜見他連使殺着，又驚又怒，混鬥之際，也不及去想皇帝是何用意，只想推開衆小監的糾纏，先將韋小寶收拾了下來。可是衆小監抱腰的抱腰，拉腿的拉腿，摔脫了幾名，餘下的又撲將上來。

康熙拍手笑道：「鰲少保，只怕你要輸了。」

鰲拜奮拳正要往韋小寶頭頂打落，聽得康熙這麼說，心道：「原是跟我鬧着玩的，怎能跟小孩子們一般見識？」手臂一偏，勁力稍收，拍的一聲響，這拳打在韋小寶右肩，只使了一成力。但他力大無窮，當年戰陣中與明軍交鋒，雙手抓起明軍官兵四下亂擲，來去如風，當者披靡。韋小寶只馬馬虎虎的學過幾個月武功，又是個小孩，雖有衆小監相助，卻如何奈得了他？這一拳打將下來，韋小寶一個踉蹌，向前摔倒，順勢左肘撞出，撞正在鰲拜腰眼之中。鰲拜笑罵：「你這小娃娃，倒狡猾得很！」右手在韋小寶背上輕輕一推。韋小寶撲地倒了，站起身來，手中已多了一柄匕首，猱身向鰲拜撲去。

鰲拜驀地見到他手中多了一柄明晃晃的刀子，呆了一呆，叫道：「你……你幹甚麼？」韋小寶笑道：「我用刀子，你空手，咱們鬥鬥！」鰲拜喝道：「快放開刀子，皇上跟前，不得動兇器。」韋小寶笑道：「好，放下就放下！」俯身將匕首往靴桶中插去。這時仍有七八個小太監扭住了鰲拜，韋小寶突然向前一跌，似乎立足不住，身子撞向鰲拜，挺刀戳出，想戳他肚子，不料鰲拜應變敏捷，迅速異常的一縮，這一刀刺中了他大腿。鰲拜一聲怒吼，雙手甩脫三名小太監，扠住了韋小寶的脖子。

康熙見韋小寶與衆小太監拾奪不下鰲拜，勢道不對，繞到鰲拜背後，拔出匕首，一刀插入了他背心。

鰲拜猛覺背心上微痛，立即背肌一收，康熙這一刀便刺得偏了，未中要害。鰲拜順手擲開韋小寶，猶如旋風般轉過身來，眼前一個少年，正是皇帝。

鰲拜一呆，康熙躍開兩步。鰲拜大叫一聲，終於明白皇帝要取自己性命，揮拳便向康熙打來。康熙側身避過。鰲拜抓住兩名小監，將他們腦袋對腦袋的一撞，二人登時頭骨破裂。他跟着左手一拳，直打進一名小監的胸膛，右脚連踢，將四名小監踢得撞上牆壁，一個個筋折骨斷，哼也沒哼一聲，便已死去，接着左足踹在一名抱住他右腿的小監肚上，那小監立時肚破腸裂。他霎時之間連殺八人，餘下四名小監都嚇得呆了，不知如何是好。

韋小寶手挺匕首，向他撲去。鰲拜左拳直擊而出。韋小寶只感一股勁風撲面而至，氣也喘不過來，揮匕首向他手臂揷落。鰲拜手臂微斜，避過匕首，隨即揮拳擊出，打中韋小寶左肩。韋小寶身子飛出，掠過書桌，一交摔在香爐上，登時爐灰飛揚。

康熙始終十分沉着，使開「八卦遊龍掌」和鰲拜遊鬥，但康熙在這路掌法上的造詣頗爲有限，更遇到了鰲拜這等天生神勇的猛將，實在並無多大用處。鰲拜被他打中兩掌，毫不在乎，左脚踢出，正中康熙右腿。康熙站立不定，向前伏倒。鰲拜吼聲如雷，大呼：「大夥兒一起死了罷！」雙拳往他頭頂擂落。康熙和韋小寶扭打日久，斗室中應變的身法甚是熟練迅捷，眼見鰲拜拳到，當即一個打滾，滾到了書桌底下。

鰲拜左腿飛起，踢開書桌，右腿連環，又待往康熙身上踢去，突然間塵灰飛揚，雙眼中都是細灰。鰲拜哇哇大叫，雙手往眼中亂揉，右腿在身前飛快踢出，生恐敵人乘機來攻。

原來韋小寶見事勢緊急，從香爐中抓起兩把爐灰，向鰲拜撒去。香灰甚細，一落入鰲拜雙眼，立時散開。鰲拜驀地裏左臂上一痛，卻是韋小寶投擲匕首，刺不中他胸口要害，卻揷入了他手臂。這時書房中桌翻櫈倒，亂成一團，韋小寶見鰲拜背後有張椅子，正是皇帝平時所坐的龍椅，當即奮力端起靑銅香爐，跳上龍椅，對準了鰲拜後腦，奮力砸落。

這香爐是唐代之物，少說也有三十來斤重，鰲拜目不見物，難以閃避，砰的一聲響，正中頭頂。鰲拜身子一幌，摔倒在地，暈了過去。香爐破裂，鰲拜居然頭骨不碎。

康熙大喜，叫道：「小桂子，眞有你的。」他早已備下牛筋和繡索，忙在倒翻了的書桌抽屜中取將出來，和韋小寶兩人合力，把鰲拜手足都綁住了。韋小寶已嚇得全身都是冷汗，手足發抖，抽繩索也使不出力氣，和康熙兩人你瞧瞧我，我瞧瞧你，都是喜悅不勝。

鰲拜不多時便即醒轉，大叫：「我是忠臣，我無罪！這般陰謀害我，我死也不服。」

韋小寶喝道：「你造反！帶了刀子來到上書房，罪該萬死。」鰲拜叫道：「我沒帶刀子！」韋小寶喝道：「你身上明明不是帶着兩把刀子？背上一把，手臂上一把，還敢說沒帶刀？」韋小寶強辭奪理，鰲拜怎辯得他過？何況鰲拜頭頂給銅香爐重重一砸，背上和臂上分別揷了一刀，雖非致命，卻也受傷不輕，情急之下，只是氣急敗壞的大叫大嚷。

康熙見十二名小太監中死賸四人，說道：「你們都親眼瞧見了，鰲拜這廝犯上作亂，竟想殺我。」四個小監驚魂未定，臉如土色，有一人連稱：「是，是！」其餘三人卻一句話也說不出來。康熙道：「你們出去，宣我旨意，召康親王傑書和索額圖二人進來。剛才的事，一句話也不許提起，若有洩漏風聲，小心你們的腦袋。」四名小監答應了出去。

鰲拜兀自大叫：「寃枉，寃枉！皇上親手殺我顧命大臣，先帝得知，必不饒你！」

康熙臉色沉了下來，道：「想個法兒，叫他不能胡說！」

韋小寶應道：「是！」走過去伸出左手，揑住了鰲拜的鼻子。鰲拜張口透氣，韋小寶右手拔下他臂上的匕首，往他口中亂刺數下，在地下抓起兩把香灰，硬塞在他嘴裏。鰲拜喉頭荷荷幾聲，幾乎呼吸停閉，那裏還說得出話來？韋小寶又拔下他背上的匕首，將一雙匕首並排插在書桌上，自己守在鰲拜身旁，倘若見他稍有異動，立即便拔匕首戳他幾刀。

康熙眼見大事已定，心下甚喜，見到鰲拜雄壯的身軀和滿臉血汚的猙獰神情，不由得暗自驚懼，又覺適才之舉實在太過魯莽，只道自己和小桂子學了這許久武藝，兩人合力，再加上十二名練過摔跤的小太監，定可收拾得了鰲拜，那知道遇上眞正的勇士，幾名小孩子毫無用處，而自己和小桂子的武藝，只怕也並不怎麼高明，若不是小桂子使計，此刻自己已被鰲拜殺了。這廝一不做、二不休，多半還會在加害太皇太后和皇后。朝中大臣和宮中侍衞都是他的親信，這廝倘若另立幼君，無人敢問他的罪。想到此處，不由得打了個寒噤。

等了好一會，四名小監宣稱康親王和索額圖進來。二人一進上書房，眼見死屍狼藉，遍地血污，這一驚實是非同小可，立即跪下連連磕頭，齊聲道：「皇上萬福金安。」

康熙道：「鰲拜大逆不道，携刀入宮，膽敢向朕行凶，幸好祖宗保祐，尙膳監小監小桂子會同衆監，力拒凶逆，將其擒住。如何善後，你們瞧着辦罷。」

康親王和索額圖向來和鰲拜不睦，受其排擠已久，陡見宮中生此大變，又驚又喜，再向皇帝請安，自陳疏於防範，罪過重大，幸得皇帝洪福齊天，百神呵護，鰲拜凶謀得以不逞。

康熙道：「行刺之事，你們不必向外人提起，以免太皇太后和皇太后受驚，傳了出去，反惹漢官和百姓們笑話。鰲拜這廝罪大惡極，就無今日之事，也早已罪不容誅。」

康親王和索額圖都磕頭道：「是，是！」心下都暗暗懷疑：「鰲拜這廝天生神勇，是我滿洲第一勇士，眞要行刺皇上，怎能爲幾名小太監所擒？這中間定然另有別情。」好在二人巴不得重重處分鰲拜，有甚麼內情不必多問，何況皇帝這麼說，又有誰膽敢多問一句？

康親王道：「啓奏皇上：鰲拜這廝黨羽甚多，須得一網成擒，以防另有他變。讓索大人在這裏護駕，不可有半步離開聖駕。奴才去下傳旨意，將鰲拜的羽黨都抓了起來。聖意以爲如何？」康熙點頭道：「很好！」康親王退了出去。

索額圖細細打量小桂子，說道：「小公公，你今日護駕之功，可當眞不小啊。」

小桂子道：「那是皇上的福氣，咱們做奴才的有甚麼功勞？」

康熙見韋小寶並不居功，對適才這番激鬥更隻字不提，甚感喜歡，暗想自己親自出手，在鰲拜背上插了一刀，此事如果傳了出去，頗失爲人君的風度。又想：「小桂子今天的功勞大得無以復加，可說是救了我的性命。可惜他是個太監，不論我怎麼提拔，也總是個太監。

祖宗定下嚴規，不許太監干政，看來只有多賞他些銀子了。」

康親王辦事十分迅速，過不多時，已領了幾名親信的王公大臣齊來請安，回稟說鰲拜的羽黨已大部成擒，宮中原有侍衛均已奉旨出宮，不留一人，請皇上另派領內侍衛大臣，另選親信侍衛護駕。康熙甚喜，說道：「辦得很妥當！」

幾名親王、貝勒、文武大臣見到上書房中八名小太監被鰲拜打得腦蓋碎裂、腸穿骨斷的慘狀，無不驚駭，齊聲痛罵鰲拜大逆不道。當下刑部尚書親自將鰲拜押了下去收禁。王公大臣們說了許多恭頌聖安的話，便要退出去商議，如何定鰲拜之罪。

康親王傑書稟承康熙之意，囑咐衆人道：「皇上仁孝，不欲殺戮太衆，驚動了太皇太后和皇太后，因此鰲拜大逆不道之事，不必暴之於朝，只須將他平素把持政事、橫蠻不法的罪狀，一樁樁的列出來便是。」王公大臣齊聲稱頌聖德。

行刺皇帝，非同小可，鰲拜固然要凌遲處死，連他全族老幼婦孺，以及同黨的家人、族人，無一能夠倖免，這一件大案辦下來，牽累一廣，少說也要死數千之衆。康熙雖恨鰲拜跋扈，卻也不願亂加罪名於他頭上，更不願累及無辜。

康熙親政時日已經不短，但一切大小政務，向來都由鰲拜處決，朝中官員一直只聽鰲拜的話辦事，今日拿了鰲拜，見王公大臣的神色忽然不同，對自己恭順敬畏得多。康熙直到此刻，方知爲君之樂，又向韋小寶瞧了一眼，見他縮在一角，一言不發，心想：「這小子不多說話，乖覺得很。」

衆大臣退出去後，索額圖道：「皇上，上書房須得好好打掃，是否請皇上移駕，到寢宮休息？」康熙點點頭，由康親王和索額圖伴向寢宮。韋小寶不知是否該當跟去，正躊躇間，康熙向他點了點頭，道：「你跟我來。」

康親王和索額圖在寢宮外數百步處便已告辭。皇宮的內院，除了后妃公主、太監宮女之外，外臣向來不得涉足。

韋小寶跟着康熙進內，本來料想皇帝的寢宮定是金碧輝煌，到處鑲滿了翡翠白玉，牆壁上的夜明珠少說也有二三千顆，晚上不用點燈。那知進了寢宮，也不過是一間尋常屋子，只被褥枕頭之物都是黃綢所製、繡以龍鳳花紋而已，一見之下，大失所望，心道：「比我們揚州麗春院中的房間，可也神氣不了多少。」

康熙喝了宮女端上來的一碗參湯，吁了口長氣，說道：「小桂子，跟我去見皇太后。」

其時康熙尚未大婚，寢宮和皇太后所居慈寧宮相距不遠。到得皇太后的寢宮，康熙自行入內，命韋小寶在門外相候。

韋小寶等了良久，無聊起來，心想：「我學了海老公教的『大慈大悲千葉手』，皇上學了『八卦遊龍掌』，可是今兒跟鰲拜打架，甚麼千葉手、遊龍掌全不管用，還是靠我小白龍韋小寶出到撒香灰、砸香爐的下三濫手段，這才大功告成。那些武功再學下去也沒甚麼好玩了，在皇宮中老是假裝太監，向小玄子磕頭，也氣悶得很。鰲拜已經拿了，小玄子也沒甚麼要我幫忙了。明白我就溜出宮去，再也不回來啦。」

他正在思量如何出宮，一名太監走了出來，笑道：「桂兄弟，皇太后命你進去磕頭。」

韋小寶肚中暗罵：「他奶奶的，又要磕頭！你辣塊媽媽的皇太后幹麼不向老子磕頭？」恭恭敬敬的答應：「是！」跟着那太監走了進去。

穿過兩重院子後，那太監隔着門帷道：「回太后，小桂子見駕。」輕輕掀開門帷，將嘴努了努。

韋小寶走進門去，迎面又是一道簾子。這簾子全是珍珠穿成，發出柔和的光芒。一名宮女拉開珠簾。韋小寶低頭進去，微抬眼皮，只見一個三十歲左右的貴婦坐在椅中，康熙靠在她的身旁，自然便是皇太后了，當即跪下磕頭。

皇太后微笑點了點頭，道：「起來！」待韋小寶站起，說道：「聽皇帝說，今日擒拿叛臣鰲拜，你立了好大的功勞。」

韋小寶道：「回太后：奴才只知道赤膽忠心，保護主子。皇上吩咐怎麼辦，奴才便奉旨辦事。奴才年紀小，甚麼都不懂的。」他在皇宮中只幾個月，但賭錢時聽得衆太監說起宮裏和朝廷的規矩，一一記在心裏，知道做主子最忌奴才居功，你功勞越大，越是要裝得沒半點功勞，主子這才喜歡，假使稍有驕矜之色，說不定便有殺身之禍，至於惹得主子憎厭，不加寵幸，自是不在話下。

他這樣回答，皇太后果然很是喜歡，說道：「你小小年紀，倒也懂事，比那做了少保、封了一等超武公的鰲拜還強。孩兒，你說咱們賞他些甚麼？」康熙道：「請太后吩咐罷。」皇太后沉吟道：「你在尚膳監，還沒品級罷？海大富海監是五品，賞你個六品的品級，升爲首領太監，就在皇上身邊侍候好了！」

韋小寶心道：「辣塊媽媽的六品七品，就是給我做一品太監，老子也不做。」臉上卻堆滿笑容，跪下磕頭，道：「謝皇太后恩典，謝皇上恩典。」

清宮定例，宮中總管太監共十四人，副總管八人，首領太監一百八十九人，太監則無定額，清初千餘人，自後增至三千餘人。有職司的太監最高四品，最低八品，普通太監則無品級。韋小寶從無品級的太監一躍而升爲六品，在宮中算得是少有的殊榮了。

皇太后點了點頭，道：「好好的盡心辦事。」韋小寶連稱：「是，是！」站起身來，倒退出去，宮女掀起珠簾時，韋小寶偷偷向皇太后瞧了一眼，只見她臉色極白，目光炯炯，但眉頭微蹙，似乎頗有愁色，又好像在想甚麼心事，尋思：「她身爲皇太后，還有甚麼不開心的？啊，是了，她死了老公。就算是皇太后，死了老公，總不會開心。」

他回到住處，將這一天的事都跟海老公說了。海老公竟然沒半分驚詫之意，淡淡的道：「算來也該在這兩天動手的了。皇上的耐心，可比先帝好得多。」韋小寶大奇，問道：「公公，你早知道了？」海老公道：「我怎會知道？我是早在猜想。皇上學摔跤，還說是小孩子好玩，但要三十名小太監也都學摔跤，學來幹甚麼？皇上自己又用心學那『八卦遊龍掌』，自然另有用意了。『大慈大悲千葉手』和『八卦遊龍掌』這兩路武功，倘若十年八年的下來，當眞學到了家，兩人合力，或許能對付得了鰲拜。可是這麼半吊子的學上兩三個月，又有甚麼用？唉，少年人膽子大，不知天高地厚，今日的事情，可兇險得很哪。」

韋小寶側頭瞧着海老公，心中充滿了驚佩：「這老烏龜瞎了一雙眼睛，卻甚麼事情都預先見到了。」

海老公問道：「皇上帶你去見了皇太后罷？」韋小寶道：「是！」心想：「你又知道了。」海老公道：「皇太后賞了你些甚麼？」韋小寶道：「也沒賞甚麼，只是給了我個六品的銜頭，升作了首領太監。」海老公笑了笑，道：「好啊，只比我低了一級。我從小太監升到首領太監，足足熬了十三年時光。」

韋小寶心想：「這幾日我就要走啦。你教了我不少武功，我卻毒瞎了你一雙眼睛，未免有點對你不住，本該將那幾部經書偷了來給你，偏偏又偷不到。」海老公道：「你今日立了這場大功，此後出入上書房更加容易……」韋小寶道：「是啊，要借那『四十二章經』是更加容易了。公公，你眼睛不大方便，卻要這部經書有甚麼用？」海老公幽幽的道：「是啊，我眼睛瞎了，看不到經書，你……你卻可讀給我聽啊，你一輩子陪着我，就……就一輩子讀這『四十二章經』給我聽……」說着突然劇烈的咳嗽起來。

韋小寶見了他彎腰大咳的模樣，不由得起了憐憫之意：「這老……老頭兒眞是古怪。」本來在心裏一直叫他「老烏龜」的，這時卻有些不忍。

這一晚海老公始終咳嗽不停，韋小寶便在睡夢之中，也不時聽到他的咳聲。

次日韋小寶到上書房去侍候，只見書房外的守衛全已換了新人。

康熙來到書房，康親王傑書和索額圖進來啓奏，說道會同王公大臣，已查明鰲拜大罪一共三十欵。康熙頗感意外，道：「三十欵？有這麼多？」康親王道：「鰲拜罪孽深重，原不止這三十欵，只是奴才們秉承皇上聖意，從寬究治。」康熙道：「這就是了，那三十欵？」

康親王取出一張白紙，唸道：「鰲拜欺君擅權，罪一。引用奸黨，罪二。結黨議政，罪三。聚貨養奸，罪四。巧飾供詞，罪五。擅起馬爾賽等先帝不用之人，罪六。擅殺蘇克薩哈等，罪七。擅殺蘇納海等，罪八。偏護本旗，將地更換，罪九。輕慢聖母，罪十。」他一條條的讀下去，直讀到第三十條大罪是：「以人之墳墓，有礙伊家風水，勒令遷移。」

康熙道：「原來鰲拜這廝做下了這許多壞事，你們擬了甚麼刑罰？」康親王道：「鰲拜罪大惡極，本當凌遲處死，臣等體念皇上聖意寬仁，擬革職斬決。其同黨必隆、班布爾善、阿思哈等一體斬決。」康熙沉吟道：「鰲拜雖然罪重，但他是顧命大臣，効力年久，可免其一死，革職拘禁，永不釋放，抄沒他的家產。所有同黨，可照你們所議，一體斬決。」

康親王和索額圖跪下磕頭，說道：「聖上寬仁，古之明君也所不及。」

這日衆大臣在康熙跟前，忙的便是處置鰲拜及其同黨之事。衆大臣向康熙詳奏鑲黃旗和正白旗如何爭執，韋小寶也聽不大懂，只約畧知道鰲拜是鑲黃旗的旗主，蘇克薩哈是正白旗

註：據「清史稿．聖祖本紀」：康熙八年，「上久悉鰲拜專横亂政，特慮其多力難制，乃選侍衛拜唐阿少年有力者，爲撲擊之戲。是日鰲拜入見，即令侍衛等掊而縶之，於是有善撲營之制，以近臣領之。庚申，王大臣議鰲拜獄上，列陳大罪三十，請族誅。詔曰：『鰲拜愚悖無知，誠合夷族。特念効力年久，迭立戰功，貸其死，籍沒，拘禁。』」

的旗主，兩旗爲了爭奪良田美地，勢成水火。蘇克薩哈給鰲拜害死後，正白旗所屬的很多財產田地爲鑲黃旗所併，現下正白旗衆大臣求皇帝發還原主。

康熙道：「你們自去秉公議定，交來給我看。鑲黃旗是上三旗之一，鰲拜雖然有罪，不能讓全旗受到牽累。咱們甚麼事都得公公道道。」衆大臣磕頭道：「皇上聖明，鑲黃旗全旗人衆均沐聖恩。」康熙點了點頭，道：「下去罷，索額圖留下，我另有吩咐。」

待衆大臣退出，康熙對索額圖道：「蘇克薩哈給鰲拜害死之後，他家產都給鰲拜佔去了罷？」索額圖道：「蘇克薩哈的田地財產，是沒入了內庫的。不過鰲拜當時曾親自領人到蘇克薩哈家裏搜查，金銀珠寶等物，都飽入了鰲拜私囊。」康熙道：「我也料到如此。你到鰲拜家中瞧瞧，查明家產，本來是蘇克薩哈的財物，都發還給他子孫。」

索額圖道：「皇上聖恩浩蕩。」他見康熙沒再甚麼話說，便慢慢退向書房門口。

康熙道：「皇太后吩咐，她老人家愛唸佛經，聽說正白旗和鑲黃旗兩旗旗主手中，都有一部『四十二章經』……」韋小寶聽到「四十二章經」五字，不由得全身爲之一震。只聽康熙續道：「這兩部佛經，都是用綢套子套着的，正白旗的用白綢套子，鑲黃旗的是黃綢鑲紅邊套子。太后她老人家說，要瞧瞧這兩部經書，是不是跟宮裏的佛經相同，你到鰲拜家中清查財物，順便就查一查。」

索額圖道：「是，是，奴才這就去辦。」他知皇上年幼，對太后又極孝順，朝政大事，只要太后吩咐一句，皇上無有不聽，皇太后交下來的事，比之皇上自己要辦的更爲重要，查兩部佛經，那是輕而易舉，自當給辦得又妥又當又迅速。

康熙道：「小桂子，你跟着前去。查到了佛經，兩人一起拿回來。」

韋小寶大喜，忙答應了，心想海老公要自己偷「四十二章經」，說了大半年，到底是怎麼樣的經書，連影子的邊兒也沒見過，這次是奉聖旨取經，自然手到拿來，最好鰲拜家裏共有三部，混水摸魚的呑沒一部，拿了去給海老公，好讓他大大的高興一場。

索額圖眼見小桂子是皇上跟前十分得寵的小太監，這次救駕擒奸，立有大功，心想取兩部佛經，又不是甚麼大不了的事，用不着派遣此人，心念一轉，便已明白：「是了，皇上要給他些好處。鰲拜當權多年，家中的金銀財寶自是不計其數。皇上派我去抄他的家，那是最大的肥缺。這件事我毫無功勞，爲甚麼要挑我發財？皇上叫小桂子陪我去，取佛經爲名，監視是實。抄鰲拜的家，這小太監是正使，我索某人是副使。這中間的過節倘若弄錯了，那就有大大不便。」

索額圖的父親索尼，是康熙初立時的四名顧命大臣之首。索尼死後，索額圖升爲吏部侍郎，其時鰲拜專橫，索額圖不敢與抗，辭去吏部侍郎之職，改充一等侍衞。康熙知他和鰲拜素來不合，因此這次特加重用。

兩人來到宮門外，索額圖的隨從牽了馬侍候着。索額圖道：「桂公公，你先上馬罷！」心想這小太監只怕不會騎馬，倒要照料着他些，別摔壞了他。那知韋小寶在宮中學了幾個月武功，雖然並無多大眞正長進，手脚卻已十分輕捷，又幸好當年茅十八敎過他上馬之法，這次便不致再來一個「張果生倒騎驢，韋小寶倒騎馬」，輕輕縱上馬背，竟然騎得甚穩。

兩人到得鰲拜府中，鰲拜家中上下人衆早已盡數逮去，府門前後軍士嚴密把守。索額圖對韋小寶道：「桂公公，你瞧着甚麼好玩的物事，儘管拿好了。皇上派你來取佛經，乃是酬你的大功，不管拿甚麼，皇上都不會問的。」

韋小寶見鰲拜府中到處盡是珠寶珍玩，直瞧得眼也花了，只覺每件東西都是好的，揚州麗春院中那些器玩陳設與之相比，那可天差地遠了。初時甚麼東西都想拿，但瞧瞧這件很好玩，那件也挺有趣，不知拿那一件才是，又想這幾日就要出宮溜走，東西拿得多了，携帶不便，只有揀幾件特別寶貴的物事才是道理。

索額圖的屬吏開始查點物品，一件件的記在單上。韋小寶拿起一件珠寶一看，寫單的書吏便在單上將這件珠寶一筆劃去，表示鰲拜府中從無此物。待韋小寶搖了搖頭，放下珠寶，那書吏才又添入清單之中。

二人一路查點進去，忽有一名官吏快步走了出來，向索額圖和韋小寶請了個安，說道：「啓稟二位大人，在鰲拜臥房中發現了一個藏寶庫，卑職不敢擅開，請二位移駕查點。」

索額圖喜道：「有藏寶庫嗎？那定是有些古怪物事。」又問：「那兩部經書查到了沒有？」那官吏道：「屋裏一本書也沒有，只有幾十本帳簿。卑職等正在用心搜查。」

索額圖携着韋小寶的手，走進鰲拜臥室。只見地下鋪着虎皮豹皮，牆上掛滿弓矢刀劍，不脫滿洲武士的粗獷本色。那藏寶庫是地下所挖的一個大洞，上用鐵板掩蓋，鐵板之上又蓋以虎皮，這時虎皮和鐵板都已掀開，兩名衞士守在洞旁。索額圖道：「都搬出來瞧瞧。」

兩名衞士跳下洞去，將洞裏所藏的物件遞上來。兩名書吏接住了，小心翼翼的放在旁邊一張豹皮上。

索額圖笑道：「鰲拜最好的寶物，一定都藏在這洞裏。桂公公，你便在這裏挑心愛的物事，包管錯不了。」

韋小寶笑道：「不用客氣，你自己也挑罷。」剛說完了這句話，突然「啊」的一聲叫了起來，只見一名衞士遞上一隻白玉大匣，匣上刻有五個大字，塡了硃砂，前面三字正是「四十二」。韋小寶急忙接過，打開玉匣蓋子，裏面是薄薄一本書，書函是白色綢子，封皮上寫着同樣的五字，問道：「索大人，這便是四十二章經罷？我識得『四十二』，卻不識『章經』。」索額圖喜道：「是，是。是四十二章經。」韋小寶道：「這『章經』兩字，難認得很，其實也不必花心思去記，只消五個字在一起，上面三個是『四十二』，下面兩字非『章經』不可。」索額圖心道：「那也未必。」口中含笑道：「正是。」

接着那侍衞又遞上一隻玉匣，匣裏有書，書函果是黃綢所製，鑲以紅綢邊。兩部書函都已甚爲陳舊。但寶庫裏已無第三隻匣子，韋小寶心下微感失望。

索額圖喜道：「桂公公，咱哥兒倆辦妥了這件事，皇太后一喜歡，定有重賞。」韋小寶道：「那是甚麼佛經，倒要見識見識。」說着便去開那書函。索額圖心中一動，笑道：「桂公公，我說一句話，你可別生氣。」

韋小寶自幼在妓院之中給人呼來喝去，「小畜生，小烏龜」的罵不停口。自從得到康熙的眷顧，宮中不論甚麼人見到他，都是恭謹異常。他以一個十四五歲的小孩，平生那裏受過這樣的尊敬？眼見索額圖在鰲拜府中威風八面，文武官員見到了，盡皆戰戰兢兢，可是這人對自己卻如此客氣，不由得大爲受用，對他更是十分好感，說道：「索大人有甚麼吩咐，儘管說好了。」

索額圖笑道：「吩咐是不敢當，不過我忽然想起了一件事。桂公公，這兩部經書，是皇太后和皇上指明要的，鰲拜又放在藏寶庫中，可見非同尋常。到底爲甚麼這樣要緊，咱們可不明白了。我也眞想打開來瞧瞧，就只怕其中記着甚麼重大干係的文字，皇太后不喜歡咱們做奴才的見到，這個……這個……嘻嘻……」

韋小寶經他一提，立時省悟，暗吃一驚，忙將經書放還桌上，說道：「是極，是極！索大人，多承你指點。我不懂這中間的道理，險些惹了大禍。」

索額圖笑道：「桂公公說那裏話來？皇上差咱哥兒倆一起辦事，你的事就是我的，那裏還分甚麼彼此？我如不當桂公公是自己人，這番話也不敢隨便出口了。」

韋小寶道：「你是朝中大官，我……我只是個小……小太監，怎麼能跟你當自己人？」

索額圖向屋中衆官揮了揮手，道：「你們到外邊侍候。」衆官員躬身道：「是，是！」都退了出去。

索額圖拉着韋小寶的手，說道：「桂公公，千萬別說這樣的話，你如瞧得起我索某，咱二人今日就拜了把子，結爲兄弟如何？」這兩句話說得甚是懇切。

韋小寶吃了一驚，道：「我……我跟你結拜？怎……怎配得上啊？」

索額圖道：「桂兄弟，你再說這種話，那分明是損我了。不知甚麼緣故，我跟你一見就十分投緣。咱哥兒倆就到佛堂之中去結拜了，以後就當眞猶如親兄弟一般，你和我誰也別說出去，只要不讓別人知道，又打甚麼緊了？」緊緊握着韋小寶的手，眼光中滿是熱切之色。

原來索額圖極是熱中，眼見鰲拜已倒，朝中掌權大臣要盡行更換，這次皇上對自己神態甚善，看來指日就能高升。在朝中爲官，若要得寵，自須明白皇帝的脾氣心情，這小太監朝夕和皇帝在一起，只要他能在御前替自己說幾句好話，便已受益無窮。就算不說好話，只要將皇帝喜歡甚麼，討厭甚麼，想幹甚麼事，平時多多透露，自己辦起事來自然事半功倍，正中皇帝的下懷。他生長在官宦之家，父親索尼是顧命大臣之首，素知「揣摩上意」是做大官的唯一訣竅，而最難的也就是這一件。眼前正有一個良機，只要能將這個小太監好好籠絡住了，日後飛黃騰達，封侯拜相，均非難事，是以靈機一動，要和他結拜。

韋小寶雖然機伶，畢竟於朝政官場中這一套半點不懂，只道這個大官當眞是喜歡自己，不由暗自得意，說道：「這個……這個，我可眞是想不到。」索額圖拉着他手，道：「來，來，來！咱哥兒倆到佛堂去。」

滿洲人崇信佛教，文武大臣府中均有佛堂。兩人來到佛堂之中。索額圖點着了香，拉韋小寶一同在佛像前跪下，拜了幾拜，說道：「弟子索額圖，今日與……與……與……」轉頭道：「桂兄弟，你大號叫甚麼？一直沒請教，眞是荒唐。」韋小寶道：「我叫小桂子。」索額圖微笑道：「你尊姓是桂，是不是？大號不知怎麼稱呼？」韋小寶道：「我……我……我叫桂小寶。」索額圖笑道：「好名字，好名字。你原是人中之寶！」韋小寶心想：「在揚州時，人家都叫我『小寶這小烏龜』，小寶這名字，又有甚麼好了？」

只聽索額圖道：「弟子索額圖，今日和桂小寶桂兄弟義結金蘭，此後有福共享，有難同當。不願同年同月同日生，但願同年同月同日死，弟子倘若不顧義氣，天誅地滅，永世無出頭之日。」說着又磕下頭去，拜罷，說道：「兄弟，你也拜佛立誓罷！」

韋小寶心道：「你年紀比我大得多了，如果我當眞跟你同年同月同日死，那可太也吃虧了。」一轉念間，已有了主意，心想：「我反正不是桂小寶，胡說一通，怕甚麼了？」於是在佛像前磕了頭，朗聲道：「弟子桂小寶，一向來是在皇帝宮裏做小太監的，人人都叫小桂子，和索額圖大人索老哥結爲兄弟，有福同享，有難同當。不願同年同月同日生，但願同月同月同日死。如果小桂子不顧義氣，小桂子天誅地滅，小桂子死後打入十八層地獄，給牛頭馬面捉住了，一千年、一萬年也不得超生。」

他將一切災禍全都要小桂子去承受，又接連說了兩個「同月」，將「但願同年同月同日死」說成了「但願同月同月同日死」，順口說得極快，索額圖也沒聽出其中的花樣。韋小寶心想：「跟你同月同日死，那也不打緊。你如是三月初三死的，我在一百年之後三月初三歸天，也不吃虧了。」至於他說小桂子死後打入十八層地獄，千萬年不得超生，卻是他心中眞願，小桂子是他所殺，鬼魂若來報仇，可不是玩的，如在地獄中給牛頭馬面緊緊捉住，他韋小寶在陽世自然就太平得很。

索額圖聽他說完，兩人對拜了八拜，一起站起身來，哈哈大笑。索額圖笑道：「兄弟，你我已是拜把子的弟兄，那比親兄弟還要親熱十倍。今後要哥哥幫你做甚麼事，儘管開口，不用客氣。」韋小寶笑道：「那還用說？我自出娘肚子以來，就不懂『客氣』二字是甚麼意思。大哥，甚麼叫做『客氣』？」兩人又相對大笑。

索額圖道：「兄弟，咱二人拜把子這回事，可不能跟旁人說，免得旁人防着咱們。照朝廷規矩，我們做外臣的，可不能跟你兄弟做內官的太過親熱。咱們只要自己心裏有數，也就是了。」韋小寶道：「對，對！啞子吃餛飩，心裏有數。」

索額圖見他精乖伶俐，點頭知尾，更是歡喜，說道：「兄弟，在旁人面前，我還是叫你桂公公，你就叫我索大人。過幾天你到我家裏來，做哥哥的陪你喝酒聽戲，咱兄弟倆好好的樂一下子。」

韋小寶大喜，他酒是不大會喝，「聽戲」兩字一入耳中，可比甚麼都喜歡，拍手笑道：「妙極，妙極！我最愛聽戲。你說是那一天？」揚州鹽商起居豪奢，每逢娶婦嫁女、生子做壽，往往連做幾日戲。韋小寶碰到這些日子，自然是在戲枱前鑽進鑽出的趕熱鬧、看白戲。人家是喜慶好日子，也不會認眞對付他這等小無賴，往往還請他吃一碗飯，飯上高高的堆上幾塊大肉。至於迎神賽會，更有許多不同班子唱戲。一提到「聽戲」兩字，當眞心花怒放。

索額圖道：「兄弟既然喜歡，我時時請你。只要那一天兄弟有空，你儘管吩咐好了。」韋小寶道：「就是明天怎樣？」索額圖道：「好極！明天酉時，我在宮門外等你。」韋小寶道：「我出宮來不打緊嗎？」索額圖道：「當然不打緊。白天你侍候皇上，一到傍晚，誰也管不着你了。你已升爲首領太監，在皇上跟前大紅大紫，又有誰敢來管你？」

韋小寶笑逐顏開，本想明天就溜出皇宮，再也不回宮去了，但聽索額圖這麼說，自己身分不同，可以自由出入皇宮，倒也不忙便溜，笑道：「好，一言爲定，咱哥兒倆有福同享，有戲同聽。」索額圖拉着他手，道：「咱們這就要鰲拜房中挑寶貝去。」

兩人回到鰲拜房中，索額圖仔細察看地洞中取出來的諸般物事，問道：「兄弟，你愛那一些？」韋小寶道：「甚麼東西最貴重，我可不懂了，你給我挑挑。」索額圖道：「好！」拿起兩串明珠，一隻翡翠彫成的玉馬，道：「這兩件珠寶值錢得很。兄弟要了罷。」

韋小寶道：「好！」將明珠和玉馬揣入了懷裏，順手拿起一柄匕首，只覺極是沉重，那匕首連柄不過一尺二寸，套在鯊魚皮的套子之中，份量竟和尋常的長刀長劍無異。韋小寶左手握住劍柄，拔了出來，只覺一股寒氣撲面而至，鼻中一酸，「阿乞」一聲，打了個噴嚏，再看那匕首時，劍身如墨，半點光澤也沒有。他本來以爲鰲拜既將這匕首珍而重之的放在藏寶庫中，定是一柄寶刃，那知模樣竟如此難看，便和木刀相似。他微感失望，隨手往旁邊一拋，卻聽得嗤的一聲輕響，匕首插入地板，直沒至柄。

韋小寶和索額圖都「咦」的一聲，頗爲驚異。韋小寶隨手這麼一拋，絲毫沒使勁力，料不到匕首竟會自行插入地板，而刃鋒之利更是匪夷所思，竟如是插入爛泥一般。韋小寶俯身拔起匕首，說道：「這把短劍倒有些奇怪。」

索額圖見多識廣，道：「看來這是柄寶劍，咱們來試試。」從牆壁上摘下一柄馬刀，拔出鞘來，橫持手中，說道：「兄弟，你用短劍往這馬刀上砍一下。」

韋小寶提起匕首，往馬刀上斬落，擦的一聲，那馬刀應手斷爲兩截。

兩人不約而同的叫道：「好！」這匕首是世所罕見的寶劍，自無疑義，奇的是斬斷馬刀竟如砍削木材，全無金屬碰撞的鏗鏘聲音。

索額圖笑道：「恭賀兄弟，得了這樣一柄寶劍，鰲拜家中的寶物，自以此劍為首。」韋小寶甚是喜歡，道：「大哥，你如果要，讓給你好了。」索額圖連連搖手，道：「你哥哥出身是武官，以後做文官，不做武官啦。這柄寶劍，還是兄弟拿着去玩兒的好。」

韋小寶將匕首插回劍鞘，繫在衣帶之上。索額圖笑道：「兄弟，這劍很短，還是放在靴桶子裏好啦，免得入宮時給人看見。」清宮的規矩，若非當值的帶刀侍衛，入宮時不許携帶武器。韋小寶道：「是！」將匕首收入靴中。以他這等大紅人，出入宮門，侍衛自也不會再搜他身上有無携帶違禁物事。

韋小寶得了這柄匕首，其他寶物再也不放在眼裏，過了一會，忍不住又拔出匕首，在牆壁上取下一根鐵矛，擦的一聲，將鐵矛斬為兩截。他順手揮割，室中諸般堅牢物品無不應手而破。他用匕首尖在檀木桌面上畫了隻烏龜，剛剛畫完，拍的一聲響，一隻檀木烏龜從桌面上掉了下來，桌子正中卻空了一個烏龜形的空洞。韋小寶叫道：「鰲拜老兄，您老人家好，哈哈！」

索額圖卻用心查點藏寶庫中的其他物事。只見珍寶堆中有件黑黝黝的背心，提了起來，入手甚輕，衣質柔軟異常，非絲非毛，不知是甚麼質料。他一意要討好韋小寶，說道：「兄弟，這件背心穿在身上一定很暖，你除下外衣，穿了去罷。」韋小寶道：「這又是甚麼寶貝了？」索額圖道：「我也識他不得，你穿上罷！」韋小寶道：「我穿着太大。」索額圖道：「衣服軟得很，稍為大一些，打一個褶，就可以了。」

韋小寶接了過來，入手甚是輕軟，想起去年求母親做件絲棉襖，母親張羅幾天，沒籌到錢，終於沒做成，這件背心似乎也不比絲棉襖差了，就只顏色太不光鮮，心想：「好，將來我穿回揚州，去給娘瞧瞧。」於是除下外衫，將背心穿了，再將外衣罩在上面，那背心尺寸大了些，好在又軟又薄，也沒甚麼不便。

索額圖清理了鰲拜的寶藏，命手下人進來，看了鰲拜家財的初步清單，不由得伸了伸舌頭，說道：「鰲拜這廝倒眞會搜刮，他家產比我所料想的多了一倍還不止。」

他揮手命下屬出去，對韋小寶道：「兄弟，他們漢人有句話說：『千里為官只為財。』這次皇恩浩蕩，皇上派了咱哥兒倆這個差使，原是挑咱們發一筆橫財來着。這張清單嗎，待會我得去修改修改。二百多萬兩銀子，你說該報多少才是？」

韋小寶道：「那我可不懂了，一切憑大哥作主便是。」

索額圖笑了笑，道：「單子上開列的，一共是二百三十五萬三千四百一十八兩。那個零頭仍是照舊，咱們給抹去個『二』字，戲法一變，變成一百三十五萬三千四百一十八兩。那個『二』字呢，咱哥兒倆就二一添作五如何？」韋小寶吃了一驚，道：「你……你說……」索額圖笑道：「兄弟嫌不夠麼？」韋小寶道：「不，不！我……我是不大明白。」索額圖道：「我說把那一百萬兩銀子，咱哥兒倆拿來平分了，每人五十萬兩。兄弟要是嫌少，咱們再計議計議。」

韋小寶臉色都變了，他在揚州妓院中之時，手邊只須有一二兩銀子，便如是發了橫財一般，在皇宮之中和人賭錢，進出大了，那也只是幾十兩以至一二百兩銀子的事，突然聽到一分便分到五十萬兩，幾乎不相信自己的耳朵。

索額圖適才不住將珍寶塞在他的手裏，原是要堵住他的嘴，要他在皇帝面前不提鰲拜財產的眞相。否則的話，只要他在皇上跟前稍露口風，不但自己吞下的贓欵要盡數吐出，斷送了一生前程，勢必還落個大大的罪名。他見韋小寶臉色有異，忙道：「兄弟要怎麼辦，我都聽你的主意便是。」

韋小寶舒了口氣，說道：「我說過一切憑大哥作主的。只是分給我五十萬……五十萬兩銀子，未免……未免那個……太……太多了。」

索額圖如釋負重，哈哈大笑，道：「不多，不多，一點兒不多。這樣罷，這裏所有辦事的人，大家都得些好處，做哥哥的五十萬兩銀子之中，拿五萬兩出來，給底下人大家分分。兄弟也拿五萬兩出來，宮裏的妃子、管事太監他們面上，每個人都有點甜頭。這樣一來，就誰也沒閒話說了。」韋小寶愁道：「好是好。我可不知怎麼分法。」索額圖道：「這些事情，由做哥哥的一手包辦便是，包管你面面俱到，誰也得罪不了，人人都會說桂公公年紀輕輕，辦事可眞夠朋友。錢是拿來使的，你我今後一帆風順，依靠旁人的地方可多着呢。」韋小寶道：「是，是！」

索額圖又道：「這一百萬兩銀子呢，鰲拜家裏也沒這麼多現錢，咱們得儘快變賣他的產業，一切做得乾手淨脚，別讓人拿住了把柄。兄弟你在宮裏，這許多金元寶、銀元寶也沒地方存放，是不是？」

韋小寶陡然間發了四十五萬兩銀子橫財，一時頭暈腦脹，不知如何是好，不論索額圖說甚麼，都只有回答：「是，是！」

索額圖笑道：「過得幾天，我叫幾家金鋪打了金票銀票，都是一百兩一張、五十兩一張的。兄弟放在身邊，甚麼時候要使，到金鋪去兌成金銀便是，又方便，又穩妥。除非有人來摸你的口袋，否則誰也不知你兄弟小小年紀，竟是咱們北京城裏的一位大財主呢，哈哈，哈哈！」

韋小寶跟着打了幾個哈哈，心想：「眞的我有四十五萬兩銀子？眞的四十五萬兩？」又想：「我有了四十五萬兩銀子，怎樣花法？他媽的天天吃蹄膀、紅燒全鷄，一生一世也吃不完這四十五萬兩銀子。辣塊媽媽的，老子到揚州去開十家妓院，家家比麗春院漂亮十倍。」他自幼「心懷大志」，將來發達之後，要開一家比麗春院更大更豪華的妓院，揚眉吐氣，莫此爲甚。他和麗春院的老鴇吵架，往往便說：「辣塊媽媽的，你開一家麗春院有甚麼了不起？老子過得幾年發了財，在你對面開家麗夏院、左邊開家麗秋院、右邊開家麗冬院，搶光你的生意。嫖客一個也不上門，教你喝西北風。」想到妓院一開便是十家，手面之濶，揚州人士無不刮目相看，不由得心花怒放。

索額圖那猜得到他心中的大計，說道：「兄弟，皇上吩咐了，蘇克薩哈的家產，給鰲拜霸佔去了的，要清查出來還給蘇克薩哈的子孫。咱們就檢六七萬兩銀子，去賞給蘇家。這是皇上的恩典，蘇家只有感激涕零，又怎敢爭多嫌少了？再說，要是給蘇家銀子太多，倒顯得蘇克薩哈生前是個贓官，他子孫的臉面也不光采，是不是？」韋小寶道：「是，是。」心道：「你我哥兒倆可都不是淸官罷？也不見得有甚麼不光采哪！」

索額圖道：「皇太后和皇上指明要這兩部佛經，這是頭等大事，咱們這就先給送了去。

鰲拜的財產，慢慢淸點不遲。」韋小寶點頭稱是。索額圖當下取過兩塊錦緞，將兩隻玉匣包好了，兩人分別捧了，來到皇宮去見康熙。

康熙見他們辦妥了太后交下來的差事，甚感欣喜，便叫韋小寶捧了跟在身後，親自送到太后宮中。索額圖不能入宮，告退後又去淸理鰲拜的家產。

康熙在路上問道：「鰲拜這廝家裏有多少財產？」

韋小寶道：「索大人初步查點，他說一共有一百三十五萬三千四百一十八兩銀子。」他將這數字說成是索額圖點出來的，將來萬一給皇帝查明眞相，也好有個推諉抵賴的餘地。

這等營私舞弊、偷鷄摸狗的勾當，韋小寶算得是天賦奇才。他五歲那一年上，一個妓女給他五文錢，叫他到街上買幾個桃子，他落下一文買糖吃了，用四文錢買了桃子交給那個妓女，那妓女居然並未發覺，還賞了他一個桃子。在韋小寶看來，銀錢過手而沾些油水，原是天經地義之事，只不過如果給人查到，卻總得有些理由來胡賴一番。這是他頭上挨了不少爆栗、屁股上給人踢過無數大脚，因而得來的寶貴經驗。

康熙哼了一聲，道：「這混蛋！搜刮了這許多民脂民膏！一百三十幾萬兩，嘿嘿，可了不起。」韋小寶心下暗喜：「還有個『一』字，已給二一添作五了。」說話之間，已到了太后的慈寧宮。

太后聽說兩部經書均已取到，甚是歡喜，伸手從康熙手中接了過來，打開錦緞玉匣，見到書函後更是笑容滿面，說道：「小桂子，你辦事可能幹得很哪！」

韋小寶跪下請安，道：「那是託賴太后和皇上的洪福。」

太后向着身邊一個小宮女道：「蕊初，你帶小桂子到後邊屋裏，拿些蜜餞果子，賞給他吃。」那名叫蕊初的小宮女約莫十三四歲年紀，容貌秀麗，微笑應道：「是！」韋小寶又請安道：「謝太后賞，謝皇上賞。」康熙道：「小桂子，你吃完果子，自行回去罷，我在這裏陪太后用膳，不用你侍候啦。」

韋小寶答應了，跟着蕊初走進內堂，來到一間小小廂房。

蕊初打開一具紗櫥，櫥中放着幾十種糕餅糖果，笑道：「你叫小桂子，先吃些桂花松子糖罷。」說着取出一盒松子糖來，松子香和桂花香混在一起，聞着極是受用。

韋小寶笑道：「姊姊也吃些。」蕊初道：「太后賞給你吃的，又沒賞給我吃，咱們做奴才的怎能偷吃？」韋小寶笑道：「悄悄吃些，又沒人瞧見，打甚麼緊？」蕊初臉上一紅，搖了搖頭，微笑道：「我不吃。」

韋小寶道：「我一個人吃，你站着旁邊瞧着，可不成話。」蕊初微笑道：「這是你的福氣。我是服侍太后的，連皇上也不服侍，今日卻來服侍你吃糖果糕餅。」韋小寶見她巧笑嫣然，也笑道：「我是服侍皇上的，也來服侍你吃些糖果糕餅，那就兩不吃虧。」蕊初格的一笑，隨即伸手按住了嘴巴，微笑道：「快些吃罷，太后要是知道我跟你在這裏說笑話，可要生氣呢。」

韋小寶在揚州之時，麗春院中鶯鶯燕燕，見來見去的都是女人，進了皇宮之後，今日還是第一次和一個跟他年紀差不多的小姑娘作伴，甚感快慰，靈機一動，道：「這樣罷！我把糖果糕餅拿了回去，你服侍完太后之後，便出來和我一起吃。」蕊初臉上又是微微一紅，道：「不成的，等我服侍完太后，已是深夜了。」韋小寶道：「深夜有甚麼打緊？你在那裏等我？」

蕊初在太后身畔服侍，其餘宮女都比她年紀大，平時說話並不投機，見韋小寶定要伴她吃糖果，其意甚誠，不禁有些心動。韋小寶道：「在外邊的花園裏好不好？半夜三更的，沒人知道。」蕊初猶豫着點了點頭。

韋小寶大喜，道：「好，一言爲定。快給我蜜餞果兒，你揀自己愛吃的就多拿些。」蕊初微笑道：「又不是我一個兒吃，你自己愛吃甚麼？」韋小寶道：「姊姊愛吃甚麼，我都愛吃。」蕊初聽他嘴甜，十分歡喜，當下揀了十幾種蜜餞果子、糖果糕餅，裝在一隻紙盒裏。韋小寶低聲道：「今晚三更，在花園的亭子裏等你。」蕊初點了點頭，低聲道：「可要小心了。」韋小寶道：「你也小心。」

他拿了紙盒，興沖沖的回到住處。他本來和假裝小玄子的皇帝玩得極爲有興，眞相揭露之後，再也不能跟他玩了。這幾日在皇宮之中，人人對他大爲奉承，雖覺有意，卻無玩耍之樂。此刻約了一個小宮女半夜中相會，好玩之中帶着三分危險，覺得最是有趣不過。他畢竟年紀尙小，雖然從小在妓院中長大，於男女情愛之事，只見得極多，自己卻似懂非懂。

二人仍是三掌相抵，比拚内力，太后手中卻已多了一柄短兵刃，正在刺向海老公小腹。可是蛾眉刺挺到對方小腹尺許之處，再也無法前送半寸。

第六回　可知今日憐才意　即是當時種樹心

海老公問起今日做了甚麼事，韋小寶說了到鰲拜家中抄家，至於呑沒珍寶、金銀、匕首等事，自然絕口不提，最後道：「太后命我到鰲拜家裏拿兩部『四十二章經』……」海老公突然站起，問道：「鰲拜家有兩部『四十二章經』？」韋小寶道：「是啊。是太后和皇上吩咐去取的，否則的話，我拿來給了你，別人也未必知道。」

海老公臉色陰沉，哼了一聲，冷冷的道：「落入了太后手裏啦，很好，很好！」

待會厨房中送了飯來，海老公只吃了小半碗便不吃了，翻着一雙無神的白眼，仰起了頭只是想心事。

韋小寶吃完飯，心想我先睡一會，到三更時分再去和那小宮女說話玩兒，見海老公呆呆的坐着不動，便和衣上床而睡。

他迷迷糊糊的睡了一會，悄悄起身，把那盒蜜餞糕餅揣在懷裏，生怕驚醒海老公，慢慢一步步的躡足而出，走到門邊，輕輕拔開了門閂，再輕輕打開了一扇門，突然聽得海老公問道：「小桂子，你去那裏？」

韋小寶一驚，說道：「我……我小便去。」海老公道：「幹麼不在屋裏小便？」韋小寶道：「我睡不着，到花園裏走走。」一生怕海老公阻攔，也不多說，拔步往外便走，左足剛踏出一步，只覺後領一緊，已給海老公抓住，提了回來。

韋小寶「啊」的一聲，尖叫了出來，當下便有個念頭：「糟糕，糟糕，老烏龜知道我要去見那小宮女，不許我去。」一念頭還未轉完，已給海老公摔在床上。

韋小寶笑道：「公公，你試我武功麼？好幾天沒教我功夫了，這一抓是甚麼招式？」

海老公哼了一聲，道：「這叫做『甕中抓鼈』，手到擒來。鼈便是甲魚，捉你這隻小甲魚。」韋小寶心道：「老甲魚捉小甲魚！」一可是畢竟不敢說出口，眼珠骨溜溜的亂轉，尋思脫身之計。

海老公坐在他床沿上，輕輕的道：「你膽大心細，聰明伶俐，學武雖然不肯踏實，但如果由我來好好琢磨琢磨，也可以算得是可造之材，可惜啊可惜。」

韋小寶問道：「公公，可惜甚麼？」

海老公不答，只嘆了口氣，過了半晌，說道：「你的京片子學得也差不多了。幾個月之前，倘若就會說這樣的話，不帶絲毫揚州腔調，倒也不容易發覺。」

韋小寶大吃一驚，霎時之間全身寒毛直豎，忍不住身子發抖，牙關輕輕相擊，強笑道：「公公，你……你今兒晚上的說話，眞是……嘻嘻……眞是奇怪。」

海老公又嘆了口氣，問道：「孩子，你今年幾歲啦？」韋小寶聽他語氣甚和，驚懼之情漸減，道：「我……我是十四歲罷。」海老公道：「十三歲就十三歲，十四歲就十四歲，爲甚麼是『十四歲罷？』」韋小寶道：「我媽媽也記不大清楚，我自己可不知道。」這一句倒是眞話，他媽媽胡裏胡塗，小寶到底幾歲，向來說不大準。

海老公點了點頭，咳嗽了幾聲，道：「前幾年練功夫，練得走了火，惹上了這咳嗽的毛病，越咳越厲害，近年來自己知道是不大成的了。」韋小寶道：「我……我覺得你近來……近來咳得好了些。」海老公搖頭道：「好甚麼？一點也沒好。我胸口痛得好厲害，你又怎知道？」韋小寶道：「現下怎樣？要不要我拿些藥給你吃？」海老公嘆道：「眼睛瞧不見，藥是不能亂服的了。」韋小寶大氣也不敢透，不知他說這些話是甚麼用意。

海老公又道：「你機緣挺好，巴結上了皇上，本來嘛，也可以有一番大大的作爲。你沒淨身，我給你淨了也不打緊，只不過，唉，遲了，遲了。」

韋小寶不懂「淨身」是甚麼意思，只覺他今晚話說的語氣說不出的古怪，輕聲道：「公公，很晚了，你這就睡罷。」海老公道：「睡罷，睡罷！唉，睡覺的時候以後可多着呢，朝也睡，晚也睡，睡着了永遠不醒。孩子，一個人老是睡覺，不用起身，不會心口痛，不會咳嗽得難過，那不是挺美麼？」韋小寶嚇得不敢作聲。

海老公道：「孩子，你家裏還有些甚麼人？」

這平平淡淡一句問話，韋小寶卻難以回答。他可不知那死了的小桂子家中有些甚麼人，胡亂回答，多半立時便露出馬脚，但又不能不答，只盼海老公本來不知小桂子家中底細，才這樣問，便道：「我家裏只有個老娘，其餘的人，這些年來，唉，那也不用提了。」話中拖上這樣個尾巴，倘若小桂子還有父兄姊弟，就不妨用「那也不用提了」這六字來推搪。

海老公道：「只有個老娘，你們福建話，叫娘是叫甚麼的？」

韋小寶又是一驚：「甚麼福建話？莫非小桂子是福建人？他說我以前的說話中有揚州腔調，恐怕……恐怕……那麼他眼睛給我弄瞎這回事，他知不知道？」剎那之間，心中轉過了無數念頭，含含糊糊的道：「這個……這個……你問這個幹麼？」

海老公又嘆了口氣，說道：「你年紀小小，就這樣壞，嘿，到底是像你爹呢，還是像你媽？」韋小寶嘻嘻一笑，說道：「我是誰也不像。好是不大好，壞也不算挺壞。」

海老公咳了幾聲，道：「我是成年之後，才淨身做太監的……」韋小寶暗暗叫苦：「原來做太監要淨身，那就是割去小便的東西。他說知道我沒淨身，要是來給我淨身，那可乖乖龍的東……」只聽海老公續道：「我本來有個兒子，只可惜在八歲那年就死了。倘若活到今日，我的孫兒也該有你這般大了。那個姓茅的茅十八，不是你爹爹罷？」

韋小寶顫聲道：「不……不是！辣塊媽媽的，當……當然不是。」心中一急，揚州話衝口而出。

海老公道：「我也想不是的。倘若你是我兒子，失陷在皇宮之中，就算有天大危險，我也會來救你出去。」

韋小寶苦笑道：「就可惜我沒你這個好爹爹。」

海老公道：「我教過你兩套武功，第一套『大擒拿手』，第二套『大慈大悲千葉手』，這兩套功夫，我都沒教全，你自然也沒學會，只學了這麼一成半成，嘿嘿，嘿嘿。」韋小寶道：

「是啊，你老人家最好將這兩套功夫教得我學全了。你這樣天下第一的武功，總算有個人傳了下來，給你老人家揚名，那才成話。」

海老公搖頭道：「『天下第二』四個字，那裏敢當？世上武功高強的，可不知有多少。我這兩套功夫，你這一生一世也來不及學得全了。」他頓了一頓，說道：「你吸一口氣，摸到左邊小腹，離開肚臍眼三寸之處，用力掀一掀，且看怎樣？」

韋小寶依言摸到他所說之處，用力一掀，登時痛澈心肺，不由得「啊」的一聲，大叫出來，霎時間滿頭大汗，不住喘氣。近半個多月來，左邊小腹偶然也隱隱作痛，只道吃壞了肚子，何況只痛得片刻，便即止歇，從來沒放在心上，不料對準了一點用力掀落，竟會痛得這等厲害。

海老公陰惻惻的道：「很有趣罷？」

韋小寶肚中大罵：「死老烏龜，臭老烏龜！」說道：「有一點點痛，也沒甚麼有趣。」

海老公道：「你每天早上去賭錢，又去跟皇上練武，你還沒回來，飯菜就送來了。我覺得這湯可不夠鮮，每天從藥箱之中，取了一瓶藥出來，給你在湯裏加上些料。只加這麼一點兒，加得多了，毒性太重，對你身子不大妥當。你這人是很細心的，可是我從來不喝湯，你一點也不疑心嗎？」韋小寶毛骨悚然，道：「我……我以爲你不愛喝湯。你……你又說喝了湯，會……會……咳……咳嗽……」海老公道：「我本來很愛喝湯的，不過湯裏有了毒藥，雖然份量極輕，可是天天喝下去，時日久了，總有點危險，是不是？」

韋小寶憤然道：「是極，是極！公公，你當眞厲害。」

海老公嘆了口氣，道：「也不見得。本來我想讓你再服三個月毒藥，這才放你出宮，那時你就慢慢肚痛了。先是每天痛半個時辰，痛得也不很兇，以後越痛越厲害，痛的時刻也越來越長，大概到一年以後，那便日夜不停的大痛，要痛到你將自己腦袋到牆上去狠狠的撞，痛得將自己手上、腿上的肉，一塊塊咬下來。」說到這裏，嘆道：「可惜我身子越來越不成了，恐怕不能再等。你身上中的毒，旁人沒解藥，我終究是有的。小娃娃，你到底是受了誰的指使，想這計策來弄瞎我眼睛？你老實說了出來，我立刻給你解藥。」

韋小寶年紀雖小，也知道就算自己說了指使之人出來，他也決不能饒了自己性命，何況根本就無人指使，說道：「指使之人自然有的，說出來只怕嚇你一大跳。原來你早知道我不是小桂子，想了這個法子來折磨我，哈哈，哈哈，你這可上了我的大當啦！哈哈，哈哈！」縱聲大笑，身子跟着亂動，右腿一曲，右手已抓住了匕首柄，極慢極慢的從劍鞘中拔出，不發出絲毫聲息，就算有了些微聲，也教笑聲給遮掩住了。

海老公道：「我上了你甚麼大當啦？」

韋小寶胡說八道，原是要教他分心，心想索性再胡說八道一番，說道：「湯裏有毒藥，第一天我就嚐了出來。我跟小玄子商量，他說你在下毒害我……」

海老公一驚，道：「皇上早知道了？」

韋小寶道：「怎麼會不知道？只不過那時我可還不知他是皇上，小玄子叫我不動聲色，留神提防，喝湯之時只喝入口中，隨後都吐在碗裏，反正你又瞧不見。」一面說，一面將匕首半寸半寸的提起，劍尖緩緩對準了海老公心口，心想若不是一下子便將他刺死，縱然刺中了，他一掌擊下來，自己還是沒命。

海老公將信將疑，冷笑道：「你如沒喝湯，幹麼一按左邊肚子，又會痛得這麼厲害？」

韋小寶嘆道：「想是我雖將湯吐了出來，差着沒嗽口，毒藥還是吃進了肚裏。」說着又將匕首移近數寸。只聽海老公道：「那也很好啊。反正這毒藥是解不了的，你中毒淺些，發作得慢些，吃的苦頭只有更大。」韋小寶哈哈大笑，長笑聲中，全身力道集於右臂，猛力戳出，直指海老公心口，只待一刀刺入，便即滾向床角，從床脚邊竄出逃走。

海老公陡覺一陣寒氣撲面，微感詫異，只知對方已然動手，更不及多想他是如何出手，左手揮出，便往戳來的兵刃上格去，右掌隨出，砰的一聲，將韋小寶打得飛身而起，撞破窗格，直摔入窗外的花園，跟着只覺左手劇痛，四根手指已被匕首切斷。

若不是韋小寶匕首上寒氣太盛，他事先沒有警兆，這一下非戳中心口不可。但如是尋常刀劍，二人功力相差太遠，雖然戳中心口，也不過皮肉之傷，他內勁到處，掌緣如鐵，擊在刀劍之上，震飛刀劍，也不會傷到自己手掌。但這匕首實在太過鋒銳，海老公苦練數十年的內勁，竟然不能將之震飛脫手，反而無聲息的切斷了四根手指。可是他右手一掌結結實實的打在韋小寶胸口，這一掌開碑裂石，非同小可，料得定韋小寶早已五臟俱碎，人在飛出窗外之前便已死了。

他冷笑一聲，自言自語：「死得這般容易，可便宜了這小鬼。」定一定神，到藥箱中取出金創藥敷上傷口，撕下床單，包紮了左掌，喃喃的道：「這小鬼用的是甚麼兵刃，怎地如此厲害？」強忍手上劇痛，躍出窗去，伸手往韋小寶跌落處摸去，要找那柄自己聞所未聞、見所未見的寶刀利刃。那知摸索良久，竟甚麼也沒摸到。

他於眼睛未瞎之時，窗外的花園早看得熟了，何處有花，何處有石，無不了然於胸。明明聽得韋小寶是落在一株芍藥花旁，這小鬼手中的寶劍或許已震得遠遠飛出，可是他的屍體怎會突然不見？

韋小寶中了這掌，當時氣爲之窒，胸口劇痛，四肢百骸似乎都已寸寸碎裂，一摔下地，險些便即暈去。他知此刻生死繫於一綫，旣然沒能將海老公刺死，老烏龜定會出來追擊，當即奮力爬起，只走得兩步，脚下一軟，又即摔倒，骨碌碌的從一道斜坡上直滾下去。海老公倘若手指沒給割斷，韋小寶滾下斜坡之聲自然逃不過他耳朶，只是他重傷之餘，心煩意亂，加之做夢也想不到這小鬼中了自己這一掌竟會不死，雖然聽到聲音，卻全沒想到其中緣由。

這條斜坡好長，韋小寶直滾出十餘丈，這才停住。他掙扎着站起，慢慢走遠，周身筋骨痛楚不堪，幸好匕首還是握在手中，暗自慶幸：「剛才老烏龜將我打出窗外，我居然沒將匕首插入自己身體，當眞運氣好極。」

將匕首插入靴桶，心想：「西洋鏡已經拆穿，老烏龜旣知我是冒牌貨，宮中是不能再住了。只可惜四十五萬兩銀子變成了一場空歡喜。他奶奶的，一個人那有這樣好運氣，橫財一發便是四十五萬兩？總而言之，老子有過四十五萬兩銀子的身家，只不過老子手段濶綽，一晚之間就花了個精光。你說夠厲害了罷？」肚裏吹牛，不禁得意起來。

又想：「那小宮女還巴巴的在等我，反正三更半夜也不能出宮，我這就瞧瞧她去，啊喲……」一摸懷中那隻紙盒，早已壓得一塌胡塗，心道：「我還是拿去給她看看，免她等得心焦。就說我摔了一交，將蜜餞糖果壓得稀爛，變成了一堆牛糞，不過這堆牛糞又甜又香，滋味挺美。哈哈，辣塊媽媽，又甜又香的牛糞你吃過沒有？老子就吃過。」

他想想覺得好玩，加快脚步，步向太后所住的慈寧宮，只走快幾步，胸口隨即劇痛，只得又放慢了步子。

來到慈寧宮外，見宮門緊閉，心想：「糟糕，可沒想到這門會關着，那怎麼進去？」正沒做理會處，宮門忽然無聲無息的推了開來，一個小姑娘的頭探出來，月光下看得分明，正是蕊初。只見她微笑着招手，韋小寶大喜，輕輕閃身過門。蕊初又將門掩上了，在他耳畔低聲道：「我怕你進不來，已在這裏等了許久。」韋小寶也低聲道：「我來遲啦。我在路上絆到了一隻又臭又硬的老烏龜，摔了一交。」蕊初道：「花園裏有大海龜嗎？我倒沒見過。你……你可摔痛了沒有？」

韋小寶一鼓作氣的走來，身上的疼痛倒也可以耐得，給蕊初這麼一問，只覺得全筋骨無處不痛，忍不住哼了一聲。蕊初拉住他手，低聲問：「摔痛了那裏？」

韋小寶正要回答，忽見地下有個黑影掠過，一抬頭，但見一隻碩大無朋的大鷹從牆頭飛了進來，輕輕落地。他大吃一驚，險些駭呼出聲，月光下只見那大鷹人立起來，原來不是大鷹，卻是一人。這人身材瘦削，彎腰曲背，卻不是海老公是誰？

蕊初本來面向着他，沒見到海老公進來，但見韋小寶轉過了頭，瞪目而視，臉上滿是驚駭之色，也轉過身來。

韋小寶左手一探，已按住了她的嘴唇，出力奇重，竟不讓她發出半點聲音，跟着右手急搖，示意不可作聲。蕊初點了點頭。韋小寶這才慢慢放開了左手，目不轉睛的瞧着海老公。

只見海老公僵立當地，似在傾聽動靜，過了一會，才慢慢向前走去。韋小寶見他不是向自己走來，暗暗舒了口氣，心道：「老烏龜好厲害，眼睛雖然瞎了，居然能追到這裏。」又想：「只要我和這小宮女不發出半點聲音，老烏龜就找不到我。」

海老公向前走了幾步，突然躍起，落在韋小寶跟前，左手一探，扠住了蕊初的脖子。蕊初「啊」的一聲叫，但咽喉被卡，這一聲叫得又低又悶。

韋小寶心念電轉：「老烏龜找的是我，又不是找這小宮女，不會殺死她的。」此時和海老公相距不過兩尺，嚇得幾乎要撒尿，卻一動也不動，知道只要自己動上一根手指，就會給他聽了出來。

海老公低聲道：「別作聲！不聽話就卡死你。輕輕回答我的話。你是誰？」蕊初低聲道：「我……我……」海老公伸出右手，摸了摸她頭頂，又摸了摸她臉蛋，道：「你是個小宮女，是不是？」蕊初道：「是，是！」海老公道：「三更半夜的，在這裏幹甚麼？」蕊初道：「我……我在這裏玩兒！」

海老公臉上露出一絲微笑，在慘淡的月光下看來，反顯得更加陰森可怖，問道：「還有誰在這裏？」一側過了頭傾聽。

適才蕊初不知屏息凝氣，驚恐之下呼吸粗重，給海老公聽出了她站立之處。韋小寶和他相距雖近，呼吸極微，他一時便未察覺。韋小寶想要打手勢叫她別說，卻又不敢移動手臂。幸好蕊初乖覺，發覺他雙眼已盲，說道：「沒……沒有了。」

海老公道：「皇太后住在那裏？你帶我去見她。」蕊初驚道：「公公，你……你別跟皇太后說，下次……下次我再也不敢了。」她只道這老太監捉住了自己，要去稟報太后。海老公道：「你求也沒用。不帶我去，立刻便扠死你。」手上微一使勁，蕊初氣為之窒，一張小臉登時脹得通紅。

韋小寶驚惶之下，終於撒出尿來，從褲襠裏一滴一滴的往下直流，幸好海老公沒留神，就算聽到了，也道是蕊初嚇得撒尿。

海老公慢慢鬆開左手，低聲道：「快帶我去。」蕊初無奈，只得道：「好！」側頭向韋小寶瞧了一眼，臉上神色示意他快走，自已決不供他出來，低聲道：「太后寢宮在那邊！」慢慢移動脚步。海老公的左手仍是抓住她咽喉，和她並肩而行。

韋小寶尋思：「老烏龜定是去跟皇太后說，我是冒充的小太監，小桂子是給我殺死的，他自己的眼睛是給我弄瞎的，要太后立刻下令捉拿。他為甚麼不去稟報皇上？是了，他知道皇上對我好，告狀多半告不進。那……那便如何是好？我須得立即逃出宮去。啊喲，不好，這時候宮門早閉，又怎逃得出去？只要過得片刻，太后傳下命令，更是插翅難飛了。」

韋小寶正沒做理會處，忽聽得前面房中一個女子的聲音問道：「外邊是誰？」這聲音陰森森地，韋小寶聽得明白，正是皇太后的話聲，他一驚之下，便想拔脚就逃。卻聽得海老公道：「奴才海大富，給你老人家請安來啦。」這聲音也是陰森森地，殊無恭謹之意。

韋小寶大奇：「老烏龜是甚麼東西，膽敢對太后這等無禮？」念頭一轉，尋思：「老烏龜說話不討人喜歡，多半太后向來很討厭他，我何不乘機跟他胡辯一番？反正要逃是逃不出去的了。」這一着雖然行險，但想自己新近立了大功，皇上和太后都很喜歡，殺了個把小桂子，弄瞎幾隻海老烏龜的狗眼珠，也算不了甚麼大罪，當眞要緊之時，還可請把兄弟索額圖出頭說情。自己如果拍腿一走，甚麼話都讓老烏龜說去了，自己既然逃跑，自然作賊心虛，本來無罪反而變得有罪了。

又想：「太后倘若問我爲甚麼要殺小桂子？我說……我說，嗯，我說聽到小桂子和海老烏龜說太后和皇上的壞話，說了許許多多難聽之極的言論，我實在氣不過，忍無可忍，因此將小桂子一刀殺了，又乘機弄瞎了海老烏龜的眼睛。至於說甚麼壞話，那大可揑造一番。比賽打架，我打不過老烏龜。比賽撒謊吹牛，老烏龜那裏是老子的對手？」想想得意起來，登時膽爲之壯，便不想逃了。他最怕的是海老公辯不過，跳上來一掌將自己打死，那可死得冤枉，因此待會在太后跟前辯白之時，務須站在一個安全之所，讓老烏龜捉不到、打不着。

只聽太后道：「你要請安，怎麼白天不來？半夜三更的到來，成甚麼體統？」海老公道：「奴才有件機密大事要啓稟太后，白天人多耳雜，給人聽到了，可不大穩便。」

韋小寶心道：「來了，來了！老烏龜告狀了。且聽他先說，待他說了一大半，我再插嘴不遲。我躲在那裏好？」看了看周遭形勢，選中了個所在，一步步挨到金魚池的假山之後，心想：「老烏龜如搶過來打我，撲通一聲，必先跌入金魚池中，我就立即搶入太后的房中，老烏龜便有天大的膽子，也不敢追進太后房中來打人。」
只聽太后哼了一聲，道：「有甚麼機密大事，你這就可以說了。」海老公道：「太后身邊，沒旁人嗎？老奴才的話，可機密得很哪！」太后道：「你要不要進來查查？你武功了得，我身邊有沒有人，難道也聽不出來？」海老公道：「奴才不敢進太后屋子，可否勞動太后的聖駕，走出屋來，奴才有事啓稟。」太后哼了一聲，道：「你可越來越大膽了，這會兒又仗了誰的勢啦？膽敢這等放肆！」
韋小寶聽到此處，心中大樂，暗暗罵道：「老烏龜，你可越來越大膽了，這會兒又仗了誰的勢啦？膽敢這等放肆！」
海老公道：「奴才不敢！」太后又哼了一聲，說道：「你……你早就沒將我瞧在眼裏，今晚忽然摸了來，可不知搗甚麼鬼。」
韋小寶更是開心，忍不住想大聲幫太后斥罵海老公幾句，心道：「老烏龜啊老烏龜，你告狀還沒告成，先就碰了個大釘子，惹了一鼻子灰。看來用不着老子親自出馬，單是太后，就會將你一頓臭罵轟走了。」
只聽海老公道：「太后既不想知道那人消息，那也沒有甚麼，奴才去了！」
韋小寶大喜，心道：「去得好，去得妙，去得刮刮叫。快快滾你媽的王八蛋！太后怎麼會想知道我的消息？」
卻聽得太后問道：「你有甚麼消息？」海老公道：「五台山上的消息！」太后道：「五台山？你……你說甚麼？」語音有些發顫。

月光下只見海老公伸手一戳，蕊初應手而倒。韋小寶一驚，心下有些難過，又想：「老烏龜害死了這小姑娘，待會我說了出來，太后一定更加動怒。老烏龜再要告我的狀，那可是千難萬難。」只聽得太后又問：「你……你傷了甚麼人？」海老公道：「是太后身邊的一個小宮女，奴才可沒敢傷她，只不過點了她的穴道，好教她聽不到咱們的說話。」

韋小寶放寬了心：「原來老烏龜沒殺她！」內心深處，隱隱又有點失望，海老公不殺這小宮女，自己的處境就不算十分有利。

太后又問：「五台山？你爲甚麼說五台山？」海老公道：「只因爲五台山上有一個人，是太后很關心的。」太后顫聲道：「你……你說他到了五台山上？」海老公道：「太后如想知道詳情，只好請你移一移聖駕。三更半夜的，奴才不能進太后屋子，在這裏大聲嚷嚷的，這等機密大事，給宮女太監們聽到了，可不是好玩的。」

太后猶豫片刻，道：「好！」只聽得開門之聲，她脚步輕盈的走了出來。

韋小寶縮在假山之後，心想：「海老烏龜瞧不見我，太后可不是瞎子。」他不敢探頭張望，太后出來之時，一瞥眼間見到她身材不高，有點兒矮胖。他見過太后兩次，但兩次見到她時都是坐着。

只聽太后說道：「你剛才說，他到了五台山上，那……那可是眞的？」海老公道：「奴才沒說有誰到了五台山上。奴才只說，五台山上，有一個人恐怕是太后很關心的。」太后頓了一頓，道：「好，就算你是這樣說。他……他……那個人……在五台山幹甚麼？是在廟裏麼？」她本來說話極是鎭靜，但自從聽得海老公說到五台山上有一個人之後，就氣急敗壞，似乎心神大亂。海老公道：「那人是在五台山的清涼寺中。」

太后舒了口氣，說道：「謝天謝地，我終於……終於知道了他……他的下落……他……他……」連說了三個「他」字，再也接不下口去，聲音顫抖得十分厲害。

韋小寶好生奇怪：「那個人是誰？爲甚麼太后對他這樣關心？」不禁又擔憂起來：「難道是太后的父親、兄弟，又或許是她的老姘頭？對了，一定是老姘頭，如果是父親、兄弟，那也不是甚麼機密大事，何必怕別人聽見？老烏龜抓住了她的把柄，倘若定要她殺我，太后怕了老烏龜，說不定只好聽他的，這可有點兒不大妙。幸虧老子在這裏聽到了，老婊子如果膽敢殺我，老子就一五一十的都抖了出來，我去跟皇上說，大夥兒鬧個一拍兩散。我怕了你的不算英雄好漢。」

自盤古開天闢地以來，膽敢罵皇太后爲「老婊子」的，諒必寥寥無幾，就算只在肚裏暗罵，也不會很多。韋小寶無所忌憚，就算是他自己母親，打得他狠了，也會「爛婊子，臭婊子」的亂叫亂罵。好在他母親本來就是婊子，妓院中人人污言穢語，習以爲常，聽了也不如何生氣，只不過打在他小屁股上的掌力加重了三分，而口中也是「小雜種、小王八蛋」的對罵一場而已。

只聽皇太后喘氣很急，隔了半晌，問道：「他……他……他……在清涼寺幹甚麼？」海老公道：「太后眞的想知道？」皇太后道：「那還用多問？我自然想知道。」海老公說道：「主子是出家做了和尚。」太后「啊」的一聲，氣息更加急了，問道：「他……他眞的出了家？你……你沒騙我？」海老公道：「奴才不敢欺騙太后，也不用欺騙太后。」太后「哼」

的一聲，道：「他就這樣忍心，一心一意，只……只是想念那……那狐媚子，把國家社稷、祖宗百戰而創的基業……都拋到了腦後，我們母子，他……他更不放在心上了。」

韋小寶越聽越奇，心想：「甚麼國家社稷，祖宗的基業？老烏龜又叫那人作『主子』，那麼這人……這人難道不是太后的老姘頭？」

海老公冷冷的道：「主子瞧破了世情，已然大徹大悟。萬里江山，兒女親情，主子說都已如過眼浮雲，全都不再掛懷。」

太后怒道：「他爲甚麼早不出家，遲不出家，卻等那……那狐媚子死了，他才出家？國家朝廷，祖宗妻兒，一古腦兒加起來，在他心中，也還及不上那狐媚子的一根寒毛。我……我……早知他……他是爲了那狐媚子，這才突然出走。哼，他既然走了，何必又要叫你來通知我？」她越說越怒，聲音尖銳，漸漸響了起來。

韋小寶說不出的害怕，隱隱覺得，他二人所說的那個人和那件事，實是非同小可。

海老公道：「主子千叮萬囑，命奴才說甚麼也不可洩漏風聲，千萬不能讓太后和皇上得知。主子說道：皇上登基，天下太平，四海無事，他也放心了。」

太后厲聲道：「那爲甚麼你又來跟我說？我本來就不想知道，不要知道。他心中就只牽記那狐媚子一個，他兒子登基不登基，天下太平不太平，他又有甚麼放心不放心了？」

韋小寶聽到此處，心下大奇：「他們所說的難道是皇帝的爸爸？小皇帝的爸爸順治皇帝早已一命嗚呼了，小皇帝這才有皇帝做，莫非小皇帝另外還有個爸爸？」他於朝廷和宮中之事所知本來極少，除了知道小皇帝的爸爸是順治皇帝之外，其餘一無所知，就算太后和海老公說得再明白十倍，他也猜不到其中的眞實情形。

海老公道：「主子旣然出了家，奴才本當在淸涼寺中也出家爲僧，服侍主子。可是主子吩咐，他還有一件事放心不下，要奴才回京來查查。」太后道：「那又是甚麼事了？」海老公道：「主子說：董鄂妃雖然……」太后怒道：「在我跟前，不許提這狐媚子的名字！」

韋小寶心道：「原來那狐狸精叫做董鄂妃，那定是宮裏的妃子了。太后的老姘頭只愛這隻騷狐狸，不愛太后，因此太后大吃其醋。」

海老公道：「是，太后不許提，奴才就不提。」太后道：「他說那狐媚子又怎麼樣了？」海老公道：「奴才不明白太后說的是誰。主子從來沒提過『狐媚子』三字。」

太后怒道：「他自然不提這三個字，在他心中，那是『端敬皇后』哪。這狐媚子死了之後，他……他追封她爲皇后，拍馬屁的奴才們恭上諡法，叫甚麼『孝獻莊和至德宣仁溫惠皇后』，這稱號中沒『天聖』二字，他可還大發脾氣呢。又叫胡兆龍、王熙這兩個奴才學士，編纂甚麼『端敬后語錄』，頒行天下，也不怕醜。」

海老公道：「太后說得是，董鄂妃歸天之後，奴才原該稱她爲『端敬皇后』了。那『端敬后語錄』，奴才身邊經常帶得一册，太后要不要看？」

太后怒喝：「你……你……你……」走上一步，呼呼喘氣，忽然似乎明白了甚麼，嘿嘿一笑，說道：「當時天下趨炎附勢之徒，人人都讀『端敬后語錄』，把胡、王兩個奴才揑造的一番胡說八道，當成是天經地義，倒比論語、孟子還更要緊。可是現下又怎樣呢？除了你身邊還有一册，你主子身邊還有幾册之外，那裏還見得到這鬼話連篇的『語錄』？」

海老公道：「太后密旨禁毀『端敬后語錄』，又有誰敢收藏？至於主子身邊，就算沒有，但端敬皇后當年說過的一字一句，他牢牢記在心頭，勝過身邊藏一册『語錄』了！」

太后道：「他……他叫你回北京來查甚麼事？」海老公道：「主子本來吩咐查兩件事，但奴才查明之後，發覺兩件事原來是一件事。」太后道：「甚麼兩件事、一件事了？」海老公道：「第一件事，要查榮親王是怎麼死的？」太后道：「你……你說那狐媚子的兒子？」海老公道：「奴才說的，是端敬皇后所生的皇子，和碩榮親王。」太后哼了一聲，道：「小孩子生下來不滿四個月，養不大，又有甚麼希奇了？」海老公道：「但主子說，當時榮親王突患急病，召御醫來診視，說道榮親王足陽明胃經、足少陰心經、足太陰脾經俱斷，臟腑破裂，死得甚奇。」太后哼了一聲，道：「甚麼御醫有這樣好本事？多半是你說的。」

海老公不置可否，又道：「端敬皇后逝世，人人都道她是心傷榮親王之死，但究其實，卻是不然。她是給人用截手法截斷了陰維、陰蹻兩處經脈而死。」太后冷冷的道：「他居然會相信你異想天開的胡說。」海老公道：「主子本來也不相信，後來奴才便試給他看，那還是在端敬皇后去世之後不久的事。一個月之中，奴才接連在五個宮女身上，截斷了她們的陰

註：胡兆龍、王熙二學士奉旨編纂「端敬后語錄」，係當時事實，具見孟森所著「清代史・世祖出家事考實」一文。本書此段文字寫於一九七〇年一月，此後並無增刪。硬湊硬編之「語錄」一傳世不久，自來皆然，不必智者而後知。

維、陰蹻兩處經脈。這五個宮女死時的症狀、模樣，和端敬皇后臨終之時一般模樣。單是一個宮女，還說是巧合，五個宮女都是如此這般，主子就確信不疑了。」太后道：「嘿，可了不起！咱們宮中，居然有你這樣的大行家。」海老公道：「多謝太后稱讚。奴才的手法，跟那個兇手不同。不過道理是一樣的。」

兩人默默相對，良久不語。海老公輕輕咳了幾聲，隔了好一會，才道：「主子命奴才回京來查明，害死榮親王和端敬皇后的是誰？」太后冷笑道：「那又何必再查？咱們宮中除你之外，又有誰能有這等身手？」海老公道：「那還是有的。端敬皇后一向待奴才很好，奴才只盼她多福多壽，如果早知有人要加暗算，奴才便是拚了老命，也要護衞她周全。」太后道：「你倒挺忠心哪。他用了你這樣的好奴才，也是他的福氣。」

海老公嘆了口氣，說道：「可惜奴才太也沒用，護衞不了端敬皇后。」

太后冷冷的道：「他朝拜佛，晚唸經，保祐你的端敬皇后從十八層地獄中早得超生，早升西方極樂世界，也就是了。」語氣之中，卻充滿了幸災樂禍之意。海老公道：「拜佛唸經未必有用，不過善有善報，惡有惡報的話，總是對的。」頓了一頓，慢呑呑的道：「若是不報，時辰未到。」太后哼了一聲。

海老公道：「啓稟太后得知，主子吩咐奴才查兩件事，奴才查明兩件事是一件。那知道無意之中，另外又查到了兩件事。」太后道：「你查到的事兒也眞多，那又是甚麼事了？」海老公道：「第一件事跟貞妃有關。」太后冷笑道：「狐媚子的妹子是小狐媚子，你提她幹甚麼？」

海老公道：「主子離宮出走，留書說道永不回來。太皇太后跟太后你兩位聖上的主意，說道國家不可一日無君，於是宣告天下說主子崩駕。當世知道這個大秘密的，只有六人，那是你兩位聖上，主子本人，跟主子剃度的玉林大師，以及服侍主子的兩個奴才。這兩個奴才一個是侍衛總管赫巴察，這時候跟着主子在五台山出了家，另一個便是奴才海大富了。」

韋小寶聽到這裏，方始恍然，原來太后口中的「他」，海老公所說的「主子」，竟然便是順治皇帝。天下都道他已經崩駕，其實卻因心愛的妃子死了，傷心之極，到五台清涼寺去做了和尚。這妃子所以會死，聽海老公的語氣，倒似是太后派遣武功高手將她害死的。他不禁頗為得意，心想：「老烏龜說這大秘密天下只六個人知道，那知道還得加上我韋小寶，天下可有七個人知道了。」但得意不了片刻，跟着便害怕起來，本來頗有點兒有恃無恐，料想在太后跟前跟海老公鬥口，未必輸給了老烏龜，此刻卻知大事不妙，若給他二人發覺自己在這裏偷聽，就算海老公殺不了自己，太后也決計不肯放過。只聽得喀喀兩聲輕響，竟是自己牙關相擊，急忙使力咬住。幸好海老公恰在這時連聲咳嗽，靜夜之中，便只聽到他的氣喘和咳嗽之聲。

過了一會，海老公道：「當時貞妃自殺殉主，朝中都稱讚得了不得。但也有許多人悄悄的說，貞妃是給太后逼着殉葬的，自殺並非本意。」太后道：「這些無君無上的逆臣，早晚容他們不得。」海老公道：「不過他們的話倒也沒全錯，貞妃並不是甘心情願自殺的。」太后道：「你也說貞妃是給我逼殺的？」海老公道：「這個『逼』字，倒可以省去。」太后道：「你說甚麼？」海老公道：「貞妃是給人殺死的，不是逼得自殺。奴才曾詳細問過殯殮貞妃的仵工，得知貞妃大殮之時，全身骨骼寸斷，連頭蓋骨也都成爲碎片。這門殺人的功夫，好像叫做『化骨綿掌』，請問太后是不是？」太后道：「我怎知道？」

海老公道：「奴才聽說，世間有這樣一門『化骨綿掌』，打中人後，那人全身沒半點異狀，要過得一年半載之後，屍體的骨骼才慢慢的折斷碎裂。但出手殺貞妃之人，顯然功夫練得沒到家。那仵作起初給貞妃的屍體整容收拾，也沒甚麼特異，到得傍晚入殮，忽然屍體變得如同沒有骨頭了一般，全身綿軟。他嚇得甚麼似的，只道是屍變，當時一句話也沒敢說。奴才威逼利誘，用上了不少苦刑，他才吐露眞相。太后，憑您聖斷，這門『化骨綿掌』的功力，打中人後，兩三天內骨骼便斷，只怕還不算十分深厚，是不是？」

太后陰森森道：「雖不算絕頂深厚，但也有些用處了。」

海老公道：「自然有用，咳……咳……自然有用！殺得了貞妃，也殺得了孝康皇后！」

韋小寶心想：「他奶奶的，這老皇帝的皇后眞多，又有一個甚麼孝康皇后。他的皇后，只怕比咱們麗春院裏的小娘們還多。」

皇太后顫聲道：「你……你又提孝康皇后幹甚麼？」韋小寶不知孝康皇后是康熙的生母，聽得皇太后語音大變，只感詫異，不明其中原由。

只聽海老公道：「殮葬孝康皇后的，就是殮葬董鄂貞妃的那個仵作。」皇太后道：「那個該死的仵作，又胡說八道甚麼了？這人誣指宮事，罪該族誅。」海老公道：「皇太后要殺他，這時候卻已遲了。」皇太后道：「你已先殺了他？」海老公道：「不是，兩年多以前，奴才就已命他到五台山清涼寺，將這番情由稟告主子知道，然後叫他遠走蠻荒，隱姓埋名，以免殺身大禍。」皇太后顫聲道：「你……你……好毒辣的手段！」海老公道：「手段毒辣的另有其人，奴才自愧不如。」

註：順治皇帝共有四位皇后。兩個是眞皇后。第一個歷史上稱爲廢后，「清史稿」說她「麗而慧」，是順治之母的姪女。「清史稿」載稱：「上好簡稱，后則奢侈，又妒，積與上忤。」那時順治對董鄂妃十分寵愛，皇后喝醋，和皇帝不斷吵嘴。順治大怒之下，就下旨廢后。王公大臣一致反對，爭執了很久，結果還是於順治十年被廢。順治心中當然想立董鄂妃爲皇后，但董鄂妃不是出身於皇親國戚的大貴族之家，因此只得另立母親家族中的一個少女爲后，後世稱爲孝惠皇后。立這個皇后，是出於他母親太后的主張，順治很不喜歡。「清史稿」載稱：「順治十一年五月，聘爲妃，六月册爲后，貴妃董鄂氏方幸，后又不當上旨。十五年正月，皇太后不豫，上責皇后禮節疏闕，命停應進中宮箋表，下諸王貝勒大臣議行。三月，以皇太后制，如舊制封進。聖祖即位，尊爲皇太后。」順治對董鄂妃愛情很專，一心要找皇后的麻煩，母親生病，就怪皇后服侍不好，要以此爲籍口廢她。但他母親極力維護娘家這個小輩，皇后方得保全。待康熙做了皇帝，這皇后便升爲皇太后。

另外兩個不算是眞正皇后。一個是康熙的親生母親，她父親佟圖賴是漢軍旗人，所以康熙有一半是漢人血統。她本來只是妃子，母以子貴，康熙做了皇帝後，也尊她爲皇太后。她在康熙二年二月去世。歷史上稱孝康皇后。另一個就是董鄂妃。「清史稿」說：「年十八入侍，上眷之特厚，寵冠後宮。」死後追封爲皇后，稱爲孝獻皇后，又稱端敬皇后。

皇太后默然半晌，問道：「你今晚來見我，有甚麼用意？」

海老公道：「奴才是來請問太后一件事，好回去稟告主子。端敬皇后、孝康皇后、貞妃、榮親王四人，都是死於非命的，主子也因此而棄位出家。下這毒手之人，是宮中的一位武功好手。奴才冒死來請問太后：這位武功高手是誰？奴才年紀老了，瞎了眼睛，又患了不治之症，便如風中殘燭一般，但如不查明這件事，未免死不瞑目。」

太后冷冷的道：「你一雙眼珠子早已瞎了，瞑不瞑目，也沒甚麼相干。」海老公說道：「奴才雖然眼睛盲了，心中倒是雪亮的。」太后道：「你既心中雪亮，又何必來問我？」

海老公道：「還是問一問明白的好，免得寃枉了好人。這幾個月來，奴才用心查察，要知道潛伏在宮中的這位武學高手是誰。本來是極難查到的，可是機緣巧合，無意中竟知道皇上身有武功。」

皇太后冷笑道：「皇上身有武功，那又怎地？難道是他害死了自己母親？」

海老公道：「罪過，罪過。這種忤逆之事是說不得的，倘是奴才說了，死後要入拔舌地獄，就是心中想一想，死後也不免進洗腦地獄去受苦。」他咳了幾聲，續道：「奴才身邊有個小太監，叫做小桂子……」

韋小寶心頭一凜：「老烏龜說到我了。」

只聽海老公續道：「……他年紀只比皇上小着一兩歲，皇上很喜歡他，天天跟他比武摔跤，習練武藝。這小桂子的功夫，是奴才教的，雖然算不上怎麼樣，但在他這樣年紀的小孩子中間，也算不容易了。」

韋小寶聽他稱讚自己，不由得大是得意。

太后道：「明師出高徒，強將手下無弱兵。」

海老公道：「多謝太后金口。可是這小桂子跟皇上過招，十次中倒有九次是輸的。不論奴才教他甚麼武功，皇上的功夫總是勝了他一籌。看來教皇上武功的師父，比奴才是行得多了。奴才想來想去，宮裏的武學高手，也只有這一位大行家了。只要尋到了這位大行家，那麼害死兩位皇后、一位皇妃、一位皇子的兇手，也不難追查得到。」

太后道：「原來如此，你遠兜圈子，便是要跟我說這番話。」

海老公道：「太后說道明師必出高徒，這句話反過來也是一樣，高徒必有明師。皇上會使八八六十四式『八卦遊龍掌』，教他這掌法之人，就多半會使『化骨綿掌』。」太后問道：「你找到了這位武功高手沒有？」海老公道：「已經找到了。」太后冷笑道：「你好深的心計。你教小桂子跟皇上練武，這半年多來，便是在找尋皇上的師父。」

海老公嘆道：「那沒法子啊。韋小寶是個陰毒的小壞蛋，奴才的一雙眼珠子，便是給他用毒藥毒瞎的。若不是爲了要將這件大事查得千眞萬確，決計容不得這小壞蛋活到今朝。」

太后哈哈一笑，道：「小桂子這孩子眞乖，毒瞎了你的眼睛，好得很，妙得很，明天我得好好賞他。」海老公道：「多謝太后。太后如果下旨將他厚葬，小桂子在陰世也必感戴太后的洪恩。」太后問道：「你已殺了他？」海老公道：「奴才已忍耐了很久很久，此後已用他不着了。」

韋小寶又驚又怒，尋思：「這老烏龜早就知道我不是小桂子，也早知他一雙眼睛是給我毒瞎的，原來他一直在利用老子，這才遲遲不下毒手。他教我功夫，全是爲了要察看皇上的武功，他奶奶的，早知這樣，我眞不該將皇上的武功詳詳細細的跟他說。你奶奶的，老烏龜以爲老子死了，可是老子偏偏就沒死，待會我來扮鬼，嚇你個屁滾尿流。」

海老公嘆了口氣，說道：「主子的性子向來很急，要做甚麼事，非辦到不可。只可惜他雖貴爲天子，心愛的人給人家害死，卻也救她不活了。主子出了家，對董鄂妃卻還是念念不忘。奴才離淸涼寺回宮之前，主子親筆寫了個上諭交給奴才，命奴才查明是誰害死董鄂妃，不，端敬皇后，再命奴才將這兇手就地正法。」

太后哼了一聲，說道：「他做了和尙，還能寫甚麼上諭？出家人念念不忘殺人害人，也不大像樣罷？」

海老公道：「因果報應，佛家也是挺講究的。害了人的人，終究不會有好下場。不過奴才練功岔了經脈，鬧得咳嗽氣喘，周身是病，再加上眼睛瞎了，更加沒指望啦。」

太后道：「是啊，你周身是病，眼又瞎了，就算奉有他的密旨，那也辦不了事啦！」

海老公嘆了口氣，說道：「不成啦，不成啦！奴才告辭太后，這就去了。」說着轉過身來，慢慢向外走去。

韋小寶心頭登時如放了一塊大石，暗想：「老烏龜這一去，我就沒事了。他只道我已經死了，再也不會來找我。老子明兒一早溜出宮門，老烏龜如果再找得着我，老子服了你，跟你姓，我叫海小寶！」

太后卻道：「且慢！海大富，你上那裏去？」海老公道：「奴才已將一切都稟明了太后，那就回去等死。」太后道：「他交給你的事，你也不辦了？」海老公道：「奴才心有餘而力不足，況且也沒這天大的膽子，作亂犯上。」太后嘿嘿一笑，道：「你倒很識事務，也不枉了侍候我們這幾年。」海老公道：「是，是！多謝太后的恩典。這些寃沉海底之事，也只有等皇上年紀大了，再來昭雪。」他咳嗽兩聲，說道：「皇上拿辦鰲拜，手段英明得很。皇上親生之母爲人所害，這件事也用不了等多少時候，皇上定會辦理，只可惜……只可惜奴才活不到那時候，等不到啦。」

太后走上幾步，喝道：「海大富，你轉來。」海老公道：「是，太后有甚麼吩咐？」太后厲聲道：「你剛才跟我胡說八道，這些……這些荒謬不堪的言語，已……已都跟皇上說過了？」語音發顫，顯是極是激動。海老公道：「奴才明日一早，就去稟告皇上，但是……但是今晚迫不及待，先來稟告太后。」太后道：「很好，很好！」

突然間一聲勁風響起，跟着蓬蓬兩聲巨響。韋小寶吃了一驚，忍不住探頭張望，只見太后正繞着海老公的溜溜轉動，身法奇快，一掌又一掌往他身上擊去。海老公端然凝立，還掌抵禦。韋小寶這一驚更是非同小可：「怎麼太后跟老烏龜打了起來？原來太后也會武功。」

太后每一掌擊出，便是呼的一聲響，足見掌上勁力極是厲害。海老公雙足不動，隨掌迎擊，拍出的掌力無聲無響。相鬥良久，太后始終奈何他不得。突然間太后身子飛起，雙掌從半空中壓擊下來。海老公左掌翻轉，向上迎擊，右掌卻向太后腹上拍去。拍的一聲響，掌力相交，太后向後直飛出去。海老公一個踉蹌，身子幌了幾下，終於拿樁站住。

太后厲聲喝道：「好奴才，你……你……裝神弄鬼，以少林……少林……少林派武功教小桂子，原來自己是崆峒派的。」

海老公喘息道：「不敢，大家彼此彼此！太后以武當派武功教給皇上，想誘奴才上當。不過……不過那『化骨綿掌』是蛇島的功夫，奴才幾年前就已知道了。」

韋小寶凝思，已然明白，心道：「他奶奶的，老烏龜奸猾得緊，他教我甚麼『大擒拿手』，甚麼『大慈大悲千葉手』，都是少林派武功，好讓太后以爲他是少林派的，其實卻是辣塊媽媽的崆峒派。只可惜太后的假武當派『八卦遊龍掌』，卻瞞不了老烏龜。」又想：「原來皇上的武功，都是太后教的。」

突然間背上出了一陣冷汗，心道：「啊喲，不好！太后會使『化骨綿掌』，難道……難道那四個人都是太后害的？啊喲！別的倒也罷了，皇帝的親生母親也是爲她所殺，海老公去跟皇帝一說，豈不是一場滔天大禍！皇上如果殺不了太后，太后非殺皇上不可，那……那怎麼辦？」唯一的念頭便是拔腿就跑，儘快離開這是非之地，然後去通知皇帝，叫他千萬小心。可是他嚇得全身酸軟，拚命想逃，一雙脚恰好似釘住了在地下，半分動彈不得。

只聽得太后說道：「事已如此，難道你還想活過今晚麼？」海老公道：「太后儘管去召喚侍衞到來。來的人越多越好，奴才便可將種種情由，說給衆人聽聽，總有一個人會將眞相傳入皇上耳中。」太后冷笑道：「哼，你倒打的如意算盤。」她說話聲音甚是緩慢，不住調勻呼吸。海老公道：「太后保重聖體，別岔了經脈。」太后道：「你倒好心！」

海老公的武功本來高過太后，雙眼既盲之後，便非敵手了。但他於數年之前，已從仵作口中查知，殺害董鄂妃和貞妃之人使的是「化骨綿掌」，這是遼東海外蛇島島主獨門秘傳的陰毒功夫。其時他不知兇手是誰，便即干冒奇險，暗練一項專門對付「化骨綿掌」的武功，雖然大傷身體，功夫卻已練成。

後來韋小寶和康熙皇帝練武，海老公推測，教皇帝武功之人便是殺害董鄂妃、孝康皇后諸人的兇手，日後勢將有一場大戰。他明知韋小寶害死了小桂子，又毒瞎了自己雙目，卻冒充小桂子來陪伴自己，心想這小孩子小小年紀，與自己素不相識，必是受人指使而來，多方以言語誘騙，想知道主使之人是誰，主使者自然多半便是兇手。可是韋小寶本來無人指使，並無底細可露。否則他再精乖十倍，畢竟年輕識淺，如何不給海老公套問出來？

海老公查問雖無結果，卻就此將計就計，教他武功，所教的武功卻又錯漏百出，好讓對方認定自己是少林派的，武功卻是平平。此刻動上了手，太后果然吃了太虧。

太后在半年之前，便料定海老公是少林派，海老公卻知她的武當派武功是假裝的。兩人眼睛一明一盲，於對方武學派別的判斷，卻剛剛相反，海老公料敵甚明，太后卻一起始就料錯了。那也不是太后見識較差，只是海老公從仵作口中探知了眞相，太后卻自始至終給蒙在鼓裏。再者，海大富心中，早以「教皇帝武功之人」爲死敵，太后卻直至此刻，才知海大富要致自己死命，否則的話，早就下旨令侍衞將他處死，也用不着自己動手。

海老公心想自己眼睛盲了，務須激得對方出手攻擊，方能以逸待勞，於數招之間便即取勝。適才說了半天，太后一直不露口風，不知害死董鄂妃、孝康皇后等人的到底是誰。「化骨綿掌」是陰邪狠毒的旁門功夫，按常理想來，若不是二十年左右的苦功不能練成。太后博爾濟吉特氏是科爾沁貝勒綽爾濟之女，家世親貴無比，數世為后，累代大官，她在做閨女之時，便要出府門一步，也是千難萬難，從小不知有多少奶媽丫鬟侍候，如何能去偏僻兇險的蛇島，學這等旁門功夫？她就算要學武功，也必是學些八段錦、五禽戲之類增強體魄的粗淺功夫，說甚麼也不會學這「化骨綿掌」。多半她身畔親信的太監、宮女之中，有這麼一個武功好手，只盼太后吩咐此人出手。那知道自己一提到要去稟報皇帝，太后心中發急，不及細思，登時出手相攻。這一來，太后不但招認殺害四人乃是自己下手，而三掌一對，便已受了極重內傷。海老公苦心孤詣的籌畫數年，一旦見功，不由得心下大慰。

太后受傷不輕，幾次調勻呼吸，都不濟事，緩緩的道：「海大富，你愛瞎造謠言，儘管胡說去。皇上年紀雖小，頭腦可清醒得很，瞧他是聽你的，還是聽我的話。」

海老公道：「皇上初時自然不信奴才，多半還會下旨立時將奴才殺了。可是過得幾年，他會細細想的，他會越想越明白。太后，你這一族世代尊榮，太宗和主子的皇后，都出自你府上。就可惜這一場榮華富貴，在康熙這一朝中便完結了。」

太后哼了一聲，冷冷的道：「好得很，好得很！」

海老公又道：「主子吩咐奴才，一查到兇手，不管他是甚麼人，立時就殺了。可惜奴才武功低微，不是太后對手，只好出此下策，去啓奏皇上。」說着向外緩緩走去。

太后暗暗運氣，正待飛身進擊，突然間微風閃動，海老公陡然間欺身而近，雙掌猛拍過來。

海老公奉了順治之命，要將害死董鄂妃的兇手處死，他決意要辦成這件大事，甚麼啓奏皇上云云，只不過意在擾亂太后的神智，讓她心意煩躁，難以屏息凝氣，便可施展雷霆萬鈞的一擊。這一掌雖無聲無息，卻是畢生功力之所聚。適才他傾聽太后說話，已將她站立的方位拿捏得不差數寸，一掌拍出，直取太后胸口要穴。

太后沒防到他來得如此之快，閃身欲避，只要以快步移動身形數次，這惡監是個瞎子，便無法得知自己處身所在，其時只有自己可以出手相攻，他除了隨掌抵禦之外，更無反擊之能。那知道身形甫動，海老公的掌力中宮直進，逼得她自己幾乎氣也喘不過來，只得右掌運力拍出。她原擬交了這掌之後，立即移步，但海老公掌力上有股極大黏力，竟然無法移身，只得右掌加催掌力，和他比拚內勁。

海老公發覺對方內力源源送來，心下暗喜，自己瞎了雙目，倘若與對方遊鬥，那是處於極不利之境，但比拚內力卻和眼明眼盲無關。太后一上來便受了傷，氣息已岔，非一時三刻之間能夠復元，這等比拚內力，定要教她精力耗竭、軟癱而死。當下左掌陰力，右掌陽力，拚得片刻，陰陽之力漸漸倒轉，變成左掌陽力，右掌陰力。

在韋小寶看來，不過是太后一隻手掌和海老公兩隻手掌相抵，並無絲毫兇險。那知海老公的掌力便如是一座石磨，緩緩轉動，猶如磨粉，正在將太后的內力一點一滴的磨去。

韋小寶躲在假山之後，怕給太后發覺，偶然探頭偷看一眼，立即縮頭回去，驀地裏眼前白光一閃，忙又探頭出去，只見三人仍是三掌相抵，太后左手中卻已多了一柄短兵刃，正在向海老公腹上刺去，登時大喜，暗暗喝采：「妙極，妙極！老烏龜這一下子，非他媽的歸天不可。」

原來太后察覺到對方掌力怪異，左手輕輕從懷中摸出一柄白金點鋼蛾眉刺，極慢極慢的向外遞出，刺尖漸漸向海老公小腹上戳去。可是蛾眉刺遞到相距對方小腹尺許之處，便再也遞不過去。卻是海老公雙掌上所發的「陰陽磨」勁力越催越快，太后的單掌已然抵敵不住，只覺得右掌漸漸酸軟無力，忍不住便要伸左掌相助。

她本想將蛾眉刺緩緩刺出，不帶起半點風聲，敵人就無法察覺，但此刻右掌一掌之力已萬難支持，再也顧不得海老公是否察覺，左手運勁，只盼將蛾眉刺倏地刺將過去。那知便這麼瞬息俄延，左手竟然已無法前送半寸。靜夜之中，只聽得嗒嗒輕響，卻是海老公左手四指斷截處鮮血不斷流出，掉在地下。海老公越是使勁催逼內力，鮮血湧出越多。

韋小寶見蛾眉刺上閃出的月光不住幌動，有時直掠到他臉上，足見太后的左手正在不停顫動，白光越閃越快，蛾眉刺卻始終戳不到海老公的小腹。

過得片刻，只見太后手中的蛾眉刺竟然慢慢的縮將回來。韋小寶大驚：「啊喲，不好，太后打不過老烏龜！此時不走，更待何時？」他慢慢轉過身來，一步步的向外走去，每走出一步，便知離開險境遠了一步，放心了一分，脚步也便快了一些，待走到門邊，伸手摸到了門環，突然間聽得身後傳來太后「啊」的一聲長叫。

韋小寶心道：「糟糕，太后給老烏龜害死了。」卻聽得海老公冷冷道：「太后，你漸漸油盡燈枯，再過得一炷香時分，你便精力耗竭而死。除非這時候突然有人過來，向我背心下手，我難以抵禦，才會給他害死！」

韋小寶正要開門飛奔而逃，突然聽得海老公的話，心道：「原來太后並沒死！老烏龜的話不錯，他雙手和太后拚上了，我如去刺他背心，老烏龜怎能分手抵禦？這是他自己說的，可怨不得旁人。」眼前正是打落水狗的大好良機，這現成便宜不檢，枉自為人了。韋小寶性喜賭博，輸贏各半，尚且要賭，如暗中作弊弄鬼，贏面佔了九成十成，這樣的賭錢機會便要了他命也決計不肯放過。要他冒險去救太后，那是無論如何不幹的，但耳聽得海老公自暴弱點，正是束手待縛、引頸就戮之勢，一塊肥肉放在口邊，豈可不吞？

他一伸手，便從靴桶中摸出匕首，快步向海老公背後直衝過去，喝道：「老烏龜，休得傷了太后！」提起匕首，對準了他背心猛刺。

海老公一聲長笑，叫道：「小鬼，你上了當啦！」左足向後踹出，砰的一聲，踹在韋小寶胸口，登時將他踹得飛出數丈。

原來海老公和太后比拚內力，已操勝券，忽聽得有人從假山後走了出去，脚步聲正是平時聽得熟了的韋小寶，這小鬼中了自己一掌，居然不死，心下頗為詫異，生怕他出去召喚侍衛前來，救了太后，那當眞是功虧一簣，靈機一動，便出聲指點，誘他來攻擊自已背心。韋小寶臨敵應變的經驗不豐，果然便上了當。海老公這一脚踹正在他胸口。韋小寶騰雲駕霧般身在半空，一口鮮血嘔了出來。

海老公左足反踢，早料到太后定會乘着自己勁力後發的一瞬空隙，左掌擊向自己小腹，是以踢中韋小寶後，想也不想，右掌便向前拍出，護住了小腹，突然間手掌心一涼，跟着小腹上一陣劇痛。太后那柄白金點鋼蛾眉刺已穿破他手掌，插入了他小腹。他畢竟吃虧在雙目不能視物，縱然料到太后定會乘隙攻擊，卻料不到攻擊過來的並非掌力，而是一柄鋒銳之極的利器。他小腹被蛾眉刺插入，左掌勁力大盛，將太后震出數步。

太后左足落地，立即又向後躍出丈餘，只覺胸口氣血翻湧，幾欲暈去，生怕海老公乘機來攻，慢慢又退了數步，倚牆而立。

海老公縱聲而笑，叫道：「你運氣好！你運氣好！」呼呼呼連接推出三掌，一面出擊，一面身子向前直衝。

太后向右躍出閃避，雙腿酸軟，摔倒在地，只聽得豁啦啦一聲響，一排花架給海老公的掌力推到了半邊。太后筋疲力竭，再也動彈不得，驚惶之下，卻見海老公伏在倒塌的花架之上，動也不動了。

太后支撐着想要站起，但四肢便如是棉花一般，全身癱軟，正想叫一名宮女出來相扶，隱隱聽得遠處傳來人聲，心想：「我和這惡監說話搏鬥，一直沒發高聲，可是他臨死時大叫大嚷，推倒花架，已然驚動了宮監侍衞。這些人頃刻便至，見到我躺在這裏，旁邊死了一老一小兩名太監，成何體統？」勉力想要運氣，起身入房，這一口氣始終提不上來。

只聽得人聲漸近，正着急間，忽然一人走了過來，說道：「太后，你老人家安好罷？我扶你起身。」正是那小太監小桂子。太后又驚又喜，道：「你……你……沒給這惡人……踢死麼？」

韋小寶道：「他踢我不死的。」剛才他被海老公踢入花叢之中，吐了不少鮮血，定一定神，便站起身來，見海老公伏在花架上不動，忙躲在一棵樹後，拾起塊石子向海老公投去，噗的一聲，正中後腦，海老公全不動彈。韋小寶大喜：「老烏龜死了！」但畢竟害怕，不敢上前察看，一時拿不定主意，該當奔逃出外，還是去扶太后，耳聽得人聲喧嘩，多人蜂湧而來，倘若逃了出去，定會撞上，便即走到太后跟前，伸手將她扶起。

太后喜道：「好孩子，你快扶我進去休息。」韋小寶道：「是！」半拖半抱，踉踉蹌蹌的將她扶入房中，放上了床，自己雙足痠軟，倒在厚厚的地毯上，呼呼喘氣。太后道：「你便躺在這裏，待會有人來，不可出聲。」韋小寶道：「是！」

過了一會，但聽得脚步聲雜沓，許多人奔到屋外。燈籠火把的火光從窗格中照進來。有人說道：「啊喲，有個太監死在這裏！」另一人道：「是尙膳監的海老公。」一人提高聲音說道：「啓奏太后：園中出了些事情，太后萬福金安。」這樣說，意在詢問太后的平安。

太后問道：「出了甚麼事？」

她一出聲，外邊一衆侍衛和太監都吁了口大氣，只要太后安好，慈寧宮中雖然出事，也不會有太大的罪名。爲首的侍衛道：「好似是太監們打架，沒甚麼大事。請太后安歇，奴才們明日查明了詳奏。」太后道：「是了。」

只聽那侍衛首領壓住嗓子，悄聲吩咐手下將海老公的屍體抬出去。有一人低聲道：「這裏還有個小宮女的屍體。啊！這小宮女沒死，只不過昏了過去。」侍衛首領低聲道：「一併帶出去，待她醒轉後查問原因。」

太后道：「有個小宮女嗎？抱進我房來。」她生怕蕊初醒轉之後，向人洩漏了風聲。外面有人答應，一名太監將小宮女蕊初抱進房來，輕輕放在地下，向太后磕了個頭，退了出去。

這時太后身畔的衆宮女都已驚醒，個個站在房外侍候，只是不得太后召喚，不敢擅自進內。太后聽得一衆侍衛太監漸漸遠去，說道：「你們都去睡好了，不用侍候。」衆宮女答應了，便即散去。太后身有武功，此事極爲隱秘，縱使是貼身宮女，也不知曉。她朝晚都要練功，任何太監宮女，若非奉召，不得踏入房門一步，連伸手碰一碰門帷，也屬嚴禁。

太后調勻了一會氣息。韋小寶也力氣漸復，坐了起來，過得片刻，支撑着站起。太后眼見他胸口中了海老公力道極其沉重的一脚，可是這小太監居然行動自如，還能將自己扶進房來，不知他練過甚麼功夫，便問：「除了跟這海大富外，你還跟誰練過功夫？」

韋小寶道：「奴才就跟這惡老頭兒練過幾個月武功。他教的武功大半是假的。這人壞得很，每天都在想殺我。」

太后嗯了一聲，道：「他的一雙眼睛，是你毒瞎的？」韋小寶道：「這老頭日日夜夜，都在背後詛咒太后，辱罵皇上，奴才聽了實在氣不過，又沒本事殺他，只好……只好……」太后道：「他怎樣罵我罵皇上？」韋小寶道：「說的都是無法無天的話，奴才一句也不敢記在心裏，一聽過即刻就忘記了。早已忘得乾乾淨淨，再也想不起來了。」

太后點了點頭道：「你這孩子倒乖得很，今天晚上，你到這裏來幹甚麼？」

韋小寶道：「奴才睡在床上，聽見這惡老頭開門出外，只怕他要出甚麼法子害我，於是悄悄跟在他後面，一直跟到了這裏。」

太后緩緩的道：「他向我胡說八道的那番話，你都聽見了。」韋小寶道：「這惡老頭的說話，奴才向來句句當他是放屁，太……太后你別見怪，奴才口出粗言，我可恨極了他。他每天罵我小烏龜，罵我祖宗，我知道他說的從來就沒一句眞話。」太后冷冷的道：「我是問你，海大富跟我說的話，你都聽見了沒有。你老老實實的回答。」

韋小寶道：「奴才遠遠躲在門外，不敢走近，這惡老頭耳朵靈得很，我一走近他便發覺了。我只見他在和太后說話，想偷聽幾句，可是離得太遠，聽來聽去聽不到。後來見到他膽敢冒犯太后，太也大逆不道，奴才便拚着性命來救駕。他到底向太后說了些甚麼話，奴才不知道，他……他一定在訴說奴才的不是，說我毒瞎了他眼睛，這雖然不假，其餘的話，太后千千萬萬不可相信。大概太后不信他的話，這奴才竟敢冒犯太后。」

太后道：「哼！你機靈得很，乖覺得很。海大富說的話，你眞的沒聽見也好，假的沒聽見也好。只要將來有半句風言風語傳入了我耳中，你知道有甚麼結果。」韋小寶道：「太后待奴才恩重如山，如果有那一個大膽惡徒敢在背後說太后和皇上的壞話，奴才非跟他拚命不可。」太后道：「你能這樣，我就喜歡了。我過去也沒待你甚麼好。」韋小寶道：「從前皇上跟奴才摔跤練武，奴才不識得萬歲爺，言語舉動亂七八糟，太后和皇上一點也沒怪罪，這就是恩重如山了。否則的話，奴才便有一百個腦袋，也都該砍了。這惡老頭天天想殺奴才，幸好太后救了我的性命，奴才當眞是感激得不得了。」

太后緩緩的道：「你知道感恩，那就很好。你點了桌上的蠟燭。」

韋小寶道：「是！」打着了火，點亮了蠟燭。太后房中的蠟燭，燭身甚粗，特別光亮。太后道：「你過來，讓我瞧瞧你。」

韋小寶道：「是！」慢慢走到太后床前，只見她臉色雪白，更無半點血色，雙眉微豎，目光閃爍，韋小寶心跳加劇，尋思：「她……她會不會殺了我滅口？這時候我拔足飛奔，她定然追不上我，但如給她一把抓住，那可糟了！」他心中只想立刻發步便奔，一時卻下不了決心，只微一猶豫間，太后已伸出左手，握住了他右手。

韋小寶大吃一驚，全身一震，「啊」的一聲叫了出來。太后道：「你怕甚麼？」韋小寶道：「我……我沒怕，只不過……只不過……」太后道：「只不過甚麼？」韋小寶道：「太后待奴才恩重如山，奴才受甚麼驚甚麼的？」他聽人說過「受寵若驚」的成語，可是四個字中只記得二字。太后不知他說些甚麼，問道：「你為甚麼全身發抖？」韋小寶道：「我……我沒有……沒有……」

太后如在此刻一掌劈死了他，日後更不必擔心他洩漏機密，可是一口眞氣說甚麼也提不上來，委實是筋疲力竭，雖握住了韋小寶的手，其實手指間一點力氣也無，韋小寶只須微微一掙，便能脫身，當下微笑道：「你今晚立了大功，我重重有賞。」

韋小寶道：「是那惡老頭要殺奴才，幸得太后搭救性命，奴才可半點功勞也沒有。」太后道：「你知道好歹，我將來不會虧待你的，這就去罷！」輕輕放脫了他手。

韋小寶大喜，忙爬下磕了幾個頭，退了出去。太后見他衣襟上鮮血淋漓，顯是吐過不少血，可是跪拜磕頭之際，行動仍是頗為伶俐，不由得暗暗納罕。

韋小寶出房之時，向躺在地下的蕊初看了一眼，見她胸口緩緩起伏，呼吸甚勻，便是如睡熟了一般，臉色紅潤，絕無異狀，心想：「過幾天我去找些糕餅果子來給你吃。」快步回到自己屋中，閂上了門，舒了口長氣，登時如釋重負。

這些日子來和海老公同處一室，時時刻刻提心吊膽，「現下老烏龜死了，再也不用怕有人來害我了。」突然之間，想起了燭光下的太后臉色，猛地裏打了個寒噤，心想：「在這皇宮裏不大太平，老子還是……還是……哈哈，還是拿到了那四十五萬兩銀子，回揚州去見媽媽的爲妙。」想到自己性命尚在，四十五萬兩銀子失而復得，忍不住手舞足蹈起來。高興了好一會，漸感疲倦，身子一橫，躺在床上便睡熟了。

鰲拜服藥後神智已失，渾不知背後有人來襲，匕首戳到，竟不知閃避，匕首入背，鰲拜張口狂呼，雙手連着鐵銬亂舞。窗外一衆青衣人便似見到了世上最希奇古怪之事。

第七回　古來成敗原關數　天下英雄大可知

韋小寶次晨起身，胸口隱隱作痛，又覺周身乏力，自知是昨晚給海老公打了一掌、踢了一脚之故，支撐着站起身來，但見胸口一大片血汚，便除下長袍，浸到水缸中搓了幾搓，突然之間，袍上碎布片片脫落。他吃了一驚，將袍子提出水缸，只見胸口衣襟上有兩個大洞，一個是手掌之形，一個是脚底之形。他大爲驚奇：「這……搞的是甚麼鬼？」一想到「鬼」字，登時全身寒毛直豎。

第一個念頭便是：「老烏龜的鬼魂出現，在我袍子上弄了這兩個洞。」又想：「老烏龜的鬼不知是瞎眼的，還是瞧得見人的？」盲人死了之後，變成的鬼是否仍然眼盲，這念頭在他心中一閃即過，沒再想下去，提着那件袍子怔怔出神，突然間恍然大悟：「不是鬼！昨晚老烏龜在我胸口打了一掌，踢了一脚，這兩個洞是給他打出來的。哈哈，老子的武功倒也不錯，只吐了幾口血，也沒甚麼大事。唉，不知可受了內傷沒有？老烏龜有隻藥箱，看有甚麼傷藥，還是吃一些爲妙。」

海老公既死，他所有的物品，韋小寶自然老實不客氣的都據為己有，大模大樣的咳嗽一聲，將那口箱子打了開來，取出藥箱。藥箱中一瓶瓶、一包包、丸散甚多，瓶子上紙包上也寫得有字，可是他識不了幾個字，又怎分辨得出那一包是傷藥，那一瓶是毒藥？其中有一瓶黃色藥粉，卻是觸目驚心，認得是當日化去小桂子屍體的「化屍粉」，只須在屍體傷口中彈上一些，過不多時，整具屍體連着衣服鞋襪，都化為一灘黃水，這瓶藥粉自然碰了不敢碰。再想起只因自己加了藥粉的份量，海老公就此雙目失明，說甚麼也不敢隨便服藥，好在胸口也不甚疼痛，自言自語：「他媽的，老子武功了得，不服藥還不是很好？」

當下合上藥箱，再看箱子其餘物件，都是些舊衣舊書之類，此外有二百多兩銀子，這些銀子他自己毫不重視，別說索額圖答應了要給他四十五萬兩銀子，就是去跟溫有道他們擲擲骰子，幾百兩銀子也就輕而易舉地贏了來。

他在小桂子的衣箱中取出另一件長袍來披上，看到身上那件輕軟的黑色背心，不覺一怔：「老烏龜在我袍上打出兩個大洞，這件衣服怎地半點也沒破？這是從鰲拜藏寶庫中尋出來的，如果不是寶衣，鰲拜怎會放在藏寶庫中？」轉念一想：「老烏龜打我不死，踢我不爛，說不定不是韋小寶武功了得，而是靠了鰲拜的寶衣救命。索大哥當日勸我穿上，倒大有先見之明，而我穿上之後不除下來，先見之明，倒也不小。」

正在自鳴得意，忽聽得外面有人叫道：「桂公公，大喜，大喜！快開門。」韋小寶一面扣衣鈕，一面開門，問道：「甚麼喜事？」

門外站著四名太監，一齊向韋小寶躬身請安，齊聲道：「恭喜桂公公。」韋小寶笑道：

「大清早的，這麼客氣幹甚麼啊？」一名四十來歲的太監笑道：「剛才太后頒下懿旨去內務府，因海大富海公公得病身亡，尙膳司副總管太監的職司，就由桂公公升任。」另一名太監笑道：「我們沒等內務府大臣轉達恩旨，就巴巴的趕來向你道喜，今後桂公公經理尙膳司，那眞是太好了！」

韋小寶做太監升級，也不覺得有甚麼了不起，但想：「太后升我的級，是叫我對昨晚之事不可洩露半點風聲。其實就是不升我，老子可也不敢多口，腦袋搬了家，嘴巴也沒有了，還能多口嗎？不過太后既然提拔我，總不會殺我了，例大可放心。」想到此節，登時眉花眼笑，取出銀票，每人送了五十兩報信費。

一名太監道：「咱們宮裏，可從來沒一位副總管像你桂公公這般年輕的。宮裏總管太監十四位，副總管太監八位，頂兒尖兒的人物，一古腦兒就只二十二位。本來連三十歲以下的也沒有。桂公公今天一升，明兒就和張總管、王總管他們平起平坐，可眞了不起！」另一人道：「大夥兒就只知桂公公在皇上跟前大紅大紫，想不到太后對你也這般看重，只怕不到半年，便升做總管了。以後可得對兄弟們多多提拔！」

韋小寶哈哈大笑，道：「都是自己人、好兄弟，還說甚麼提拔不提拔？那是太后和皇上恩典，老……老……我桂小寶又有甚麼功勞？」他硬生生將「老子」二字嚥入口中了，好不辛苦，又道：「來來來，大夥兒到屋中坐坐，喝一杯茶！」

那中年太監道：「太后的恩旨，內務府總得下午才能傳來。大夥兒公請桂公公去喝上一杯，慶賀公公飛黃騰達，連升二級。桂公公，你現下是五品的官兒，那可不小啊。」其餘三人跟着起閧，定要拉韋小寶去喝酒。韋小寶雖然近日受人奉承已慣，但馬屁之來，畢竟聽着受用，當即鎖上了門，笑嘻嘻的跟着四人去喝酒。

四人之中，兩個是太后身邊的近侍，奉太后之命去內務府傳旨，最先得到消息。其餘二人是尙膳監的太監，一個管採辦糧食，一個管選購菜餚，最是宮中的肥缺。二人一早聽到海大富病死消息，立即守在內務府門外，寸步不離，要知道何人接替海大富的遺缺，立即趕去打點，以便保全職位。四人將韋小寶請到御厨房中，恭恭敬敬的請他坐在中間首席。御厨知道這個小孩兒打從明天起便是自己的頂頭上司，自是打起全副精神，烹調精美菜餚，只怕便是太后和皇帝，平時也吃不到這般好菜。

韋小寶不會喝酒，順口跟他們胡說八道。一名太監嘆道：「海公公爲人是挺好，可惜身子總是不成，又瞎了眼睛，這幾年來雖說管尙膳監的事，但一個月之中，難得有一兩天到御厨房來。」另一名太監道：「幸得大夥兒忠心辦事，倒也沒出甚麼岔子。」又一名太監道：「海老公是先帝爺喜歡的老臣子，倘若不是靠了老主子的舊恩典，尙膳監的差使早派了別人啦。桂公公得皇上和太后寵幸，那可大不相同啦。咱們大樹底下好遮蔭，辦起事來可就方便得多了。」先一人道：「聽說海公公昨天是咳嗽死的。」

韋小寶道：「是啊，海公公咳嗽起來，常常氣也喘不過來。」

服侍太后的太監道：「今天清早，御醫李太醫來奏報太后，說海公公患的是癆病入骨，風濕入心，多年老病發作，再也治不好了。生怕癆病傳給人，一早就將他屍體火化了。太后嘆了好一會兒氣，連說：『可惜，可惜！海大富這人，倒是挺老實的！』」

韋小寶又驚又喜，知道侍衛、御醫、太監們都怕擔代干係，將海公公被殺身亡之事隱瞞不報，正好迎合了太后心意。韋小寶心想：「甚麼癆病入骨，風濕入心？老烏龜尖刀入腹，利劍穿心，那才是眞的。」

喝了一會酒，尙膳監兩名太監漸漸提到，做太監的生活清苦，全仗撈些油水，請韋小寶不可像海公公那麼固執，一切事情要辦得圓通些。韋小寶有些明白，有些不明白，只是唯唯否否，吃完酒後，兩名太監將一個小包塞在他懷裏，回房打開來一看，原來是兩張銀票，每張一千兩。這「一千兩」三字，他倒是認得的，心想：「還沒上任，先收二千，油水倒挺不錯啊！」

申牌時分，康熙派人來傳他到上書房去，笑容海面的道：「小桂子，太后說你昨晚又立了大功，要升你的級。」

韋小寶心想：「我早就知道啦！」立即裝出驚喜交集之狀，跪下磕頭，說道：「奴才也沒甚麼功勞，都是太后和皇上的恩典。」

康熙道：「太后說，昨晚有幾名太監在花園中打架，驚吵太后，你過去趕開了，處理得很得當。你小小年紀，倒識大體。」韋小寶站起身來，說道：「識大體嗎，也不見得。不過我知道，有些事情聽了該當牢牢記住，有些事情，應該立刻忘得乾乾淨淨，永遠不可提起。太監們打架，說的話挺難聽，自然誰也不可多提。」

康熙點點頭，笑吟吟的道：「小桂子，咱二人年紀雖然不大，可得做幾件大事出來，別讓大臣們瞧小了，說咱們不懂事。」韋小寶道：「正是。只要皇上定下計策，有甚麼事，交給奴才去辦便是。」康熙道：「很好！鰲拜那廝，作亂犯上。我雖饒了他不殺，可是這人黨羽衆多，只怕死灰復燃，造起反來，那可大大的不妙。」韋小寶道：「正是！」

康熙道：「我早知鰲拜這廝倔強，因此沒叫送入刑部天牢囚禁，免得他胡言亂語，一直關在康親王府裏。剛才康親王來奏，說那廝整日大叫大嚷，口出不遜的言語。」說到這裏，放低了聲音，道：「這廝說我用小刀子在他背心上戳了一刀。」

韋小寶道：「那有此事？對付這廝，何必皇上親自動手？這一刀是奴才戳的，奴才去跟康親王說明白好了。」

康熙親自動手暗算鰲拜，此事傳聞開來，頗失為君的體統，他正為此發愁，聽韋小寶這般說，心下甚喜，點頭道：「這事由你認了最好。」沉吟片刻，說道：「你去康親王家裏瞧瞧，看那廝幾時才死。」韋小寶道：「是！」康熙道：「我只道他中了一刀轉眼便死，因此饒了他性命，沒料到這廝如此硬朗，居然能夠挺着，還在那裏亂說亂話，煽惑人心，早知如此……」言下頗有惜意。

韋小寶揣摸康熙之意，是要自己悄悄將他殺了，便道：「我看他多半挨不過今天。」

康熙傳來四名侍衞，命他們護送韋小寶去康親王府公幹。

韋小寶先回自己住處，取了應用物事，騎了一匹高頭大馬，在四名侍衞前後擁衞之下，向康親王府行去，在街上左顧右盼，得意洋洋。

忽聽得街邊有個漢子道：「聽說擒住大奸臣鰲拜的，是一位十來歲的小公公？」另一人道：「是啊，少年皇帝，身邊得寵的公公，也都是少年。」先一人道：「是不是就是這位小公公？」另一人道：「那我可不知道了。」

一名侍衛要討好韋小寶，大聲道：「擒拿奸臣鰲拜，便是這位桂公公立的大功。」

鰲拜嗜殺漢人，殘暴貪賂，衆百姓恨之入骨，一旦被拿，辦罪抄家，北京城內城外，歡聲雷動。小皇帝下旨擒拿之時，鰲拜恃勇拒捕，終於爲一批小太監打倒，這事也已傳得滿城皆知。衆百姓加油添醬，繪聲繪影，各處茶館中的茶客個個說得口沫橫飛，甚麼鰲拜飛腿欲踢皇帝，甚麼幾名小太監個個武功了得，怎樣用「枯藤盤根」式將鰲拜摔倒，鰲拜怎樣「鯉魚打挺」，小太監怎樣「黑虎偷心」，一招一式，倒似人人親眼目覩一般。

這幾天中，只要有個太監來到市上，立即有一羣閒人圍了上來，打聽擒拿鰲拜的情形。此刻聽得那侍衛說道，這個小太監便是擒拿鰲拜的大功臣，街市之間立即哄動，無數百姓鼓掌喝采。韋小寶一生之中，那裏受到過這樣的榮耀，不由得心花怒放，自己當眞如是大英雄一般。一衆閒人只是礙着兩名手按腰刀的侍衛在前開路，心有所忌，否則早已擁上來圍住韋小寶看個仔細、問個不休了。

五人來到康親王府。康親王聽得皇上派來內使，忙大開中門，迎了出來，擺下香案，準備迎接聖旨。

韋小寶笑道：「王爺，皇上命小人來瞧瞧鰲拜，別的也沒甚麼大事。」

康親王道：「是，是！」他在上書房中見到韋小寶一直陪在康熙身邊，又知他擒拿鰲拜出過大力，忙笑嘻嘻的挽住他手，說道：「桂公公，你難得光臨，咱們先喝兩杯，再去瞧鰲拜那廝。」當即設下筵席。四名侍衛另坐一席，由王府中的武官相陪。康親王自和韋小寶在花園中對酌，問起韋小寶的嗜好。

韋小寶心想：「我如說喜歡賭錢，王爺就會陪我玩骰子，他還一定故意輸給我。贏他的錢，這叫做勝之不武。」便道：「我也沒甚麼喜歡的。」

康親王尋思：「老年人愛錢，中年少年人好色，太監可就不會好色了。這小太監喜歡甚麼，倒難猜得很。這孩子會武功，如果送他寶刀寶劍，在宮中說不定惹出禍來，倒得擔上好大干係。啊，有了！」笑道：「桂公公，咱們一見如故。我廐中養得有幾匹好馬，請你去挑選幾匹，算是小王送給你的一個小禮如何？」

韋小寶大喜，道：「怎敢領受王爺賞賜？」

康親王道：「自己兄弟，甚麼賞不賞的？來來來，咱們先看了馬，回來再喝酒。」携着他手同去馬廐。康親王吩咐馬夫，牽幾匹最好的小馬出來。

韋小寶心頭不悅：「為甚麼叫我挑小馬？你當我只會騎小馬的的孩子嗎？」見馬夫牽了五六匹小駒出來，笑道：「王爺，我身材不高，便愛騎大馬，好顯得不太矮小。」

康親王立時會意，拍腿笑道：「是我胡塗，是我胡塗。」吩咐馬夫：「牽我那匹玉花驄出來，請桂公公瞧瞧。」

那馬夫到內廐之中，牽出來一匹高頭大馬，全身白毛，雜着一塊塊淡紅色斑點，昂首揚鬣，當眞神駿非凡，黃金轡頭，黃金踏鐙，馬鞍邊上用銀子鑲的寶石，單是這副馬身上的配具，便不知要値多少銀子，若不是王公親貴，便再有錢的達官富商，可也不敢用這等華貴的鞍韉。韋小寶不懂馬匹優劣，見這馬模樣俊美，忍不住喝采：「好漂亮的馬兒！」

康親王笑道：「這匹馬是西域送來的，乃是有名的大宛馬，別瞧牠身子高大，年紀可還小得很，只兩歲另幾個月。漂亮的馬兒，該當由漂亮人來騎。桂兄弟，你就選了這匹玉花驄怎樣？」韋小寶道：「這……這是王爺的坐騎，小人如何敢要？王爺厚賜，可沒的折煞了小人。」康親王道：「桂兄弟，你這等見外，那是太瞧不起兄弟了。難道你不肯結交我這個朋友？」韋小寶道：「唉，小人在宮中是個……是個低賤之人，怎敢跟王爺交朋友？」

康親王道：「咱們滿洲人爽爽快快，你當我是好朋友，就將我這匹馬騎了去，以後大夥兒不分彼此。否則的話，兄弟心中可大大的生氣啦！」說着鬍子一翹，一副氣呼呼的模樣。

韋小寶大喜，便道：「王爺，你……你待小的這樣好，眞不知如何報答才是？」

康親王道：「說甚麼報答不報答的？你肯要這匹馬，算是我有面子。」走過去在馬臀上輕拍數下，道：「玉花，玉花，以後你跟了這位公公去，可得乖乖的。」向韋小寶道：「兄弟，你試着騎騎看。」

韋小寶笑應：「是！」在馬鞍上一拍，飛身而起，上了馬背。他這幾個月武功學下來，拳脚上的眞實功夫沒學到甚麼，縱躍之際，畢竟身子矯捷。

康親王讚道：「好功夫！」牽着馬的馬夫鬆了手，那玉花驄便在馬廐外的沙地上繞圈小跑。韋小寶騎在馬背之上，只覺又快又穩。他絲毫不懂控馬之術，生怕出醜，兜了幾個圈子便即躍下馬背，那馬便自行站住了。

韋小寶道：「王爺，可眞多謝你的厚賜了！小人這就去瞧瞧鰲拜，回來再來陪你。」康親王道：「正是，這是奉旨差遣的大事。小兄弟，請你稟報皇上，說我們看守得很緊，這廝就算身上長了翅膀，也逃不了。」韋小寶道：「這個自然。」康親王道：「要不要我陪你去？」韋小寶道：「不敢勞動王爺大駕。」

康親王每次見到鰲拜，總給他罵得狗血淋頭，原不想見他，當即派了本府八名衛士，陪同韋小寶去查察欽犯。

八名衛士引着韋小寶走向後花園，來到一座孤另另的石屋之前，屋外十六名衛士手執鋼刀把守，另有兩名衛士首領繞著石屋巡視，確是防守得十分嚴密。衛士首領得知皇上派內使來巡查，率領衆衛士躬身行禮，打開鐵門上的大鎖，推開鐵門，請韋小寶入內。

石屋內甚是陰暗，走廊之側搭了一座行灶，一名老僕正在煮飯。那衛士首領道：「這鐵門平時輕易不開，欽犯的飲食就由這人在屋裏煮了，送進囚房。」韋小寶點頭道：「很好！你們王爺想得甚是周到。鐵門不開，這欽犯想逃就難得很了。」衛士首領道：「王爺吩咐過的，欽犯倘若要逃，格殺勿論。」

衛士首領引着韋小寶進內，走進一座小堂，便聽得鰲拜的聲音從裏面傳了出來，正在大罵皇帝：「你奶奶的，老子出生入死，立了無數汗馬功勞，給你爺爺、父親打下一座花花江山。你這沒出息的小鬼年紀輕輕，便不安好心，在背後通我一刀子，暗算老子。老子做了厲鬼，也不饒你。」

衞士首領皺眉道：「這廝說話無法無天，眞該殺頭才是。」

韋小寶循聲走到一間小房的鐵窗之前，探頭向內張去，只見鰲拜蓬頭散髮，手上脚上都戴了銬鐐，在室中走來走去，鐵鍊在地下拖動，發出鏗鏘之聲。

鰲拜斗然見到韋小寶，叫道：「你……你……你這罪該萬死、沒卵子的小鬼，你進來，你進來，老子扠死了你！」雙目圓睜，眼光中如要噴出火來，突然發足向韋小寶疾衝，砰的一聲，身子重重撞在牆上。

雖然明知隔着一座厚牆，韋小寶還是吃了一驚，退了兩步，見到他猙獰的形相，不禁甚是害怕。

衞士首領安慰道：「公公別怕，這廝衝不出來。」韋小寶定了定神，見鐵窗上的鐵條極粗，石牆極厚，而鰲拜身上所戴的脚鐐手銬又極沉重，不由得精神大振，說道：「又怕他甚麼？你們幾位在外邊等我，皇上吩咐了，有幾句話要我問他。」衆衞士齊聲答應退出。鰲拜兀自在厲聲怒罵。

韋小寶笑道：「鰲少保，皇上吩咐我來瞧瞧你老人家身子好不好。你罵起人來，倒也中氣十足，身子硬朗得很哪，皇上知道了，必定喜歡得緊。」

鰲拜舉起雙手，將鐵銬在鐵窗上撞得噹噹猛響，怒道：「你奶奶的，你這狗娘養的小雜種。你去跟皇帝說，用不着他這麼假心假意，要殺便殺，鰲拜還怕了不成？」

韋小寶見他將鐵窗上粗大的鐵格打得直幌，眞怕他破窗而出，又退了一步，笑道：「皇上可沒這麼容易就殺了你。要你在這裏安安靜靜的住上二三十年，等到心中眞的懊悔了，爬着出去向皇上磕幾百個響頭，皇上念着你從前的功勞，說不定便饒了你，放了你出去。不過大官是沒得做了。」

鰲拜厲聲道：「你叫他快別做這清秋大夢，要殺鰲拜容易得很，要鰲拜磕頭，卻是千難萬難。」

韋小寶笑道：「咱們走着瞧罷，過得三年五載，皇上忽然記起你的時候，又會派我來瞧瞧你。鰲大人，你身子保重，可千萬別有甚麼傷風咳嗽，頭痛肚痛。」

鰲拜大罵：「痛你媽的王八羔子。小皇帝本來好好地，都是給你們這些狗娘養的漢人教壞了。老皇爺倘若早聽了我的話，朝廷裏一個漢官也不用，宮裏一隻漢狗也不許進來，那會像今日這般亂七八糟？」

韋小寶不去理他，退到廊下行灶旁，見鍋中冒出蒸氣，揭開鍋蓋一看，煮的是一鍋豬肉白菜，說道：「好香！」那老僕道：「給犯人吃的，沒甚麼好東西。」韋小寶道：「皇上吩咐我來欽察犯人的飲食，可不許餓壞了他。」那老僕道：「好教公公放心，餓不了的。王爺叮囑了，每天要給他吃一斤肉。」韋小寶道：「你舀一碗給我嘗嘗，倘若待虧了欽犯，我請王爺打你板子。」老僕惶恐道：「是，是！小人不敢虧待了欽犯。」忙取過碗來，盛了一碗豬肉白菜，雙手恭恭敬敬的遞上，又遞上一雙筷子。

韋小寶接過碗來，喝了一口湯，不置可否，向筷子瞧了瞧，說道：「這筷子太髒，你給我好好的擦洗乾淨。」那老僕忙道：「是，是！」接過筷子，到院子中水缸邊去用力擦洗。

韋小寶轉過身子，取出懷中的一包藥末，倒在那一大碗豬肉白菜之中，隨即將紙包放回懷裏，將菜碗幌動幾下，藥末都溶入了湯裏。他知道康熙要殺鰲拜，卻要做得絲毫不露痕迹，從上書房中出來時便有了主意，回到住處，從海老公的藥箱中取出十來種藥末，也不管有毒無毒，胡亂混在一起，包了一包，心想這十幾種藥粉之中，必有兩三種是毒藥，給他服了下去，定然死多活少。

那老僕擦完筷子，恭恭敬敬的遞過。韋小寶接過筷子，在鰲拜那碗豬肉中不住攪拌，說道：「嗯，豬肉倒也不少。平時都這麼多嗎？我瞧你很會偷食！」那老僕道：「每餐都有不少豬肉，小人不敢偷食的。」心下詫異：「這位小公公怎麼知道我偷犯人的肉吃，可有點希奇！」韋小寶道：「好，你送去給犯人吃。」那老僕道：「是，是！」又裝了三大碗白飯，連同那大碗白菜豬肉，裝在盤裏，捧去給鰲拜。

韋小寶提着筷子在鍋邊輕輕敲擊，心下甚是得意，尋思：「鰲拜這廝吃了我這碗加料大補的豬肉白菜，若不七孔流血，也得……也得八孔流血而死。」他本來想另說一句成語，但肚中實在有限，只好在「七孔流血」之下，再加上一孔。

他放下碗筷，踱出門去，和守門的衞士們閒談了片刻，心想這當兒鰲拜多半已將一碗豬肉吃了個碗底朝天，向衞士首領道：「咱們再進去瞧瞧！」衞士首領應道：「是！」

兩人剛走進門，忽聽得門外兩人齊聲吆喝：「甚麼人？站住了！」跟著颼颼兩響射箭之聲。那衞士首領吃了一驚，忙道：「公公，我去瞧一下。」急奔出門。韋小寶跟着出去，只聽錚錚之聲大作，十來名青衣漢子手執兵刃，已和衆衞士動上了手。韋小寶大驚：「啊喲，鰲拜的手下之人來救他了。」

那衞士首領拔劍指揮，只吆喝得數聲，一男一女分從左右夾擊而上。護送韋小寶的四名御前侍衞便在左近，聞聲來援，加入戰圍。那些青衣漢子武功甚強，霎時之間已有兩名王府衞士屍橫就地。

韋小寶縮身進了石屋，忙將門關上，正要取門閂支撐，突然迎面一股大力湧到，將他推得向後跌出丈餘，四名青衣漢子衝進石屋，大叫：「鰲拜在那裏？鰲拜在那裏？」一名長鬚老者一把抓起韋小寶，問道：「鰲拜關在那裏？」韋小寶向外一指，說道：「關在外邊的地牢裏。」兩名青衣人便向外奔出。外邊又有四名青衣人奔了進來，疾向後院竄去，突然有人叫道：「在這裏了！」長鬚老者大怒，舉刀向韋小寶砍落。韋小寶急閃避開。旁邊一名青衣人提腿在他屁股上一脚，只踢得韋小寶飛出許丈，摔入後院。

六名青衣人齊去撞擊囚室的鐵門。但鐵門甚是牢固，頃刻間卻那裏撞得開？只聽得外面鑼聲鏜鏜鏜急響，王府中已發出警號。一名青衣人叫道：「須得趕快！」長鬚老者道：「廢話，誰不知道要快？」一名青衣漢子見一時撞不開鐵門，提起手中鋼鞭去撬窗上的鐵條，撬得幾撬，兩根鐵條便彎了。這時又有三名青衣漢子奔了進來。囚室外地形狹窄，九個人擠在一起，施展不開手脚。

韋小寶悄悄在地下爬出去，沒爬得幾步，便給人發覺，挺劍向他背心上刺到。韋小寶向左閃讓，那人長劍橫掠，嗤的一聲，在他背心長袍上拉了條口子。韋小寶幸得有寶衣護身，這一劍沒傷到皮肉，驚惶下躍起身來，斜刺衝出。另一名青衣漢子罵道：「小鬼！」舉刀便砍。韋小寶一躍而起，抓住了囚室窗上的鐵條，身子臨空懸掛。使鋼鞭的青衣漢子正在撬挖鐵條，見韋小寶阻在窗口，揮鞭擊落。

韋小寶無路可退，雙脚穿入兩條鐵條之間。兩根鐵條已給撬得彎了，他身子瘦小，竟從空隙間穿過，一鬆手，已鑽入了囚室。噹的一聲響，鋼鞭擊在鐵條之上。

外邊的青衣漢子紛紛呼喝：「我來鑽，我來鑽。」那使鋼鞭的漢子探頭欲從空隙中鑽進去。可是十三四歲的韋小寶鑽得過，這漢子身材肥壯，卻那裏進得去？

韋小寶從靴桶中拔出匕首，暗叫：「救兵快來，救兵快來！」耳聽得外面銅鑼聲、呼喝聲、兵刃撞擊聲響成一團。突然間呼的一聲，一股勁風當頭壓落。韋小寶一個打滾，滾出數尺。但聽得嗆啷啷一聲大響，臉上泥沙濺得發痛，他不暇回顧，急躍而起。只見鰲拜雙手舞動鐵鍊，荷荷大叫，亂縱亂躍，這時那使鋼鞭的青衣漢子正從窗格中鑽進來，鰲拜連手銬帶鐵鍊往他頭上猛力擊下，這青衣漢子登時腦漿迸裂而死。

韋小寶驚奇不已：「他怎麼將來救他的人打死了？」隨即明白：「啊喲，他吃了我的加料藥粉，雖然中毒，可不是翹辮子見閻羅皇，卻是發了瘋！」

窗外衆漢子大聲呼喝，鰲拜舉起手銬鐵鍊，往鐵窗上猛擊。韋小寶心想：「他如回過身來打我，老子可得要歸天！」急急之下不及細想，提起匕首，猛力向鰲拜後心戳去。

鰲拜服藥後神智已失，渾不知背後有人來襲，韋小寶匕首戳去，他竟不知閃避，波的一聲，匕首直刺入背。鰲拜張口狂呼，雙手連着手銬亂舞。韋小寶順勢往下一拖，那匕首削鐵如泥，直切了下去，鰲拜的背脊一剖爲二，立即摔倒。

窗外一衆青衣人霎時之間都怔住了，似乎見到了世上最希奇古怪之事。三四人同時叫了出來：「這小孩殺了鰲拜！這小孩殺了鰲拜！」

那長鬚人道：「撬開鐵窗，進去瞧明白了，是否眞是鰲拜！」當下便有二人拾起鋼鞭，用力扳撬窗上鐵條。兩名王府衞士衝進室來，長鬚人揮動彎刀，一一砍死。一名青衣漢子提起短槍，隔窗向韋小寶不住虛刺，令他無法走進窗格傷人。

過不多時，鐵條的空隙擴大，一個青衣瘦子說道：「待我進去！」從鐵條空隙間跳進囚室。韋小寶擧匕首向他刺去。那瘦子擧刀一擋，嗤的一聲響，單刀斷爲兩截。那瘦子一驚，手中斷刀向韋小寶擲出。韋小寶低頭閃避，雙手手腕已被那瘦子抓住，順勢反到背後。另一個青衣漢子擧刀架在他頸中，喝道：「不許動！」

窗上的鐵條又撬開了兩根，長鬚人和一名身穿青衣的禿子鑽進囚室，抓住鰲拜的辮子，提起頭來一看，齊聲道：「果是鰲拜！」長鬚人想將屍首推出窗外，但銬鐐上的鐵鍊牢牢釘在石牆之中，一時無法弄斷。那瘦子拿起韋小寶的匕首，嗤嗤四聲響，將連在鰲拜屍身上的鐵鍊都割斷了。長鬚人讚道：「好刀！」將屍身從窗格中推出，外邊的青衣漢子拉了出去。那瘦子將韋小寶推出，餘下三人也都鑽出囚室。

長鬚人號令：「帶了這孩子走！大夥兒退兵！」衆人齊聲答應，向外衝出。一名青衣大漢將韋小寶挾在脅下，衝出石屋。只聽得颼颼聲響，箭如飛蝗般射來。王府中二十餘名衞士不住放箭，康親王提刀親自督戰。

衆青衣人爲箭所阻，衝不出去。抱着鰲拜屍首的是個道士，叫道：「跟我來！」擧起屋身擋在身前。康親王見到鰲拜，不知他已死，又見韋小寶被刺客拿住，大叫：「停箭！別傷了桂公公！」韋小寶心想：「康親王倒有良心，老子會記得你的！」

王府弓箭手登時停前。那些青衣漢子高聲吶喊，衝出石屋。那長鬚人手一揮，四名漢子疾向康親王衝去。衆衛士大驚，顧不得追敵，都來保護王爺，豈知這是那長鬚人聲東擊西之計，餘人乘隙躍上圍牆，逃出王府。攻擊康親王的四名漢子輕功甚佳，並不與衆衛士交手，東一竄，西一縱，似乎伺機要取康親王性命，待得同伴盡數出了王府，四人幾聲呼嘯，躍上圍牆，連連揮手，十餘件暗器紛向康親王射去。衆衛士又是連聲驚呼，揮兵刃砸打暗器，但還是有一枝鋼鏢打中了康親王左臂。這麼一陣亂，四名青衣漢子又都出了王府。

韋小寶被一條大漢挾在脅下飛奔，但聽得街道上蹄聲如雷，有人大叫：「康親王府中有刺客！」正是大隊官軍到來增援。

一衆青衣漢子奔入王府旁的一間民房，閂上了大門，又從後門奔出，顯然這些人幹事之前，早就把地形察看明白，預備了退路。在小巷中奔行一程，又進了一間民房，仍是從後門奔出，轉了幾個彎，奔入一座大宅之中。

各人立刻除下身上青衣，迅速換上各種各式衣衫，頃刻間都扮成了鄉農模樣，挑柴的挑柴，挑菜的挑菜。一名漢子將韋小寶用麻繩牢牢綁住。兩名漢子推過一輛木車，車上有兩隻大木桶，將鰲拜的屍體和韋小寶分別裝入桶中。韋小寶心中只罵得一句：「他媽的！」頭上便有無數棗子倒下來，對他蓋沒，桶蓋蓋上，甚麼也瞧不見了。

跟着身子幌動，料想木車推出了大門。棗子之間雖有空隙，不致窒息，卻也呼吸困難。

韋小寶驚魂畧定，心想：「這些鰲拜的家將部屬把老子拿了去，勢必要挖出老子的心肝來祭鰲拜。最好是途中遇上官兵，老子用力一滾，木桶翻倒，那便露出了馬脚。」可是四肢被緊緊綁住，那裏動得分毫？木桶外隱隱傳來轔轔車聲，身子顛簸不已，行了良久，又那裏遇到官兵了？韋小寶咒罵一陣，害怕一陣，忽然張口咬了一枚棗子來吃，倒也肥大香甜，吃得幾枚，驚懼之餘，極其疲倦，過不多時，竟爾沉沉睡去。

一覺醒來，車子仍是在動，只覺全身酸痛，想要轉動一下身子，仍半分動彈不得，心想：「老子這次定然逃不過難關了，待會只好大罵一場，出一口心中的惡氣，再過二十年，又是一條大漢。」又想：「幸虧我已將鰲拜殺了，否則這廝被這批狗賊救了出去，老子又被他們拿住，一樣的難以活命，死得可不夠本。鰲拜是朝廷大官，韋小寶只不過是麗春院裏的一個小鬼，一命換一命，老子便宜之極，哈哈，大大便宜！」既然無法逃命，只好自己如此寬解，雖說便宜之極，心中卻也沒半點高興。

過了一會，便又睡着了，這一覺睡得甚久，醒來時發覺車子所行地面甚爲平滑，行得一會，車子停住，卻沒有人放他出來，讓他留在棗子桶中。

過了大半天，韋小寶氣悶之極，又要朦朧睡去，忽聽得豁啦一響，桶蓋打開，有人在捧出他頭頂的棗子。韋小寶深深吸了口氣，大感舒暢，睜開眼來，只見黑沉沉地，頭頂畧有微光。有人雙手入桶，將他提了起來，橫抱在手臂之中，旁邊有人提着一盞燈籠，原來已是夜晚。韋小寶見抱着他的是個老者，神色肅穆，處身所在是一個極大的院子。

那老者抱着韋小寶走向後堂，提着燈籠的漢子推開長窗。韋小寶暗叫一聲：「苦也！」不知高低，但見一座極大的大廳之中，黑壓壓的站滿了人，少說也有二百多人。這些人一色青衣，頭纏白布，腰繫白帶，都是戴了喪，臉含悲憤哀痛之色。大廳正中設着靈堂，桌上點燃着八根極粗的藍色蠟燭。靈堂旁掛着幾條白布輓聯，豎着招魂幡子。韋小寶在揚州之時，每逢大戶人家有喪事，總是去湊熱鬧，討賞錢，乘人忙亂不覺，就順手牽羊，拿些器皿藏入懷中，到市上賣了，便去賭錢，因此靈堂的陳設看得慣了，一見便知。

他在棗桶中時，早料到會被剖心開膛，去祭鰲拜，此刻事到臨頭，還是嚇得全身皆酥，牙齒打戰，格格作響。那老者將他放下，左手抓住他肩頭，右手割斷了綁住他手足的痳繩。韋小寶雙足酸軟，無法站定。那老者伸手到他右脅之下扶住。

韋小寶見廳上這些人顯然都有武功，自己只怕一個也打不過，要逃走那是千難萬難，但左右是個死，好在綁縛已解，更得試試，最不濟逃不了，給抓了回來，一樣的開心剖膛，難道還能多開一次，多剖一回？眼前切要之事，第一要那老頭子的手不在自己脅下托住，以免身子一動便給他抓住；第二要設法弄熄燈籠燭火，黑暗一團，便有脫身之機。

他偷眼瞧廳上衆人，只見各人身上都掛揷刀劍兵刃。一名中年漢子走到靈座之側，說道：「今日大……大仇得報，大……大哥你可以眼閉……眼閉了。」一句話沒說完，已泣不成聲。他一翻身，撲倒在靈前，放聲大哭。廳上衆人跟着都號啕大哭。

韋小寶心道：「辣塊媽媽，老子來罵幾句。」但立即轉念：「我開口一罵，這些烏龜王八蛋馬上向老子動手，可逃不了啦。」一斜眼見托着自己的老者正自伸衣袖拭淚，便想轉身就逃，但身後站滿了人，只須逃出一步，立時便給人抓住，心想時機未到，不可鹵莽。

人叢中一個蒼老的聲音喝道：「上祭！」一名上身赤裸、頭纏白布的雄壯大漢大踏步走上前來，手托木盤，高舉過頂，盤中鋪着一塊紅布，紅布上赫然放着一個血肉模糊的人頭。韋小寶險些兒暈去，心想：「辣塊媽媽，這些王八蛋要來割老子的頭了。」又想：「這是誰的頭？是康親王嗎？還是索額圖的？不會是小皇帝的罷？」木盤舉得甚高，看不見首級面容。那大漢將木盤放在供桌上，撲地拜倒。大廳上哭聲又振，衆人紛紛跪拜。

韋小寶心道：「他媽的，此時不走，更待何時？」轉身正欲奔跑，那老者拉拉他衣袖，輕輕在他背上一推。韋小寶四肢綁縛解開不久，血脈尚未行開，腿上沒半點氣力，給他一推之下，立即跪倒，見衆人都在磕頭，只好跟着磕頭，心中大罵：「賊鰲拜，烏龜鰲拜。老子一刀戳死了你，到得陰間，老子又再來戳你幾刀！」

有些漢子拜畢站起身來，有些兀自伏地大哭。韋小寶心想：「男子漢大丈夫，這般大哭也不怕羞，鰲拜這王八蛋有甚麼好，死了又有甚麼可惜？又用得着你們這般大流馬尿？」

衆人哭了一陣，一個高高瘦瘦的老者走到靈座之側，朗聲說道：「各位兄弟，咱們尹香主的大仇已報，鰲拜這廝終於殺頭，實是咱們天地會青木堂的天大喜事……」

韋小寶聽到「鰲拜這廝終於殺頭」八個字，耳中嗡的一聲，又驚又喜，一個念頭閃電似的鑽入腦中：「他們不是鰲拜的部屬，反是鰲拜的仇人？」那高瘦老者下面的十幾句話，韋小寶全然聽而不聞，過了好一會，定下神來，才慢慢將他說話聽入心中，但中間已然漏了一大段，只聽他說道：「……今日咱們大鬧康親王府，殺了鰲拜，全師而歸，韃子勢必喪膽，於本會反清復明的大業，實有大大好處。本會各堂的兄弟們知道了，一定佩服咱們青木堂有智有勇，敢作敢爲。」

衆漢子紛紛說道：「正是，正是！」「咱們青木堂這次可大大的露了臉。」「蓮花堂、赤火堂他們老是自吹自擂，可那有青木堂這次幹得驚天動地！」「這件事傳遍天下，只怕到處茶館中都要編成了故事來唱。將來把韃子逐出關外，天地會青木堂名垂不朽！」「甚麼把韃子逐出關外？要將衆韃子斬盡殺絕，個個死無葬身之地。」

衆人你一言，我一語，精神大振，適才的悲戚之情，頃刻間一掃而空。

韋小寶聽到這裏，更無懷疑，知道這批人是反對朝廷的志士。他在遇到茅十八之前，在揚州街坊市井之間，便已常聽人說起天地會反清的種種俠義事迹。當年清兵攻入揚州，大肆屠殺，奸淫擄掠，無惡不作，所謂：「揚州十日，嘉定三屠」，實是慘不堪言。揚州城中幾乎每一家人家，都有人在這場大屠殺中遭難。因之對於反清義士的欽佩，揚州人比之別地人氏，無形中又多了幾分。其時離「揚州十日」的慘事不過二十幾年，韋小寶從小便聽人不斷說起清軍的惡行，又聽人說史閣部如何抗敵殉難，某人又如何和敵兵同歸於盡。這次茅十八和衆鹽梟在麗春院中打架，便是爲了強行替天地會出頭而起，一路上聽他說了不少天地會的英雄事蹟，又有甚麼「爲人不見陳近南，就稱英雄也枉然」等等言語，心中早已萬分嚮往仰慕，這時親眼見到這一大羣以殺韃子爲己任的英雄豪傑，不由得大爲興奮，一時竟忘了自己是韃子朝廷中「小太監」的身分。

那高瘦老者待人聲稍靜，續道：「咱青木堂這兩年中，時時刻刻記着尹香主尹大哥的大仇，人人在萬雲龍大哥的靈前瀝血爲誓，定要殺了鰲拜這廝爲尹大哥報仇。尹香主當時慷慨就義，江湖上人人欽仰，今日他在天之靈，見到了鰲拜這個狗頭，一定會仰天大笑。」

衆人都道：「正是，正是！」

人叢中一個雄壯的聲音道：「兩年前大夥兒立誓，倘若殺不得鰲拜，我青木堂中人人都是狗熊灰孫子，再也沒臉面在江湖上行走。今日終於雪了這場奇恥大辱。我姓樊的這兩年來飯也吃不飽、覺也睡不好，日思夜想，就是打算怎生給尹香主報仇，爲青木堂雪恥，大夥兒終於心願得償，哈哈，哈哈！」許多人跟着他都狂笑起來。

那高瘦老者說道：「好，我青木堂重振雄風，大夥揚眉吐氣，重新抬起頭來做人。這兩年來，青木堂兄弟們個個都似無主孤魂一般，在天地會中聚會，別堂的兄弟只消瞧我一眼，冷笑一聲，我就慚愧得無地自容，對會中的大事小事，不敢插嘴說一句話。雖然總舵主幾次傳了話來，開導咱們，說道爲尹香主報仇，是天地會全體兄弟們的事，決不是青木堂一堂的事。可是別堂兄弟們冷言冷語，卻不這麼想啊。自今而後，那可是大不相同了。」

另一人道：「對，對，李大哥說得對，咱們乘此機會，一鼓作氣，轟轟烈烈的再幹他幾件大事出來。鰲拜這惡賊號稱『滿洲第一勇士』，今日死在咱們手下，那些滿洲第二勇士、第三勇士、第四勇士，那是個個怕得要死了！」

衆人一聽，又都轟然大笑起來。

韋小寶心想：「你們一會兒哭，一會兒笑，倒像是小孩兒一般。」

人叢中忽然有個冷冷的聲音說：「是我們青木堂殺了鰲拜麼？」

衆人一聽此言，立時靜了下來，大廳中聚着二百來人，片刻之間鴉雀無聲。

過了良久，一人說道：「殺死鰲拜的，雖是另有其人，但那也是咱們靑木堂攻入康親王府之後，那人乘着混亂，才將鰲拜殺死。」

先前那人又冷冷的道：「原來如此。」

那聲音粗壯之人大聲道：「祁老三，你說這話是甚麼意思？」

那祁老三仍是冷言冷語：「我又有甚麼意思了？沒有意思，一點也沒有意思！只不過別堂中兄弟如果說道：『這番靑木堂可眞威風啦！但不知殺死鰲拜的，卻是貴堂中那一位兄弟？』這一句話問了出來，只怕有些兒難以對答。大家不妨想想，這句話人家會不會問？只怕一千個人中，倒有九百九十九個要問罷！大夥兒自吹自擂，儘往自己臉上貼金，未免……未免有點……嘿嘿，大夥兒肚裏明白！」

衆人皆默然，都覺得他說話刺耳，聽來極不受用，但這番話卻確是實情，難以辯駁。

過了好一會，那高瘦老者道：「這個淸宮中的小太監陰錯陽差，殺了鰲拜，那自是尹香主在天之靈暗中祐護，假手於一個小孩兒，除此大奸。大家都是鐵錚錚的男子漢，也不能抹着良心說假話。」衆人面面相覷，有的不禁搖頭，本來興高采烈，但想到殺死鰲拜的並非靑木堂的兄弟，登時都感大爲掃興。

那高瘦老者道：「這兩年來，本堂無主，大夥兒推兄弟暫代執掌香主的職司。現下尹香主的大仇已報，兄弟將令牌交在尹香主靈前，請衆兄弟選賢與能。」說着在靈座前跪倒，雙手拿着一塊木牌，拜了幾拜，站起身來，將令牌放在靈位之前。

一人說道：「李大哥，這兩年之中，你將會務處理得井井有條，這香主之位，除了你之外，又有誰能配當？你也不用客氣啦，乘早將令牌收起來罷！」

衆人默然半響。另一人道：「這香主之職，可並不是憑着咱們自己的意思，要誰來當就由誰當。那是總舵委派下來的。」

先一人道：「規矩雖是如此，但歷來慣例，每一堂商定之後報了上去，上頭從來沒駁回過，所謂委派，也不過是例行公事而已。」

另一人道：「據兄弟所知，各堂的新香主，向來都由舊香主推薦。舊香主或者年老，或者有病，又或是臨終之時留下遺言，從本堂兄弟之中挑出一人接替，可就從來沒有自行推選的規矩。」

先一人道：「尹香主不幸爲鰲拜所害，那有甚麼遺言留下？賈老六，這件事你又不是不知，又幹麼在這裏挑眼了？我明白你的用意，你反對李大哥當本堂香主，乃是心懷不軌，另有圖謀。」

韋小寶聽到「賈老六」三字，心下一凜，記得揚州衆鹽梟所要找的就是此人，轉頭向他瞧去，果見他頭頂光禿禿地，一根小辮子上沒賸下幾根頭髮，臉上有個大刀疤。

那賈老六怒道：「我又心懷甚麼不軌，另有甚麼圖謀了？崔瞎子，你話說得清楚些，可別含血噴人。」

那姓崔之人少了一隻左目，大聲道：「哼，打開天窗說亮話，青木堂中，又有誰不知道你想捧你姊夫關夫子做香主。關夫子做了香主，你便是國舅老爺，那還不是大權在手，要風得風、要雨得雨嗎？」

賈老六大聲道：「關夫子是不是我姊夫，那是另一回事。這次攻入康王府，是關夫子率領的，終於大功告成，奏凱而歸，憑着我姊夫的才幹，他不能當香主嗎？李大哥資格老，人緣好，我並不是反對他。不過講到本事，畢竟還是關夫子行得多。」

崔瞎子突然縱聲大笑，笑聲中充滿了輕蔑之意。賈老六怒道：「你笑甚麼？難道我的話說錯了？」崔瞎子笑道：「沒有錯，咱們賈六哥的話怎麼會錯？我只是覺得關夫子的本事太也厲害了些。五關是過了，六將卻沒有斬。事到臨頭，卻將一個大仇人鰲拜，讓人家小孩兒一刀殺了。」

突然人叢中走出一人，滿臉怒容在靈座前一站，韋小寶認得他便是率領衆人攻入康親王府的那個長鬚人。見他一部長鬚飄在胸前，模樣甚是威嚴。原來此人姓關，名叫安基，因鬍子生得神氣，又是姓關，人家便都叫他關夫子。他雙目瞪着崔瞎子，粗聲說道：「崔兄弟，你跟賈老六鬥口，說甚麼都可以，我姓關的可沒得罪你。大家好兄弟，在萬雲龍大哥靈前賭過咒，罰過誓來，說甚麼同生共死，你這般損我，是甚麼意思？」

崔瞎子心下有些害怕，退了一步，說道：「我……我可沒敢損你。」頓了一頓，又道：「關二哥，你……你如贊成推舉李大哥作本堂香主，那麼……那麼做兄弟的給你磕頭陪罪，算是我說錯了話。」

關安基鐵青着臉，說道：「磕頭陪罪，那怎麼敢當？本堂的香主由誰來當，姓關的可不配說這一句話。崔兄弟，你也還沒當上天地會的總舵主，青木堂的香主是誰，還輪不到你來說話。」

崔瞎子又退了一步，大聲道：「關二哥，你這話也不明擺着損人嗎？我崔瞎子是甚麼脚色，便是再投十八次胎，也挨不上當天地會的總舵主。我只是說，李力世李大哥德高望重，本堂之中，再也沒那一位像李大哥那樣，教人打從心窩裏佩服出來。本堂的香主倘若不是請李大哥當，只怕十之八九的兄弟們都會不服。」

人叢中有一人道：「崔瞎子，你又不是本堂十之八九的兄弟，怎知道十之八九的兄弟們心中不服？我看啊，李大哥人是挺好的，大夥兒跟他老人家喝喝酒、聊聊天、晒晒太陽，那是再好不過了。可是說到做本堂香主，只怕十之八九的兄弟們心中大大的不以為然。」

又一人道：「我說呢，張兄弟的話說得不能再對。德高望重又怎麼樣？咱們天地會是反清復明，又不是學孔夫子，講甚麼仁義道德。德高望重，就能將韃子嚇跑嗎？要找德高望重之人，私塾中整天『詩云子曰』的老秀才可多得很。」衆人一聽，都笑了起來。

一名道人道：「依你之見，該當由誰來當本堂香主？」那人道：「第一、咱們天地會幹的是反清復明大事。第二、咱們靑木堂要在天地會各堂之中出人頭地，幹得有聲有色。衆兄弟中那一個最有才幹，最有本事，大夥兒便推他爲香主。」那道人道：「最有才幹、最有本事，依貧道看來，還是以李大哥爲第一。」

人叢中數十人都大聲叫嚷起來：「我們推關夫子！李大哥的本事怎及得上關夫子？」

那道人道：「關夫子做事有股衝勁，這是大家都佩服的……」許多人叫了起來：「是啊！那還有甚麼說的？」那道人雙手亂搖，叫道：「且慢，且慢，聽我說完。不過關夫子的脾氣十分暴躁，動不動就發火罵人。他眼下在本堂中不過是一個尋常兄弟，大夥兒見到他，心中已先怕了三分。他一做香主，只怕誰也沒一天安穩的日子過。」一人道：「關夫子脾氣近來好得多了。他一做香主，只會更好。」

那道士搖頭道：「江山易改，本性難移。關夫子的脾氣，是幾十年生成的，就算按捺得住一時，又怎能按捺得一年半載？青木堂香主是終身之事，不可由於一個人的脾氣不好，鬧得弟兄們失和，大家人心渙散，不免誤了大事。」

賈老六道：「玄眞道長，我瞧你的脾氣，也不見得有甚麼高明。」

那道人道號玄貞，聽他這麼說，哈哈一笑，說道：「正是各人之事自家知，貧道脾氣不好，得罪人多，所以儘量少開口。不過推選香主，乃是本堂大事，貧道忍不住要說幾句了。貧道脾氣不好，不做香主，並不礙事。那一位兄弟瞧着不順眼，不來跟我說話，也就罷了，遠而避之，也就是了。但如貧道做了香主，豈能不理不睬，遠而避之？」

賈老六道：「又沒人推你做香主，爲甚麼要你出來東拉西扯？」

玄貞勃然大怒，厲聲道：「賈老六，江湖上朋友見到貧道之時，多尊稱一聲道長，便是總舵主，也是客客氣氣。那有似你這般無禮的。你……你狗仗人勢，想欺侮到我玄貞頭上，可沒那麼容易！我明明白白跟你說，關夫子要當本堂香主，我玄貞第一個不贊成！他要當這香主，第一就須辦到一件事。這件事要是辦到了，貧道說不定就不反對。」

賈老六本來聽他說「狗仗人勢」，心下已十分生氣，只是一來玄貞道人武功高強，他當眞動了怒，可也眞不敢和他頂撞；二來這道人在江湖上名頭甚響，總舵主對他客氣，確也不假。

自己要擁姊夫做本堂香主，此人如一力作梗，實是一個極大的障礙，聽他說只要姊夫辦到一件事，便不反對他做香主，心下一喜，問道：「那是甚麼事，你倒說來聽聽。」

玄貞道人道：「關夫子第一件要辦的大事，便須和『十足眞金』賈金刀離婚！」

此言一出，衆人登時鬨堂大笑，原來玄貞道人所說的「十足眞金」賈金刀，便是關夫子的妻室，賈老六的嫡親姊姊。她手使兩把金刀，人家和她說笑，常故意詢問：「關嫂子，你這兩口金刀，到底是眞金還是假金？」她一定鄭重其事的道：「十足眞金，十足眞金！那有假的？」因此上得到個「十足眞金」的外號。玄貞道人要關夫子和妻子離婚，豈不是擺明了要賈老六的好看？其實「十足眞金」賈金刀爲人心直口快，倒是個好人。她兄弟賈老六也不壞，只是把姊夫抬得太高，關夫子又脾氣暴躁，得罪人多，大家背後不免閒話甚多。

關安基手一伸，砰的一聲，在桌上重重一拍，喝道：「玄貞道長，你說甚麼話來？我當不當香主，有甚麼相干，你幹甚麼提到我老婆？」

玄貞道人還未答話，人叢中一人冷冷的道：「關夫子，尹香主可沒得罪你，你拍他的靈座幹甚麼？」原來關安基適才一拍，卻是拍在靈座之上。

關安基心中一驚，他人雖暴躁，倒是機靈得很，大聲道：「是兄弟錯了！」在靈位之前跪倒，拜了幾拜，說道：「尹大哥，做兄弟的盛怒之下，在你靈枱上拍了一掌，實在是兄弟的不是，請你老人家在天之靈，不可見怪。」說着砰砰砰的叩了幾個響頭。餘人見他如此，也就不再追究。

崔瞎子道：「大家瞧！關夫子光明磊落，人是條漢子，就是脾氣暴躁，沉不住氣。他做錯了事，即刻認錯，那當然很好。可是倘若當了香主，一件事做錯了，往往干係極大，就算認錯，又有甚麼用？」

關安基本來聲勢洶洶，質問玄貞道人爲何提及他妻子「十足眞金」賈金刀，但盛怒之下，在尹香主靈枱上拍了一掌，爲人所責，雖然立即向尹香主靈位磕頭，衆兄弟不再追究，氣勢終於餒了，一時不便再和玄貞道人理論。玄貞也就乘機收篷，笑道：「關夫子，你我自己兄弟，一同出生入死，共過無數患難，犯不着爲了一時口舌之爭，失了兄弟間的和氣。剛才貧道說的笑話，你包涵包涵，回家別跟賈金刀嫂子說起，否則她來揪貧道鬍子，可不是玩的。」衆人又都笑了起來。關安基對這道人本有三分忌憚，只好付之一笑。

衆人你一言，我一語，有的說李大哥好，有的說關夫子好，始終難有定議。

忽有一人放聲大哭，一面哭，一面說道：「尹香主啊尹香主，你在世之日，我青木堂中何等和睦，衆兄弟眞如至親骨肉一般，同心協力，幹那反淸復明的大事。不幸你爲鰲拜這奸賊所害，我青木堂中，再沒第二個人能如你這般，既有人緣，又有本事。尹香主啊，除非你死而復生，否則我青木堂只怕要互相紛爭不休，成爲一盤散沙，再也不能如你在世之時那般興旺了。」衆人聽到他這等說，許多人忍不住又都流起淚來。

有一人道：「李大哥有李大哥的好處，關夫子有關夫子的好處，兩位都是自己好兄弟，可不能爲了推舉香主之事，大夥兒不和。依我之見，不如請尹香主在天之靈決定。咱們寫了李大哥和關夫子的名字，大夥兒向尹香主靈位磕頭，然後拈鬮決定，最是公平不過。」許多人隨聲附和。

賈老六大聲道：「這法兒不好。」有人道：「怎麼不好？」賈老六道：「拈鬮由誰來拈？」那人道：「大夥兒推擧一位兄弟來拈便是了。」賈老六道：「只怕人有私心，發生弊端。」崔瞎子怒道：「在尹香主靈前，誰有這樣大的膽子，敢作弊欺瞞尹香主在天之靈？」賈老六道：「人心難測，不可不防。」崔瞎子罵道：「操你奶奶的，除非是你想作弊。」賈老六怒道：「你這小子罵誰？」崔瞎子怒道：「是我罵了你這小子，卻又怎麼？」賈老六道：「我忍耐已久，你罵我奶奶，那可無論如何不能忍了。」刷的一聲，拔出了鋼刀，左手指着他喝道：「崔瞎子，咱哥兒到外面院子中去比劃比劃。」

崔瞎子慢慢拔出了刀，道：「這是你叫陣，我被迫應戰。關夫子，你親耳聽到的。」關安基道：「大家兄弟，不可爲這件事動刀子。崔兄弟，你罵我舅子，那是你的不對。」崔瞎子道：「我早知你要分派我的不是。你還沒做香主，已是這樣，若是做了，那還了得？」關安基怒道：「難道你罵人祖宗，那就對了？你操我小舅子的奶奶，我算是你甚麼人？」

衆人忍不住大笑，一時大堂之中，亂成一團。賈老六見姊夫爲他出頭，更是氣盛，便要往庭中闖去，卻有人伸手攔住，勸道：「賈老六，你想你姊夫當香主，可不能得罪人太多，遇到了事，須得讓人一步。」崔瞎子慢慢收刀入鞘，說道：「我也不是怕了你，只不過大家義氣爲重，自己兄弟，不能動刀子拚命。總而言之，關夫子要當香主，我姓崔的說甚麼也不贊成。關夫子的氣還好受，賈老六的氣卻受不了。閻王好見，小鬼難當。」

韋小寶站在一旁，聽衆人你一言我一語的爭執不休，有的人粗口詈罵，又有人要動刀子打架，冷眼旁觀，頗覺有趣。初時他以爲這些人是鰲拜的部屬，不免要殺了自己祭奠鰲拜，待知這些人恨極了鰲拜，心中登如一塊大石落地，可是聽得他們口口聲聲的說甚麼「反清復明」，又擔心起來：「他們自然認定我是清宮裏的小太監，不論如何辯白，他們定然不信。待得香主選定之後，第一件事就會來殺了我。那不是反清復明嗎？眼前的『清人』，除了老子之外，那裏還有旁人？再說，我在這裏，把他們的甚麼秘密都聽了去，就算不殺我滅口，也必將我關了起來，永世不得超生。老子這還是溜之大吉的爲妙。」慢慢一步一步的退到門邊，只盼廳中情勢再亂，便逃了出去。

只聽得一人說道：「拈鬮之事，太也玄了，有點兒近乎兒戲。我說呢，還是請李大哥和關夫子以武功來決勝敗，拳脚也好，兵刃也好，點到爲止，不可傷人。大夥兒站在旁邊睜大了眼瞧着，誰勝誰敗，清清楚楚，誰也沒有異言。」

賈老六首先贊成，大聲道：「好！就是比武決勝敗，倘若李大哥勝了，我賈老六就擁李大哥爲香主。」

他這一句話一出口，韋小寶立時心想：「你贊成比武，那定是你姊夫的武功勝過了李大哥，還比甚麼？」連韋小寶都這麼想，旁人自然是一般的想法，擁李派登時紛紛反對，有的說：「做香主是要使全堂兄弟和衷共濟，跟武功好不好沒多大關係。」「眞的要比武決定誰做香主，如果本堂兄弟之中，有人武功勝過了關夫子，是不是又讓他來當香主呢？」「這不是推香主，那是擺擂台了。關夫子不妨擺下擂台，讓天下英雄好漢都來打擂台。」「倘若鰲拜這奸賊不死，他是『滿洲第一勇士』，關夫子的武功未必便勝得過他，打了擂台之後，難道便請鰲拜來咱們香主？」衆人一聽，忍不住都笑了出來。

正紛亂間，忽有人冷冷的道：「尹香主啊尹香主，你一死之後，大家都瞧你不起了。在你靈前說過的話，立過的誓，都變成放他媽的狗屁了。」

韋小寶認得這人的聲音，知道是專愛冷言冷語的祁老三。衆人立時靜了下來，跟着幾個人同時問道：「祁老三，你說這話是甚麼意思？」

祁老三冷笑道：「哼，我姓祁的當年在萬雲龍大哥和尹香主靈前磕過頭，在手指上刺過血，還立下重誓，決意爲尹香主報仇，親口說過：『那一個兄弟殺了鰲拜，爲尹香主報得大仇，我祁彪清便奉他爲本堂香主，忠心遵奉他號令，決不有違！』這一句話，我祁老三是說過的。姓祁的說過話算數，決不是放狗屁！」

霎時之間，大廳中一片寂靜，更無半點聲息。原來這一句話，大廳上每個人都說過的。隔了一會，還是賈老六第一個沉不住氣，說道：「祁三哥，你這話是沒錯，這幾句話大家都說過，連我賈老六在內，說過的話，自然不能含糊。可是……可是……你知，我知，大家都知，殺死鰲拜的，乃是這個……這個……」他轉身尋覓韋小寶，突然看見韋小寶一隻腳已跨出了廳門，正要向外逃遁，大叫：「抓住他，別讓他走了！」

韋小寶拔足欲奔，剎那之間，六七個人撲了上去，十幾隻手同時抓在他的身上，將他硬生生的拖了回來。

韋小寶高聲大叫：「喂，喂，烏龜兒子王八蛋，你們拖老子幹甚麼？」他想這次反正是活不成了，不如罵個痛快再說。人叢中走出一個身穿秀才衣巾的人來，說道：「小兄弟，且莫罵人。」韋小寶認得他的聲音，道：「你是祁老三？」那人正是祁老三祁彪清，愕然道：

「你認得我？」韋小寶道：「我認得你媽！」祁彪清有三分書獃子脾氣，不知他這是罵人的言語，更加奇怪了，問道：「你怎麼會認得我媽？」韋小寶道：「我跟你媽是老相好，老姘頭。」衆人哈哈大笑，都道：「這小太監油嘴滑舌！」祁彪清臉上一紅，道：「取笑了。」隨即正色道：「小兄弟，你幹麼要殺鰲拜？」

韋小寶靈機一動，大聲道：「鰲拜這奸賊做了不少壞事，害死了咱們漢人的無數英雄好漢，我韋小寶跟他誓不兩立。我……我好端端一個人，卻給他捉進皇宮，做了太監。我恨不得將他斬成肉醬，丟在池塘裏餵王八。」他知道越是說得慷慨激昂，活命的機會越大。

大廳上衆人你瞧瞧我，我瞧瞧你，都感驚異。

祁彪清問道：「你做太監做了多久？」韋小寶道：「甚麼多久了?半年也還不到。我原是揚州人，卻給他捉到北京了來。辣塊媽媽的，臭鰲拜死了也要上刀山、下油鍋、滾釘板、穿骨頭的賊鰲拜。」一連串揚州罵人的言語衝口而出。

一個中年漢子點頭道：「他倒眞是揚州人。」他說的也是揚州口音。

韋小寶道：「阿叔，咱們揚州人，給滿洲韃子殺得可慘了，一連殺了十天，從朝到晚不停，我爺爺、奶奶、大奶奶、二奶奶、三奶奶、四奶奶，沒一個不給韃子殺了。滿洲鬼從東門殺到西門，從南門殺到北門，都是這鰲拜下的命令。我……我跟他有不共戴天之仇。」他記起聽人所說「揚州十日」大屠殺慘事，越說越眞。衆人聽得聳然動容，連連點頭。

關安基道：「怪不得，怪不得！」韋小寶道：「不但我爺爺、奶奶，連我爹爹也讓鰲拜給一起殺了。」祁彪清道：「可憐，可憐。」崔瞎子問道：「你今年幾歲啦？」韋小寶道：

「十三四歲。」崔瞎子道：「揚州大屠城，已有二十多年，怎麼你爹爹也會給鰲拜殺了？」

韋小寶一想不對，撒謊說溜了嘴，隨口道：「我怎麼知道？那時我又還沒生出來，那是我媽說的。」崔瞎子道：「就算是遺腹子，那也不成啊。」祁彪清道：「崔兄弟，你這話可不對了。這小兄弟只說他爹爹給鰲拜殺了，並沒說是『揚州十日』那一役中殺的。鰲拜做大官一直做到現在，這一年不殺人？咱們尹香主給鰲拜害死，也不過是兩年多前的事。」崔瞎子點頭道：「是，是！」

賈老六忽問：「小……小朋友，你說鰲拜殺了無數英雄好漢，又關你甚麼事了？」韋小寶道：「怎麼不關我事？我有一個好朋友，就給鰲拜捉到清宮之中害死了。我和他是一起給捉進去的。」衆人齊問：「是誰，是誰？」韋小寶道：「這人江湖上大大有名，那便是茅十八！」十幾個人一齊「哦」的一聲。賈老六道：「茅十八是你朋友？他可沒有死啊。」韋小寶喜道：「他沒有死？那當眞好！賈老六，你在揚州罵鹽梟，茅十八爲了你跟人打架，我還幫着他打呢。」賈老六搔了搔頭，道：「可眞有這回事。」關安基道：「很好！這個小朋友到底是友是敵，事關重大。老六，你帶幾位兄弟，去將茅十八請來，認一認人。」賈老六應道：「是！」轉身出廳。祁彪清拉過一張椅子，道：「小兄弟，請坐！」

韋小寶老實不客氣，就坐下來。跟着有人送上一碗麵，一杯茶。韋小寶原是餓得狠了，吃了個乾淨。關安基、祁彪清，還有那個人人叫他「李大哥」的李力世陪着他閒談，言語中頗爲客氣，其實是在盤問他的身世和經過遭遇。韋小寶也不隱瞞，偶然吹幾句牛，罵幾句鰲拜，還是將如何幫着康熙皇帝擒拿鰲拜等一一說了，只是跟海老公學武、康熙親自出刀子動手等事卻不提及。關安基等原已聽說，鰲拜是爲小皇帝及一羣小太監所擒，聽韋小寶說來活龍活現，多半不假。關安基嘆道：「鰲拜號稱滿洲第一勇士，不但爲你所殺，而且也曾爲你所擒，那也眞是天數了。」

閒談了半個時辰，關安基、李力世、祁彪淸等人都是閱歷極富的老江湖，雖覺韋小寶言語有些浮滑，但大關節處卻毫不含糊。忽聽得脚步聲響，廳門推開，兩條大漢抬了一個擔架進來，賈老六跟在後面說道：「姊夫，茅十八茅爺請來啦！」

韋小寶跳起身來，只見茅十八躺在擔架之上，雙頰瘦削，眼眶深陷，容色十分憔悴，問道：「你……你生病嗎？」

茅十八給賈老六抬了來，只知天地會靑木堂有大事相商，不知何事，陡然間見到了韋小寶，大喜若狂，叫道：「小寶，你……你也逃出來啦，那可好極了。我……我這些時候老是想着你，只盼傷愈之後，到皇宮來救你出去。這……這眞好！」

他這幾句話一說，衆人心中本來還存着三分疑慮的，霎時之間一掃而空。這小太監果然是茅十八的朋友，一起被擄入淸宮之中。茅十八雖然並非天地會的會友，但在江湖上也頗有名聲，向來說一是一，說二是二，近年來又爲淸廷緝捕，乃是衆所週知之事。韋小寶旣是他的朋友，自然不會眞是淸宮中的太監，又見茅十八說話之時，眞情流露，顯然與這小孩子交情極好。

韋小寶道：「茅大哥，你……你受了傷？」茅十八嘆了口氣，道：「唉，那晚從宮中逃出來，將到宮門之外，終於遇上了侍衞，我以一敵五，殺了二人，自己也給砍上了兩刀，拚命的逃出宮門。宮中又有侍衞追出，本來是逃不了的，幸好天地會的朋友援手，才救了我性命。你……你也是天地會的好朋友們救出來的嗎？」

關安基等登時神色尷尬，覺得這件事實在做得不大漂亮。那知韋小寶道：「正是，那老太監逼着我做小太監，直到今日，才逃出來，幸好碰上了天地會的這些……這些爺們。」

天地會羣豪都暗暗吁了口氣，覺得韋小寶如此說法，顧全了他們臉面，心中暗暗感激，這人年紀雖小，卻很夠朋友。當下賈老六招呼茅十八和韋小寶二人到廂房休息，青木堂羣雄自在廳上繼續會商大事。

茅十八傷得極重，雖然已養了好幾個月傷，仍是身子極弱，剛才抬來時途中又顛簸了一會，傷口疼痛，精神疲乏，想要說話，卻無力氣。

韋小寶心想：「不管怎樣，他們總不會殺我了。」心情一寬，蜷縮在一張太師椅中便睡着了。睡到後來，覺得有人將他抱起，放到床上，蓋上了被子。

次晨醒轉，有一名漢子送上洗臉水、清茶，一大碗大肉麵。韋小寶心想：「招呼老子越來越好，居然拿我當大老爺看待了。」但見廂房外站着兩個漢子，窗外也站着兩名漢子，雖然假裝幌來幌去，無所事事，但顯然是奉命監視，生怕自已逃了。

韋小寶又有點擔心起來，尋思：「要是眞當我大客人相待，為甚麼又派這四名漢子守住我？」童心忽起：「哼，要守住韋小寶，恐怕也不這麼容易，我偏偏溜出去逛逛，瞧你這四個蠢才怎奈何得了我？」看明周遭情勢，已有了計較，當即伸手用力推開向東的一扇窗。窗聲一響，四名漢子同時向窗子望去，他一引開四人視綫，猛力將廂房門向內一拉，立即一骨碌鑽入了床底。

四名漢子聽到門聲，立即回頭，只見兩扇門已經打開，兀自不住幌動，都大吃了一驚。這四人正是奉命監視韋小寶的，突見房門已開，第一個念頭便是他已經逃了，四個人齊叫：「啊喲！」衝入廂房，但見茅十八在床上睡得甚熟，韋小寶果已不知去向。一人叫道：「這孩子逃去不遠，快分頭追截，我去稟告上頭。」其餘三人應道：「是！」急衝出房，其中二人躍上了屋頂。

韋小寶咳嗽一聲，從床底下大模大樣走了出來，便向外走去，來到大廳之中。一推開門，只見關安基和李力世並排而坐，一名奉命監視他的漢子正在氣急敗壞的稟報：「這……這小孩兒忽然逃……逃走了，不知到……到了那裏……」話未說完，突然見到韋小寶出現，那人「啊」的一聲，瞪大了雙眼，奇怪得說不出話來。

韋小寶伸了個懶腰，說道：「李大哥，關夫子，你二位好！」關安基和李力世對望了一眼，向那人道：「下去！沒半點用！」隨即向韋小寶笑道：「請坐，昨晚睡得好罷？」韋小寶笑嘻嘻的坐了下來，道：「很好，很好！」

大廳長窗突然推開，兩人衝了進來，一人叫道：「關夫子，那……那小孩不知逃到甚麼地……」忽然見到韋小寶坐着，驚道：「咦！他……他……」韋小寶忍不住哈哈大笑，道：「你們這四條漢子，太也沒用，連個小孩子也看不住。我如想逃走，早就逃了。」另一人傻頭傻腦，問道：「你怎麼走出來的？怎麼我眼睛一花，人影也沒瞧見，你就已經逃了。」韋小寶笑道：「我會隱身法，這法兒可不能傳你。」關安基皺眉揮手，向那兩人道：「下去罷！」那傻頭傻腦之人兀自在問：「當眞有隱身法？怪不得，怪不得。」李力世道：「小兄弟年紀輕輕，聰明機警，令人好生佩服。」

忽聽得遠處蹄聲隱隱，有一大羣人騎馬奔來，關安基和李力世同時站起。李力世低聲道：「韃子官兵？」關安基點點頭，伸指入口，噓噓噓吹了三聲，五個人奔入廳來。關安基道：「大夥兒預備！叫賈老六領人保護茅十八茅爺。韃子官兵如是大隊到來，不可接戰，便照以前的法子分頭退卻。」五人答應了，出去傳令，四下裏天地會衆人齊起。關安基道：「小兄弟，你跟着我好了！」

忽有一人疾衝進廳，大聲道：「總舵主駕到！」關安基和李力世齊聲道：「甚麼？」那人道：「總舵主率同五堂香主，騎了馬正往這兒來。」關李二人大喜，齊聲問道：「你怎知道？」那人道：「屬下在道上遇到總舵主親口吩咐，命屬下先來通知。」

關安基見他跑得氣喘吁吁，點頭道：「好，你下去歇歇。」又吹口哨傳人進來，吩咐道：「不是韃子官兵，是總舵主駕臨！大夥兒一齊出門迎接。」

消息一傳出，滿屋子都轟動起來。關安基拉着韋小寶的手，道：「小兄弟，本會總舵主駕到，咱們一齊出去迎接！」

天地會分爲十堂。居中兩張空椅，一是朱三太子的座位，一是鄭王爺的座位。陳近南坐於其側。各堂堂主依次述說所轄各省的會務。

第八回　佳客偶逢如有約　盛名長恐見無因

韋小寶隨着關安基、李力世等羣豪來到大門外，只見二三百人八字排開，臉上均現興奮之色。過了一會，兩名大漢抬着擔架，抬了茅十八出來。李力世道：「茅兄，你是客人，不用這麼客氣。」茅十八道：「久仰陳總舵主大名，當眞如雷貫耳，今日得能拜見，就算……就算即刻便死，那……那也是不枉了。」他說話仍是有氣沒力，但臉泛紅光，極是高興。

耳聽得馬蹄聲漸近，塵頭起處，十騎馬奔了過來。當先三騎馬上乘客，沒等奔近便翻身下馬。李力世等迎將上去，與那三人拉手說話，十分親熱。韋小寶聽得其中一人說道：「總舵主在前面相候，請李大哥、關夫子幾位過去……」幾個人站着商量了幾句，李力世、關安基、祁彪清、玄貞道人等六人便即上馬，和來人飛馳而去。

茅十八好生失望，問道：「陳總舵主不來了嗎？」對他這句問話，沒一人回答得出，各人見不到總舵主，個個垂頭喪氣。韋小寶心道：「人家欠了你們一萬兩銀子不還嗎？還是賭錢輸掉了老婆褲子？你奶奶的，臉色這等難看！」

過了良久，有一人騎馬馳來傳令，點了十三個人的名字，要他們前去會見總舵主。那十三人大喜，飛身上馬，向前疾奔。

韋小寶問茅十八道：「茅大哥，陳總舵主年紀很老了罷？」茅十八道：「我……我便是沒……沒見過。江湖之上，人人都仰慕陳總舵主，但要見上他……他老人家一面，可當眞難得很。」韋小寶嘿了一聲，心中卻道：「哼，他媽的，好大架子，有甚麼希罕？老子才不想見呢。」

羣豪見這情勢，總舵主多半是不會來了，但還是抱着萬一希望，站在大門外相候，有的站得久了，便坐了下來。有人勸茅十八道：「茅爺，你還是到屋裏歇歇。我們總舵主倘若到了，儘快來請茅爺相見。」茅十八搖頭道：「不！我還是在這裏等着。陳總舵主大駕光臨，在下不在門外相候，那……那可太也不恭敬了。唉，也不知我茅十八這一生一世，有沒福份見他老人家一面。」

韋小寶跟着茅十八從揚州來到北京，一路之上，聽他言談之中，對武林中人物都不大瞧在眼內，但對這個陳總舵主卻一直十分敬重，不知不覺的受了感染，心中也不敢再罵人了。

忽聽得蹄聲響動，又有人馳來，坐在地下的會衆都躍起身來，大家伸長了脖子張望，均盼總舵主又召人前去相會，這次有自已的份兒。果然來的又是四名使者，爲首一人下馬抱拳，說道：「總舵主相請茅十八茅爺、韋小寶韋爺兩位，勞駕前去相會。」

茅十八一聲歡呼，從擔架中跳起身來，但「哎唷」一聲，又跌在擔架之中，叫道：「快去，快去！」韋小寶也是十分高興，心想：「人家叫我『公公』的叫得多了，倒沒甚麼人叫我『韋爺』，哈哈，老子是『韋小寶韋爺』。」

兩名使者在馬上接過擔架，雙騎相並，緩緩而行。另一名使者將坐騎讓給了韋小寶，自己另乘一馬，跟隨在後。六個人沿着大路行不到三里，便轉入右邊的一條小路。一路之上都有三三兩兩的漢子，或坐或行，巡視把守。爲首的使者伸出中指、無名指、小指三根手指往地下一指，把守二人點點頭，也伸手做個暗號。韋小寶見這些人所發暗號各各不同，也不知是何用意。又行了十二三里，來到一座莊院之前。

守在門口的一名漢子大聲叫道：「客人到！」跟着大門打開，李力世、關安基，還有兩名沒見過面的漢子出來，抱拳說道：「茅爺、韋爺，大駕光臨，敝會總舵主有請。」

韋小寶大樂，心想：「我這個『韋爺』畢竟走不了啦！」茅十八掙扎着想起來，說道：「我這麼去見陳總舵主，實在，實在……哎唷……」終於支撐不住，又躺倒在擔架上。李力世道：「茅爺身上有傷，不必多禮。」讓着二人進了大廳。一名漢子向韋小寶道：「韋爺請到這裏喝杯茶，總舵主想先和茅爺談談。」當下將十八茅抬了進去。

韋小寶喝得一碗茶，僕役拿上四碟點心，韋小寶吃了一塊，心想：「這點心比之皇宮裏的，可差得太遠了，還及不上麗春院的。」對這個總舵主的身分，不免有了一點瞧不起。但肚中正餓，還是將這些瞧不在眼裏的點心吃了不少。

過了一頓飯時分，李力世等四人又一起出來，其中一個白花鬍子老者道：「總舵主有請韋爺。」韋小寶忙將口中正在咀嚼的點心用力吞落了肚，雙手在衣襟上擦了擦，跟着四人入內，來到一間廂房之外。那老者掀起門帷，說道：「『小白龍』韋小寶韋爺到！」

韋小寶又驚又喜，心想：「他居然知道我這個杜撰的外號，定然是茅大哥說的了。」

房中一個文士打扮的中年書生站起身來，笑容滿臉，說道：「請進來！」韋小寶走進房去，兩隻眼睛骨碌碌的亂轉。關安基道：「這位是敝會陳總舵主。」

韋小寶微微仰頭向他瞧去，見這人神色和藹，但目光如電，直射過來，不由得吃了一驚，雙膝一曲，便即拜倒。

那書生俯身扶起，笑道：「不用多禮。」韋小寶雙臂被他一托，突然間全身一熱，打了個顫，便拜不下去。那書生笑道：「這位小兄弟擒殺滿洲第一勇士鰲拜，爲我無數死在鰲拜手裏的漢人同胞報仇雪恨，數日之間，名震天下。成名如此之早，當眞古今罕有。」

韋小寶本來臉皮甚厚，倘若旁人如此稱讚，便即跟着自吹自擂一番，但在這位不怒自威的總舵主面前，竟然訥訥的不能出口。

總舵主指着一張椅子，微笑道：「請坐！」自己先坐了，韋小寶便也坐下。李力世等四人卻垂手站立。總舵主微笑道：「聽茅十八茅爺說道，小兄弟在揚州得勝山下，曾用計殺了一名清軍軍官黑龍鞭史松，初出茅廬第一功，便已不凡。但不知小兄弟如何擒拿鰲拜。」

韋小寶抬起頭來，和他目光一觸，一顆心不由得突突亂跳，滿腹大吹法螺的胡說八道霎時間忘得乾乾淨淨，一開口便是眞話，將如何得到康熙寵幸、鰲拜如何無禮、自己如何和小皇帝合力擒他之事說了。只是顧全對康熙的義氣，不提小皇帝在鰲拜背後出刀子之事。但這樣一來，自己撒香爐灰迷眼、擧銅香爐砸頭，明知不是下三濫、便是下二濫的手段，卻也無法再行隱瞞了。

總舵主一言不發的聽完，點頭道：「原來如此。小兄弟的武功和茅爺不是一路，不知尊師是那一位？」韋小寶道：「我學過一些功夫，可算不得有甚麼尊師。老烏龜不是真的教我武功，他教我的都是假功夫。」

總舵主縱然博知廣聞，「老烏龜」是誰，卻也不知，問道：「老烏龜？」

韋小寶哈哈大笑，道：「老烏龜便是海老公，他名字叫做海大富。茅十八大哥和我，就是給他擒進宮裏去的……」說到這裏，突然驚覺不對，自己曾對天地會的人說，茅十八和自己是給鰲拜擒去的，這會兒卻說給海老公擒進宮去，豈不是前言不對後語？好在他撒謊圓謊的本領着實不小，跟着道：「這老兒奉了鰲拜之命，將我二人擒去，想那鰲拜是個極大的大官，自然不能輕易出手。」

總舵主沉吟道：「海大富？海大富？韃子宮內的太監之中，有這樣一號大物？小兄弟，他教你的武功，你演給我瞧瞧。」

韋小寶臉皮再厚，也知自己的武功實在太不高明，說道：「老烏龜教我的都是假功夫。他恨我毒瞎了他眼睛，因此想盡辦法來害我。這些功夫是見不得人的。」

總舵主點了點頭，左手一揮，關安基等四人都退出房去，反手帶上了門。總舵主問道：「你怎樣毒瞎了他眼睛？」

在這位英氣逼人的總舵主面前，韋小寶只覺說謊十分辛苦，還是說眞話舒服得多，這種情形那可是從所未有，當下便將如何毒瞎海老公、如何殺死小桂子、如何冒充他做小太監等情形說了。

總舵主又是吃驚，又是好笑，左手在他胯下一拂，發覺他陽具和睪丸都在，並未淨身，的的確確不是太監，不由得吁了口長氣，微笑道：「好極，好極！我心中正有個難題，好久拿不定主意，原來小兄弟果然不是給淨了身，做了太監！」左手在桌上輕輕一拍，道：「定當如此！尹兄弟後繼有人，青木堂有主兒了。」

韋小寶不明白他說些甚麼，只是見他神色歡愉，確是解開了心中一件極爲難之事，也不禁代他高興。

總舵主負着雙手，在室內走來走去，自言自語：「我天地會所作所爲，無一不是前人從所未行之事。萬事開創在我，駭人聽聞，物議沸然，又何足論？」他文謅謅的說話，韋小寶更加不懂了。

總舵主道：「這裏只有你我二人，不用怕難爲情。那海大富教你的武功，不論眞也好，假也好，你試演給我瞧瞧。」

韋小寶這才明白，他命關安基等四人出去，是爲了免得自己怕醜，眼見無可推托，說道：「是老烏龜教的，可不關我事，如果太也可笑，你罵他好了。」

總舵主微笑道：「放手練好了，不用擔心！」

韋小寶於是拉開架式，將海老公所教的小半套「大慈大悲千葉手」使了一遍，其中有些忘了，有些也還記得。總舵主凝神觀看，待韋小寶使完後，點了點頭，道：「從你出手中看來，似乎你還學過少林寺的一些擒拿手，是不是？」

韋小寶學「大擒拿手」在先，自然知道這門功夫更加不行，原想藏拙，但總舵主似乎甚麼都知道，只得道：「老烏龜還教過我一些擒拿法，是用來和小皇帝打架的。」於是將「大擒拿手」中的一些招式也演了一遍。總舵主微微而笑，說道：「不錯！」韋小寶道：「我早知你見了要笑。」

總舵主微笑道：「不是笑你！我見了心中喜歡，覺得你記性、悟性都不錯，是個可造之材。那一招『白馬翻蹄』，海大富故意教錯了，但你轉到『鯉魚托鰓』之時，能自行畧加變化，並不拘泥於死招。那好得很！」

韋小寶靈機一動，尋思：「總舵主的武功似乎比老烏龜又高得多，如果他肯教我武功，我韋小寶定能成爲一個眞英雄，不再是冒牌貨的假英雄。」斜頭向他瞧去，便在這時，總舵主一雙冷電似的目光也正射了過來。韋小寶向來憊懶，縱然皇太后如此威嚴，他也敢對之正視，但在這位總舵主跟前，卻半點不敢放肆，目光和他一觸，立即收了回來。

總舵主緩緩的道：「你可知我們天地會是幹甚麼的？」韋小寶道：「天地會反淸復明，幫漢人，殺韃子。」總舵主點頭道：「正是！你願不願意入我天地會做兄弟？」

韋小寶喜道：「那可好極了。」在他心目中，天地會會衆個個是眞正英雄好漢，想不到自己也能爲會中兄弟，又想：「連茅大哥也不是天地會的兄弟，我難道比他還行？」說道：「就怕……就怕我夠不上格。」霎時間眼中放光，滿心盡是患得患失之情，只覺這筆天外飛來的橫財，多半不是眞的，不過總舵主跟自己開開玩笑而已。

總舵主道：「你要入會，倒也可以。只是我們幹的是反淸復明的大事，以漢人的江山爲重，自己的身家性命爲輕。再者，會裏規矩嚴得很，如果犯了，處罰很重，你須得好好想一想。」韋小寶道：「不用想，你有甚麼規矩，我守着便是。總舵主，你如許我入會，我可快活死啦。」總舵主收起了笑容，正色道：「這是極要緊的大事，生死攸關，可不是小孩子們的玩意。」韋小寶道：「我當然知道。我聽人說，天地會行俠仗義，做得都是驚天動地的大事，怎麼會是小孩子的玩意？」

總舵主微笑道：「知道了就好，本會入會時有誓詞三十六條，又有十禁十刑的嚴規。」說到這裏，臉色沉了下來，道：「有些規矩，你眼前年紀還小，還用不上，不過其中有一條：『凡我兄弟，須當信實爲本，不得謊言詐騙。』這一條，你能辦到麼？」

韋小寶微微一怔，道：「對你總舵主，我自然不敢說謊。可是對其餘兄弟，難道甚麼事也都要說眞話？」總舵主道：「小事不論，只論大事。」韋小寶道：「是了。好比和會中兄弟們賭錢，出手段騙人可不可以？」

總舵主沒想到他會問及此事，微微一笑，道：「賭錢雖不是好事，會規倒也不禁。可是你騙了他們，他們知道了要打你，會規也不禁止，你豈不挨打吃虧？」

韋小寶笑道：「他們不會知道的，其實我不用欺騙，贏錢也是十拿九穩。」

天地會的會衆多是江湖豪傑，賭錢酗酒，乃是天性，向來不以爲非，總舵主也就不再理會，向他凝視片刻，道：「你願不願拜我爲師？」

韋小寶大喜，立即撲翻在地，連連磕頭，口稱：「師父！」總舵主這次不再相扶，由他磕了十幾個頭，道：「夠了！」韋小寶喜孜孜的站起身來。

總舵主道：「我姓陳，名叫陳近南。這『陳近南』三字，是江湖上所用。你今日既拜我爲師，須得知道爲師的眞名。我眞名叫作陳永華，永遠的永，中華之華。」說到自己眞名時壓低了聲音。

韋小寶道：「是，徒弟牢牢記在心中，不敢洩漏。」

陳近南又向他端相半晌，緩緩說道：「你我既成師徒，相互間甚麼都不隱瞞。我老實跟你說，你油腔滑調，狡猾多詐，跟爲師的性格十分不合，我實在並不喜歡，所以收你爲徒，其實是爲了本會的大事着想。」韋小寶道：「徒兒以後好好的改。」

陳近南道：「江山易改，本性難移，改是改不了多少的。你年紀還小，性子浮動些，也沒做了甚麼壞事。以後須當時時記住我的話。我對徒兒管教極嚴，你如犯了本會的規矩，心術不正，爲非作歹，爲師的要取你性命，易如反掌，也決不憐惜。」說着左手一探，擦的一聲響，將桌子角兒抓了一塊下來，雙手搓了幾搓，木屑紛紛而下。

韋小寶伸出了舌頭，半天縮不進去，隨即喜歡得心癢難搔，笑道：「我一定不做壞事。一做壞事，師父你就在我頭上這麼一抓，這麼一搓。再說，只消做得幾件壞事，師父你這手功夫便不能傳授徒兒了。」

陳近南道：「不用幾件，只是一件壞事，你我便無師徒之份。」韋小寶道：「兩件成不成？」陳近南臉一板，道：「你給我正正經經的，少油嘴滑舌。一件便是一件，這種事也有討價還價的？」韋小寶應道：「是！」心中卻說：「我做半件壞事，卻又如何？」

陳近南道：「你是我的第四個徒兒，說不定便是我的關門弟子。天地會事務繁重，我沒功夫再收弟子。你的三個師兄，兩個在與韃子交戰時陣亡，一個死於國姓爺光復台灣之役，都是爲國捐軀的大好男兒。爲師的在武林中位份不低，名聲不惡，你可別替我丟臉。」

韋小寶道：「是！不過……不過……」陳近南道：「不過甚麼？」韋小寶道：「有時我並不想丟臉，不過眞要丟臉，也沒有法子。好比打不過人家，給人捉住了，關在棗子桶裏，當貨物一般給搬來搬去，師父你可別見怪。」

陳近南皺起眉頭，又好氣，又好笑，嘆了口長氣，說道：「收你爲徒，只怕是我生平所作的一件大錯事。但以天下大事爲重，只好冒一冒險。小寶，待會另有要務，你一切聽我吩咐行事，少胡說八道，那就不錯。」韋小寶道：「是！」

陳近南見他欲言又止，問道：「你還想說甚麼？」韋小寶道：「徒兒說話，總是自以爲有理才說。我並不想胡說八道，你卻說我胡說八道，那豈不冤枉麼？」陳近南不願再跟他多所糾纏，說道：「那你少說幾句好了。」心想：「天下不知多少成名的英雄好漢，在我面前都是恭恭敬敬，大氣也不敢透一聲，這個刁蠻古怪的頑童，偏有這許多廢話。」站起身來，走向門口，道：「你跟我來。」

韋小寶搶着開門，掀開門帷，讓陳近南出去，跟着他來到大廳。

廳上本來坐着二十來人，一見總舵主進來，登即肅立。陳近南點了點頭，走到上首的第二張椅上坐下。韋小寶見居中有張椅子空着，在師父之上還空着一張椅子，心下納罕：「難道總舵主還不是最大？怎地在師父之上還有兩個人？」

陳近南道：「衆中兄弟，今日我收了個小徒。」向韋小寶一指，道：「就是他！」

衆人一齊上前，抱拳躬身，說道：「恭喜總舵主。」又向韋小寶拱手，紛紛道喜。各人臉色有的顯得十分歡喜，有的則大爲詫異，有的則似乎不敢相信。

陳近南吩咐韋小寶：「見過了衆位伯伯、叔叔。」韋小寶向衆人磕頭見禮。李力世在旁介紹：「這位是蓮花堂香主蔡德忠蔡伯伯。」「這位是洪順堂香主方大洪方伯伯。」「這位是家后堂香主馬超興馬伯伯。」韋小寶在這些香主面前逐一磕頭，一共引見了九個堂的香主，以後引見的便是位份和職司較次之人。

那九堂香主都還了半禮。連稱：「不敢，小兄弟請起。」其餘各人竟不受他磕頭，他剛要跪下，便給對方伸手攔住。韋小寶身手敏捷，有時跪得快了，對方不及攔阻，忙也跪下還禮，不敢自居爲長輩。廳上二十餘人，韋小寶一時也記不清衆人的姓名和會中職司，只知個個是天地會中的首腦人物，心想：「我一拜總舵主爲師，大家都當我是自己人，便將身分姓名都說了出來。」心下好生喜歡。

陳近南待韋小寶和衆人相見已畢，說道：「衆位兄弟，我收了這小徒後，想要他入我天地會。」衆人齊聲道：「那再好也沒有了。」

蓮花堂香主蔡德忠是個白髮白鬚的老者，說道：「自來明師必出高徒。總舵主的弟子，必是一位智勇兼全的小俠，在我會中，必將建立大功。」家后堂香主馬超興又矮又胖，笑容可掬，說道：「今日和韋家小兄弟相見，也沒甚麼見面禮。姓馬的向來就算精打細算，這樣罷，我和蔡香主二個，便做了小兄弟入會的接引人，就算是見面禮了。蔡兄以爲如何？」蔡德忠哈哈大笑，說道：「老馬打的算盤，不用說，定然是響的。這一份不用花錢的見面禮，算我一個。」

衆人嘻笑聲中，陳近南道：「兩位伯伯天大的面子，當你的接引人，快謝過了。」

韋小寶道：「是！」上前磕頭道謝。

陳近南道：「本會的規矩，入會兄弟的言行好歹，和接引人有很大干係。我這小徒人是很機警的，就怕他靈活過了頭，做事不守規矩。蔡馬二位香主既做他接引人，以後也得幫我擔些干係，如見到他有甚麼行止不端，立即出手管教，千萬不可客氣。」蔡德忠道：「總舵主太謙了。總舵主門下，豈有不端之士？」陳近南正色道：「我並非太謙。對這個小孩兒，我委實好生放心不下。大夥兒幫着我管教，也幫着我分擔一些心事。」馬超興笑道：「管教是不敢當的。小兄弟年紀小，若有甚麼事不明白，大家是自己兄弟，自然是開誠布公，知無不言，言無不盡。」陳近南點頭道：「我這裏先多謝了。」

韋小寶心想：「我又沒做壞事，師父便老是擔心我做壞事。是了，他聽了我對付老烏龜的手段，怕我老毛病發作，對他也會如此這般。老烏龜想害死我，又不是我師父，我才毒瞎了他眼睛。你眞是我師父，教我眞功夫，我怎會來作弄你？你卻把話說在前頭，這裏許多人個個都來管教管教，我動也不能動了。」

只聽陳近南道：「李兄弟，便請你去安排香堂，咱們今日開香堂，讓韋小寶入會。」李力世答應了出去安排。

陳近南道：「照往日規矩，有人要入本會，經人接引之後，須得查察他的身世和為人，少則半年，多則一年兩年，查明無誤，方得開香堂入會。但韋小寶在清宮之中擔任職司，是韃子小皇帝身邊十分親近之人，於本會辦事大有方便，咱們只得從權。可不是我爲了自己弟子而特別破例。」

衆人都道：「弟兄們都理會得。」

洪順堂香主方大洪身材魁梧，一部黑鬚又長又亮，朗聲說道：「咱們能有這麼一位親信兄弟，在韃子小皇帝身邊辦事，當眞上天賜福，合該韃子氣數將盡，我大明江山興復有望。這叫做知己知彼，百戰百勝。那一個不明白總舵主的用心？」

韋小寶心想：「你們待我這麼好，原來要我在皇上都邊做奸細。我到底做是不做？」想起康熙待自己甚好，不禁頗感躊躇。

蔡德忠當下將天地會的歷史和規矩簡畧給韋小寶說知，說道：「本會的創始祖師，便是國姓爺，原姓鄭，大名上成下功。當初國姓爺率領義師，進攻江南，圍困江寧，功敗垂成，在退回台灣之前，接納總舵主的創議，設立了這個天地會。那時咱們的總舵主，便是國姓爺的軍師。我和方兄弟、馬兄弟、胡兄弟、李兄弟，以及青木堂的尹香主等等，都是國姓爺軍中的校尉士卒。」

韋小寶知道「國姓爺」便是鄭成功，當年得明朝皇帝賜姓爲朱，因此人們尊稱他爲「國姓爺」。鄭成功在江浙閩粤一帶聲名極響，他於康熙元年去世，其時逝世未久，人人提到他時，語氣之間還是十分恭敬。茅十八也曾跟他說起過的。

蔡德忠又道：「咱們大軍留在江南的甚多，無法都退回台灣，有些退到厦門，那也只是一小部份，因此總舵主奉國姓爺之命，留在中土，成立天地會，聯絡國姓爺的舊部。凡是曾隨同國姓爺攻打江浙的兵將，自然都成爲會中兄弟，不必由人接引，也不須察看。但若外人要入會，就得查察明白，以防有奸細混入。」

他說到這裏，頓了一頓，臉上忽然現出異樣神采，繼續說道：「想當年咱們大軍從台灣出發，一共是一十七萬人馬，五萬水軍，五萬騎兵，五萬步兵，一萬人游擊策應，又有一萬『鐵人兵』，個個身披鐵甲，手持長矛，專斫韃子兵的馬足，兵刃羽箭傷他不得。鎮江揚篷山那一戰，總舵主領兵二千，大破韃子兵一萬八千人，當眞是威風凜凜，殺氣騰騰。我是總舵主麾下第八鎮的統兵官，帶兵衝殺過去，只聽得韃子兵大人大叫：『馬魯，馬魯！契胡，契胡！』」

韋小寶只聽得眉飛色舞，問道：「那是甚麼？」蔡德忠道：「『馬魯，馬魯』是韃子話『媽啊，媽啊』的意思，『契胡，契胡』便是『逃啊，逃啊』！」衆人都笑了起來。

馬超興笑道：「蔡香主一說起當年攻克鎮江、大殺韃子兵的事，便興高采烈，三日三夜也說不完。你接引人給韋兄弟說會中規矩，這般說來，說到韋兄弟的鬍子跟你一般長了，還是說不完……」話到此處，突然想到韋小寶是個小太監，怎麼會有鬍子？偷眼向韋小寶瞧了一眼，見他不以爲意，才放了心。

這時李力世進來回報，香堂已經設好。陳近南引着衆人來到後堂。韋小寶見一張板桌上供着兩個靈牌，中間一個寫着「大明天子之位」，側邊一個寫着「大明延平郡主、招討大將軍鄭之位」，板桌上供着一個豬頭，一個羊頭，一隻鷄，一尾魚，插着七枝香。衆人一齊跪下，向靈位拜了。蔡德忠在供桌上取過一張白紙，朗聲讀道：

「天地萬有，回復大明，滅絕胡虜。吾人當同生同死，倣桃園故事，約爲兄弟，姓洪名金蘭，合爲一家。拜天爲父，拜地爲母，日爲兄，月爲姊妹，復拜五祖及始祖萬雲龍爲洪家之全神靈。吾人以甲寅七月二十五日丑時爲生時。凡昔二京十三省，當一心同體。今朝廷王侯非王侯，將相非將相，人心動搖，即爲明朝回復、胡虜剿滅之天兆。吾人當行陳近南之命令，歷五湖四海，以求英雄豪傑。焚香設誓，順天行道，恢復明朝，報仇雪恥。歃血誓盟，神明降鑒。」（按：此項誓詞，根據清代傳下之天地會文件記錄，原文如此。）

蔡德忠唸罷演詞，解釋道：「韋兄弟，這番話中所說桃園結義的故事，你知道嗎？」韋小寶道：「劉關張桃園三結義，不願同年同月同日生，但願同年同月同日死。」蔡德忠道：「對了，你入了天地會，大家便都是兄弟了。我們和總舵主是兄弟，你拜他老人家爲師，大家是你的伯伯叔叔，因此你見了我們要磕頭。但從今而後，大家都是兄弟，你就不用再向我們磕頭了。」韋小寶應道：「是。」心想：「那好得很。」

蔡德忠道：「我們天地會，又稱爲洪門，洪就是明太祖的年號洪武。姓洪名金蘭，就是洪門兄弟的意思。我洪門尊萬雲龍爲始祖，那萬雲龍，就是國姓爺了。一來國姓爺的眞姓眞名，兄弟們不敢隨便亂叫；二來如果給韃子的鷹爪們聽了諸多不便，所以兄弟之間，稱國姓爺爲萬雲龍。『萬』便是千千萬萬人，『雲龍』是雲從龍。千千萬萬人保定大明天子，恢復我錦繡江山。韋兄弟，這是本會的機密，可不能跟會外的朋友說起，就算茅十八茅爺是你的好朋友、好兄弟，也是不能跟他說的。」韋小寶點頭道：「我知道了。茅大哥挺想入咱們天地會，咱們能讓他入會嗎？」蔡德忠道：「日後韋兄弟可以做他的接引人，會中再派人詳細查察之後，那自然也是可以的。（按：「萬雲龍」到底是誰，各家說法不同。本書中關於天地會之事蹟人物，未必盡與流傳之記載相符，其中大半爲作者之想像及創造。）

蔡德忠又道：「七月二十五日丑時，是本會創立的日子時辰。本會五祖，乃是我軍在江寧殉難的五位大將，第一位姓甘名輝。想當年我大軍攻打江寧，我統率鎭兵，奉了總舵主軍師之命，埋伏在江寧西城門外，韃子兵……」他一說到當年攻打江寧府，指手劃脚，不由得越說越遠。

馬超興微笑插嘴：「蔡香主，攻打江寧府之事，咱們慢慢再說不遲。」

蔡德忠一笑，伸手輕輕一彈自己額頭，道：「對，對，一說起舊事，就是沒了沒完。現下我讀『三點革命詩』，我讀一句，你跟着唸一句。」當下讀詩道：「三點暗藏革命宗，入我洪門莫通風。養成銳勢從仇日，誓滅清朝一掃空。」韋小寶跟着唸了。

蔡德忠道：「我這洪門的洪字，其實就是我們漢人的『漢』字，我漢人的江山給韃子佔了，沒了土地，『漢』字中去了個『土』字，便是『洪』字了。」當下將會中的三十六條誓詞、十禁十刑、二十一條守則，都向韋小寶解釋明白，大抵是忠心義氣、孝順父母、和睦鄉黨、兄弟一家、患難相助等等。若有洩漏機密、扳連兄弟、投降官府、奸淫擄掠、欺侮孤弱、言而無信，吞沒公欵等情由，輕則割耳、責打，重則大解八塊，斷首分屍。

韋小寶一一凜遵，發誓不敢有違。他這次是誠心誠意，發誓時並不搗鬼。

馬超興取過一大碗酒來，用針在左手中指上一刺，將血滴入酒中。陳近南等人也都刺了血，最後韋小寶刺血入酒，各人喝了一口血酒，入會儀典告成。衆人和他拉手相抱，甚是親熱。韋小寶全身熱呼呼地，只覺從今而後，在這世上再也不是無依無靠。

陳近南道：「本會共有十堂，前五房五堂，後五房五堂。前五房蓮花堂、洪順堂、家后堂、參太堂、宏化堂。後五房青木堂、赤火堂、西金堂、玄水堂、黃土堂。九堂的香主，都已聚集在此，只有青木堂香主尹兄弟，前年為鰲拜那惡賊害死，至今未有香主。青木堂中兄弟，昔日曾在萬雲龍大哥靈位和尹香主靈位前立誓，那一個殺了鰲拜，為尹香主報得大仇，大夥兒便奉他為本堂香主。這件事可是有的？」衆人都道：「正是，確有這事。」

陳近南銳利的目光，從左至右，在各人臉上掃了過去，緩緩說道：「聽說青木堂中的好兄弟們，為了繼立香主之事，曾發生一些爭執，雖然大家顧全大局，仁義為重，並沒傷了和氣，但此事如無妥善了斷，青木堂之內，總伏下一個極大的隱憂。青木堂是我天地會中極重要的堂口，統管江南、江北各府州縣，近年來更漸漸擴展到了山東、河北，這一次更攻進了北京城裏。青木堂香主是否得人，與本會的興衰、反清大業的成敗有極大干係。如果堂中衆兄弟意見不合，不能同心協力，這大事就幹不成了。」頓了一頓，問道：「鰲拜那奸賊，乃是韋小寶所殺，這是青木堂衆兄弟都親眼目覩的，是不是？」

李力世和關安基同聲道：「正是。」李力世跟着道：「大夥兒在萬雲龍大哥靈位之前發過的誓，決不能說了不算。如果這樣的立誓等如放屁，以後還能在萬雲龍大哥的靈位之前立甚麼誓，許甚麼願？韋小寶兄弟年紀雖小，我李力世願擁他為本堂香主。」關安基被他搶了頭，心下又想：「這小孩是總舵主的徒兒，身分已非比尋常。聽總舵主說這番話，顯是要他這個小徒當本堂香主。李老兒一味和我爭香主當，眼看誰也不服誰，索性一拍兩散。他已先出口向總舵主討好，我可不能輸給了他，反而顯得自己存了私心。」便道：「李大哥的話甚是。韋兄弟機警過人，在總舵主調教之下，他日定是一位威震江湖的少年英俠。關安基願擁韋小寶兄弟為青木堂香主。」

韋小寶嚇了一跳，雙手亂搖，叫道：「不成，不成！這……這個甚麼香主、臭主，我可做不來！」

陳近南雙眼一瞪，喝道：「你胡說甚麼？」韋小寶不敢再說。

陳近南道：「這小孩手刃鰲拜，那是不能改變的事實，我們遵守在萬雲龍大哥靈位前所立的誓言，只得讓他來當青木堂香主。我是為了要讓他當香主，才收他為徒，可不是收了他為弟子之後，才想到要他當香主。這小孩氣質不佳，以後不知要讓我頭痛幾百次。」

方大洪道：「總舵主的苦心，兄弟們都理會得。總舵主跟韋兄弟非親非故，今日才第一次見面。總舵主破例垂青，自然是為了本會的大事着想。不過……不過……總舵主也不必擔心。本會兄弟們在江湖上混，讀書的人少，那一個不口出粗言俗語？韋兄弟年紀小，李大哥和關夫子都願全力輔佐，決不會出甚麼亂子。」

陳近南點頭道：「咱們所以讓韋小寶當青木堂香主，是為了在萬雲龍大哥靈位之前立過誓，決不能不算。但只要他做了一天香主，也算是做過了。明天倘若他胡作非為，擾亂青木堂事務，有礙本會反淸復明大業，咱們立即開香堂將他廢了，決不有半分姑息。李大哥、關二哥，我拜託你們兩位用心幫他。如這小孩行事有甚麼不妥當的地方，務須一一向我稟報，不得隱瞞。」李力世和關安基躬身答應。

陳近南轉過身來，在靈位前跪下，從香爐中拿起三枝香來，雙手捧住，朗聲道：「屬下陳近南，在萬雲龍大哥靈位之前立誓：屬下的弟子韋小寶倘若違犯會規，又或是才德不足以服衆，屬下立即廢了他靑木堂香主的職司，決不敢有半分偏私。我們封他爲香主，是遵守誓言，他日如果廢他，也是遵守誓言。屬下陳近南倘若不遵此誓，萬大哥在天之靈，教我天雷轟頂，五馬分屍，死於韃子鷹爪之下。」說着擧香拜了幾拜，將香插回香爐，磕下頭去。

衆人齊聲稱讚：「總舵主如此處事，大公無私，沒一個心中不服。」

韋小寶心道：「好啊！我還道你們眞要我當甚麼香主臭主，卻原來將我當作一座木板橋來過河，過了河便拆橋。今日封我爲香主，你們就不算背誓。明日找個岔頭，將我廢了，又不算背誓。那時李大哥也好，關夫子也好，再來當香主，便順理成章了。」大聲說道：「師父，我不當香主！」

陳近南一愕，問道：「甚麼？」韋小寶道：「我不會當，也不想當。」陳近南道：「不會當，慢慢學啊。我會敎你，李關二位又答應了幫你。香主的職位，在天地會中位份甚高，你爲甚麼不想當？」

韋小寶搖頭道：「今天當了，明天又給你廢了，反而丟臉。我不當香主，甚麼事都馬馬虎虎；一當上了，人人都來鷄蛋裏尋骨頭，不用半天，馬上完蛋大吉。」陳近南道：「鷄蛋裏沒骨頭，人家要尋也尋不着。」韋小寶道：「鷄蛋要變小鷄，就有骨頭了。就算沒骨頭，人家來尋的時候，先把我蛋殼打破了再說，搞得蛋黃蛋白，一塌子胡塗。」

衆人忍不住都笑了起來。

陳近南道：「咱們天地會做事，難道是小孩子兒戲嗎？你只要不做壞事，人人敬你是青木堂香主，那一個會得罪你？就算不敬重你，也得敬你是我的弟子。」

韋小寶想了一想，道：「好，咱們話說明在先。你們將來不要我當香主，我不當就是。可不能亂加罪名，又打又罵，甚麼割耳斬頭，大解八塊。」

陳近南皺眉道：「你就愛討價還價。你不做壞事，誰來打你殺你？韃子倘若打你殺你，大夥兒給你報仇。」頓了一頓，誠誠懇懇的道：「小寶，大丈夫敢作敢爲，當仁不讓，既入了我天地會，就當奮勇爭先，爲民除害。老是爲自己打算，豈是英雄豪傑的行徑？」

韋小寶一聽到「英雄豪傑」四字，便想到說書先生所說的那些大英雄，胸中豪氣登生，說道：「對，師父教訓得很是。最多砍了腦袋，碗大的疤。十八年後，又是一條好漢。」這是江湖漢子給綁上法場時常說的話，韋小寶用了出來，雖然不大得體，倒博得廳上衆人一陣掌聲。

陳近南微笑道：「做香主是件大喜事，又不是綁上法場斬首。這裏九位香主，人人做得歡歡喜喜，你該當學他們的樣才是。」

關安基走到韋小寶跟前，抱拳躬身，說道：「屬下關安基，參見本堂香主。」韋小寶轉頭向陳近南道：「我怎麼辦？」陳近南道：「你就當還禮。」韋小寶抱拳還禮，道：「關夫子你好。」陳近南微笑道：「『關夫子』三字，是兄弟們平時叫的外號。日常無事，可以叫他『關夫子』，正式見禮之時，便叫他作關二哥。」韋小寶改口道：「關二哥你好。」李力世這一次給關安基佔了先，當下跟着上前見禮。

其餘九位香主逐一重行和韋小寶敍禮。衆人回到大廳，總舵主和十堂香主留下議事。

青木堂是後五堂之長，在天地會十堂之中，排列第六。韋小寶的座位排在右首第一位，赤火堂等堂香主有白鬚垂胸，反而坐在他的下首。李力世、關安基等身退在廳外，廳上便只陳近南等十一人，乃是天地會中第一級的首腦。

陳近南指着居中的一張空椅，道：「這是朱三太子的座位。」指着其側的一張空椅，道：「這是台灣鄭王爺的座位。鄭王爺便是國姓爺的公子，現今襲爵爲延平郡王。咱們天地會集議，朱三太子和鄭王爺倘若不到，總是空了座位。」這幾句話自是解釋給韋小寶聽的。他繼續說道：「衆位兄弟，請先說說各省的情形。」

那前五房中，長房蓮花堂該管福建，二房洪順堂該管廣東，三房家后堂該管廣西，四房參太堂該管湖南、湖北，五房宏化堂該管浙江。後五房中，長房青木堂該管江蘇，二房赤火堂該管貴州，三房西金堂該管四川，四房玄水堂該管雲南，五房黃土堂該管中州河南。天地會爲鄭成功舊部所組成，主力在福建，因此蓮花堂爲長房，實力最強，其次爲兩廣、兩湖，更其次爲浙江、江蘇。（按：天地會中確有前五房、後五房十堂，蔡德忠、方大洪、馬超興等人歷史上確有其人，各堂該管之地區亦大致如史書所載。此後爲便於小說之敍述描寫，有所更改，不再說明。）

當下蔡德忠首先敍述福建的天地會會務，跟着方大洪述說廣東會務。韋小寶聽了一會，一來不懂，二來絲毫不感興趣，到後來聽而不聞，心中自行想像賭錢玩耍之事。

輪到青木堂香主述說時，陳近南說道：「青木堂本來是在江南江寧、蘇州一帶跟韃子周旋，後來尹兄弟把香堂移到了江北徐州，逐步進入山東、直隸，一直伸展到韃子的京城，只可惜尹兄弟命喪鰲拜之手，青木堂元氣大傷。」他頓了一頓，又道：「日前衆兄弟奮勇攻入康親王府，機緣巧合，小寶手刃鰲拜，爲尹兄弟報了大仇，青木堂這件事，幹得轟轟烈烈，可叫韃子心驚肉跳。只不過這麼一來，韃子自然加緊提防，咱們今後行事，可也得加倍小心才是。」衆人齊聲稱是。

此後赤火堂、西金堂兩堂香主分別述說貴州、四川兩省情狀，韋小寶聽得忍不住要打呵欠，急忙伸手掩住了嘴巴。

待得玄水堂香主林永超說起雲南會務時，他神情激昂，不斷咒罵，韋小寶才留上了神，只聽他道：「吳三桂那大漢奸處處跟咱們作對，從去年到今年，還沒滿十個月，會中兄弟前前後後已有七十九個死在這王八蛋手裏。他媽巴羔子的，老子跟這狗賊不共戴天。屬下數次派人去行刺，可是這漢奸身邊能人甚多，接連行刺三次，都失了手……」他指指自己掛在頭頸中的左臂，說道：「上個月這一次，他奶奶的，老子還折斷了一條手臂，這大漢奸作惡多端，終有一日，要全家給咱們天地會斬成肉醬。」

一說到吳三桂，人人氣憤塡膺。韋小寶在揚州之時，也早聽人說吳三桂引清兵入關，奪了漢人的天下。韃子兵在揚州奸淫燒殺，最大的罪魁禍首便是吳三桂。這人幫滿清打天下，官封平西王，永鎭雲南，韋小寶聽人提到吳三桂三字之時，無不咬牙切齒，恨之入骨。這林香主如此破口大罵，韋小寶倒也不以爲奇。林永超一罵開了頭，其餘八位香主跟着也罵了起來。他們本來都是軍人，近年來混迹江湖，粗口原是說慣了，只不過在總舵主面前，大家盡力收歛而已，此時一罵上了，誰也不再客氣。韋小寶大喜，一聽到這些汚言穢語，登時如魚得水，忍不住插口也罵。說到罵人，韋小寶和這九位香主相比，頗有精粗之別，他一句句轉彎抹角、狠毒刻薄，九位香主只不過胡罵一氣，相形之下，不免見絀。

陳近南搖手道：「夠了，夠了！天下千千萬萬人在罵吳三桂，可是這廝還是好好做他的平西王。罵是罵他不死的，行刺也不是辦法。」

宏化堂香主李式開矮小瘦削，說話很輕，罵人也不多，這時說道：「依屬下之見，就算咱們大舉入滇，將吳三桂殺了，於大局也無多大好處。韃子另派總督、巡撫，雲南老百姓一般的翻不了身。吳三桂這漢奸罪孽深重，若是一刀殺了，未免太也便宜了他。」陳近南點頭道：「此言甚是有理，卻不知李兄弟有何高見？」李式開道：「這件事甚爲重大，大夥兒須得從長計議。屬下也想不出甚麼好法子。還是聽從總舵主的指點。」

陳近南道：「『此事重大，須當從長計議。』李兄弟這一句話，便是高見了。常言道得好：一人計短，二人計長。咱們十個人，不，十一個人，靜下來細細想想，主意兒就更加多了。咱們殺吳三桂，不但爲天地會被他害死的衆位兄弟報仇，也是爲天下千千萬萬漢人同胞報仇。此事我籌思已久，吳三桂那廝在雲南根深蒂固，勢力龐大，單是天地會一會之力，只怕扳他不倒。」

林永超大聲道：「拚着千刀萬剮，也要扳他一扳。」蔡德忠道：「你早已扳過了，吳三桂沒扳倒，卻扳斷了自己一隻手。」林永超怒道：「你恥笑我不成？」蔡德忠自知失言，陪笑道：「我是講笑話，林兄弟別生氣。」

陳近南見林永超兀自憤憤不平，溫言慰道：「林賢弟，誅殺吳三桂，乃是普天下英雄好漢人人夢寐以求的大事，怎能要林賢弟與玄水堂單獨挑起這副重擔？就算天地會數萬兄弟齊心合力，也未必能動得了他手。」林永超道：「總舵主說得是。」這才平了氣。

陳近南道：「我看要辦成這件大事，咱們須得聯絡江湖上各領各派，各幫各會，共謀大舉。吳三桂這廝在雲南有幾萬精兵，麾下雄兵猛將，非同小可。單是要殺他一人，未必十分爲難，但要誅他全家，殺盡他手下助紂爲虐的一衆大大小小漢奸惡賊，卻非我天地會一會之力能夠辦到。」

林永超拍腿大叫：「是極，是極！我天地會兄弟已給吳三桂殺了這許多，單殺這賊子一人，如何抵得了命？」

衆人想到要誅滅吳三桂全家及手下衆惡，都是十分興奮，但過不多時，大家面面相覷，心中均想：「這件事當眞甚難。」

蔡德忠道：「少林、武當兩派人多勢衆，武功又高，那是一定要聯絡的。」

黃土堂香主姚必達躊躇道：「少林寺方丈晦聰大師，在武林中聲望自是極高，不過他向來十分老成持重，不肯得罪官府。這幾年來，更定下一條規矩，連俗家子弟也不許輕易出寺下山，生怕惹禍生事。要聯絡少林派，這中間恐怕有很多難處。」

該管湖廣地面的參太堂香主胡德第點頭道：「武當派也差不多。眞武觀觀主雲雁道人和師兄雲鶴道人失和已久，兩人儘是勾心鬥角，互相找門下弟子的岔兒。殺吳三桂這等冒險勾當，就怕……就怕……」他沒再說下去，但誰都明白，多半雲雁、雲鶴二人都不會願幹。

林永超道：「倘若約不到少林、武當，咱們只好自己來幹了。」陳近南道：「那不用性急，武林之中，也並非只有少林、武當兩派。」各個紛紛議論，有的說峨嵋或許願幹，有的說丐幫中有不少好手加入天地會，必願與天地會聯手，去誅殺這大漢奸。

陳近南聽各人說了良久，道：「若不是十拿九穩，咱們可千萬不能向人家提出。」方大洪道：「這個自然，沒的人家不願幹，碰一鼻子灰不算，也傷了我天地會的臉面。」陳近南道：「失面子還不緊，風聲洩漏出去，給吳三桂那廝加意提防，可更棘手了。」李式開道：「爲了穩重起見，若要向那一個門派幫會提出，須得先經總舵主點頭，別的人可不能隨便拿主意。」衆人都道：「正該如此。」

各人又商議了一會。陳近南道：「此刻還不能擬下確定的方策。三個月後，大家在湖南長沙再聚。小寶，你仍回到宮中，青木堂的事務，暫且由李力世、關安基兩位代理。長沙之會，你不用來了。」

韋小寶應道：「是。」心道：「這不是擺明了過河拆橋麼？」

衆香主散後，陳近南拉了韋小寶的手，回到廂房之中，說道：「北京天橋有一個賣膏藥的老頭兒，姓徐。別人賣膏藥的旗子上，膏藥都是黑色的，這徐老兒的膏藥卻是一半紅，一半青。你有要事跟我聯絡，到天橋去找徐老兒便是。你問他：『有沒有清惡毒、使盲眼復明的清毒復明膏藥？』他說：『有是有，價錢太貴，要三兩黃金、三兩白銀。』你說：『五兩黃金、五兩白銀賣不賣？』他便知道你是誰了。」

韋小寶大感有趣，笑道：「人家貨價三兩，你卻還價五兩，天下那有這樣的事？」

陳近南微笑道：「這是唯恐誤打誤撞，眞有人向他去買『清毒復明膏藥』。他一聽你還價黃金五兩、白銀五兩，便問：『爲甚麼價錢這樣貴？』你說：『不貴，不貴，只要當眞復得了明，便給你做牛做馬，也是不貴。』他便說：『地振高岡，一派溪山千古秀。』你說：『門朝大海，三河合水萬年流。』他又問：『紅花亭畔那一堂？』你說：『青木堂。』他問：『堂上燒幾柱香？』你說：『五柱香！』燒五柱香的便是香主。他是本會青木堂的兄弟，屬你該管。你有甚麼事，可以交他辦。」

韋小寶一一記在心中。陳近南又將那副對子說了兩遍，和韋小寶演習一遍，一字無訛。陳近南又道：「這徐老頭雖歸你管，武功卻甚了得，你對他不可無禮。」韋小寶答應了。

陳近南道：「小寶，咱們大鬧康親王府，韃子一定偵騎四出，咱們在這裏不能久留。今日你就回宮去，跟人說是給一幫強人擄了去，你夜裏用計殺了看守的強人，逃回宮來。如有人要你領兵來捉拿，你可以帶兵到這裏來，我們把鰲拜的屍身和首級埋在後面菜園裏，你領人來掘了去，就沒人懷疑。」韋小寶道：「大夥當然都不在這裏了，是不是？」陳近南道：「你一走之後，大夥兒便散，不用擔心。三天之後，我到北京城裏來傳你武功。你到東城甜水井胡同來，胡同口有兄弟們等着，自會帶你進來見我。」韋小寶應道：「是。」

陳近南輕輕撫摸他頭，溫言道：「你這就去罷！」

韋小寶當下進去和茅十八道別。茅十八不知他已入了天地會，做了香主，問長問短，極是關心。韋小寶也不說穿。這時他被奪去的匕首等物早已取回。陳近南命人替他備了坐騎，親自送出門外。李力世、關安基、玄貞道人等青木堂中兄弟，更直送到三里之外。

韋小寶問明路徑，催馬馳回北京城，進宮時已是傍晚，即去叩見皇帝。

康熙早已得知鰲拜在康親王府囚室中爲韋小寶所殺的訊息，心想他爲鰲拜的黨徒所擄，定然凶多吉少。事情一發，清廷便立即四下緝捕鰲拜的餘黨拷問，人是捉了不少，卻查不出端倪。康熙正自老大煩惱，忽聽得韋小寶回來，又驚又喜，急忙傳見，一見他走進書房，忙問：「小桂子，你……你怎麼逃了出來？」

韋小寶一路之上，早已想好了一大片謊話，如何給強人捉去、如何給裝在棗子箱中運去等情倒不必撒謊，跟着說衆奸黨如何設了靈位祭奠，爲了等一個首腦人物，卻暫不殺他，將他綁在一間黑房之中，他又如何在半夜裏磨斷手上所綁繩索，殺了看守的人，逃了出來，如何在草叢中躲避追騎，如何偷得馬匹，繞道而歸，說得繪聲繪影，生動之至。

康熙聽得津津有味，連連拍他肩頭，讚道：「小桂子，眞有你的。」又道：「這一番可眞辛苦了。」

韋小寶道：「皇上，鰲拜這些奸黨，勢力也眞不小。奴才逃出來時，記明了路徑，咱們馬上帶兵去捉，好不好？」

康熙喜道：「妙極！你快去叫索額圖帶領三千兵馬，隨你去捉拿。」

韋小寶退了出來，命人去通知索額圖。索額圖聽說小桂子給鰲拜手下人捉去，心想宮中少了個大援，正在發愁，雖說能吞沒四十五萬兩銀子，畢竟是所失者大，所得者小，突然得悉小桂子逃歸，登時精神大振，忙帶領人馬，和韋小寶去捕拿餘黨。行到半路，康熙王差人將韋小寶的玉花驄趕着送來。韋小寶騎上名駒，左顧右盼，得意非凡。

到得天地會聚會之所，自然早已人影不見。索額圖下令搜索，不久便在菜園中將鰲拜的首級和屍身掘了出來，又找到一塊「大淸少保一等超武公鰲拜大人之靈位」的靈牌，幾幅弔唁鰲拜的輓聯，自然都是陳近南故意留下的。

韋小寶和索額圖回到北京，將靈牌、輓聯等物呈上康熙，韋小寶神色間倒頗似立了一件大功。康熙奬勉幾句，吩咐葬了鰲拜的屍身，令兩人繼續小心查察。

韋小寶嘴裏連聲答應，臉上忠誠勤奮，肚中暗暗好笑。

風際中身子躍起，從半空撲擊下來。玄貞道人斜身閃避。風際中倏地搶到玄貞身前，左腿向右橫掃，右臂向左橫掃，正是沐家拳中的那招「橫掃千軍」。

第九回　琢磨頗望成全璧　激烈何須到碎琴

過了三天，韋小寶稟明康熙，要出去訪查鰲拜的餘黨，逕自到東城甜水井胡同來。離胡同口十來丈處停着一副餛飩擔子，賣餛飩的見到韋小寶，拿起下餛飩的長竹筷，在盛錢的竹筒上托托托的敲了三下，停一停，敲了兩下，又敲三下。隔着數丈處，有人挑了擔子在賣青蘿蔔，那人用削蘿蔔的刀子在扁擔上也這般敲擊。韋小寶料想是天地會傳訊之法，隨着一個賣冰糖葫蘆的小販進了胡同，來到漆黑大門的一座屋子前。門口蹲着三人，正用石灰粉刷牆壁，見到韋小寶後點了點頭，石灰刀在牆上敲擊數下，大門便即開了。

韋小寶走進院子，進了大廳，見陳近南已坐在廳中，立即上前磕頭。陳近南甚是喜歡，說道：「你來得早，再好也沒有了。我本來想多耽幾天，傳你功夫，但昨天接到訊息，福建有件大事要我趕去料理。這次我只能停留一天。」韋小寶心中一喜：「你沒空多傳我功夫，將來我練得不好，那是你的事，可不能怪我。」臉上卻盡是失望之色。

陳近南從懷中取出一本薄薄的册子來，說道：「這是本門修習內功的基本法門，你每日自行用功。」打開册子，每一頁上都繪有人像，當下將修習內功的法門和口訣傳授了。

韋小寶一時之間也未能全盤領悟，只是用心記憶。

陳近南花了兩個多時辰，將這套內功授完，說道：「本門功夫以正心誠意爲先。你這人心猿意馬，和本門功夫格格不入，練起來加倍艱難，須得特別用功才是。你牢牢記住，倘若練得心意煩躁，頭暈眼花，便不可再練，須待靜了下來，收拾雜念，再從頭練起，否則會有重大危險。」韋小寶答應了，雙手接過册子，放入懷中。

陳近南又細問海大富所授武功的詳情，待韋小寶連說帶比的一一說完，陳近南沉吟道：「這些功夫，你也早知道是假的，當眞遇上敵人，半點也不管用。我只是奇怪，怎地韃子皇太后傳授給韃子小皇帝的武功，卻也是假的。」韋小寶道：「老婊子不是小皇帝的親娘，而且……而且老婊子不是好人，是個大大的壞人。」心想老婊子害死小皇帝的母親等等情由，牽連太過重大，對師父也不能說，何況此事跟師父毫不相干。

陳近南點點頭，跟着又查問海大富的爲人和行事，只覺這老太監的所作所爲之中，充滿了詭秘。韋小寶說了一些，突然間「哇」的一聲，哭了出來。陳近南溫言問道：「小寶，怎麼啦？」韋小寶抽抽噎噎的將海大富在湯中暗下毒藥的事說了，最後泣道：「師父，我這毒是解不了的啦。我死之後，靑木堂的兄弟們可不能再用老法子。」陳近南問道：「甚麼老法子？」韋小寶道：「鰲拜害死尹香主，我殺了鰲拜，大夥兒就叫我做靑木堂香主。海老烏龜害死韋香主，老婊子殺了海老烏龜。大夥兒可不能請老婊子來做靑木堂香主。」

陳近南哈哈一笑，細心搭他脈搏，又詳詢他小腹疼痛的情狀，伸指在他小腹四周穴道上或輕或重的按捺，沉吟半晌，說道：「不用怕！海大富的毒藥，或許世上當眞無藥可解，但我可用內力將毒逼了出來。」韋小寶大喜，連說：「多謝師父！」

陳近南領他到臥室之中，命他躺在床上，左手按在他胸口「膻中穴」，右手按住他背脊「大椎穴」。過得片刻，韋小寶只覺兩股熱氣緩緩向下遊走，全身說不出的舒服，迷迷糊糊的就睡着了。

睡夢之中，突覺腹中說不出的疼痛，「啊喲」一聲，醒了過來，叫道：「師父，我……我要拉屎！」陳近南帶他到茅屋門口。韋小寶剛解開褲子，稀屎便已直噴，但覺腥臭難當，口中跟着大嘔。

韋小寶回到臥室，雙腿酸軟，幾難站直。陳近南微笑道：「好啦，你中的毒已去了十之八九，餘下來的已不打緊。我這裏有十二粒解毒靈丹，你分十二天服下，餘毒就可驅除乾淨。」從懷中取出一個小瓷瓶，交給韋小寶。韋小寶接了，好生感激，說道：「師父，這藥丸你自己還有沒有？你都給了我，要是你自己中毒……」陳近南微微一笑，說道：「人家想下我的毒，也沒這麼容易。」

眼見天色已晚，陳近南命人開出飯來，和韋小寶同食。韋小寶見只有四碗尋常菜餚，心想：「師父是大英雄，卻吃得這等馬虎。」他既知身上劇毒已解，心懷大暢，吃飯和替師父裝飯之時，臉上笑咪咪地，甚是歡喜。

飯罷，韋小寶又替師父斟了茶。陳近南喝了幾口，說道：「小寶，盼你做個好孩子。我一有空閒，便到京城來傳你武藝。」韋小寶應道：「是。」陳近南道：「好，你這就回皇宮去罷。韃子狡猾得緊，你雖也聰明，畢竟年紀小，要事事小心。」

韋小寶道：「師父，我在宮裏很氣悶，甚麼時候才可以跟着你行走江湖？」

陳近南凝視他臉，道：「你且忍耐幾年，爲本會立幾件大功。等得……等得再過幾年，你聲音變了，鬍子也長出來時，不能再冒充太監，那時再出宮來。」

韋小寶心想：「我在宮裏做好事還是做壞事，你們誰也不知，想廢去我的香主，可沒有那麼容易。將來我年紀大了，武功練好了，或許你們便不廢了。」想到此處，便開心起來，說道：「是，是。師父，我去啦。」

陳近南站起身來，拉着他手，說道：「小寶，韃子氣候已成，這反淸復明的大事，是艱難得很的。你在皇宮之中，時時刻刻會遇到兇險，你年紀這樣小，又沒學到甚麼眞實本領，我實在好生放心不下。不過咱們旣入了天地會，這身子就不是自己的了，只要於反淸復明大業有利，就算明知是火坑，也只好跳下去。只可惜……只可惜你不能時時在我身邊，我可好好教你。但盼將來你能多跟我一些時候。現下會中兄弟們敬重於你，只不過瞧在我的份上，但我總不能照應你一輩子。將來人家敬重你，還是瞧你不起，一切全憑你自己。」

韋小寶道：「是。我丟自己的臉不打緊，師父的臉可丟不起。」陳近南搖頭道：「你自己丟臉，那也不成啊。」韋小寶應道：「是，是。那麼我丟小桂子的臉好了。小桂子是韃子太監，咱們丟小桂子的臉，就是丟韃子的臉，那就是反淸復明。」

陳近南長嘆一聲，實不知如何教導才是。

韋小寶進宮回到自己屋裏，將索額圖交來幾十張、一共四十六萬六千五百兩的銀票反覆細看，心下大樂。原來索額圖爲了討好他，本來答應四十五萬兩銀子，後來變賣鰲拜家產，得價較預計爲多，又加了一萬多兩。他看了多時，收起銀票，取出陳近南的那本武功册子，照着所傳秘訣，盤膝而坐，練了起來。他點收銀票，看到票子上銀號、票號的硃印時神采奕奕，一翻到武功圖譜，登時興味索然，何況書中的註解一百個字中也識不上一個，練不到小半個時辰，便覺神昏眼倦，倒在床上便睡着了。

次日醒來後，在書房中侍候完了皇帝，回到屋裏，又再練功，過不多時又竟入睡。原來陳近南這一門功夫入門極是不易，非有極大毅力，難以打通第一關。韋小寶聰明機警，卻便是少了這一份毅力，第一個坐式一練，便覺艱難無比，昏昏欲睡。一覺醒轉，已是半夜，心想：「師父叫我練功，可是他的功夫乏味之極。但如偷懶不練罷，下次見到師父，他一查之下，我功夫半點也沒長進，一定老大不高興。說不定便將我的青木堂香主給廢了。」一起身再拿那册子來看，依法打坐修習，過不多時雙眼又是沉重之極，忍不住要睡，心想：「他們打定了主意，要過河拆橋，我這座橋是青石板大橋也罷，是爛木頭獨木橋也罷，他們總是要拆的，我練不練功夫，也不相干。」既找到了不練功夫的藉口，心下大寬，倒頭呼呼大睡。

他既不須再練武功，此後的日子便過得甚是消遙自在，十二粒藥丸服完，小腹上的疼痛已無影無蹤。日間只在上書房中侍候康熙幾個時辰，空下來便跟溫氏兄弟等擲骰子賭錢。他此刻是身有數十萬兩銀子家財的大富豪，擲骰子原已不用再作弊行騙，但羊牯當前，不騙上幾下，心中可有說不出的不痛快，溫氏兄弟、平威、老吳等人欠他的賭債自然越積越多。好在韋小寶不討賭債，而海大富又已不在人世，溫氏兄弟等雖債台高築，卻也不怎樣擔心。

至於尙膳監的事務，自有手下太監料理，每逢初二、十六，管事太監便送四百兩銀子到韋小寶屋子裏來。這時索額圖早已替他將幾萬兩銀子分送宮中嬪妃和有權勢的太監、侍衞，韋小寶嘴頭上既來得，康熙又正對他十分寵幸，這幾個月中，在宮中衆口交譽，人人見了他都笑顏相迎。

秋盡冬來，天氣日冷一日，這天韋小寶從上書房中下來，忽然想起：「師父吩咐，倘若有事，便去天橋找賣膏藥的徐老頭聯絡。雖然沒甚麼事，也不妨去跟他對答一下，甚麼『地振高岡，一派溪山千古秀。門朝大海，三河合水萬年流』，倒也有趣。喂，你這張膏藥要三兩黃金、三兩白銀，太貴啦，太貴啦！五兩黃金、五兩白銀賣不賣？哈哈，哈哈！」

他走出宮門，在大街上轉了幾轉，見一家茶館中有個說書先生在說書，便踱進去泡了壺茶坐下。說書先生說的正是「英烈傳」，說到朱元璋和陳友諒在鄱陽湖大戰，如何周顚抱了朱元璋換船、如何陳友諒戰船上一炮轟來，將朱元璋原來的坐船轟得粉碎。這些情節韋小寶早已聽得爛熟，那說書的穿插也不甚佳，但他一坐下來，便聽了大半個時辰，東逛西混，直到天黑，這天竟沒到天橋去。

第二天、第三天也始終沒去。每晚臨睡，心裏總說，明天該去瞧瞧那徐老頭兒了，可是第二天不是去擲骰子賭錢，便是去聽說書，要不然到街市之中亂花銀子。這些日子在皇宮裏逍遙快樂，做太監比做天地會的甚麼香主、臭主要適意得多，自知這念頭十分沒出息，也不敢多想，偶爾念及，便自己安慰：「反正我又沒事，去找徐老頭兒幹麼？洩漏了機密，送了我小命不打緊，反而連累了天地會的大事。」

如此又過月餘，韋小寶這一日又在茶館中聽「英烈傳」。茶博士見他是宮中太監，給的賞錢又多，總是給他留下最好的座頭，泡的是上好香茶。韋小寶這些日子來給人奉承慣了，對茶博士的恭謹巴結雖不怎麼希罕，聽在耳裏卻也着實受用。壇上說書說的是大將軍徐達掛帥出征，將韃子兵趕往蒙古。京師之地，茶館裏聽書的旗人甚多，說書先生不敢公然提「韃子」二字，只說是元兵元將，但也說得口沫橫飛，精神十足。

韋小寶正聽得出神，忽有一人說道：「借光！」在他的茶桌邊坐下。韋小寶眉頭一皺，有些不耐煩。那人輕聲說道：「小人有張上好膏藥，想賣與公公，公公請看。」韋小寶一轉頭，只見桌上放着一張膏藥，一半青，一半紅，他心中一動，問道：「這是甚麼膏藥？」

那人道：「這是除清惡毒、令雙目復明的膏藥。」壓低了聲音，道：「有個名目，叫作『去清復明膏藥』。」

韋小寶看那人時，見他三十來歲年紀，英氣勃勃，並不是師父所說的那個徐老頭，心下起疑，問道：「這張膏藥要賣多少銀子？」那人道：「三兩白銀，三兩黃金。」韋小寶道：「五兩白銀、五兩黃金賣不賣？」那人說道：「那不是太貴了嗎？」韋小寶道：「不貴，不貴，只要當眞去得清毒，復得了明，便給你做牛做馬，也是不貴。」那人將膏藥向韋小寶身前一推，低聲道：「公公，請借一步說話。」說着站起身來，走出茶館。

韋小寶將二百文錢丟在桌上，取了膏藥，走了出去。那人候在茶館之外，向東便走，轉入一條胡同，站定了脚，說道：「地振高岡，一派溪水千古秀。」韋小寶道：「門朝大海，三河合水萬年流。」不等他問，先行問道：「閣下在紅花亭畔住那一堂？」那人道：「兄弟是青木堂。」韋小寶道：「堂上燒幾柱香？」那人道：「三柱香！」韋小寶點了點頭，心想：「你比我的職位可低了兩級。」那人叉手躬身，低聲道：「哥哥是青木堂燒五柱香的韋香主？」韋小寶道：「正是。」心想：「你年紀比我大得多，卻叫我哥哥，當眞要叫得好聽，怎麼又不叫爺爺，阿叔？」

那人道：「兄弟姓高，名叫彥超，是韋香主的下屬，久仰香主的英名，今日得見，實是大幸。」韋小寶心中一喜，笑道：「高大哥好說，大家是自己人，何必客氣。」

高彥超道：「本堂有一位姓徐的徐大哥，向在天橋賣藥，今日給人打得重傷，特來報知韋香主。」韋小寶吃了一驚，說道：「我連日宮中有事，沒去會他。他怎麼受了傷，是給誰打的？」高彥超道：「此處不便詳告，請韋香主跟我來。」韋小寶點了點頭。

高彥超大步而行，韋小寶遠遠跟着。

過了七八條街，來到一條小街，高彥超街進一家藥店。韋小寶見招牌上寫着五個字，自然一個也不識，也不用細看，料想是藥店的名字，便跟着進去。

櫃台內坐着一個肥肥胖胖的掌櫃，高彥超走上前去，在他耳畔低聲說了幾句。那胖掌櫃連聲應道：「是，是！」站起身來，向韋小寶點了點頭，道：「客官要買上好藥材，請進來罷！」引着韋小寶和高彥超走進內室，反手帶上了門，俯身掀開一塊地板，露出一個洞來，有石級通將下去。

韋小寶見地道中黑黝黝地，心下驚疑不定：「這兩人眞是天地會的兄弟嗎？只怕有點兒靠不住。下面若是宰殺韋小寶的屠房，豈不糟糕？」但高彥超跟在身後，其勢已無可退縮，只得跟着那掌櫃走入地道。

幸好地道極短，只走得十來步，那掌櫃便推開了一扇板門，門中透出燈光。韋小寶走進門內，見是一間十來尺見方的小室，室中卻坐了五人，另有一人躺在一張矮榻之上。待得再加上三人，幾乎已無轉身餘地，幸好那胖掌櫃隨即退出。

高彥超道：「衆位兄弟，韋香主駕到！」

室中五人齊聲歡呼，站起來躬身行禮，地窖太小，各人擠成一團。韋小寶抱拳還禮。見其中一人是個道人，那是曾經會過的，道號玄貞，記得他曾開玩笑，叫關安基跟他妻子「十足眞金」離婚，另有一個姓樊，也是見過的。韋小寶見到熟人，當即寬心。

高彥超指着臥在矮榻上那人，說道：「徐大哥身受重傷，不能起來見禮。」

韋小寶道：「好說，好說！」走近身去，只見榻上那人一張滿是皺紋的臉上，已無半點血色，雙目緊閉，呼吸微弱，白鬚上點點斑斑都是血漬，問道：「不知是誰打傷了徐大哥？是……是韃子的鷹爪子嗎？」

高彥超搖頭道：「不是，是雲南沐王府的人。」

韋小寶一驚，道：「雲南沐王府？他們……他們跟咱們是一路的，是不是？」

高彥超緩緩搖頭，說道：「啓稟香主大哥：徐大哥今朝支撐着回到這裏回春堂藥店來，斷斷續續的說道，下手打傷他的，是沐王府的兩個年輕人，都是姓白……」韋小寶道：「姓白？那不是沐王府四大家將的後人嗎？」高彥超道：「多半是的。大概就是白寒松、白寒楓兄弟，叫做甚麼『白氏雙木』的。」韋小寶喃喃道：「兩根爛木頭，有甚麼了不起啦。」高彥超道：「聽徐大哥說，他們爲了爭執擁唐擁桂，越說越僵，終於動起手來。徐大哥雙拳難敵四手，身受重傷。」韋小寶道：「兩個打一個，不是英雄好漢。甚麼糖啊桂的，莫非……莫非……」心想甚麼「擁桂」，莫非爲了擁護我小桂子，但覺得不大像，縮住了不說。

高彥超道：「沐王府是桂王手下，咱們天地會是當年唐王天子手下。徐大哥定是跟他們爭名份，以致言語失和。」韋小寶還是不懂，問道：「甚麼桂王手下，唐王手下？」高彥超道：「那桂王不是眞命天子，咱們唐王才是眞命天子。」

玄貞道人明白韋小寶的底細，知他肚中的料子有限，挿口道：「韋香主，當年李闖攻入北京，逼死了崇禎天子。吳三桂帶領清兵入關，佔我花花江山。各地的忠臣義士，紛紛推戴太祖皇帝的子孫爲王。先是福王在南京做天子。後來福王給韃子害了，咱們唐王在福建做天子，那是國姓爺鄭家一夥人擁戴的，自然是眞命天子。那知道另一批人在廣西、雲南推戴桂王做天子，又有一批人在浙江推戴魯王做天子，那都是假的眞命天子。」

韋小寶點頭道：「天無二日，民無二主。既有唐王做了天子，桂王、魯王就不能做天子了。」高彥超道：「是啊，韋香主說得對極！」

玄貞道人道：「可是廣西、浙江那些人爲了貪圖富貴，爭着說道，他們擁立的才是眞命天子，大家自夥裏爭得很厲害。」嘆了口氣，續道：「後來唐王、魯王、桂王，先後都遭了難。這些年來，江湖上的豪傑不忘明室，分別找了三王的後人，奉以爲主，幹反淸復明的大業。桂王的手下擁戴桂王的子孫，魯王的手下擁戴魯王的子孫，那是桂派和魯派，他們又稱咱們天地會為唐派。唐、桂、魯三派，都是反淸復明的。不過只有咱們天地會才是正統，桂派、魯派卻是篡位。」韋小寶點頭道：「我明白了。沐王府那些人是桂派，是不是？」玄貞道人道：「正是。這三派人十幾年來相爭不休。」

韋小寶想起那日在蘇北道上遇到沐公府的人物，甚是傲慢無禮，那人也是姓白的，不知是不是這兩根爛木頭之一，當時見茅十八對他怕得厲害，早就不忿，便道：「唐王旣是眞命天子，他們就不該再爭。聽說沐公爺是很好的，只怕他老人家歸天之後，他手下那些人有點兒亂七八糟。」地窖中衆人齊聲道：「韋香主的話，一點也不錯。」

玄貞道人道：「江湖上好漢瞧在沐天波沐公爺盡忠死節的份上，遇上了沐王府的人物，都是容讓三分。這樣一來，沐王府中連阿貓阿狗也都狂妄自大起來。我們這位徐大哥人是再好也沒有的，他從前服侍過唐王天子，當眞是忠心耿耿，提到先帝時便流眼淚。定是沐王府的人說話不三不四，言語中輕侮了先帝，否則的話，徐老哥怎能跟沐王府的人動手？」

高彥超道：「徐大哥在午前淸醒了一會兒，要衆兄弟給他出這口氣。在直隸境內，眼下本會只韋香主一位香主，按照本會規矩，遇上這等大事，須得稟明韋香主而行。倘若是對付韃子的鷹爪子，那也罷了，殺了韃子和鷹爪固然很好，弟兄們為本會殉難，也是份所當為。可是沐王府在江湖上名聲很響，說來總也是自己人，去跟他們交涉，說不定會大動干戈，後果怎樣，就很難料。」韋小寶嗯了一聲。

高彥超又道：「徐大哥說，他一直在等候韋香主駕到，已等了好幾個月，有時見到韋香主在街市採購物品，有時在茶館裏聽書。」韋小寶臉上微微一紅，說道：「原來他早見到我了。」高彥超道：「徐大哥說，總舵主吩咐過的，韋香主倘若有事，自會去找他，因此徐大哥雖然見到韋香主，卻不敢上前相認。」

韋小寶點了點頭，向榻上的老頭瞧了一眼，心想：「原來這老狐狸暗中早就跟上了我。我在街上買了東西亂吃，胡花銀子，早就落入他眼中。他媽的，日後他見了我師父，定會搬弄是非，最好是這隻老狐狸傷勢好不了，嗚呼哀哉！」

玄貞道人道：「咱們一商量，迫不得已，只好請韋香主到來主持大局。」

韋小寶心想：「我一個小孩子，能主持甚麼大局？」但見這些人對自己十分恭謹，心下也不禁得意。他初入天地會時，除了師父之外，九位香主都比自己年長資深，此刻這些人中卻以自己地位最高，輕飄飄之感登時油然而興。

一名中年的粗壯漢子氣憤憤的道：「大夥兒見到沐王府的人退讓三分，那是敬重沐公爺為人忠義，為主殉難，說到所做事業的驚天動地，咱們國姓爺比之沐王爺可勝過了十倍。那姓樊的樊綱道：『我敬你五尺，你就該當敬我一丈。』怎地我們客氣，他們反當是運氣？這件事若不分說清楚，以後天地會給沐王府壓得頭也抬不起來，大夥兒還混個甚麼？」

衆人你一言，我一語，都十分氣惱。

玄貞道人道：「這件事如何辦理，大夥兒都聽韋香主的指示。」

要韋小寶想法子去偷鷄摸狗，混蒙拐騙，他還能拿些主意，現下面臨這種大事，要他拿個主意出來，當眞是要他的好看，擺明了叫他當場出乖露醜。可是他不折不扣，確是陳近南的弟子，天地會十大香主之一，直隸全省之中，天地會衆兄弟以他為首，這姓徐的老頭和別的幾人，又都是他青木堂的嫡系下屬，眼見人人的目光都注視在他臉上，不由得大是發窘，心中直罵：「辣塊媽媽，這……這如何是好？」

他心中發窘，一個個人瞧將過去，盼望尋一點綫索，可以想個好主意，看到那粗壯漢子時，忽見他嘴角邊微有笑容，眼光中流露出狡猾的神色。此人剛才還在大叫大嚷，滿腔子都是怒火，怎地突然間高興起來？一凝神間，猛地想起：「啊喲，辣塊媽媽，這批王八蛋不懷好意，要我來掮爛木梢。他們想去跟沐王府的人打架，卻生怕我師父將來責怪，於是找了我來，要我出頭。」他越想越對，尋思：「我只是個十來歲的小孩子，雖說是香主，難道還眞會有勝過他們的主意？他們是要拿我來作擋箭牌，日後沒事，那就罷了，有甚麼不妥，都往我頭上一推，說道：『青木堂韋香主率領大夥兒幹的。香主有令，咱們不敢不從。』哼，他們本就要鷄蛋裏找骨頭，廢了我這香主，我領頭去跟沐王府的人打架，不論是輸是贏，總之是大大的一塊骨頭。好啊，辣塊媽媽，老子可不上這個當。」

他假裝低頭沉思，過了一會，說道：「衆位兄長，小弟雖然當了香主，只不過碰巧殺了鰲拜，本事是一點也沒有的，計策更加沒有。我看還是請玄貞道長出個主意，一定比我高明得多。」他這一招叫作「順水推舟」，將一根爛木梢向玄貞道人肩頭推去。

玄貞道人笑了一笑，向樊綱道：「樊三哥的腦筋可比我行得多，你瞧怎麼辦？」

樊綱是個直性漢子，說道：「我看也沒第二條路好走，咱們就找到姓白的家裏，他們要是向徐大哥磕頭陪罪，那就萬事全休。否則的話，哼哼，說不得，只好先禮後兵。」

人人心中想的，其實都是這一句話，只是沐王府在江湖上威名甚盛，又是反淸復明的同道，誰也不願首先將這句話說出口來。樊綱這麼一說，幾個人都附和道：「對，對！樊三哥的話對極！能夠不動武自然最好，否則咱們天地會可也不是好欺的，給人家打成這副樣子，難道便罷了不成？」

韋小寶向玄貞和另一個漢子道：「你二位以為怎樣？」

那漢子道：「這叫作逼上梁山，沒有法子，咱們確是給趕得絕了。」

玄貞卻微笑着點了點頭，不置可否。

韋小寶心想：「你不說話，將來想賴，我偏偏叫你賴不成。」問道：「玄貞道長，你以為樊三哥的主意不大妥當，是不是？」

玄貞道：「也不是不妥當，不過大家須得十分鄭重，倘若跟沐王府的人動手，第一是敗不得，第二是殺不得人。倘若打死了人，那可是一件大事。」樊綱道：「話是這麼說，但如徐大哥傷重不治，卻又怎樣？」玄貞又點了點頭。

韋小寶道：「請大家商量個法子出來。各位哥哥見識多，吃過的鹽比我吃過的米還多，走過的橋比我走過的路還多，想的主意也一定比我好得多。」玄貞向他瞧了一眼，淡淡的道：「韋香主很了不起哪！」韋小寶笑道：「道長你也了不起。」

衆人商量了一會，還是依照樊綱的法子，請韋小寶率同衆人，去向沐王府的人興問罪之師，各人身上暗帶兵刃，但須盡量忍讓，要佔住地步，最好是沐王府的人先動了手打了人，這才還手。

玄貞道：「咱們不妨再約北京城裏幾位成名的武師一同前去，請他們作個見證，免得傳了開來，說咱們天地會上門欺人。日後是非不明，只怕總舵主見罪。」

韋小寶喜道：「好極，要請有本事的，越多越好。」在蘇北道上的飯店之中，沐王府那姓白的一根根筷子擲出去，只打得吳三桂手下一個個摔倒在地，這情景此刻猶似便在眼前。他們要是再搞甚麼銅角渡江、火箭射象的玩意兒，就算北京城裏擺不出大象陣，單是擺上個把老鼠陣，青木堂韋香主吃不了就得兜着走，本想推托不去，又有點說不出口，聽玄貞道人說要約同北京城裏著名武師前去，正中下懷。

玄貞微微一笑，說道：「咱們只約有聲望名氣的，倒不是請他們去助拳，武功好不好卻在其次。」高彥超道：「名氣大的，武功多半就高。」他是在幫着韋小寶說話。玄貞點了點頭。樊綱道：「咱們去請那幾位武師？」當下衆人商議請誰同去，邀請的人要在武林中頗有名望，與官面上並無來往，而與天地會多少有些交情。

商議定當後，正要分頭去請人，那徐老頭忽然呻吟道：「不……不……不……不能請外人。」樊綱問道：「徐大哥，你說不能請外人？」徐老頭道：「韋香主，他……他在宮裏當差，這……這件事可不能洩漏出去，那……那是性命交關……交關的大事。」

衆人一聽，都覺有理，韋小寶在宮中做太監，自然是奉了總舵主之命，暗中必有重大圖謀，一有外人知道，難保不走漏風聲。樊綱道：「韋香主倒也不必親自出馬。咱們去跟那兩個姓白的理論，結果怎樣，回來稟報韋香主知道便是。」

韋小寶本來對沐王府頗爲忌憚，但既邀武林中一批大有名望之人同去，那就篤定泰山，有勝無敗，這好比用灌鉛骰子跟羊牯賭錢，怎可置身局外？說道：「我如不去，那就不好玩了。我的姓名身分，你們別跟外人說就是。」

玄貞道人道：「倘若韋香主喬裝改扮了，那就沒人知道他在宮裏辦事……」

韋小寶沒聽他說完，當時即拍手叫好，連稱：「妙極，妙極！」這主意正投其所好，上門生事，本已是十分有趣，改裝之後去生事，更是妙上加妙。

衆人本來都覺若非韋香主率領，各人擔的干係太大，見他如此熱心，爭看要去，自無異議。徐老頭道：「大夥兒……大夥兒千萬要小心。韋香主扮……扮作甚麼人？」衆人望着韋小寶，聽他示下。

韋小寶心想：「我扮個富家公子呢，還是扮個小叫化？」他在妓院之中，見到來嫖院的王孫公子衣飾華貴，向來甚是羨慕，一直沒機會穿着，微一沉吟，從懷中摸出三張五百兩銀子的銀票來，道：「這裏是一千五百兩銀子，相煩那一位大哥去給我買些衣衫。」

衆人都是微微一驚，幾個人齊聲道：「那用得着這許多銀子？」韋小寶道：「我銀子有的是，衣衫買得越貴越好，再買些珠寶戴了起來，誰也不知我是宮裏的小……小太監了。」

玄貞道人道：「韋香主說得是。高兄弟，你去買韋香主的衣衫。」

韋小寶又取出一千兩銀子的銀票，道：「多花些錢好了，不打緊。」旁人見這小小孩童身邊銀票極多，都暗暗稱異，說甚麼也料想不到他屋裏的銀子竟有四十幾萬兩之多。按照韋小寶本來脾氣，身邊便有二三兩銀子，也要花光了才舒服，可是四十幾萬兩銀子如何花用得掉？能夠買些華貴衣服來穿戴穿戴，出出風頭，當眞機會難得，心裏快活之極，見衆人目瞪口呆，便又伸手入懷。

他手伸出來時，掌中已有三千五百兩銀子的銀票，交給玄貞道人，道：「兄弟跟各位大哥今日初見，沒甚麼孝敬。這些銀子，是韃子那裏拿來的，都是不義……不義的銀（他本想說「不義之財」，這句成語卻忘記了），請大夥兒幫着花用花用。」天地會規矩嚴明，不得胡亂取人財物，樊綱、高彥超等早已窮得久了，突見韋香主取出這許多銀票，又言明是取自韃子的不義之財，他既在清宮中當差，此言當然不假，各人情不自禁的都歡呼起來。

玄貞道：「咱們要分頭請人，今日是來不及了。韋香主，明日大夥兒在這裏恭候大駕，不知你甚麼時刻能到？」韋小寶道：「上午我要當差，午後準到。」玄貞道：「很好。明日午後，咱們在這裏會齊，然後同去跟那兩個姓白的算帳。」

當晚韋小寶便心癢難搔，在屋裏跳上跳下，指手劃脚。次日從上書房下來，便匆匆去珠寶店買了一隻大翡翠戒指，又叫店中師傅在一頂緞帽上釘上一大塊白玉，四顆渾圓明珠，這一來便花了四千多兩銀子。珠寶店中見這位貴客是宮中太監，絲毫不以為奇，既是內宮來採購珠寶，花錢再多十倍也是常事。

韋小寶趕到回春堂藥店，衆人已在地窖中等候，說道已請了北京四位知名武師，同去作見證，每人已送了二百兩銀子謝禮。韋小寶心道：「得人錢財，與人消災，這四位武師非幫我們不可。只是二百兩銀子謝禮太少，最好送五百兩。四位武師太少，最好請十六位。」

高彥超取出衣服鞋襪來給韋小寶換了，每件衣物都十分華貴，外面一件長袍是火狐皮的裏子，在領口和衣袖外翻出油光滑亮的毛皮。高彥超道：「皮袍是叫他們連夜改小的，多給了三兩六錢銀子的工錢。」韋小寶連說：「不貴，不貴。」一件天青緞子的馬褂，十粒扣子都是黃金打的。饒是如此，他給的銀子還是一半也用不了。

韋小寶在宮中住了將近一年，居移氣，養移體，食用既好，見識又多，這半年來做了尚膳監的首腦，百餘名太監給他差來差去，做首領早做得慣了。這時周身再一打扮，雖然頗有些暴發戶的俗氣，卻也顯得欵式非凡，派頭十足，與樊綱、高彥超等草莽豪傑大不相同。

衆人已安排了一乘轎子，等在門外，請韋小寶上轎，以防他改裝之後在城裏行走，撞見宮中太監或朝廷官員。

一行人先到東城武勝鏢局，和四位武師會齊。那四位武師第一位是北京潭腿門掌門人老武師馬博仁，那是清眞敎門的；第二位跌打名醫姚春，徐老頭受了傷，便由他醫治，此人既是名醫，擒拿短打也是一絕；第三位是外號「虎面霸王」的雷一嘯，鐵布衫功夫大大有名；第四位便是武勝鏢局的總鏢頭金槍王武通。

馬博仁等四人早已得知天地會領頭的韋香主年紀甚輕，一見之下，竟是這樣一個豪富少年，都是十分詫異，但各人久仰陳近南的大名，心想天地會總舵主的弟子，年紀雖小，也必有驚人藝業，都不敢小覷了他。衆人在鏢局中喝了茶，便同去楊柳胡同那姓白的二人駐足之處。韋小寶和馬博仁、姚春三人坐轎，雷一嘯與王武通騎馬，餘人步行相陪。玄貞道人、樊綱等都是成名人物，王武通要相借坐騎，但玄貞怕惹人注目，堅決不要。

一行人來到柳楊胡同一座朱漆大門的宅第之外，高彥超正要上前打門，忽聽得門內傳出隱隱哭聲。衆人一怔，只見大門外掛着兩盞白色燈籠，卻是家有喪事。高彥超輕扣門環，過了一會，大門打開，出來一名老管家。高彥超呈上備就的五張名帖，說道：「武勝鏢局、潭腿門、天地會的幾位朋友，前來拜會白大俠、白二俠。」

那老管家聽得「天地會」三字，雙眉一豎，滿臉怒容，向衆人瞪了一眼，接過拜帖，一言不發的便走了進去。

馬博仁年紀雖老，火氣卻是極大，登時忍不住生氣，道：「這奴才好生無禮。」

韋小寶道：「馬老爺子的話一點不錯。」他對沐王府的人畢竟甚是忌憚，只盼馬博仁、王武通等人站定在自己這一邊，待會倘若動手，便可多有幾個得力的幫手。

隔了好一會，一名二十六七歲的漢子走了出來，身材甚高，披麻帶孝，滿身喪服，雙眼紅腫，兀自淚痕未乾，抱拳說道：「韋香主、馬老爺子、王總鏢頭，衆位大駕光臨，有失遠迎。在下白寒楓有禮。」衆人抱拳還禮。白寒楓讓衆人進廳。

馬博仁最是性急，問道：「白二俠身上有服，不知府上是那一位過世了？」白寒楓道：「是家兄寒松不幸亡故。」馬博仁跌足道：「可惜，可惜！白氏雙木乃沐王府的英雄虎將，武林中大大有名，白大俠正當英年，不知是得了甚麼疾病？」

衆人剛到廳中，還未坐定，白寒楓聽了此言，陡地轉過身來，雙眼中如欲射出火光，厲聲道：「馬老爺子，在下敬你是武林前輩，以禮相待。你這般明知故問，是譏嘲於我嗎？」

他陡然發怒，韋小寶出其不意，不由得吃了一驚，退了一步。

馬博仁摸着白鬚，說道：「這可希奇了！老夫不知，這才相問，甚麼叫做明知故問？白二俠死了兄長，就算心中悲痛，也不能向我老頭子發脾氣啊！」白寒楓哼的一聲，道：「請坐！」馬博仁喃喃自語：「坐就坐罷！難道還怕了不成！」向韋小寶道：「韋香主，你請上座。」韋小寶道：「不，還是馬老爺子上座！」

白寒楓看了拜帖，知道來客之中有天地會的青木堂香主韋香主，萬料不到這少年便是韋香主，心下又奇又怒，一伸手，便抓住韋小寶的左腕，喝道：「你便是天地會的韋香主？」這一抓之力勁道奇大，韋小寶奇痛徹骨，「啊」的一聲，大叫了出來，兩道眼淚自然而然流下頰來。

玄貞道人道：「上門是客，白三俠太也欺人！」伸指便往白寒楓脅下點去。

白寒楓左手一擋，放開韋小寶手腕，退開一步，說道：「得罪了。」

韋小寶愁眉苦臉，伸袖擦乾了眼淚。白寒楓固是大出意料之外，馬博仁、王武通，以及天地會中衆人也都驚詫不置，眼見白寒楓這一抓雖然手法淩厲，卻也不是無可擋避。這韋香主身爲陳近南的弟子，不但閃避不了，大叫之餘兼且流淚，實是武林中的一大奇事。玄貞、樊綱、高彥超等人都面紅過耳，甚感羞慚。

白寒楓道：「對不住了！家兄不幸爲天地會下毒手害死，在下心中悲痛……」他話未說完，衆人紛道：「甚麼？」「甚麼白大俠爲天地會害死了？」「那有此事？」「決無此事。」

白寒楓霍地站起，大聲道：「你們說決無此事，難道我哥哥沒有死嗎？你們來，大家親眼來瞧瞧。」一伸手，又向韋小寶左臂抓去。

這一次玄貞道人和樊綱都有了預備，白寒楓右臂甫動，二人一襲前胸，一襲後背，同時出手。白寒楓當即斜身拗步，雙掌左右打出。玄貞左掌一抬，右掌又擊了出去，樊綱卻已和白寒楓交了一掌。白寒楓變招反點玄貞咽喉，玄貞側身閃開。

白寒楓厲聲喝道：「我大哥已死在你們手裏，我也不想活了。天地會的狗畜牲，一起上來便是。」

跌打名醫姚春雙手一攔，說道：「且慢動手，這中間恐有誤會。白二俠口口聲聲說道，白大俠爲天地會害死，到底實情如何，且請說個明白。」

白寒楓道：「你們來！」大踏步向內堂走去。

衆人心想己方人多，也不怕他有何陰謀詭計，都跟了進去。剛到天井之中，衆人便都站定了，只見後廳是個靈堂，靈幔之後是口棺材，死人躺在棺材之上，露出半個頭、一雙脚。白寒楓掀起靈幔，大聲叫道：「哥哥你死得沒眼閉，兄弟好歹要殺幾個天地會的狗畜牲，給你報仇。」他聲音嘶啞，顯是哭泣已久。

韋小寶一見到死人面容，大吃一驚，那正是在蘇北道上小飯店中見過的，那人以筷子擊打吳三桂部屬，武功高強，想不到竟會死在這裏，隨即想到對方少了一個厲害角色，驚奇之餘，暗自寬心。

馬博仁、姚春、雷一嘯、王武通四人走近前去。王武通和白寒松有過一面之緣，嘆道：「白大俠果眞逝世，可惜！」姚春特別仔細，伸手去搭了搭死人腕脈。

白寒楓冷笑道：「你若治得我哥哥還陽，我……我給你磕一萬二千個響頭。」

姚春嘆了口氣，道：「白二俠，人死不能復生，還請節哀。傷害白大俠的，果然是天地會的人？白二俠沒弄錯嗎？」白寒楓叫道：「我……我弄錯？我會弄錯？」

衆人見他哀毀逾恆，足見手足之情極篤，都不禁爲他難過，樊綱怒氣也自平了，尋思：「他死了兄長，也難怪出手不知輕重。」

白寒楓雙手扠腰，在靈堂一站，大聲道：「害死我哥哥的，是那平日在天橋賣藥的姓徐老賊。這老賊名叫徐天川，有個匪號叫作『八臂猿猴』，乃是天地會青木堂中有職司的人，是也不是？你們還能不能賴？」

樊綱和玄貞等幾人面面相覷，他們這夥人到楊柳胡同來，本是要向白氏兄弟問罪，質問他們爲甚麼傷人，不料白氏兄弟中的大哥白寒松竟已死在徐天川手底。樊綱嘆了口氣，說道：「白老二，徐天川徐大哥是我們天地會的兄弟，原是不假，不過他……他……」白寒楓厲聲道：「他怎樣？」樊綱道：「他已給你們打得重傷，奄奄一息，也不知這會兒是死是活。不瞞你說，我們今日到來，原是要來請問你們兄弟，幹麼將我們徐大哥打成這等模樣，那知道……想不到……唉……」

白寒楓怒道：「別說這姓徐的老賊沒死，就算他死了，這豬狗不如的老賊，也不配抵我哥哥的命。」樊綱也怒道：「你說話不乾不淨，像甚麼武林中的好漢？依你說便要怎樣？」

白寒楓叫道：「我……我不知道！我要將你們天地會這批狗賊，一個個都宰成肉醬。我陪你們一起死，大夥兒都死了乾淨。」一轉身，從死人身側抽出一口鋼刀，隨即身子躍起，直如瘋虎一般，揮刀虛劈，呼呼有聲。

天地會樊綱、玄貞等紛紛抽出所携兵刃，以備迎敵。韋小寶忙縮在高彥超身後。

猛地裏聽得一聲大吼：「不可動手！」聲音震得各人耳鼓嗡嗡作響，只見「虎面霸王」雷一嘯舉起雙手，擋在天地會衆人之前，大聲道：「白二俠，你要殺人，殺我好了！」這人姓得好，名字也取得好，這麼幾聲大喝，確有雷震之威。

白寒楓心傷乃兄亡故，已有些神智失常，給他這麼一喝，頭腦略爲清醒，說道：「我殺你幹甚麼？我哥哥又不是你殺的？」雷一嘯道：「這些天地會的朋友，可也不是殺你哥哥之人。再說，普天下天地會的會衆，少說也有二三十萬，你殺得完麼？」

白寒楓一怔，大叫：「殺得一個是一個，殺得一雙是一雙！」

突然之間，門外隱隱傳來一陣急促的馬蹄聲，似有十餘騎馬向這邊馳來。姚春道：「只怕是官兵，大夥兒收起了兵刃！」樊綱、玄貞等眼見雷一嘯擋在身前，白寒楓不易撲過來揮刀傷人，便都收起了兵刃。白寒楓大聲道：「便是天王老子到來，我也不怕。」

馬蹄聲越來越近，奔入胡同，來到門口戛然而止，跟着便響起了門環擊門之聲。門外有人叫道：「白二弟，是我！」人影一幌，一人越牆而入，衝了進來。這人四十來歲年紀，神態威武，面色卻是大變，顫聲道：「果然……果然是白大弟……白大弟……」

白寒楓抛下手中鋼刀，迎了上去，叫道：「蘇四哥，我哥哥……我哥哥……」一口氣說不下去，放聲大哭。

馬博仁、樊綱、玄貞等均想：「這人莫非是沐王府中的『聖手居士』蘇岡？」

這時大門已開，湧進十幾個人來，男女都有，衝到屍首之前，幾個女子便呼天搶地的大哭起來。一個青年婦人是白寒松之妻，另一個是白寒楓之妻。

樊綱、玄貞等都感尷尬，眼見這些人哭得死去活來。若再不走，待得他們哭完，就算不動手，也免不了給臭罵一頓。韋小寶先前給白寒楓重重抓住手腕，此刻兀自疼痛，本來仗着人多，打定主意要叫玄貞、樊綱等人抓住了他，好歹也得在他屁股上踢他媽的七八脚，不料對方人手越來越多，打起架來已佔不到便宜，心中怦怦亂跳，見玄貞道人連使眼色，顯是要脚底抹油，溜之大吉，此擧正合心意，當即轉身便走，說道：「大夥兒去買些元寶蠟燭，再來向死人磕頭罷！」

白寒楓叫道：「想逃嗎？可沒這麼容易。」衝上前去，猛揮右掌向樊綱後心拍去。樊綱怒道：「誰逃了？」回身擧左臂擋開，卻不還擊。玄貞等衆人便都站住了。

韋小寶卻已逃到了門口，一隻脚先跨出了門檻再說。

那姓蘇的男子問道：「白二弟，這幾位是誰？恕在下眼生。」白寒楓道：「他們是天地會的狗東西，我哥哥……哥哥便是給他們害死的。」此言一出口，本來伏着大哭的人都躍起身來，嗆啷啷響聲不絕，兵刃耀眼，登時將來客都圍住了，連馬博仁、姚春、雷一嘯、王武通等四個都給圍在垓心。

王武通哈哈大笑，說道：「馬大哥，雷兄弟，姚大夫，咱們幾時入了天地會哪？憑咱們幾個的德行，只怕給天地會的朋友們提鞋子也還不配哪。」

那姓蘇的中年漢子抱拳說道：「這幾位不是天地會的嗎？這位姚大夫，想來名諱是個春字。在下蘇岡，得悉白家大兄弟不幸身亡的訊息，從宛平趕來，傷痛之下，未得請教，多有失禮。」說着向衆人作揖爲禮。

王武通抱拳笑道：「好說，好說。聖手居士，名不虛傳，果然是位有見識、有氣度的英雄。」當下給各人一一引見，第一個便指着韋小寶，道：「這位是天地會靑木堂韋香主。」

蘇岡知道天地會共分十堂，每一堂香主都是身負絕藝的英雄豪傑，但這韋香主卻顯然是個乳臭未乾的富家少年，不由得心下詫異，但臉上不動聲色，抱拳道：「久仰，久仰。」韋小寶嗤的一聲笑，抱拳還禮，從門邊走了回來，問道：「你久仰我甚麼？」蘇岡一怔，道：「在下久仰天地會十堂香主，個個都是英雄好漢。」韋小寶點點頭，笑道：「原來如此。」蘇岡見他神情油腔滑調，心下更是嘀咕。

當下王武通給餘人都引見了。蘇岡給他同來這夥人引見，其中兩個是他師弟，三人是白氏兄弟的師兄弟，還有幾個是蘇岡的徒弟。白寒松的夫人伏在丈夫屍首上痛哭，白寒楓的夫人一邊哭，一邊勸，幾個女子都不過來相見。

姚春道：「白二俠，到底白大俠爲了甚麼事和天地會生起爭競，請白二俠說來聽聽。」咳嗽一聲，又道：「雲南沐王府在武林中人所共仰，天地會的會規向來極嚴，都不是蠻不講理之人。天下原抬不過一個『理』字，今日之事，也不是單憑打架動武就能了結的。這裏馬老師，雷兄弟，王總鏢頭，以及區區在下，跟雙方就算沒有交情，也都是慕名。白二俠，請你衝着咱們一點薄面，說一說這中間的緣由如何？」王武通道：「不瞞衆位說，天地會的朋友們，的的確確不知白大俠已經身故，否則的話，他們還會上門來自討沒趣麼？」

蘇岡道：「然則韋香主和衆位朋友來到敝處，又爲了甚麼？」王武通道：「咱們眞人面前不說假話。天地會的朋友說道，他們徐天川徐大哥給沐王府的朋友打得身受重傷，已說不出話，他們只好邀了我們幾個老朽，伴同來到貴處，想問一問緣由。」蘇岡森然道：「如此說來，各位是上門問罪來着？」王武通道：「這可不敢當。我們幾個在江湖上混口飯吃，全仗朋友們給面子。是非曲直，自有公論，誰也不能抹着良心說瞎話。」

蘇岡點了點頭，道：「王總鏢頭說得對，請各位到廳上說話。」

衆人來到大廳。蘇岡命師弟、徒弟們收起兵刃。白寒楓手中鋼刀總是不肯放下。蘇岡讓衆人坐下，說道：「白二弟，當時實情如何，你給大家說說。」

白寒楓嘆了一聲，說道：「前天下午……」只說了四個字，不由得氣往上衝，手中鋼刀揮了一揮。韋小寶吃了一驚，身子向後一縮。白寒楓覺得此舉太過粗魯，鋼刀用力往地下一擲，嗆啷一聲，擊碎了兩塊方磚，呼了口氣，道：「前天下午，我和哥哥在天橋的一家酒樓上喝酒，忽然上來一個官員，帶了四名家丁。那四個家丁神氣惹厭得很，要酒要菜，說的卻是雲南話。」蘇岡「哦」了一聲。白寒楓道：「我和哥哥一聽他們口音，就留上了神。」

王武通、樊綱等都知道，沐王府世鎮雲南，蘇岡、白寒楓等都生長於雲南，在北京城裏聽到鄉音，自會關注。

白寒楓續道：「我哥哥聽了一會，隔座接了幾句。那官員聽得我們也是雲南人，便邀我們過去坐。我和哥哥離家已久，很想打聽故鄉的情形，見這位官員似是從雲南來，便移座過去。一談之下，這官員自稱叫做盧一峯，原來是奉了吳三桂的委派，去做曲靖縣知縣的。他是雲南大理人。照規矩，雲南人本來不能在本省做地方官。不過這盧一峯說道，他是平西王委派的官，可不用理會這一套！」

樊綱忍不住駡道：「他奶奶的，大漢奸吳三桂委派的狗官，有甚麼神氣了？」

白寒楓向他瞧了一眼，點了點頭，道：「這位樊……樊兄說得不錯，當時我也這麼想。可是我哥哥爲了探聽故鄉情形，反而奉承了他幾句。這狗官更加得意了，說是吳三桂所派的官，叫做『西選』，意思說是平西王選的。雲南全省的大小官員，固然都是吳三桂所派，就是四川、廣西、貴州三省，『西選』的官兒也比皇帝所派的官吃香。」

蘇岡聽他說得有些氣喘，接口解釋：「倘若有一個缺，朝廷派了，吳三桂也派了，誰先到任，誰就是正印。雲貴川桂四省的官員，那一個先出缺，自然是昆明知道得早，從昆明派人去快得多。因此朝廷的官兒，總是沒『西選』的脚快。」

白寒楓吁了口氣，接着道：「那官兒說，平西王爲朝廷立下了大功，滿清能得江山，全仗平西王的功勞，因此朝廷對他特別給面子。吳三桂啓奏甚麼事，從來就沒有駁回的。」

王武通道：「這官兒的話倒是實情。兄弟到西南各省走鏢，親眼見到，雲貴一帶大家就知道有吳三桂，不知道有皇帝。」

白寒楓道：「這盧一峯說，照朝廷規矩，凡是做知縣的，都先要到京城來朝見皇帝，由皇帝親自封官。他到北京來，就是等着來見皇帝的。他說平西王既然封了他官。到京城來朝見皇帝，也不過是例行公事而已。我哥哥說：『盧大人到曲靖做官，本省人做本省的官，那更是造福桑梓了。』那盧一峯哈哈大笑，說道：『這個自然。』突然之間，隔座有人揷嘴，這老……這老賊……我和他仇深……」說着霍地站起，滿臉脹得通紅。

蘇岡道：「是『八臂猿猴』徐天川說話麼？」

白寒楓點了點頭，道：「正……正……」急憤之下，喉頭哽住了，說不出話來，隔了一會，才道：「正是這老賊，他坐在窗口一張小桌旁喝酒，插嘴說：『本省人做本省的官，刮起地皮來更加方便些。』這老賊，我們自管自說話，誰要他來多口！」

玄貞冷冷的道：「白二俠，徐三哥這句話，可沒說錯。」白寒楓哼了一聲，頓了一頓，說道：「這句話是沒說錯，我又沒說他這句話錯了。可是……可是……誰要他多管閒事？他倘若不插這句嘴，怎會生出以後許多事來？」玄貞見他氣急，也就不再說下去。

白寒楓續道：「盧一峯聽了這句話，勃然大怒，一拍桌子，轉過頭來，見這老賊是個彎腰曲背的老頭兒，容貌猥瑣，桌上放着一隻藥箱，椅子旁插着一面膏藥旗，是個賣藥的老頭兒，喝道：『你這個老不死的，胡說些甚麼？』他手下的四名家丁早就搶了上去，在老賊桌上拍桌大罵，一名家丁抓住了他衣領。也是我瞎了眼，瞧不出這老賊武功了得，還道他激於一時義憤，出言譏刺，怕他吃虧，便走上去假意相勸，將這四名家丁都推開了。」

玄貞讚道：「白二俠仁義爲懷，果然是英雄行徑。」心想白寒松已死，徐天川受傷雖然不輕，多半不會死，己方終究已佔了便宜，這件事雙方只好言和，口頭上捧白寒楓幾句，且讓他平平氣。

那知白寒楓不受他這一套，瞪了他一眼，說道：「甚麼英雄？我是狗熊！生了眼睛不識人，瞧不出這老賊陰險毒辣，還道他是好人。那盧一峯打起官腔，破口大罵，大叫：反了，反了，說京城裏刁民眞多，須得重辦。」

樊綱插嘴道：「這官兒狗仗人勢，在雲南欺侮百姓不夠，還到北京城來欺人。」

白寒楓道：「要欺侮人，也沒這麼容易。這官兒連聲吆喝，叫家丁將這姓徐的老賊綁起來送官，打他四十大板，戴枷示衆。那老賊笑嘻嘻的道：『大老爺，你這麼大聲嚷嚷，不吃力嗎？我送張膏藥賣給你貼貼。』他從藥箱裏取了張膏藥出來，雙掌夾住，跟着便將那張本來摺攏的膏藥拉平了。我初見那老賊對這兇神惡煞的家丁並不害怕，心下已自起疑，待見他拉膏藥的手勢，和哥哥對望了一眼，已然明白。膏藥中間的藥膏硬結在一塊，總得點了火烘焙多時，才拉得開。可是他只是在雙掌間夾得片刻，便以內力烘軟藥膏，這份功力可眞了不起。他將藥膏拉平之後，藥膏熱氣騰騰。那盧一峯卻兀自不悟，一叠連聲的催促家丁上前拿人。我便不再攔阻那官兒的走狗，由得他們去自討苦吃。一名家丁見我讓開，當即向那老賊衝去。那老賊笑道：『你要膏藥？』將那張膏藥放在家丁手中。那家丁罵道：『老狗，你幹甚麼？』那老賊在他手臂上一推，那家丁移過身去，拍的一聲響，那張熱烘烘的膏藥，正好貼在盧一峯那狗官的嘴上……」

韋小寶聽到這裏，再也忍耐不住，哈的一聲笑了出來，拍手叫好。白寒楓哼了一聲，惡狠狠的瞪視着他。韋小寶心中害怕，便不敢再笑。蘇岡問道：「後來怎樣？」

白寒楓道：「那狗官的嘴巴被膏藥封住，忙伸手去拉扯。那老賊推動四名家丁，說道：『去幫大老爺！』只聽得拍拍拍拍聲響不停，四名家丁你一掌，我一掌，都向那狗官打去。原來那老賊推撥四名家丁的手臂，運上了巧勁，以這四人的手掌去打那狗官。片刻之間，那狗官的兩邊面皮給打得又紅又腫。」

韋小寶又是哈哈大笑，轉過了頭，不敢向白寒楓多看一眼。

蘇岡點頭道：「這位徐老兄渾名叫作『八臂猿猴』，聽說擒拿小巧功夫，算得是武林一絕，果然名不虛傳。」他想白寒松死在他手下，這老兒的武功自然甚高，抬高了他武功，也是為白氏雙雄留了地步。

白寒楓道：「我和哥哥只是好笑，眼見那狗官已給打得兩邊面皮鮮血淋漓，酒樓上不少閒人站着瞧熱鬧。那老賊大聲叫嚷：『打不得，打不得，大老爺是打不得的！你們這些大膽奴才，以下犯上，怎麼打起大老爺來？』在四名家丁身後跳來跳去。活脫像是一隻大猴子，伸手推動家丁的手臂，反似是在躲閃，那些閒人都瞧不出是他在搞鬼。直打得那狗官暈倒在地，他才住手，回歸原座。這四名家丁還道是撞邪逼鬼，說甚麼也不明白怎麼會伸手去打大老爺，可是自己手掌上都是鮮血，卻又不假。四人呆了一陣，便扶着那狗官去了。」

樊綱道：「痛快，痛快！吳三桂手下的走狗，原該如此整治。徐三哥痛打狗官，正是給天下百姓出一口胸中惡氣。白二俠，你當時怎麼不幫着打幾拳？」

白寒楓登時怒氣又湧了上來，大聲道：「老賊在顯本事打人，我為甚麼要幫他？是他在打人，又不是他在挨打！」

玄貞道：「白二俠說得是，先前他不知徐三哥身有武功，可不是見義勇為、出手阻止狗官的家丁行兇嗎？」

白寒楓哼了一聲，續道：「那狗官和家丁去後，我哥哥叫酒樓的掌櫃來，說道一應打壞的桌椅器皿，都由他賠，那老賊的酒錢也算在我們帳上。那老賊笑着道謝。我哥哥邀他過來一同喝酒。那老賊低聲道：『久慕松楓賢喬梓的英名，幸會，幸會。』我和哥哥都是一驚，心想原來他早知道了我們的來歷，我們卻不知他是誰。我哥哥道：『慚愧得緊，請問老爺子尊姓大名。』那老賊笑道：『在下徐天川，一時沉不住氣，在賢喬梓跟前班門弄斧，可真見笑了。』那時我們還不知道徐天川是甚麼來頭，但想他毆打狗官，自然跟我們是同一條路上的。這狗官倘若不挨這一頓飽打，我兄弟倆一樣的也要痛打他一頓。我們三人喝酒閒談，倒也十分相投，酒樓之中不便深談，便邀他到這裏來吃飯。」

樊綱「哦」了一聲，道：「原來徐三哥到了這裏，是在府上動起手來了？」

白寒楓道：「誰說在這裏動手了？在我們家裏，怎能跟客人過招，那不是欺侮人麼？」

玄貞點頭道：「白氏兄弟英風俠骨，這種事是決計不做的。」

白寒楓聽他接連稱讚自己，終於向他點點頭，以示謝意，說道：「我兄弟將老賊請到這裏，恭謹相待，問起他怎麼認得我兄弟。他也不再隱瞞，說道自己是天地會的，我兄弟來到北京之時，他天地會已得到訊息，原是想跟我兄弟交朋友。他在酒樓上毆打狗官，一來是痛恨吳三桂，二來也是爲了要和我兄弟結交。這老賊能說會道，哄得我兄弟還當他是個好人。後來說到反淸復明之事，三個人，不，兩個人一隻狗，越說越投機……」

韋小寶接口道：「兩個人和一隻狗越說越投機，倒也希奇。」

衆人忍不住好笑，只是碍着白寒楓的面子，不敢笑出聲來。

白寒楓大怒，喝道：「你這小鬼，胡說八道！」樊綱道：「白二俠，這位韋香主年紀雖輕，卻是敝會青木堂的香主，敝會上下，對他都是十分尊敬的。」白寒楓道：「香主便怎麼樣？」蘇岡岔開話頭，說道：「我白兄弟心傷兄長亡故，說話有些氣急，各位請勿介意。韋香主，你包涵些。」他想天地會的香主身分非同小可，白寒楓直斥為「小鬼」，終究理虧。

白寒楓也非蠢人，一點便透，眼光不再與韋小寶相觸，說道：「後來我們三個……」韋小寶道：「不，兩個人，一隻狗。」白寒楓怒喝：「你……你……」終於忍住了，吁了口大氣，續道：「大家說到反清復明之事，說道日後將韃子殺光了，扶保洪武皇帝的子孫重登龍庭。我哥哥說：『皇上在緬甸宴駕賓天，只留下一位小太子，倒是位聰明睿智的英主，目下在深山中隱居。』那老賊卻道：『眞命天子好端端是在台灣。』」

白寒楓一引述徐天川這句話，蘇岡、姚春、王武通等人便知原來雙方爭執是由擁桂、擁唐而起。崇禎皇帝吊死煤山，清兵進關，明朝的宗室福王、唐王、魯王、桂王分別在各地稱帝，當時便有紛爭，各王死後，手下的孤臣遺老仍是互相心存嫌隙。

白寒楓續道：「那時我聽了老賊這句話，便問：『我們小皇帝幾時到台灣去了？』那老賊道：『我說的是隆武天子的小皇帝，不是桂王的子孫。』我哥哥道：『徐老爺子，你是英雄豪傑，我兄弟倆是很佩服的，只不過於天下大事，您老人家見識卻差了。崇禎天子崩駕，福王自立。福王為清兵所俘，唐王不幸殉國，我永曆天子為天下之王。永曆天子殉國之後，自然是由他聖上的子孫繼位了。』」隆武是唐王的年號，永曆是桂王的年號。他們是唐王、桂王的舊臣，對主子都以年號相稱。

樊綱聽到這裏，插口道：「白二俠，請你別見怪。隆武天子殉國之後，兄終弟及，由聖上的親兄弟紹武天子在廣州接位。桂王卻派兵來攻打紹武天子。大家都是太祖皇帝的子孫，不打滿清韃子，自己打了起來，豈不是大錯而特錯？」

白寒楓怒道：「那老賊的口吻，便跟你一模一樣！可是這到底是誰起的釁？我永曆天子好好派了使臣到廣州來，命唐王除去尊號。唐王非但不奉旨，反而興兵抗拒天命。唐王這等行爲明明是犯上作亂，大逆不道，可說是罪魁禍首。」

樊綱冷笑道：「三水那一戰，區區在下也在其內，卻不知道是誰全軍覆沒？」白寒楓大怒，站起身來，厲聲道：「你還在算這舊帳麼？」韋小寶聽了樊綱的話，便知三水這一仗是唐王勝而桂王敗，忙問：「樊大哥，三水一仗是怎麼打的？」樊綱道：「桂王聽了手下奸臣的教唆，派了一個名叫林桂鼎的，帶兵來打廣州……」蘇岡插口道：「樊大哥，這話與事實不符。那是唐王先派兵去攻肇慶，我永曆天子才不得已起而應戰。」

雙方你一言，我一語，說的多是舊事，漸漸的劍拔弩張，便要動起手來。

姚春連連搖手，大聲道：「多年前的舊事，還提起他幹麼？不論誰勝誰敗，都不是甚麼光采之事，最後還不是都教韃子給滅了。」衆人一聽，登時住口，均有慚愧之意。

蘇岡道：「白二弟，大義之所在，原是非誓死力爭不可的，後來怎樣？」

白寒楓道：「那老賊所說的話，便和這……這位姓樊的師傅一模一樣，我兄弟倆自然要跟他剖析明白。雙方越說越大聲，誰也不讓。我哥哥盛怒之下，一掌將一張茶几拍得粉碎。那老賊冷笑道：『你道理說不過人，便想動武麼？沐王府白氏雙木威名遠震，我天地會的一個無名小卒，卻也不懼。』他這句話顯然是說，他是天地會的一個無名小卒，還勝似沐王府的成名人物。我哥哥道：『我自拍碎我家裏的茶几，關你甚麼事了？你出言輕侮沐王府，仗的是甚麼勢道？』雙方越說越僵，終於約定，當晚子時，在天壇較量。」

蘇岡嘆了口氣，黯然道：「原來這場紛爭，由此而起。」

白寒楓道：「當晚我們到天壇赴約，沒說幾句，便和這老賊動起手來……」韋小寶道：「想必是二對一了，但不知是白大俠先上，還是白二俠先上？」白寒楓臉上一紅，大聲道：「我兩兄弟向來聯手，對付一個是二人齊上，對付一百個也是二人齊上。」

韋小寶點頭道：「原來如此。倘若跟我這小孩子動手，你兩兄弟也是齊上了。」白寒楓怒吼一聲，揮掌便向韋小寶頭頂擊落。蘇岡左手伸出，抓住白寒楓手腕，說道：「白二弟，不可！」白寒楓叫道：「這……這小鬼譏刺我死了的哥哥。」韋小寶貪圖口舌之便，沒想到連已死的白寒松也說在其內，眼見他猶如發瘋一般，心下害怕，便不敢再說。

蘇岡道：「白二弟，冤有頭，債有主，是那姓徐的害死了白大哥，咱們只能找那姓徐的算帳。」白寒楓狠狠的向韋小寶道：「終有一日，我抽你的筋，剝你的皮。」韋小寶向他伸伸舌頭，料想蘇岡在旁，白寒楓不能對自己怎樣，眞要抽筋剝皮，總也不是今日的事。

樊綱道：「蘇四哥，你說白大俠給我們徐大哥害死，這個『害』字，恐怕還得斟酌。白二俠說道，雙方在天壇比武較量，徐大哥以一敵二，既不是使甚麼陰謀毒計，又不是恃多爲勝，乃是光明正大的動手過招，怎說得上一個『害』字？」

白寒楓怒道：「我哥哥自然是給老賊害死的。我兄弟倆去天壇赴約之前曾經商量過。我哥哥說道，這老兒雖然頭腦胡塗，不明白天命所歸，終究是反清復明的同道，比武之時，須當瞧在天地會的份上，只可點到爲止，不能當眞傷了他。我兩兄弟手下留情，那料到這老賊心腸好毒，竟下殺手，害死了我哥哥。」

蘇岡問道：「那姓徐的怎生害死了白大弟？」

白寒楓道：「我們動上手，拆了四十幾招，也沒分出甚麼輸贏。那老賊跳出圈子，拱手道：『佩服，佩服！今日不分勝敗，不用再比了。沐王府武功馳名天下，果然高明。』」

樊綱道：「那很好啊，大家就不用再打了，免傷和氣，豈不甚好？」

白寒楓怒道：「你又沒瞧見那老賊說話的神氣，你還道他眞是好心嗎？他嘴角邊微微冷笑，顯然是說，沐王府的白氏雙木以二敵一，也勝不了他一個老頭兒，甚麼『武功馳名天下』，只不過是吹牛而已。我當然心下有氣，便道：『不分勝敗，便打到分出勝敗爲止。』這老頭雖然靈活，長力卻不及我兄弟，鬥久了非輸不可，他想不打，不過想乘機溜去。於是我們又打了起來，打了好一會，我使一招『龍騰虎躍』，從半空中撲擊下來。那老賊果然上當，側身斜避。這一招我兩兄弟是練熟了的，我哥哥便使『橫掃千軍』，左腿向右橫掃，右臂向左橫擊，叫他避無可避。」他說到這裏，將「橫掃千軍」那一招比了出來。

玄貞道人點頭道：「這一招左右夾擊，令人左躲不是，右躲也不是，果然厲害。」

白寒楓道：「這老賊身子一縮，忽然向我哥哥懷中撞倒。我哥哥雙掌一翻，按在他胸膛之上，笑道：『哈哈，你輸……』就在這時，噗的一聲響，那老賊卻好不毒辣，竟然使出重手。我眼見勢道不對，一招『高山流水』，雙掌先後擊在那老賊的背心。那老賊身子一幌，退了開去。我哥哥已然口噴鮮血，坐倒在地。我好生焦急，忙去扶起哥哥，那老賊乾笑了幾聲，一跛一拐的走了。我本可追上前去，補上幾拳，立時將他打死，但顧念着哥哥的傷勢，沒空去理會那老賊。我抱着哥哥回到家來，他在途中只說了四個字：『給我報仇。』哽咽了氣，蘇四哥……咱們此仇不報，枉自爲人！」說到這裏，淚如泉湧。

玄貞道人轉頭向一人道：「風二弟，白二俠剛才所說的那幾招，咱們來比劃比劃。」這姓風的名叫風際中，模樣貌不驚人、土裏土氣。昨日在回春堂藥店地窖中引見之後，從未開口說過話，韋小寶也沒對他留意。他點點頭站起，發掌輕飄飄的向玄貞拍出。

玄貞左掌架開，身子一縮，雙手五指都拿成了爪子，活脫是隻猴子一般，顯是模仿「八臂猿猴」徐天川的架式。風際中左足一點，身子躍起，從半空中撲擊下來。姚春叫道：「好一招『龍騰虎躍』！」叫聲未畢，玄貞已斜身閃開。便在此時，風際中倏地搶到玄貞身前，左腿向右橫掃，右臂向左橫掠，正是白寒楓適才比劃過的那一招「橫掃千軍」。

風際中一身化而爲二，剛使完白寒楓的一招「龍騰虎躍」，跟着便移形換位，搶到玄貞道人身前，使出白寒松那招「橫掃千軍」，身法之快，實是匪夷所思。衆人喝采聲中，玄貞縮攏身子，直撞入對方懷中。風際中雙掌急推，按在玄貞胸口，說道：「哈哈，你輸……」便在這時，玄貞右拳擊在風際中胸口，左掌拍中他小腹。兩人拳掌都放在對方身上，凝住不動。玄貞道：「白二俠，當時情景，是不是這樣？」

白寒楓尚未回答，風際中身子一幌，閃到了玄貞背後，雙掌從自己臉面右側直劈下來，虛擬玄貞的背心，說道：「高山流水！」這兩掌並沒碰到玄貞身子，衆人眼前一花，他又已站在玄貞面前，雙掌按住他胸口，讓玄貞的拳掌按住自己腹部，回復先前的姿式。

這兩下倏去倏來，直如鬼魅，這些人除了韋小寶外，均是見多識廣之人，但風際中這等迅捷無倫的身手，卻是見所未見。衆人駭佩之餘，都已明白了他的用意，當時徐天川以一敵二，情勢兇險無比，倘若對白寒松下手稍有留情，只怕難逃背後白寒楓「高山流水」的這一擊。玄貞又道：「白二俠，當時情景，是不是這樣？」

白寒楓臉如死灰，緩緩點了點頭。風際中身法兔起鶻落，固然令人目眩神馳，而他模仿自己兩兄弟這幾下招式，竟也部位手法絲毫無誤，宛然便是自己師父教出來的一般。「龍騰虎躍」、「高山流水」、和「橫掃千軍」三招，都是「沐家拳」中的著名招式，流傳天下，識者甚多，風際中會使，倒也不奇，但以一人而使這三招拳脚，前後易位，身法之快，實所罕見，加之每一招都是清清楚楚，中規中式，法度嚴整，自己兄弟畢生練的都是「沐家拳」，卻也遠所不及。

風際中收掌站立，說道：「道長，請除下道袍，得罪了！」

玄貞一怔，不明他的用意，但依言除下道袍，略一抖動，忽然兩塊布片從道袍上飄了下來，卻是兩隻手掌之形，道袍胸口處赫然是兩個掌印的空洞。原來適才風際中已用掌力震爛了他道袍。玄貞不禁臉上變色，情不自禁的伸手按住胸口，心想風際中的掌力既將柔軟的道袍震爛，自己決無不受內傷之理，一摸之下，胸口卻也不覺有何異狀。

風際中道：「白大俠掌上陰力，遠勝在下。徐大哥胸口早已受了極重內傷，再加上背心受了『高山流水』的雙掌之力，只怕性命難保。」

衆人見風際中以陰柔掌力，割出玄貞道袍上兩個掌印，這等功力，比之適才一身化二、前後夾攻的功力，更是驚人，無不駭然，連喝采也都忘了。韋小寶心想：「海老烏龜當日在我袍子胸口上割下一個掌印，只怕用的也是這種手段。」

蘇岡和白寒楓對望了一眼，均是神色沮喪，眼見風際中如此武功，己方任誰都和他相去甚遠，又給他這等試演一番，顯得徐天川雖然下重手殺了人，卻也是迫於無奈，在白氏兄弟厲害殺手前後夾擊之下，奮力自保，算不得如何理虧。

蘇岡站起身來，說道：「這位風爺武功高強，好教在下今日大開眼界。倘若我白大弟眞有風爺的武功，也決不會給那姓徐的害死了。」

韋小寶道：「白大俠的武功是極高的，江湖上衆所周知，蘇四俠也不必客氣了。」白寒楓狠狠瞪了他一眼，可又不能說自己兄長武功不行。韋小寶又道：「白二俠的武功也是挺高的，江湖上衆所周知。」

樊綱生怕他更說出無聊的話來，多生枝節，向蘇岡和白寒楓拱手道：「今日多有打擾，這就別過。」玄貞道：「且慢！人夥兒到白大俠靈前去磕幾個頭。這件事……這件事，唉，說來大家心裏難受，可別傷了沐王府跟天地會的和氣。」說着邁步便往後堂走去。

白寒楓雙手一攔，厲聲道：「我哥哥死不瞑目，不用你們假惺惺了。」玄貞道：「白二俠，別說這是比武失手，誤傷了白大俠，就算眞是我們徐大哥的不是，你也不能恨上了天地會全體。我們到靈前一拜，乃是武林中同道的義氣。」蘇岡道：「道長說得是。白二弟，咱們不可失了禮數。」

當下韋小寶、玄貞、樊綱、風際中、姚春、馬博仁等一干人齊到白寒松的靈前磕頭。

韋小寶一面磕頭，一面口中唸唸有詞，磕了三個頭，站起身來。白寒楓厲聲道：「你剛才說些甚麼？」韋小寶道：「我暗暗禱祝，向白大俠在天之靈說話，關你甚麼事？」白寒楓道：「你嘴裏不清不楚，禱祝些甚麼？」韋小寶道：「我說：『白大俠，你先走一步，也沒甚麼。在下韋小寶，給你的好兄弟打得遍體鱗傷，命不長久，過幾天就來陰世，跟你老人家相會了。』」白寒楓道：「我幾時打過你了？」韋小寶拉起衣袖，露出右腕，只見手腕上腫起了又黑又紫的一圈，指痕宛然，正是剛才給白寒楓捏傷的，說道：「這不是你打的麼？」

蘇岡向白寒楓瞧了一眼，見他不加否認，臉上就微有責備之意，轉頭向韋小寶道：「韋香主，這件事一言難盡。咱們日後慢慢再說。」韋小寶道：「只怕我傷重不治，一命嗚呼，日後也沒甚麼可說的了。」蘇岡見他說話流利，毫無受傷之象，知他是耍無賴，心想：「天地會怎地叫這樣一個小流氓做香主？」說道：「韋香主長命百歲，大夥兒都死光了，你還活上幾十歲呢。」韋小寶道：「我此刻腹痛如絞，五臟六腑，全都倒轉，也不知能不能活到明天。風二哥，玄貞道長，我倘若死了，你們不必找白二俠報仇。江湖上義氣爲重，咱們可不能傷了沐王府跟天地會的和氣。」

蘇岡皺起了眉頭，將衆人送出門外。

玄貞向馬博仁、姚春、雷一嘯、王武通四人道了勞，抱拳作別。

天地會一行人回去回春堂藥店。剛到店門口，就見情形不對，櫃台倒坍，藥店中百餘隻小抽屜和藥材散了一地。衆人搶進店去，叫了幾聲，不聽得有人答應，到得內堂，只見那胖掌櫃和兩名夥計都已死在地下。這藥店地處偏僻，一時倒無人聚觀。

玄貞吩咐高彥超：「上了門板，別讓閒人進來。咱們快去看徐大哥。」拉開地板上的掩蓋，奔進地窖，叫道：「徐大哥，徐大哥！」地窖中空空如也，徐天川已不知去向。

樊綱憤怒大叫：「他奶奶的，咱們去跟沐王府那些賊子拚個你死我活。」

玄貞道：「快去請王總鏢頭他們來作個見證。」玄貞道：「他們若要害死徐大哥，已在這裏下手，既將他擄去，不會即行加害。」當下派出人去，將王武通、姚春等四人請來。

王武通等見到胖掌櫃的死狀，都感憤怒，齊道：「事不宜遲，咱們立即到楊柳胡同去要人。」一行人又到楊柳胡同。

白寒楓開門出來，冷冷的道：「衆位又來幹甚麼了？」樊綱大聲道：「白二俠何必明知故問？這等行徑，太也給沐王府丟臉。」白寒楓怒道：「丟甚麼臉？甚麼行徑？」樊綱道：「我們徐大哥在那裏？快送他出來。你們乘人不備，殺死了我們回春堂的三個夥計，當眞卑鄙下流。」白寒楓大聲道：「胡說八道！甚麼回春堂、回秋堂、甚麼三個夥計？」

蘇岡聖聲出來，問道：「衆位去而復回，有甚麼見教？」

雷一嘯道：「蘇四俠，這一件事，那可是你們的不是了。是非難逃公論，你們就算要報仇，也不能任意殺害無辜啊。京城之中做了這等事出來，牽累可是不小。」

蘇岡問白寒楓：「他們說甚麼？」白寒楓道：「誰知道呢，眞是莫名其妙。」

王武通道：「蘇四俠、白二俠，天地會落脚之處，有三個夥計給人殺了，徐天川師傅也給人擄了去。這件事的是非曲直，大家慢慢再說，請你們瞧着我們幾個的薄面，先放了徐師傳。」蘇岡奇道：「徐天川給人擄了麼？那可奇了！各位定然疑心是我們幹的了。可是各位一直跟我們在一起，難道誰還有分身術不成？」樊綱道：「你們當然另行派人下手，那又是甚麼難事？」蘇岡道：「各位不信，那也沒法。你們要進來搜查，儘管請便。」

白寒楓大聲道：「『聖手居士』蘇岡蘇四哥說話向來一是一，二是二，幾時有過半句虛言？老實跟你說，那姓徐的老賊倘若落在我們手裏，立時就一刀兩段，誰還耐煩捉了來耗費米飯養他？」蘇岡沉吟道：「這中間只怕另有別情。在下冒昧，想到貴會駐馬之處去瞧上一瞧，不知道成不成？」

玄貞等見他二人神情不似作偽，一時倒拿不定主意。樊綱道：「蘇四俠，大夥兒請你拿一句話出來，到底我們徐天川徐大哥，是不是在你們手上。」蘇岡搖頭道：「沒有。我可擔保，我們白二弟跟這件事也絲毫沒有干係。」蘇岡在武林中名聲甚響，衆人都知他是個正直的好漢子，他既說沒拿到徐天川，應該不假。

玄貞道：「既是如此，請兩位同到敝處瞧瞧。韋香主，你說怎樣？」

韋小寶心道：「你先邀人家去瞧瞧，再問我『你說怎樣』。」說道：「道長說怎樣，就是怎樣了。反正我們三個人都給人家打死了，請他們兩位去磕幾個頭陪罪，也合道理啊。」

蘇岡、白寒楓都向他瞪了一眼，均想：「你這小鬼，一口就此咬定，是我們打死了你們三個人。」

一行人來到回春堂中，蘇岡、白寒楓細看那胖掌櫃與兩名藥店店夥的死狀，都是身受毆擊斃命，胸口肋骨崩斷，手法甚是尋常，瞧不出使的是甚麼武功家數。白寒楓道：「這件事大夥兒須得查個水落石出，否則我們可蒙了不白之寃。」蘇岡道：「蒙上不白之寃，那也不打緊，日後總會水落石出。只是徐大哥落入了敵人手中，可得儘快想法子救人。」

衆人在藥店前前後後查察，又到地窖中細看，尋不到半點端倪。眼見天色已晚，蘇岡、白寒楓、王武通等人告辭回家，約定分頭在北京城中探訪，樊綱道：「蘇四俠、白二俠，你們瞧明白了沒有？今晚半夜，我們可要放火燒屋，毀屍滅迹了。」蘇岡點頭道：「都瞧明白了。好在鄰近無人，將店鋪燒了也好，免得官府查問。」

蘇岡和白寒楓去後，青木堂衆人紛紛議論，都說徐天川定是給沐王府擄去的，否則那有遲不遲、早不早，剛打死了對方的人，徐天川便失了蹤？最多是蘇岡、白寒楓二人並不知情而已。衆人跟着商議如何放火燒屋。

韋小寶一聽得要放火燒屋，登時大爲興奮。玄貞道：「韋香主，天色已晚，你得趕快回皇宮去。咱們放火燒屋，並不是甚麼大事，韋香主不在這兒主持大局，想來也不會出甚麼岔子。」韋小寶笑道：「道長，自己兄弟，你也不用捧我啦。韋小寶雖然充了他媽的香主，武功見識，那裏及得上各位武林好手？我要留在這裏，不過想瞧瞧熱鬧罷了。」

衆人面子上對他客氣，但見他年幼，在白家又出了個大醜，實在頗有點瞧不起他，聽他這麼說，卻高興起來。他這幾句話說得人人心中舒暢。大家對這個小香主敬意雖是不加，親近之心卻陡然多了幾分。

玄貞笑道：「咱們放火燒屋，也得半夜裏才動手，還得打斷火路，以免火勢蔓延，波及鄰居。韋香主一夜不回宮，恐怕不大方便。」韋小寶心想此言倒也有理，天一黑宮門便閉，再也無人能入，自己得小皇帝寵幸，宮中人人注目，違禁外宿，罪名可是不小，只得嘆了口氣，道：「可惜，可惜！這把火如果讓我來點，那可興頭得緊了。」高彥超低聲道：「日後咱們要是白天去燒人家的屋，一定恭請韋香主來點火。」韋小寶大喜，握住他手道：「高大哥，大丈夫一言既出，你……你可不能忘了。」高彥超微笑道：「韋香主吩咐過的事，屬下怎敢不遵？」韋小寶道：「咱們明天就去楊柳胡同，放火燒了白家的屋可好？」高彥超嚇了一跳，忙道：「這可須得從長計議。總舵主知道了，多半要大大怪罪。」

韋小寶登時意興索然，便去換了小太監的服色。高彥超將他換下來的新置衣服鞋帽包做一包，拿在手裏。衆人四下查勘，並無沐王府的人窺伺，這才將韋小寶夾在中間，送到横街之上，僱了一乘小轎，送他回宮。

韋小寶向衆兄弟點點頭，上轎坐好。高彥超將衣帽包好放入轎中。一個會中兄弟走到轎前，鑽頭入轎，低聲道：「韋香主，明兒一早，最好請你到尙膳監的厨房去瞧瞧。」韋小寶道：「瞧甚麼？」那人道：「也沒甚麼。」說着便退了開去。韋小寶想不起他叫甚麼名字，這人留着兩撇鼠鬚，鬼頭鬼腦，市井之中最多這等小商販，到楊柳胡同時他也沒跟着同去，自己一直以爲他是藥店中的夥計，心想他叫我明天到厨房去瞧瞧，不知有甚麼用意？

反正巡視御厨房正是他的職責，第二天早晨便去。頂頭上司一到，厨房中的承值太監以下，人人大忙特忙，名茶細點，流水價捧將上來。韋小寶吃了幾塊點心，說道：「你們這裏的點心，做得也挺不錯了，不過最好再跟揚州的厨子學學。」承值太監忙道：「是，是。若不是韋公公指點，我們可還眞不懂。」

韋小寶見厨房中也無異狀，正待回去，見採辦太監從市上回來，後面跟着一人，手中拿着一桿大秤，笑嘻嘻的連連點頭，說道：「是是，是是！公公怎麼說，便怎麼辦，包管錯不了。」韋小寶一見此人，吃了一驚，那正是昨天要他到厨房來瞧瞧之人。

採辦太監忙搶到韋小寶面前，請安問好。韋小寶指着那人，問道：「這人是誰？」採辦太監笑道：「這人是北城錢興隆肉莊的錢老闆，今兒特別巴結，親自押了十幾口肉豬送到宮裏來。」轉頭向錢老闆道：「老錢哪，今兒你可眞交上大運啦。這位桂公公，是我們尙膳監總管，當今皇上跟前的第一大紅人。我們在宮裏當差的，等閒也見不着他老人家一面。你定是前生三世敲穿了木魚，恰好碰上了桂公公。」

那錢老闆跪下地來，向韋小寶連磕了幾個響頭，說道：「這位公公是小號的衣食父母，今日才有緣拜見，眞是姓錢的祖宗積了德。」韋小寶說道：「不用多禮。」尋思：「他混進宮來，想幹甚麼了？怎地事先不跟我說？」

那錢老闆站起身來，滿臉堆笑，說道：「宮裏公公們作成小號生意，小號的價錢特別克己，可說沒甚麼賺頭，不過替皇上、公主、貝勒們宰豬，那是天大的面子。別人聽說連皇上都吃小號供奉的肉，小號的豬肉自然天下第一，再沒別家比得上了。因此上錢興隆供奉宮裏肉食也只一年多，生意可着實長了好幾倍，這都是仰仗公公們栽培。」說着又連連請安。

韋小寶點點頭，笑道：「那你一定是發財啦！」那人道：「托賴公公們的洪福。」從懷中掏出兩張銀票來，笑嘻嘻道：「一點點小意思，不成敬意，請公公留着賞人罷！」說着雙手送到韋小寶手裏。

韋小寶接過來一看，銀票每張五百兩，共是一千兩銀子，正是自己前天分給高彥超他們的，微微一怔，只見錢老闆嘴巴向着那採辦太監一呶，韋小寶已明其意，笑道：「錢老闆好客氣哪！」將兩張銀票交了給承值太監，笑道：「錢老闆的敬意，哥兒們去分了罷，不用分給我。」衆太監見是一千兩銀子的銀票，無不大喜過望。供奉宮中豬羊牛肉、鷄魚蔬菜的商人，平時都給回扣，向有定例，逢年過節雖有年禮節禮，也不過是四五百兩，這其中尙膳房的頭兒太監又先分去了一半。此刻見銀子既多，韋小寶又說不要，各人攤分起來，豈不是小小一注橫財？那承值太監卻想，桂公公口說不要，只不過在外人面前擺擺架子，他是頭兒，豈能當眞省得了的，待會攤分之時，自須仍將最大的份兒給他留着。

錢老闆道：「桂公公，你這樣體卹辦事的公公們，可眞難得。你不肯收禮，小人心中難安。這樣罷，小號養得有兩口茯苓花雕豬，算得名貴無比，待會去宰了，一口孝敬皇太后和皇上，另一口抬到桂公公房中，請公公細細品嘗。」韋小寶道：「甚麼茯苓花雕豬？名頭古怪，可沒聽過。」錢老闆道：「這是小號祖傳的秘法，選了良種肉豬，斷乳之後，就餵茯苓、黨參、杞子等等補藥，飼料除了補藥之外，便只鷄蛋一味，渴了便給喝花雕酒……」

他話沒說完，衆太監都已笑了起來，都說：「那有這樣的餵豬法？餵肥一口豬，豈不是要幾百兩銀子？」錢老闆道：「本錢自然不小，最難的還是這番心血和功夫。」

韋小寶道：「好，這等奇豬，倒不可不嘗。」錢老闆道：「不知桂公公今日午後甚麼時候有空，小人準時送來。」韋小寶心想從上書房下來，已將午時，便道：「巳末午初，你送來罷！」錢老闆連稱：「是，是！」又請了幾個安出去。

承值太監陪笑道：「桂公公，待會見了皇上，倒不可提起這回事。」韋小寶問道：「為甚麼？」承值太監道：「宮裏的規矩，凡是希奇古怪的食物，是不能供奉給皇太后、皇上和貝勒、公主們的。倘若吃了有一點兒小小亂子，大夥兒有幾顆腦袋？」韋小寶點頭道：「正是。」承值太監又道：「皇上年少好奇，聽到有這等希奇古怪的茯苓花雕豬，倘若吩咐取來嘗嘗，咱們做奴才的干係太大。再說，這種千辛萬苦餵起來的肉豬，又不是常常都有的，要是皇上吃得對了胃口，下了聖旨，命御厨房天天供奉，大家可只有上吊的份兒了。」

韋小寶哈哈大笑，道：「你倒想得周到。」

承值太監道：「這是尙膳房歷來相傳的規矩罷了。太后和皇上的菜餚，一切時鮮果菜，都是不能供奉的。」韋小寶奇道：「時鮮菜蔬不能供奉，難道反而只供奉過時的、隔宿的果菜？」他雖當了幾個月尙膳監的頭兒，對御厨的事卻一直不曾留心。承值太監笑道：「供奉過時隔宿的菜蔬，那是萬萬不敢。不過有些一年之中只有一兩月才有的果菜，咱們就不能供奉了。倘若皇上吃得入味，夏天要冬筍，冬天要新鮮蠶豆，大夥兒又只好上吊了。」

韋小寶笑道：「皇太后、皇上都是萬分聖明的，那有這等事？」承值太監一凜，忙道：「是，是。太后和皇上聖明，那是決計不會的。聽說那是打從前明宮裏傳下來的規矩。到了我大清，皇上通情達理，咱們奴才們辦起事來，就容易得多啦。」心下暗暗吃驚，對先前這幾句話好生後悔。

眾武師舞動兵刃，斜劈直刺，橫砍倒打，越使越快。平西王府十六名隨從挺立不動，雙臂下垂，手掌平貼大腿外側，目光向前平視，對眾武師的進襲竟恍若不見。

第十回　儘有狂言容數子　每從高會廁諸公

韋小寶從上書房侍候了康熙下來，又到御膳房去。過不多時，錢老闆帶着四名夥計，抬了兩口洗剝得乾乾淨淨的大肥豬到來，每一口淨肉便有三百來斤，向韋小寶道：「桂公公，你老人家一早起身，吃這茯苓花彫豬最有補益，最好是現割現烤。小人將一口豬送到你老人家房中，明兒一早，你老人家就可割來烤了吃，吃不完的，再命厨房裏做成鹹肉。」

韋小寶知他必有深意，便道：「你倒想得周到。那就跟我來。」錢老闆將一口光豬留在厨房，另一口抬到韋小寶屋中。尙膳監管事太監的住處和御厨相近，那肥豬抬入房中之後，韋小寶命小太監帶領抬豬的夥計到厨房中等候，待三人走後，便掩上了門。

錢老闆低聲問道：「韋香主，屋中沒旁人嗎？」韋小寶搖了搖頭。錢老闆俯身輕輕將光豬翻了過來，只見豬肚上開膛之處，橫貼着幾條豬皮，封住了割縫。韋小寶心想：「這肥豬肚中定是藏着甚麼古怪物事，莫非是兵器之類，天地會想在皇宮中殺人大鬧？」不由得心中怦怦而跳。果見錢老闆撕下豬皮，雙手拉開豬肚，輕輕抱了一團物事出來。

韋小寶「咦」的一聲驚呼，見他抱出來的竟是一個人。

錢老闆將那人橫放在地下。只見這人身體瘦小，一頭長髮，卻是個十四五歲的少女，身上穿了薄薄的單衫，雙目緊閉，一動也不動，只是胸口微微起伏。

韋小寶大奇，低聲問道：「這小姑娘是誰？你帶她來幹甚麼？」錢老闆道：「這是沐王府的郡主。」韋小寶更是驚奇，睜大了眼睛，道：「沐王府的郡主？」錢老闆道：「正是。沐王府小公爺的嫡親妹子。他們擄了徐三哥去，我們就捉了這位郡主娘娘來抵押，教他們不敢動徐三哥一根寒毛。」韋小寶又驚又喜，說道：「妙計，妙計！怎地捉她來的？」

錢老闆道：「昨天徐天川徐三哥給人綁了去，韋香主帶同衆位哥哥，二次去楊柳胡同評理，屬下便出去打探消息，想知道沐王府那些人，除了楊柳胡同之外，是不是還有別的落脚所在，徐三哥是不是給他們囚禁在那裏；想知道他們在京城裏還有那些人，當眞要動手，咱們心裏可也得先有個底子。這一打探，嘿，沐王府來得人可還當眞不少，沐家小公爺帶頭，率領了王府的大批好手。」韋小寶皺起了眉頭，說道：「他媽的！咱們青木堂在京裏有多少兄弟？能不能十個打他們一個？」錢老闆道：「韋香主不用擔心。沐王府這次來到北京，不是爲跟咱們天地會打架。原來大漢奸吳三桂的大兒子吳應熊，來到了京城。」

韋小寶點頭道：「沐王府要行刺這姓吳的小漢奸？」錢老闆道：「是啊。韋香主料事如神。大漢奸、小漢奸在雲南，動不了他們的手，一離雲南，便有機可乘了。但這小漢奸自然防備周密，身邊有不少武功高手保護，要殺他可也不是易事。沐王府那些人果然另有住處，屬下過去查看，那些人都不在家，屋裏卻也沒徐三哥的蹤迹，只有這小丫頭和兩個服侍她的女人留在屋裏，那可是難得的良機……」

韋小寶道：「於是你就順手牽羊，反手牽豬，將她捉了來？」錢老闆微笑道：「正是。這小姑娘年紀雖小，沐王府卻當她是鳳凰一般，只要這小郡主在咱們手裏，徐三哥便穩如泰山，不怕他們不好好服侍。」韋小寶道：「錢大哥這件功勞倒大得緊呢。」錢老闆道：「多謝韋香主誇獎。」韋小寶道：「咱們拿到了小郡主，卻又怎樣？」說着向躺在地下的那少女瞧了幾眼，心道：「這小娘皮長得可挺美啊。」

錢老闆道：「這件事說大不大，說小不小，要聽韋香主的意思辦理。」

韋小寶沉吟道：「你說怎麼辦？」他跟天地會的人相處的時候雖暫，卻已摸到了他們的脾氣。這些人嘴裏尊稱自己是香主，滿口甚麼靜候香主吩咐云云，其實各人肚裏早就有了主意，只盼得到自己贊同，於是一切便推在韋香主頭上，日後他們就不會擔當重大干係。他對付的法子是反問一句：「你說怎麼辦？」

錢老闆道：「眼下只有將這小郡主藏在一個穩妥所在，讓沐王府的人找不到。這次沐家來到京城的着實不少，雖說是爲了殺小漢奸吳應熊，但咱們殺了他們的人。徐大哥又給他們拿了去，這會兒咱們天地會每一處落處之地，一定能給他們釘得緊緊的。我們便拉一泡尿，放一個屁，只怕沐王府的人也都知道了。」

韋小寶嗤的一笑，覺得這錢老闆談吐可喜，很合自己脾胃，笑道：「錢大哥，咱們坐下來慢慢商量。」錢老闆道：「是，是，多謝香主。」在一張椅上坐了，續道：「屬下將小郡主藏在豬肚裏帶進宮來，一來是爲瞞過宮門侍衞的重重搜檢，二來是要瞞過沐王府衆人的耳目。他奶奶的，沐公爺手下，只怕眞有幾個厲害人物，不可不防。小郡主若不是藏在宮裏，難保不給他們搶了回去。」

韋小寶道：「你說要將小郡主藏在宮裏？」

錢老闆道：「屬下可不敢這麼說，一切全憑韋香主作主。藏在宮裏，當然是普天下最穩妥的所在。沐王府的高手再多，總敵不過大內侍衛。小郡主竟會在皇宮之中，別說他們決計想不到，查不出，就算知道了，又怎有能耐衝進皇宮來救人？他們如能進宮來將小郡主救出去，那麼連韃子皇帝也能綁架去了。天下決沒這個道理。不過屬下膽大妄爲，事先沒向韋香主請示，擅自將小郡主帶進宮來，給韋香主增添不少危險，不少麻煩，實在該死之極。」

韋小寶心道：「你將人帶都帶進來了，自己說該死，卻也沒死。把小郡主藏在宮裏，果然是好計，沐王府的人一來想不到，二來救不出。你膽大妄爲，難道我膽子就小了？」笑道：「你這計策很好，我將小郡主藏在這裏好了。」

錢老闆道：「是，是，韋香主說這件事行得，那定然行得。屬下又想，將來事情了結之後，小郡主總是要放還給他們的。他們得知郡主娘娘這些日子是住在宮裏，也不辱沒了她身分，倘若老是關在小號屠宰房的地窖之中，聞那牛血豬血的腥氣，未免太對不起人。」

韋小寶笑道：「每天餵她吃些茯苓、黨參、花彫、鷄蛋，也就是了。」

錢老闆嘿嘿一笑，說道：「再說，小郡兒年紀雖然幼小，總是女子，跟我們這些臭男人住在一起，於名聲未免有碍，跟韋香主在一起，就不要緊了。」韋小寶一怔，問道：「爲甚麼？」錢老闆道：「韋香主年紀也輕，何況又是……又是在宮裏辦事的，自然……自然沒甚麼。」言語吞吞吐吐，有些不便出口。

韋小寶見他神色忸怩，想了一想，這才明白：「原來你說我是太監，因此小郡主交我看管，於她名聲無碍。你可不知我這太監是冒牌貨。」只因他並不是眞的太監，這才要想了一想之後方能明白，否則錢老闆第一句話他就懂了。

錢老闆問道：「韋香主的臥室在裏進罷？」韋小寶點點頭。錢老闆俯身抱起小郡主，走到後進，放在床上。房中本來有大床、小床各一，海大富死後，韋小寶已叫人將小床抬了出去。他隱秘之事甚多，沒要小太監住在屋裏服侍。

錢老闆道：「屬下帶小郡主進宮來時，已點了她背心上的神堂穴、陽綱穴，還點了她後頸的天柱穴，讓她不能動彈，說不出話。韋香主要放她吃飯，就可解開她穴道，不過最好先點她腿上環跳穴，免得她逃跑。沐王府的人武功甚高，這小姑娘倒不會多少武功，卻也不可不防。」

韋小寶想問他甚麼叫神堂穴、環跳穴，如何點穴、解穴，但轉念一想，自己是青木堂香主，又是總舵主的弟子，連點穴、解穴也不會，豈不是讓下屬們太也瞧不起？反正對付一個小姑娘總不是甚麼難事，點頭道：「知道了。」

錢老闆道：「請韋香主借一把刀使。」韋小寶心想：「你要刀幹甚麼？」從靴桶中取出匕首，遞了給他。錢老闆接了過來，在豬背上一劃，沒料到這匕首鋒利無匹，割豬肉如切豆腐，一劍下去，直沒至柄。錢老闆吃了一驚，讚道：「好劍！」割下兩片脊肉，兩隻前腿，道：「韋香主留着燒烤來吃，餘下的吩咐小公公們抬回厨房去罷。屬下這就告辭，會裏的事情，屬下隨時來向韋香主稟告。」

韋小寶接過匕首，說道：「好！」向臥在床上的小郡主瞧了一眼，道：「這小娘皮睡得倒挺安穩。」他本來想說：「這小姑娘在宮裏耽得久了，太過危險，倘若給人發覺，那可糟糕之極。」但想天地會的英雄好漢豈有怕危險的？這等話說出口來，不免給人小覷了。

待錢老闆回去厨房，韋小寶忙閂上了門，又查看窗戶，一無縫隙，這才坐到床邊，去看那小郡主，只見她正睜着圓圓的眼睛，望着床頂，見韋小寶過來，忙閉上眼睛。韋小寶笑道：「你不會說話，不會動彈，安安靜靜的躺在這裏，最乖不過。」見她身上衣衫也不污穢，想是錢老闆將那口肥豬的肚裏洗得十分乾淨，不留絲毫血漬，於是拉過被來，蓋在她身上。只見她臉頰雪白，沒半分血色，長長的睫毛不住顫動，想是心中十分害怕，笑道：「你不用怕，我不會殺了你的，過得幾天，就放你出去。」

小郡主睜開眼來，瞧了他一眼，忙又閉上眼睛。

韋小寶尋思：「你沐王府在江湖上好大威風，那日蘇北道上，你家那白寒松好大架子，絲毫沒將老子瞧在眼裏，這當兒還不是讓我手下的人打死了。他奶奶的……」想到此處，伸起手來，見手腕上黑黑一圈烏青兀自未退，隱隱還感疼痛，心道：「那白寒楓死了哥哥，沒處出氣，揑得老子骨頭也險些斷了。想不到沐王府的郡主娘娘卻落在我手裏，老子要打便打，要罵便罵，你半分動彈不得，哈哈，哈哈！」想到得意處，不禁笑出聲來。小郡主聽到笑聲，睜開眼來，要看他爲甚麼發笑。

韋小寶笑道：「你是郡主娘娘，很了不起，是不是？你奶奶的，老子才不將你放在眼裏呢。」走上前去，抓住她右耳，提了三下，又捏住她鼻子，扭了兩下，哈哈大笑。

小郡主閉着的雙眼中流出眼淚，兩行珠淚從顋邊滾了下來。韋小寶喝道：「不許哭！老子叫你不許哭，就不許哭！」小郡主的眼淚卻流得更加多了。韋小寶罵道：「辣塊媽媽，臭小娘皮，你還倔強！睜開眼睛來，瞧着我！」

小郡主雙眼閉得更緊。韋小寶道：「哈，你還道這裏是你沐王府，你奶奶的，你家裏劉白方蘇四大家將，有他媽的甚麼了不起，終有一日撞在老子手裏，一個個都斬成了肉醬。」大聲吆喝：「你睁不睁眼？」小郡主又用力閉了閉眼睛。韋小寶道：「好，你不肯睁眼，要這一對臭眼珠子有甚麼用？不如挖了出來，讓老子下酒。」提起匕首，平放刃鋒，在她眼皮上拖了幾拖。小郡主全身打個冷戰，仍不睁開眼睛。

韋小寶倒拿她沒有法子，說道：「你不睁眼，我偏偏要你睁眼，咱哥兒倆耗上了，倒要瞧瞧是你郡主娘娘厲害，還是我這小流氓、小叫化子厲害。我暫且不來挖你的眼珠，挖了眼珠，倒算是你贏了，永遠不能瞧我。我要在你臉蛋上用尖刀子雕些花樣，左邊臉上刻隻小烏龜，右邊臉上刻一堆牛糞。等到將來結了疤，你到街上去之時，成千成萬的人圍攏來瞧西洋鏡，大家都說：『美啊，美啊，來看沐王府的小美人兒，左邊臉上一隻王八，右邊臉上一堆牛糞。』你到底睁不睁眼？」

小郡兒全身難動，只有睁眼閉眼能自拿主意，聽得韋小寶這麼說，眼睛越閉越緊。

韋小寶自言自語：「原來這臭花娘嫌自己臉蛋兒不美，想要我在她臉上裝扮裝扮，好，我先刻一隻烏龜！」打開桌上硯台，磨了墨，用筆醮了墨。這些筆墨硯台都是海老公之物，韋小寶一生從未抓過筆桿，這時拿筆便如拿筷子，提筆在小郡主左臉畫了一隻烏龜。

小郡主的淚水直流下來，在烏龜的筆劃上流出了一道墨痕。

韋小寶道：「我先用筆打個樣子，然後用刀子來刻，就好像人家刻圖章。對，對，郡主娘娘，咱們刻好之後，我牽了你去長安門大街，大叫：『那一位官客要印烏龜？三文錢印一張！』我用黑墨塗了你臉，有人給三文錢，就用張白紙在你臉上一印，便是一隻烏龜，快得很！一天準能印上一百張。三百文銅錢，夠花的了。」

他一面胡扯，一面偷看小郡兒的臉色，見她睫毛不住顫動，顯然又是憤怒，又是害怕。他甚是得意，說道：「嗯，右臉刻一堆牛糞，可沒人出錢來買牛糞的，不如刻隻豬，又肥又蠢，生意一定好。」提起筆來，在她右邊臉頰上乾劃一通，畫的東西有四隻脚，一條尾巴就是了，也不知像貓還是像狗。他放下毛筆，取過一把剪銀子的剪刀，將剪刀輕輕放在小郡主左頰，喝道：「你再不睜眼，我要刻花了！我先刻烏龜，肥豬可不忙刻。」

小郡主淚如泉湧，偏偏就是不肯睜眼。韋小寶無可奈何，不肯認輸，便將剪尖在她臉上輕輕劃來劃去。這剪尖其實甚鈍，小郡主肌膚雖嫩，卻也沒傷到她絲毫，可是她驚惶之下，只道這小惡人眞的用刀子在自己臉上雕花，一陣氣急，便暈了過去。

韋小寶見她神色有異，生怕是給自己嚇死了，倒吃了一驚，忙伸手去探她鼻息，幸好尙有呼吸，便道：「臭小娘裝死！」尋思：「你死也不肯睜眼，難道我便輸了給你？咱們騎驢看唱本，走着瞧，韋小寶總不會折在你臭小娘手裏。」拿了塊濕布來，抹去她兩頰上黑墨，直抹了三把，才抹得乾淨。但見她眉淡睫長，嘴小鼻挺，容顏着實秀麗，自言自語：「你是郡主娘娘，心中一定瞧不起我這小太監，我也瞧不起你，大家還不是扯直？」

過了一會，小郡主慢慢醒轉，一睜開眼，只見韋小寶一雙眼睛和她雙目相距不過一尺，正狠狠的瞪着她，不由得吃了一驚，急忙閉眼。

韋小寶哈哈大笑，道：「你終於睜開眼來，瞧見我了，是老子贏了，是不是？」他自覺得勝，心下高興，只是小郡主不會說話，未免有些掃興，要想去解她穴道，卻又不知其法，說道：「你給人點了穴道，倘若解不開，不能吃飯，豈不餓死了？我本想給你解開，不過解穴的法門，從前學過，現下可忘了。你會不會？你如不會，那就躺在做僵屍，一動也別動，要是會的，眼睛眨三下。」

他目不轉睛的望着小郡主，只見她眼睛一動不動，過了好一會，突然雙眼緩緩的連眨三下。

韋小寶大喜，道：「我只道沐王府中的人既然姓沐，一定個個是木頭，呆頭呆腦，甚麼都不會，原來你這小木頭還會解穴。」將她抱起，坐在椅上，說道：「你瞧着，我在你身上各個部位指點，倘若指得對的，你就眨三下眼睛，指得不對，眼睛睜得大大的，一動也不能動。我找到解穴的部位，就給你解開穴道，懂不懂？懂的就眨眼。」小郡主眨了三下眼睛。

韋小寶點頭道：「很好！我來指點。」韋小寶一伸手，便指住她右邊胸部，道：「是不是這裏？」小郡主登時滿臉通紅，一雙眼睛睜得大大的，那敢眨上一眨？韋小寶又指着她左邊胸部，道：「是不是這裏？」小郡主臉上更加紅了，眼睛睜得久了，忍不住霎了霎眼。韋小寶大聲道：「啊，是這裏了！」小郡主急忙大睜眼睛，又羞又急，窘不可言。這二人都是十四五歲年紀，於男女之事似懂非懂，但女孩子早識人事，韋小寶又是在妓院中長大的，平時多見嫖客和妓女的猥褻舉止，雖然不明其意，總之知道這類行動極不妥當。

韋小寶見她發窘，得意洋洋，只覺昨日楊柳胡同中的一番窘辱此刻都出了氣，報了仇。他在小郡主身上東指西指。小郡主拚命撐住眼睛，不敢稍瞬，唯恐不小心眨了眨眼睛，那就大事去矣，過了不多時，鼻尖上已有一滴滴細微汗珠滲了出來。幸好韋小寶這時手指指向她左腋之下，那正是解開穴道的所在，急忙連眨了三下眼睛，心中一寬，舒了口長氣。

韋小寶道：「哈哈，果然在這裏，老子也不是不知道，只是記心不好，一時之間忽然忘了。」心想：「解開她穴道之後，不知她武功如何，這小丫頭倘若出手打人，倒也麻煩。」轉過身來，拿過兩根腰帶，先將她雙脚牢牢綁住，又將她雙手反縛到椅子背後綁好。

小郡主不知他要如何大加折磨，臉上不禁流露出驚恐之極的神色。韋小寶笑道：「你怕了我，是不是？你既然怕了，老子就解開你的穴道。」伸手到了左腋下輕輕搔了幾搔。

小郡主奇癢難當，偏生無法動彈，一張小臉脹得通紅。

韋小寶道：「點穴解穴，我原是拿手好戲，只不過老子近來事情太忙，這種小事，也沒放在心上，倒有些兒忘了。是不是這樣解的？」說着在她腋下揉了幾下。

小郡主又是一陣奇癢，臉上微有怒色。

韋小寶道：「這是我最上乘高深的解穴手法。上乘手法，用在上等人身上，這才管用。你這小丫頭不是上等之人，第一流的手法用在你身上，竟半點動靜也沒有。好，我用第二流的手法試試。」伸手指在她腋下戳了幾下。

小郡主又痛又癢，淚水又在眼眶中滾來滾去。

韋小寶道：「咦，第二流的手法也不行，難道你是第三等的小丫頭？沒有法子，只是用第三流的手法出來了。」伸掌在她腋下拍打了一陣，仍然不見功效。

點穴是武學中的上乘功夫。武功極有根柢之人，經明師指點，尚須數年勤學苦練，方始有成。解穴和點穴是一事之兩面，會點穴方會解穴，認穴既須準確，手指上又須有剛柔並濟的內勁，方能封人穴道，解人穴道。韋小寶既無內功，點穴解穴之法又從未練過，這麼亂搞一通，又怎解得開小郡主的穴道？

拍打不成，便改而爲抓，抓亦不行，只得改而爲扭。小郡主又氣又急，忍不住淚水又流了下來。韋小寶這時倒不是有想要折磨她，但忙了半天，解不開她穴道，自己額頭出汗，不免有些老羞成怒，說道：「我連第八流的手法也用出來了，卻像是耗子拉王八，半點也不管用，難道你是第九流的小丫頭？老子是大有身分、大有來歷之人，第九流武功是決計不肯使的。看來你沐王府的人，都是他媽的爛木頭，木頭木腦，木知木覺。我跟你說，我現在不顧自己身分，用第九流的武功，再在你這第九流的小娘皮身上試試。」

當下彎起中指，用拇指扳住，用力彈出，彈在小郡主腋下，說道：「這是彈棉花。」唱起兒歌：「拍拍拍，彈棉花。棉花臭，炒黑豆。黑豆焦，拌胡椒。胡椒辣，起寶塔。寶塔尖，衝破天。天落雨，地滑塌，滑倒你沐家木頭木腦、狗頭狗腦，十八代祖宗的老阿太！」

他說一句，彈一下，連彈了十幾下，說到一個「太」字時，小郡主突然「噢」的一聲，哭了出來。

韋小寶大喜，縱身躍起，跳上跳下，笑道：「我說呢，原來沐王府的小丫頭果然是第九流的小東西，非用第九流武功對付不可。」

小郡主哭道：「你……你才是第第第……第九流。」聲音清脆嬌嫩，帶着柔軟的雲南口音，當眞說不出的好聽。

韋小寶逼緊了喉嚨，學她說話：「你……你才是第第第……第九流。」說着哈哈大笑。

原來他伸指亂彈，都彈在小郡主腋下「腋淵穴」上。腋淵穴屬足少陽膽經，在腋下三寸之處。人身頭部諸穴，如絲空竹、陽白、臨泣等穴道均屬此經脈。他在腋淵穴上又抓又扭，又打又彈，手勁雖然不足，但搞得久了，小郡主頭部諸穴齊活，說話便無窒滯。

韋小寶見居然能解開小郡主的穴道，不勝喜歡，對沐王府的仇恨之心登時消去了大半，說道：「我肚子餓了，想來你也不飽，我先給你些東西吃。」他原是饞嘴之人，既爲尙膳監的頭兒，屬下衆監拍他馬屁，每日吩咐厨房送來各種各樣的新鮮細點。他每天在街上閒遊，街市中諸般餅餌糖食，也是見到就買，因此上屋裏瓶兒、罐兒、盒兒、小竹簍兒不計其數，裝的都是零星食物。一個十來歲的少年，手頭有幾十萬兩銀子，生來又是個胡亂花錢之人，豈有不大買零食之理？

他將糕點拿了出來，說過：「這玫瑰綠豆糕，你吃一塊試試。」小郡主搖了搖頭。韋小寶拿起另一隻盒子，打開盒蓋，說道：「這是北京城裏出名的點心豌豆黃，你們雲南一定沒有的，吃一塊罷！」小郡主又搖了搖頭。韋小寶要賣弄家當，將諸般糕餅糖果堆滿在桌上，道：「你瞧，我好吃的東西多不多？就算你是王府的郡主，多半也從來沒吃過這麼多點心。你如不愛吃甜食，就試試我們厨房的葱油薄脆，又香又脆，世上少有。連皇上都愛吃，你試了一塊，包你愛吃。」

小郡主又搖了搖頭。韋小寶接連拿了最好的七八種糕餌出來，小郡主總是搖頭。

這一來韋小寶可氣往上衝，駡道：「臭花娘，你嘴巴這樣刁，這個不吃，那個不吃，到底要吃甚麼？」小郡主道：「我……我甚麼都不吃……」只說了這句話，抽抽噎噎的又哭了起來。韋小寶給她一哭，心腸倒有些軟了，道：「你不吃東西，豈不餓死了？」小郡主道：「我……我寧可餓死。」韋小寶道：「我才不信你寧可餓死。」

正在這時，外面有人輕輕敲門。韋小寶知道是小太監送飯來，生怕小郡主叫喊起來，驚動了旁人，取出一塊毛巾，綁住了她嘴，這才去開門，吩咐小太監道：「我今日想吃些雲南菜，你吩咐厨房卽刻做了送來。」小太監應了自去。

韋小寶將飯菜端到房中，將小郡主嘴上的毛巾解開了，坐在她對面，笑道：「你不吃，我可要吃了。嗯，這是醬爆牛肉，這是糟溜魚片，這是蒜泥白切肉，還有鎭江餚肉，淸炒蝦仁，這一碗口磨鷄脚湯，當眞鮮美無比。鮮啊，鮮啊！」他舀湯來喝，故意嗒嗒有聲，偷眼去看小郡主時，只見她淚水一滴滴的流下來，沒半分饞意。

這一來韋小寶可有些興意索然，悻悻然的道：「原來第九流的小丫頭只愛吃第九流的臭魚、臭肉、臭鴨蛋，我這些好菜好點心，原是第一流上等人吃的。待會我叫人去拿些臭魚、臭肉、臭鴨蛋、臭豆腐來給你吃。」小郡主道：「我不吃臭鴨蛋、臭豆腐。」韋小寶點頭道：

「嗯，原來你只吃臭魚、臭肉。」小郡主道：「你就愛瞎說。我也不吃臭魚、臭肉。」

韋小寶吃了幾筷蝦仁，吃了一塊餚肉，大讚：「味道眞好！」見小郡主始終無動於中，便放下筷子，心下盤算，如何才能使她向自己討吃。

過了好一會，小太監又送飯菜過來，道：「桂公公，廚子叫小人稟告公公，這過橋米綫的湯極燙，看來沒一絲熱氣，其實是挺熱的。這宣威火脚是用蜜餞蓮子煮的，煮得急了，或許不很軟，請公公包涵。這是雲南的黑色大頭菜。這一碟是大理洱海的工魚乾，雖然不是鮮魚，仍是十分名貴，用雲南紅花油炒的。壺裏泡得是雲南普洱茶。廚子說，雲南的名菜汽鍋雞要兩個多時辰才煮得好，只好晚上再給桂公公你老人家送來。」

韋小寶點點頭，待小太監去後，將菜餚搬入房中。

御厨房在頃刻之間，便辦了四樣道地的雲南菜，也算得功力十分到家了。原來吳三桂在雲南做平西王，雖然跋扈，但逢年過節，對皇室的進貢、對諸王公大臣的節敬，卻是豐厚無比，遠勝他省十倍，因此朝廷裏替他說好話的人也着實不少。吳三桂進貢給皇帝的，除了金銀珠寶、象牙犀角等等珍貴物品外，雲南的諸般土產也是應有盡有。正因如此，御厨房要在頃刻之間煮幾味雲南菜，並不爲難。

小郡主本就餓了，見到這幾味道地的家鄉菜，忍不住心動，只是她給韋小寶實在欺侮得狠了，不願就此屈服，拿定了主意：「不管這小惡人如何誘我，我總是不吃。」

韋小寶用筷子挾了一片鮮紅噴香的宣威火腿，湊到小郡主口邊，笑道：「張開嘴來！」小郡主牙齒咬實，緊緊閉嘴。韋小寶將火腿在她嘴唇上擦來擦去，擦得滿嘴都是油，笑道：

「你乖乖吃了這片火腿，我就解開你手上穴道。」小郡主閉着嘴搖了搖頭。

韋小寶放下火腿，端起那碗熱湯，惡狠狠的道：「這碗湯燙得要命，你如肯喝，我就等湯冷了些，一匙一匙的慢慢餵你。你不喝呢？哼，哼！」左手伸出，揑住她鼻子。

小郡主氣爲之窒，只得張開口來。韋小寶右手拿起一隻匙羹，塞在她口裏，說道：「這碗熱湯我就這樣倒將下來，把你的肚腸也燙得熟了！」讓小郡主喘了幾口氣，才將匙羹從她嘴裏取出，放開左手。

小郡主知道過橋米綫的湯一半倒是油，比尋常的羹湯熱過數倍，如此倒入咽喉，只怕眞的給他燙死了，哭道：「你劃花了我的臉，我……我不要活了，這樣醜怪……」

韋小寶心道：「原來你以爲我眞的在你臉上刻了一隻烏龜。」微笑道：「你的臉雖然劃花了，但這隻小烏龜畫得挺美，你走到街上，擔保人人喝采叫好！」小郡主哭道：「難看死了，我……我寧可死了。」韋小寶道：「唉，這樣漂亮的小烏龜，你居然不要，早知如此，我也不必花那麼多心思，在你臉上雕花了。」

小郡主道：「雕甚麼花？我……我又不是木頭。」韋小寶道：「你明明姓沐，怎麼不是木頭？」小郡主道：「我家這沐字，是三點水的木，又不是木頭的木。」韋小寶也分不出沐木二字有何不同，說道：「木頭浸在水裏，不過是一塊爛木頭罷了。」小郡主又哭了起來。

韋小寶道：「那又用得着哭個不休的？你叫我三聲『好哥哥』，我就把你臉蛋兒補好，把小烏龜刮去，一點痕迹不留。」小郡主臉上一紅，道：「怎麼刮得去？再這麼一刮，我的臉還成甚麼模樣？」韋小寶道：「我有靈丹妙藥，第一流的英雄好漢，那是難修補些。你是第九流的小丫頭，修補你的臉蛋兒，可眞容易不過了。」小郡主道：「我不信。你就是愛說話損人。」韋小寶道：「你叫不叫？」小郡主紅着臉搖搖頭。

韋小寶見她嬌羞的模樣，不禁有些心動，說道：「小烏龜新刻不久，修補是很容易的。時間挨得久了，再要修補，如果留下一條烏龜尾巴修不去，只怕你將來懊悔。」小郡主雖然對他的話將信將疑，總是企盼一試，倘若眞如他所說，將來臉上留下一條烏龜尾巴，那可仍是難看之極，當下脹紅了臉，囁嚅道：「你……你可不是騙我？」韋小寶道：「我騙你幹甚麼？你越叫得早，我越早動手，你的臉蛋兒越修補得好，乖乖的快叫罷！」

小郡主道：「倘若我……我叫了之後，你補得不好呢？」韋小寶道：「那我加倍賠還，連叫你六聲『好妹妹』！」小郡主又是紅暈滿臉，說道：「你這人很壞，我不來！」韋小寶道：「好啦！你既然不放心，咱們分開來叫。你先叫我一聲『好哥哥』，待我補好之後，你叫第二聲。我用鏡子給你照過，果然是一點疤痕也沒有，你十分滿意了，再叫第三聲。說不定你開心得很，一連叫上十聲。」小郡主急道：「不，不，你說叫三聲，怎麼又加？」韋小寶微笑道：「好，三聲就是三聲，那你快叫罷！」小郡主嘴唇動了幾下，總是叫不出口。

韋小寶道：「叫一句『好哥哥』，有甚麼了不起？又不是要你叫『好老公』、叫『親親老公』。你再不叫，我的價錢也可越開越高啦。」小郡主倒眞怕他逼自己叫甚麼老公、老公的，結結巴巴的道：「我先叫一個字，等你眞的治好了，我再叫下面……下面兩個字。」韋小寶嘆了一口氣，道：「唉，你眞會討價還價，先給錢後給錢都是一樣。那你叫罷！」

小郡主閉上眼睛，輕輕叫道：「好……」這個「好」字，當眞細若蚊鳴，耳音稍稍差着半點，可再也聽不出來，饒是如此，她臉上已羞得通紅。

韋小寶咕噥道：「這樣叫法，可眞差勁得很，七折八扣下來，還有得賸的麼？也不知你心中在這個『好』字下面接上些甚麼，好王八蛋是好，好小賊也是好。」小郡主急道：「不是的，我心中想的，就……就是那兩個字，我不騙你，眞的不騙你。」韋小寶道：「那兩個甚麼字？是烏龜麼？是小賊嗎？」

小郡主道：「不，不！是哥……」說了一個「哥」字，急忙住口。

韋小寶笑道：「很好，算你有良心，那我給你修補臉蛋之時，便得用出最好手段。請泥水匠去修狗洞，出上第一流的價錢，泥水匠便用第一流的手段，倘若價錢太低，泥水匠用幾塊爛磚頭塞滿了事，石灰也不粉刷一下，豈不是難看之極？」

小郡主道：「人家叫也叫過了，你還是在笑我是狗洞、爛磚頭。」

韋小寶哈哈一笑，道：「我這是比方。」打開海老公的箱子，取出藥箱，將箱中的幾十個藥瓶都放在桌上，每一瓶藥都倒了些粉末，像煞有其事的凝神思索，調配藥粉。

小郡主本來只信得三分，眼見藥瓶如此之多，不免又多信了兩分。

韋小寶將藥粉放進藥缽，拿到外房，卻倒在紙中包了起來，藏在懷裏，另外拿了一塊綠豆糕，一塊豌豆黃，再從一個廣東月餅中挖了一塊蓮蓉，將藥缽洗乾淨了，不留半點藥粉，才將蓮蓉，綠豆糕，豌豆黃在藥缽中舂爛，又加上兩匙羹蜜糖，心念一動，再吐上兩大口唾沫，調得勻了，拿進房中，說道：「這是生肌靈膏，其中有無數靈丹妙藥。」

想了一想，又道：「你的臉是我刻花了的，就算回復原狀，也不過和從前一般，你也不見我的好。」拿起昨日在珠寶鋪中所鑲的帽子，將帽上四顆明珠都拉了下來，放在左手手掌之中，問小郡主道：「這珠子怎樣？」

小郡主祖上世代封王襲爵，雖然出世時沐家已破，但世家貴女，見識畢竟大非尋常，見這四顆珠子都有指頭大小，的溜溜地在他掌中滾動，發出柔和珠光，渾圓無瑕，讚道：「這珠子好得很，四顆一樣大小，很是難得！」

韋小寶大是得意，說道：「這是我昨天花了二千九百兩銀子買來的，很貴，是不是？」這四顆珠子雖然珍貴，卻也不値得二千九百兩，其實是九百兩，他加上了二千兩的虛頭。當下又取過一隻藥缽，將珠子放入缽中，轉了幾轉，珠子和藥缽相碰，互相撞擊，發出清脆的聲音。韋小寶拿起石杵，一杵鎚將下去。

小郡主「啊」的一聲，叫了出來，問道：「你幹甚麼？」

韋小寶見她神情嚴重，一張小臉上滿是詫異之色，更是意氣風發。他賣弄豪闊，原是要換來這副驚詫，當下連舂得幾舂，將四顆珠子舂得粉碎，然後不住轉動石杵，將珠子磨成了細粉，說道：「我倘若只將你臉蛋回復原狀，不顯我韋……顯不出我小桂子公公的本事，定要將你臉蛋兒變得比原來美上十倍，你這十聲『好哥哥』才叫得心甘情願，沒半點勉強。」

小郡主道：「三聲！怎麼又變成十聲了？」

韋小寶微微一笑，將珍珠粉調在綠豆糕、豌豆黃、蓮蓉、蜜糖加唾沫的漿糊之中，用藥杵拌得均勻。小郡主眼睛睜得大大的，不知他搞些甚麼，眼見他將四顆明珠研細，這藥膏之珍貴可想而知。

韋小寶道：「四顆珠子雖貴，比起其他無價之寶的藥粉來，卻又算不得甚麼了。你的相貌本來不錯，但不能說是天下第一流的，等搽了我這藥膏之後，多半會變成一位天下無雙，羞月閉花……」小郡主道：「羞花閉月。」她聽韋小寶說錯了，隨口改正，但話一出口，不由得很不好意思。韋小寶用錯成語，乃是家常便飯，絲毫不以為意，道：「不錯，變成一個閉花羞月的小美人兒，那才好呢。」說着便抓起豆泥蓮蓉珍珠糊，往她臉上塗去。

小郡主一聲不響，由得他亂塗，片刻之間，一張臉上除了眼耳口鼻之外，都給她塗得滿滿地，只覺這藥膏甜香甚濃，並無刺鼻藥味，渾不覺得難受。

韋小寶見她上當，拚命地忍住了笑，心道：「這藥膏中我不拉上一泡尿，算是我客氣，那是瞧在你祖宗沐英沐王爺的份上。他是開國功臣，韋小寶讓了他三分。」

韋小寶塗完藥膏，洗乾淨了手，說道：「等藥膏乾了，我再用奇妙藥粉給你洗去。三塗三洗，那你非羞月……非羞花閉月不可。」

小郡主心想：「甚麼『非羞花閉月不可』，這句話好不彆扭。」問道：「為甚麼要塗三次？」韋小寶道：「三次還算是少的了，人家做醬油要九蒸九晒呢。就算是煮狗肉，也要連滾三滾。」小郡主抱怨道：「你又罵我是醬油狗肉。」

韋小寶笑道：「沒有『醬油狗肉』這句話，醬油煮狗肉，那就是紅燒狗肉。不用醬油，是清燉狗肉。」拿筷子挾起一片火腿，送到她嘴邊，道：「吃罷！」

小郡主一來也眞餓了，二來不敢得罪了他，怕他手脚不淸，在自己臉上留下一條烏龜尾巴，三來見他研碎珍珠，毫不可惜，不免承他的情，微一遲疑，便張口將火腿吃了。

韋小寶大喜，讚道：「好妹子，這才乖。」小郡主道：「我不……不是你好妹子。」韋小寶道：「那麼是好姊姊。」小郡主道：「也不是。」韋小寶道：「那麼是我好媽媽。」

小郡主噗哧一笑，道：「我……我怎麼會是……」

韋小寶自見到她以來，直到此刻，才聽到她的笑聲。只是她臉上塗滿了蓮蓉豆泥，難見如花笑靨，但單是聽着她銀鈴般的笑聲，亦足已暢懷怡神。韋小寶說她「是我好媽媽」，其實便是罵他「小婊子」，因爲他自己母親是個妓女，但聽她笑得又歡暢又溫柔，不禁微覺後悔，又想：「做婊子也沒甚麼不好，我媽媽在麗春院裏賺錢，未必便賤過他媽的木頭木腦沐王府中的郡主。」又挾了幾片火腿餵她吃了，說道：「你如答應不逃走，我就將你手上穴道也解了。」

小郡主道：「我幹麼逃走？臉上刻了隻小烏龜，逃出去醜也醜死了。」

韋小寶心想：「待你得知臉上其實沒有小烏龜，定然是要逃走了。那錢老闆也不說幾時來接她出去。宮裏關着這樣一個小姑娘，給人發覺了可干係不小，那便如何是好？」

正凝思間，忽聽得屋外有人叫道：「桂公公，小人是康親王府裏的伴當，有事求見。」韋小寶道：「好！」低聲道：「有人來啦，你可別出聲。這裏是甚麼地方，你知不知道？」小郡主搖了搖頭。韋小寶道：「說出來可嚇你一大跳。那些人個個都要害你。只要我瞧着你可憐，暫且收留了你。如果給人知道你在這裏，哼哼，哼哼……」心想：「說些甚麼重話嚇她最好！她最怕甚麼？」一轉念間，說道：「這些惡人定要剝光你的衣衫，打你屁股，打得痛得不得了。」小郡主臉上一紅，眼光中果然露出恐懼之色。

韋小寶見恐嚇有效，便出去開門，門外是個三十來歲的內監。

那人向韋小寶請安，恭恭敬敬的道：「小人是康親王府裏的。我們王爺說，好久不見公公，很是掛念，今日叫了戲班，請公公去王府喝酒聽戲。」

韋小寶聽說聽戲，精神一振，但自己屋中藏着一個小郡主，既怕給人撞見，又怕她聲張起來，諸多不便，一時頗爲躊躇。那內監道：「王爺吩咐，務必要請公公光臨。今日王府中可熱鬧着呢，擲骰子、賭牌九，甚麼都有。」韋小寶聽到聽戲，不過精神一振，聽到賭錢，那可是精神大振了。他自從發了大財之後，跟溫氏兄弟、平威他們賭錢，早已無甚趣味，擲骰子，只是聊勝於無，康親王府中既有賭局，自是豪賭，那還理會甚麼小郡主、大郡主？當卽欣然道：「好，你等一會兒，我就跟你去。」

他回入房中，將小郡主鬆了綁，放在床上，又將她手脚綁住了，拉過被子蓋在她身上，低聲道：「我有事出去，過一會兒就回來。」見她眼光中露出疑慮之意，說道：「珍珠還不夠，我去珠寶鋪買些，研碎了給你搽臉，那才十全十美。」小郡主道：「你……你不要去。珍珠又貴。」韋小寶道：「不打緊的，你好哥哥有的是錢，要叫你羞花閉月，多花幾千兩銀子算得甚麼。」小郡主道：「我……我在這裏很怕。」

韋小寶見她楚楚可憐，畧有不忍之意，但要他不去賭錢，小郡主便再可憐十倍也沒用，挾了一塊工魚乾給她吃了，拿過四塊八珍糕，叠起來放在她嘴上，道：「你一張嘴，便有一塊糕落入口中。可得小心，糕兒一跌到枕頭上，便吃不到了。」

小郡主道：「你……你別去。」嘴上有糕，說話聲音細微幾不可聞。

韋小寶假裝沒聽見，從箱中取出一叠銀票，塞在袋裏，開門出去，把門反鎖了，興匆匆的跟着內監到康親王府去。

一到康親王府門口，只見大門外站立着兩排侍衛，都是一身鮮明錦衣，腰佩刀劍，氣概軒昂，比之韋小寶第一次來時戒備森嚴得多了，那自是懲於「鰲拜黨徒」攻入王府之失，加強了守備。

韋小寶剛進大門，康親王便搶着迎了出來，身子半蹲，抱住韋小寶的腰，笑道：「桂兄弟，多日不見，你可長得越來越高，越來越俊了。」韋小寶笑道：「王爺你好。」康親王笑道：「好甚麼？你也不多多到我家裏來玩兒。我多見你就好，少見你就不好。」韋小寶笑道：「王爺吩咐我多來，那可求之不得。」康親王道：「你說過的話可得算數。幾時我向皇上討個情，准你的假，咱們喝酒聽戲，大鬧他十天八天。就只怕皇上一天也少不得你。」携了韋小寶的手，並肩走進。衆侍衛一齊躬身行禮。

韋小寶大樂。他在皇宮中雖然得人奉承，畢竟只是個太監，那有此刻和王爺携手而行的風光？

到得中門，兩個滿州大官迎了出來，一個是新任領內侍衛大臣多隆，通常稱之爲侍衛總管的，另一個便是他的結拜哥哥索額圖。索額圖一躍而前，抱住了韋小寶，哈哈大笑，說道：「聽說王爺今日請你，我便自告奮勇要來，咱哥兒倆熱鬧熱鬧。」侍衛總管多隆也上來着實巴結。四人一踏進大廳，廊下的吹打手便奏起樂來。韋小寶從未受人如此隆重的接待，自是眉飛色舞，差一點便手舞足蹈起來。到得二廳，廳中二十幾名官員都已站在天井中迎接，都是尚書、侍郎、將軍、御營親軍統領等等大官。索額圖一一給他引見。

一名內監匆匆走進，打了個千，稟道：「王爺，平西王世子駕到。」

康親王笑道：「很好！桂兄弟，你且寬坐，我去迎客。」轉身出去。

韋小寶心想：「平西王世子？那不是吳三桂的兒子嗎？他來這裏幹甚麼？」

索額圖挨到他耳邊，低笑道：「好兄弟，恭喜你今天又要發財啦。」韋小寶笑道：「那得看手氣怎樣？」索額圖笑道：「手氣自然是好的。除了賭錢發財，還有一注逃不了的大財氣。」韋小寶道：「那是甚麼？」索額圖在他耳邊輕聲道：「吳三桂差兒子來進貢，朝中大官，個個都不落空。」韋小寶道：「哦，吳三桂是差兒子來進貢。我可不是朝中大官。」

索額圖道：「你是宮裏的大官，那比朝中大官可威風得多了。吳三桂的兒子吳應熊精明能幹，懂事得很。」低聲道：「待會吳應熊不論送你甚麼重禮，你都不可露出喜歡的模樣，只淡淡的說：『世子來到北京，一路上可辛苦了。』他如見你喜歡，那便沒了下文。你神色冷淡，他定然當你嫌禮物輕了，明天又會重重的補上一份。」

韋小寶哈哈大笑，低聲道：「原來這是敲竹槓的法子。」索額圖低聲道：「雲南竹槓，不砰砰嘭嘭的敲他一頓，那就笨了。他老子坐了雲貴兩省，不知刮了多少民脂民膏。咱哥兒們如不幫他花花，一來對不起他老子，二來可對不起雲南、貴州的老百姓哪！」韋小寶笑道：「正是。」

說話之間，康親王已陪了吳應熊進來。這平西王世子二十四五歲年紀，相貌甚是英俊，步履矯捷，確是將門之子的風範。康親王第一個便拉了韋小寶過來，說道：「小王爺，這位桂公公，是萬歲爺跟前最得力的公公。上書房力擒鰲拜，便是這位桂公公的大功。」

吳三桂派在北京城裏的耳目衆多，京城中有何大小動靜，每天都有急足持信，前往昆明稟報。康熙擒拿鰲拜，是這幾年來的頭等大事，吳應熊自然早知祥情。吳三桂曾和他商議，覺得皇帝剷除權要於不動聲色之間，年紀雖幼，英氣已露，日後做臣子的日子，不怕不大好過。吳應熊這次奉父命來京朝覲天子，大携財物，賄賂大臣，最大的用意，是在察看康熙的性格爲人，以及他手下重用的親信大臣是何等樣人物。今日來康親王府中赴宴，沒料想竟會遇上康熙手下最得寵的太監，不由得大喜，忙伸出雙手，握住韋小寶的右手連連搖幌，說道：「桂公公，我……在下……（他先說了個「我」字，覺得不夠恭敬；想自稱「晚生」，對方年紀太小；如說「兄弟」，跟他可沒這個交情，若說「卑職」，對方又不是朝中大官，自己的品位可比他高得多，急忙之中，用了句江湖口吻）在雲南之時，便聽到公公大名。父王跟大家談起來，都稱頌皇上英明果斷，確是聖明天子，還說聖天子在位，連公公這樣小小年紀，也能立此大功，令人好生仰慕。父王吩咐，命在下備了禮物，向公公表示敬意。只是大清規矩，外臣不便結交內官，在下空有此心，卻不敢貿然求見。今日康王爺賜此良機，當眞是不勝之喜。」他口齒便給，一番話說得十分動聽。

韋小寶聽得連吳三桂這樣的大人物，在萬里之外竟也知道自己名字，不由得骨頭大鬆，好在這些奉承的話也聽得多了，早知如何應付，只淡淡的道：「咱們做奴才的，只是奉皇上的聖旨辦事，就是一不怕苦，二不怕死而已，有甚麼功勞好說？小王爺的話可太誇獎了。」

心想：「索額圖哥哥料事如神，這小漢奸果然一見面就提到『禮物』二字。」

吳應熊是遠客，又是平西王的世子，康親王推他坐了首席，請韋小寶坐次席。席上大官甚多，尚書將軍，個個爵高位尊，韋小寶雖然狂妄，這次席卻也不敢坐，連聲推辭。康親王笑道：「桂兄弟，你是皇上身邊之人，大家敬重你，那也是愛戴皇上的一番忠心，你不用再客氣了。」說着將他按入椅中。索額圖這時已升了國史館大學士，官位在諸人之首，便坐在韋小寶身邊，其餘文武大官按品級、官職高下，依次而坐。

韋小寶忽想：「他媽的！從前麗春院嫖客擺花酒，媽媽坐在嫖客背後，順手拿幾件糕餅給我，王八們還常常把我趕開，那時只想，幾時老子發了達，也到麗春院來擺一枱花酒，叫老鴇、王八、小娘們都來陪酒。那知道今日居然有親王、王子、尚書、將軍們相陪，只可惜麗春院的老鴇、王八們見不到老子這般神氣的模樣。」

衆人坐下喝酒。吳應熊帶來的十六名隨從站在長窗之側，對席上衆人敬酒、挾菜，以及僕役傳送酒菜的一舉一動，均是目不轉睛的注視。

韋小寶略一思索，已明其理：「是了，這是平西王府中的武功高手，跟隨來保護吳應熊的，生怕有人行刺下毒。沐王府的人只怕早已守在外面。待會最好雙方狠狠打上一架，且看是沐王府的人贏了，還是吳三桂的手下厲害。」他一肚子的幸災樂禍，只盼雙方打得熱鬧非凡，鬥個兩敗俱傷。

這情形康親王自己瞧在眼裏，他身爲主人，也不好說甚麼。

那侍衛總管多隆武功了得，性子又直，喝得幾杯酒，便道：「小王爺，你帶來的這十幾個隨從，一定都是千中挑、萬中選的武功高手了。」

吳應熊笑道：「他們有甚麼武功？只不過是父王府裏的親兵，一向跟着兄弟，知道兄弟的脾氣，出門之時，貪圖個使喚方便而已。」

多隆笑道：「小王爺這可說得太謙了。你瞧這兩位太陽穴高高鼓起，內功已到了九成火候。那兩位臉上、頸中肌肉糾結，一身上佳的橫練功夫。還有那幾位滿臉油光，背上垂的大辮子，多半是假髮打的，你如教他們摘下帽子來，定是禿頂無疑。」吳應熊微笑不答。

索額圖笑道：「我只知多總管武功高強，沒想到你還有一項會看相的本事。」

多隆笑道：「索大人有所不知。平西王當年駐兵遼東，麾下很多錦州金頂門的武官。金頂門的弟子，頭上功夫十分厲害。凡是功夫練到高深之時，滿臉油光，頭頂卻是一根頭髮也沒有的。」康親王笑道：「可否請世子吩咐這幾位尊价，將帽子摘下來，讓大家瞧瞧多總管的推測到底準不準？」吳應熊道：「多總管目光如炬，豈有不準的？這幾名親兵，的確練過金頂門的功夫，但功夫沒練到家，頭上頭髮還是不少，摘下帽子，不免令他們當衆出醜，望衆位大人包涵。」衆人哈哈一陣大笑，既見吳應熊不願，也就不便勉強。

韋小寶目不轉睛的細看這幾個人，心癢難搔：「不知那大個兒頭以有多少頭髮？那瘦子功夫差些，想來頭髮一定很多。」忽然想起一事，忍不住哈的一聲，笑了出來。

康親王笑問：「桂兄弟，你有甚麼事好笑，說出來大家聽聽。」韋小寶笑道：「我想金頂門的師傅們大家一定很和氣，既少和人家動手，自夥裏更加不會打架。」康親王道：「何以見得？」韋小寶笑道：「大家要是氣了，瞪一瞪眼睛，各人將帽兒摘了下來，你數數我頭髮，我數數你頭髮，誰的頭髮少，誰就本事強，頭髮多的人只好認輸。」衆人哈哈大笑，都說韋小寶的想法十分有趣。韋小寶又道：「金頂門的師傅們，想必隨身都要帶一把算盤，否則算起頭髮來可不大方便。」衆人又是一陣大笑。

一位尚書正喝了口酒，還沒咽下喉去，一聽此言，滿口酒水噴了出來，生怕噴在桌上失禮，一低頭，都噴在自己衣襟之上，不住的咳嗽。

多隆說道：「康王爺，上次鰲拜那廝的餘黨到你王府騷擾，聽說你這幾個月來着實招攬了不少高手。」康親王右手慢慢捋着鬍子，臉有得色，緩緩的道：「當眞是有身分、有本事的高手，那是極難招得到的，肯應官府聘請的，多半只是二三流的角色而已。」頓了一頓，又道：「總算小王求賢若渴，除了重金禮聘之外，還幫他們辦了幾件事，這才請到了幾個眞正頂尖兒的高手。只不過每日須得好好侍候他們，可也費心得很，哈哈，哈哈！」

多隆道：「王爺聘請高人這個秘訣，可肯傳授麼？」康親王微笑道：「多總管自己便是一等一的高手，還聘請武學高手來幹甚麼？」多隆道：「多謝王爺稱讚。想那年咱們滿州武將在大校場較技，攝政親王親自監臨，王爺和小將都曾得到攝政王的賞賜。聽說這次鰲拜的餘孽前來滋擾，王爺箭不虛發，親手射死了二十多名亂黨。」

康親王微微一笑，並不答話。那日他確是發箭射死了兩名天地會會衆，二十多名云云，未免多了十倍。

韋小寶道：「這件事我是親眼瞧見的。那時我耳邊只聽得颼颼亂響，前面不住大叫『哎唷，哎唷！』後面大叫『好箭，好箭！』」

一個文官不明韋小寶話中意思，問道：「桂公公，怎地前面的人大叫『哎唷』，後面的人大叫『好箭』？」韋小寶道：「康王爺射箭，百發百中，前面給射中之人大叫『哎唷』，後面是咱們自己人，當然大讚『好箭』了。不過叫『好箭』之人，又比叫『哎唷』的多了幾倍，大人可知道其中緣故？」那官兒撚鬚道：「想必是咱們這一邊的人，比之亂黨要多了幾倍。」

韋小寶道：「大人這一下猜錯了。當時亂黨大舉來攻，康王爺以少勝多，人數是對方多。不過有些亂黨給康王爺一箭射中咽喉，這一聲『哎唷』只到了喉頭，鑽不出口來，而康王爺箭法如神，亂黨之中有不少人打從心坎裏佩服出來，忍不住要大叫『好箭』！明知不該，可便是熬不牢！」那官兒連連點頭，道：「原來如此！」

吳應熊舉起酒杯，說道：「康王爺神箭，晚生佩服之至。敬王爺一杯。」衆人都舉起酒杯，飲盡爲敬。康親王大喜，心想：「小桂子這小傢伙知情識趣，難怪皇上喜歡他。」

多隆道：「王爺，你府中聘到了這許多武林高手，請出來大家見見如何？」

康親王原要炫耀，便吩咐侍從：「這邊再開兩席，請神照上人他們出來入席。」

過不多時，後堂轉出二十餘人，爲首一人身穿大紅袈裟，是個胖大和尚。康親王站起身來，笑道：「衆位朋友，大家來喝一杯！」席上衆賓見康親王站起，也都站立相迎。

那神照上人合十笑道：「不敢當，不敢當！列位大人請坐。」說話聲若洪鐘，單是這份中氣，便知內先修爲甚是了得。餘人高高矮矮，或俊或醜，分別在新設的兩席中入座。

多隆既好武，又性急，不待衆武師的第一巡酒喝完，便道：「王爺，小將看王府這些武林高手，個個相貌堂堂，神情威武，功夫定是極高的了。可否請這些朋友們施展一下身手？平西王世子和桂公公都是難得請到的貴客，料來也想瞧瞧康親王門下的手段。」

韋小寶首先附和。吳應熊鼓掌叫好。其餘衆賓也都說：「是極，是極！」

康親王笑道：「衆位朋友，許多貴賓都想見見各位的功夫，卻不知怎樣個練法。」

左首武師席上一個中年漢子霍地站起，朗聲說道：「我只道康王爺愛重人才，這才前來投靠，那知卻將我們當作江湖上賣把式的人看待。列位大人要瞧耍猴兒、走繩索的，何不到天橋上去？告辭？」說着左手一起，擊在椅背之上，拍的一聲，椅背登時粉碎，大踏步便向門外走去。

衆人愕然失色。

那漢子同席中一個瘦小老者身子一幌，已攔在他面前，說過：「郎師傅，你這般說話，太也豈有此理。王爺對咱們禮敬有加，要咱們獻獻身手，郎師傅如果肯練，固然很好，倘若不願，王爺也不會勉強。你在王府大廳之上拍枱拍櫈，打毀物件，王爺就算寬洪大量，不加罪責，別的兄弟們這張臉，卻往那裏擱去？」

那姓郎的冷笑道：「人各有志。陶師傅愛在王府裏耍把式，儘管耍個夠。兄弟可要少陪了。」說着走上了一步。那姓陶的老者道：「你當眞要走，也得向王爺磕頭辭行，王爺點了頭，你才得走。」那姓郎的冷笑道：「我又不是賣身給了王府的奴才，兩隻脚生在我自己身上，要走便走，你管得着嗎？」說着向前便走。

那姓陶老者竟不讓開，眼見他便要撞到自己身上，伸手便往他左臂抓去，說道：「說不得，也只好管管。」姓郎的左臂一沉，倏地翻上，往他腰裏擊去。姓陶的右脚飛出，踢他胸口。姓郎的右手疾伸，托在那姓陶老者踢高的右腿膝彎之中，乘勢一送，向外推了出去。姓陶老者仰面便跌，總算他身子敏捷，右手在地下一撐，已然躍起，雖沒跌了個仰八叉，卻已出醜，一張老臉脹得通紅。那姓郎漢子嘿嘿冷笑，飛步奔向廳口。

突然之間，本來空無一人的廳口多了個瘦削漢子，拱手道：「郎兄請回。」那姓郎的奔得正快，收勢不住，便往他身上撞去。那瘦子卻不閃避，波的一聲響，兩人已撞在一起。姓郎的一個踉蹌，連退了三步。向左斜行兩步，驀地轉右，向右首長窗奔出。將到門檻處，只見那瘦子又已攔在身前。姓郎的適才和他這一撞，知道厲害，不敢再向他撞去，急忙住足，胸膛和他胸膛相距不過兩寸，鼻尖和他鼻尖已然碰了一碰。那瘦子紋絲不動，連眼睛也不瞬一下。姓郎的倏地向左閃去，可是只一站定，那瘦子便已擋在他身前。

姓郎的大怒，呼的一拳向他面門擊去，兩人相距既近，這一拳勁力又大，眼見那瘦子不是側身，便須低頭。卻見他左掌在自己臉前一豎，拍的一聲響，這一拳打在他掌心。他只手掌微彎，姓郎的已被彈得連退數步。廳上衆人齊聲喝采，都道：「好功夫！」

姓郎的神色十分尷尬，走是走不脫，上前動手又和他武功相差太遠，一時手足無措。那瘦子拱手道：「郎兄請坐。王爺吩咐咱們練幾手，咱兩個這可不是練過了嗎？」說着便坐入右首一席的原位。衆人又是喝采。姓郎的滿臉羞慚，低頭入座。

那姓郎的這麼一鬧，康親王本來大感面目無光，幸好這瘦子給他掙回了臉面，逼得這姓郎的武師回席，吩咐侍從：「拿些五十兩銀子的元寶來。」韋小寶笑道：「這位師傅的武功了不起，這麼一下惡……惡……惡虎攔路（他本來想說「惡狗攔路」），那傢伙便說甚麼也走不了。不知他叫甚麼名字？」康親王摸了摸頣鬚，想不起這瘦子叫甚麼，這人幾時來到王府，他心中也已全然沒了影子，笑道：「小王記性不好，一時可想不起來了。」

少頃侍從托着一隻大木盤，盤上墊以紅綢，放了二十隻五十兩的大元寶，銀光閃閃，甚是耀眼，站在康親王身邊。康親王笑道：「衆位武師露了功夫，該當有個采頭。這位朋友，請過來拿一隻元寶去。」那瘦子走上前來，請了個安，從康親王手中接過一隻元寶。

韋小寶問道：「朋友，你貴姓？大號叫甚麼？」那瘦子道：「小人齊元凱，多蒙大人垂問。」韋小寶道：「你武功可高得很啊。」齊元凱道：「教大人見笑了。」

多隆道：「康王爺府中的武師，果然身負絕藝。咱們很想見識見識平西王手下武師們的功夫。小王爺，你挑一人出來，跟這位齊師父過過招如何？」他見吳應熊沉吟未應，又道：「這當然是點到爲止，不能傷了大家和氣。誰勝誰敗，都不相干。」

康親王是個十分愛熱鬧的人，說道：「多總管這主意挺高。讓雙方武師們切磋切磋，勝的賞兩隻大元寶，不勝的也有一隻，把元寶放在桌上罷。」

一盤十九隻大元寶放在筵前，燭光照映，銀氣襯以紅綢，更顯燦爛。

康親王笑道：「敝處仍由這位齊元凱師傅出手，平西王府中不知是那一位師傅下場？」

衆人都是興高采烈，瞧着吳應熊手下的十六名隨從，均知這雖是武師們一對一的比武，實則是康親王和平西王兩處王府的賭賽。這瘦子齊元凱適才露了這手功夫，武功確然了得，恐怕雲南的武士未必有人敵得過他。

吳應熊沉吟未答。他手下十六人中有一人越衆而出，向康親王躬身說道：「啓稟王爺：小人們武藝低微，決不是王爺府上這些師傅們的對手。我們隨同世子來京，只是服侍世子的起居飲食。平西王吩咐過的，決不可得罪了京裏王爺大臣們的侍從。這是平西王的將令，小人們決計不敢違犯。」康親王笑道：「平西王可小心謹愼得很哪！今日只是演一演武，又不是打架生事。你們王爺問起，說是我定要你們出手的好了。」那人又躬身道：「王爺恕罪，小人不敢奉命。」康親王暗暗惱怒：「你心中就只有平西王，不將我康親王放在眼裏。只怕便是皇上下旨，你也不聽。」說道：「難道別人伸拳打在你們身上，你們也不還手麼？」

那人道：「小人在雲南常聽人說，天子脚下文武百官、軍民人等，個個都講道理。我們是遠地邊疆的鄉下人，來到京城，萬事退讓，說甚麼也不敢得罪旁人，想來別人好端端的，也不會打到我們身上。」這人身材魁梧，一臉精幹之色，言辭鋒利，這幾句話一說，倘若康親王定要叫手下武師挑釁，倒似是不講道理了。

康親王愈加惱怒，轉頭說道：「神照上人、齊師傅，他們雲南來的朋友硬是不肯賞臉，咱們可沒法子了。」

神照上人哈哈一笑，站起身來，說道：「王爺，這位雲南朋友只不過怕輸，生怕失了臉面。難道旁人眞的打倒他們要害之上，他們也不還手招架？」說畢身形幌處，已站在那人身畔，笑道：「貧僧掌上力道，平平而已，但比那位要走又不走的姓郎朋友，說不定還強着這麼一點動。王爺，貧僧弄壞您廳上一塊磚頭，王爺不會見怪罷？」

康親王知道衆武師中以神照武功最高，內外功俱臻上乘，聽他這麼說，自是要顯功夫來着，喜道：「上人請便，就弄壞一百塊磚頭，也是小事一樁。」

神照一矮身，左掌輕輕在地下一拍，提起手來時，掌上已黏了一塊大青磚。這青磚一尺五寸見方，雖不甚重，卻牢牢的嵌在地上，將青磚從地下吸起，平平黏在掌上，竟不落下，掌力甚是了得。韋小寶大叫一聲：「好啊！」衆人一齊鼓掌。

神照微微一笑，左掌一提，掌上吸力散去，那青磚便落將下來，待落到胸口之時，他兩臂自外向內一合，雙掌合拍，正好拍在青磚的邊緣，波的一聲，一塊大青磚都碎成了細粒，紛紛落地。衆人又是大聲喝采。大家都看了出來，青磚邊緣只不過四五寸處受到掌擊，但掌力瀰散，竟將整塊青磚震碎，最大的碎塊也不過一二寸見方，內力之勁，實是非同小可。

神照走到吳應熊那隨從身畔，合十說道：「尊駕高姓大名？」那人道：「大師掌力驚人，當眞令小人大開眼界。小人邊鄙野人，乃是無名小卒。」神照笑道：「邊鄙野人，就沒姓名麼？」

那人雙眉一軒，臉上閃過一層怒色，但隨卽若無其事的道：「山野匹夫，就算有名字，也不過是阿貓、阿狗，大師知道了也是無用。」神照笑道：「閣下好涵養功夫。康親王今日大宴賓客，高朋滿座，是北京城中罕有的盛會。王爺有命，要咱們獻醜，以博王爺、世子、以及衆位嘉賓一笑。尊駕定是不肯賜教，大掃王爺與衆位大人的興頭，豈不是太也自重身價了嗎？」那人道：「在下只學過幾年鄉下佬莊稼把式，如何是滄州鐵佛寺神照上人的對手？大師定要比試，在下算是輸了，大師去領兩隻大元寶便是。」說着轉身便欲退回。

神照喝道：「且慢！貧僧定欲試試尊駕的功夫，雙拳『鐘鼓齊鳴』，要打尊駕兩邊太陽穴，請還手罷！」那人搖了搖頭。神照大喝一聲，大紅袈裟內僧袍的衣袖突然脹了起來，已然鼓足了勁風，雙臂外掠，疾向內彎，兩個碗口大的拳頭便向那人兩邊太陽穴撞去。

衆人適才見他掌碎青磚的勁力，都忍不住「咦」的一聲叫了出來，心想此人閃避已然不及，若不出手招架，這顆腦袋豈不便如那青磚一般，登時便給擊得粉碎？

豈知那人竟然一動不動、手不抬、足不提、頭不閃、目不瞬，便如是泥塑木雕一般。神照上人出手之際，原只想逼得他還手，並無傷他性命之意，雙拳將到他太陽穴上，卻見他呆呆的不動，心中一驚：「我這雙拳擊出，幾有千斤之力。平西王世子是康親王的貴賓，倘若魯莽打死了他的隨從，可大大不妥。」便在雙拳將碰上他肌膚之際，急忙向上一提，呼的一聲響，從他兩邊太陽穴畔擦過，僧袍拂在他面上。那人微微一笑，說道：「大師好拳法！」

廳人衆人都瞧得呆了，心想此人定力之強，委實大非尋常，倘若神照上人這兩拳不是中途轉向，而是擊在他太陽穴上，此刻那裏還有命在？這人以自己性命當兒戲，簡直瘋了。

神照拳勁急轉，震得雙臂一酸，不由得向他瞪視半晌，不知眼前此人到底是個狂人，還是白痴，倘若就此歸座，未免下不了台，說道：「尊駕定是不給面子，貧僧無法可想，只是得罪。下一拳『黑虎偷心』，要打向尊駕胸口。」「鐘鼓齊鳴」、「黑虎偷心」這些招數，原是最粗淺的拳招，尋常學過幾個月武功的人都曾練過，他又在發拳之前先叫了出來，本意只是要以勁力取勝，而使用最粗淺的功夫，也頗有瞧不起對手之意。

那人微微一笑，並不答話。神照心下有氣，尋思：「我這一拳將你打成內傷，並不立斃於當場，卻叫你三四天之後才死，那就不算掃了平西王的臉面。」坐個馬步，大聲吆喝，右拳呼的一聲打了出去，拍的一聲，正中他胸中。那人身子一幌，退了一步，笑道：「大師贏了，我已退了一步。」神照這一拳雖未用全力，卻也是勁道甚厲，不料這人渾如不覺，這兩句話說來輕描淡寫，顯然全沒受傷。文官們不懂其中道理，但學武之人，個個都知他是有意容讓。韋小寶不文不武，也就在似懂非懂之間。

神照自負在武林中頗具聲望，怎肯就此算贏？他臉面湧上一層隱隱黑氣，說道：「那麼再吃我一拳。」呼的一拳，仍向他胸口擊去，這一次用上了七成勁力，縱然將他打得口噴鮮血，那是他自討苦吃，那也是無可如何了。

神照這一拳將抵那人衣襟，那人胸部突然一縮，身子向後飄出半丈，似乎給拳力震了出去，其實是乘勢避開他的拳勁。神照這一拳又打了個空，愈益惱怒，搶上兩步，大喝一聲，右腿飛起，向他小腹猛踢過去。那人叫道：「啊喲！」眼見這一腿已非踢中不可。

衆人不約而同的都站了起來，只見那人身子向後，雙足恰如釘在地上一般，身子齊着膝蓋折屈，自大脚以至腦袋，大半個身子便如是一根大木頭橫空而架，離地尺許。神照這一腿踢了個空，在他雙腿之上數寸處凌空踢過。神照一不做，二不休，鴛鴦連環，左腿「烏龍掃地」，掠地橫掃，踢他雙腿脛骨。那人姿勢不變，仍是擺着那「鐵板橋」勢，雙足一蹬，全身向上搬了一尺。神照的左腿在他脚底掃過。那人穩穩落下，身子仍不站直。

廳上衆人采聲如雷。神照到此地步，已知自己功夫和他差着老大一截，對方倘若還手，自己勢必輸得一塌胡塗。只得合十說道：「好功夫，佩服，佩服！」那人站直身子，躬身還禮，說道：「大師拳脚勁道厲害之極，在下不敢招架，只有閃避。」

康親王道：「兩人武功都是極高。世子殿下，尊价客氣得很，一定不肯還手，比武是比不成了。來啊，兩人都領兩隻大元寶去。」那人躬身道：「無功不受祿。」神照見他不肯去拿元寶，自己也不便上前具領。康親王轉頭向侍從道：「給兩位送過去。」那人這才謝了賞錢，神照也訕訕的收了。

康親王明知剛才這一場雖非正式比武，其實是己方輸了，也賞兩錠大銀給神照，不過既替他遮羞，也爲自己掩飾，表示不分勝敗。他心有不甘，又看得太不過癮，心想：「這高個兒的功夫固然不錯，但吳應熊帶來的其餘隨從，定然及不上他。我手下衆武師卻各有驚人絕藝，單是那齊元凱的功夫，比之神照和尚恐怕就只高不低。」他本來稱神照爲上人，適才一顯武功之後，心中對他打了折扣，「上人」登時變成了「和尚」，朗聲道：「剛才比武沒比成，不免有點……有點那個美中不足。齊師傅，請你邀十五位武師，大家拿了兵刃，十六個對十六個，跟平西王子世帶來的十六位隨從過過招。小王爺，你吩咐他們亮兵刃罷！」

吳應熊道：「來到王爺府上作客，怎敢携帶兵刃？」康親王笑道：「世子可太客氣了。令尊和小王都是武將，一生在刀槍劍戟之間討生活，可不用這些婆婆媽媽的忌諱。來啊，把十八般兵器都拿幾件來，讓平西王府的高手們挑選。」

康親王本是戰將，從關外直打到中原，府中兵刃一應俱全。一聲呼喚，衆侍從登時去搬了一大堆兵器出來，長長短短，都放在那十六名侍從面前。

齊元凱邀集了十四名武師，卻要神照率領。神照要掙回面子，只客氣了幾句，便不再推辭，心想：「好歹也要砍傷幾個南蠻子，出一口胸中惡氣。」甚麼平西王世子是客、須得顧全他的臉面等等，早得全然置之腦後。這時神照、齊元凱等人的兵刃，也已由手下拿到了廳上。神照雙掌之間倒挾兩柄青鋼戒刀，向康親王一席合十行禮。

康親王等微微欠身，頷首還禮。

韋小寶心下得意：「他媽的，這些人個個武藝高強，是江湖上大有來頭的人物，卻要向老子行禮。老子大模大樣的坐着，點一點頭就算了事，可比他們威風十倍了。」

神照轉過身來，大聲道：「雲南來的朋友，挑兵刃罷！」先前接過他五招的高身材漢子說道：「我們奉有平西王將令，在北京城裏，決不和人動手。」神照道：「別人鋼刀砍到頭上，難道也不還手？別人要砍下你們的腦袋，你們只是伸長了脖子？還是將腦袋縮進了脖子去？」此言一出，平西王府的衆隨從均有怒色。說他們將腦袋縮進脖子，自是罵他們為烏龜了。那為首的長身漢子卻仍淡淡的道：「平西王軍令如山。我們犯了將令，回到雲南，一樣也要砍頭。」

神照道：「好，咱們就試試。」他招了招手，將十五名武師召在大廳一角，低聲商議。神照悄聲道：「咱們將兵刃儘往他們身上要害招呼，瞧他們還不還手？」齊元凱道：「當眞傷了人，那可不妥。咱們只是逼他們還手。」另一人道：「大家手下留神些。」神照喝道：「好，動手罷。」一聲長嘯，舞動戒刀，白光閃閃，搶先向平西王府十六名隨從砍殺過去。其餘十五人或使長劍，或挺花槍，或揮鋼鞭，或舉銅鎚，十六般兵刃紛紛使動。

那十六名隨從竟然挺立不動，雙臂垂下，手掌平貼大腿外側，目光向前平視，對康王府十六名武師的進襲恍若不見。

那十六名武師眼見對方不動，都要在康親王和衆賓之前賣弄手段，各人施展兵刃上最精熟巧妙的招數，斜劈直刺，橫砍倒打，兵刃反映燭光，十六般兵器舞了開來，呼呼風聲中，組成一張光幕，將十六名隨從圍在垓心。

衆文官不住說：「小心！小心！」武學之士見這些兵刃每一招都是遞向對方要害，往往只數寸之差，不要多用上半分力氣，立時便送了對方性命，盡皆心驚。

那十六名隨從向前瞪視，將生死置之度外，對方倘若眞要下手，也只好將性命送了。

神照等人的兵刃越使越快，偶爾兵刃互相撞擊，便火花四濺，叮噹作聲，這一來更增危險。他們雖然無意殺傷平西王的手下，但刀劍鞭鎚互相碰撞，勁力既大，相距又如此之近，反彈出去傷到了人，卻不由自主。

果然拍的一聲，一柄鐵鐧和另一人的銅鎚相撞，盪了出去，打中一名平西王府隨從的肩頭。跟着有人揮刀斜劈，在一名隨從右臉旁數寸處掠過，旁邊長劍削來，刀劍相交，鋼刀迴轉，砍在那隨從臉上，立時鮮血長流。兩名隨從受傷不輕，仍是一聲不哼，直立不動。

康親王知道再搞下去，受傷的更多，又見比武不成，有些掃興，叫道：「好武功，好武功！大家收手罷！」

神照一聲大叫，兩柄戒刀橫掠過去。將一名隨從的帽子劈了下來。餘人跟着學樣，刀槍劍戟，紛紛將衆隨從的帽子擊落。十六人哈哈大笑，收起兵刃，向後躍開。

韋小寶見那些隨從之中果然有七個是禿頂，頭上亮得發光，不禁拍手大笑，說道：「多總管，你眼光眞準，果然是一大批禿……」一句話沒說完，一瞥眼間，只見平西王府的十六名隨從仍是挺立不動，但臉上惱怒之極，眼中如欲噴出火來。

韋小寶自幼在市井中廝混，自然而然的深通光棍之道，覺得神照這批人做事太不漂亮，沒給人留半分面子。市井間流氓無賴儘管偷搶拐騙，甚麼不要臉的事都幹，但與人爭競，總是留下三分餘地，大江南北，到處皆然。妓院中遇到痴迷的嫖客，將携來的成萬兩銀子在窰姐兒身上散光，老鴇還是給他幾十兩銀子的盤纏，以免他流落異鄉，若非鋌而走險，便是上吊投河。那也不是這些流氓無賴良心眞好，而是免得事情鬧大，後患可慮。

韋小寶與人賭錢，使手法騙乾了對方的銀錢，倘若贏他一兩，最後便讓他贏回一二錢；倘若贏了一百文，最後總給他翻本贏回一二十文。一來以便下回還有生意，二來教對方不起疑心，又免得他老羞成怒，拔出老拳來打架。他見到平西王府衆隨從的神情，心下老大過意不去，便即離座走到衆人身前，俯身拾起那長身漢子的帽子，說道：「老兄當眞了不起。」雙手捧了，給他戴在頭上。那人躬身道：「多謝！」

韋小寶跟着將十五頂帽子一頂頂檢起，笑道：「他們這樣幹，豈不是得罪了朋友嗎？」他分不清楚那一頂帽子是誰的，捧在手裏，讓各人取來戴上。

這些隨從眼見韋小寶坐於本府世子身側，是康親王這次宴請的大貴客，雖然年紀幼小，但席上人人對他十分恭敬，先前已聽人說起，是擒殺鰲拜的桂公公，見他替自己拾帽子，忙請安行禮，連說：「不敢當，折殺小人了！」

韋小寶對平西王府之人本來毫無好感，原盼吳三桂的手下倒個大霉，但神照等人一再進逼，這些人始終容忍，激發了他鋤強扶弱之意，見他們感激之情十分眞誠，心下更喜，轉頭向康親王道：「王爺，向你借幾兩銀子使使。」康親王笑道：「桂兄弟儘管拿去使，五萬兩夠了嗎？」韋小寶笑道：「那用得着這許多？」向王府的一名侍從道：「快去買十六頂最好的帽子來，越快越好！」那侍從答應着去了。吳應熊拱手道：「桂公公愛屋及烏，在下感激不盡。」韋小寶拱手還禮，心道：「甚麼愛屋及烏？及甚麼烏，及你這小隻烏龜嗎？」

康親王見神照等人削落平西王府衆隨從的帽子，心中也早覺未免過份，生怕得罪了吳應熊，但如出口道歉，又覺不妥。韋小寶這麼一來，深得其心，說道：「來人哪！吳世子的手下，每人賞五十兩銀子。」又想：「單賞對方，豈不教我手下的衆武師失了面子？」又道：「咱們府裏的十六位武師，每人也是五十兩銀子！」大廳之上，歡聲大作。

索額圖站起身來，給席上衆人都斟了酒，說道：「小王爺，令尊用兵如神，今日一見，果然名不虛傳。令尊軍令森嚴，部屬人人効死，無怪戰無不勝，攻無不克。來來來，大夥兒遙敬平西王一杯！」

吳應熊急忙站起，舉杯道：「晚生謹代家嚴飲酒，多謝各位厚意。」衆人都舉杯飲乾。吳應熊又道：「家嚴鎭守南疆，邊陲平靖，那是賴聖上洪福，再加朝中王公大臣措置得宜，指導有方。家嚴只是盡忠爲皇上効命，秉承朝中各位王公大臣的訓示，不敢偷懶而已。實不敢說有甚麼功勞。」

酒過數巡，王府侍從已將十六頂帽子買來，雙手捧上，送到韋小寶面前。韋小寶向康親王笑道：「王爺，你府中的師傅們失手打落了人家的帽子，你該賠還一頂新帽子罷！」康親王笑道：「當得，當得，還是桂兄弟想得周到。」吩咐侍從，將帽子給吳應熊的隨從送去。

衆隨從接過了，躬身道：「謝王爺，謝桂公公！」將帽子摺好放在懷內，頭上仍是戴着舊帽。康親王和索額圖對望了一眼，知道這些人不換新帽，乃是尊重吳應熊的意思。

又飲了一會，王府戲班子出來獻技。康親王要吳應熊點戲。吳應熊點了齣「滿床笏」，那是郭子儀做壽，七子八壻上壽的熱鬧戲。郭子儀大富貴亦壽考，以功名令終，君臣十分相得。吳應熊點這齣戲，既可說祝賀康親王，也是爲他爹爹吳三桂自況，頗爲得體。

康親王待他點罷，將戲牌子遞給韋小寶，道：「桂兄弟，你也點一齣。」韋小寶不識得戲牌上的字，笑道：「我可不會點了，王爺，你代我點一齣，要打得結棍的武戲。」康親王笑道：「小兄弟愛看武戲，嗯，咱們來一齣少年英雄打敗大人的戲，就像小兄弟擒住鰲拜一樣。是了，咱們演『白水灘』，小英雄十一郎，只打得青面虎落花流水。」

「滿床笏」和「白水灘」演罷，第三齣是「遊園驚夢」。兩個旦角啊啊啊的唱個不休，韋小寶聽得不知所云，不耐煩起來，便走下席去，見邊廳中有幾張桌子旁已有人在賭錢，有的是牌九，有的是骰子。骰子桌上做莊的是一名軍官，是康親王的部屬，面前已贏了一大堆銀子，見韋小寶走近，笑道：「桂公公，您也來玩幾手？」

韋小寶笑道：「好！」瞥眼間見吳應熊手下那高個子站在一旁，心中對此人頗有好感，便向他招了招手。那人搶上一步，道：「桂公公有甚麼吩咐？」韋小寶笑道：「賭枱上沒父子，你不用客氣。老哥貴姓，大號怎麼稱呼？」剛才神照問他，他不肯答覆，但韋小寶在衆賓客之前很給了他們面子，問得又客氣，便道：「小人姓楊，叫楊溢之。」韋小寶不知「溢之」兩字是甚麼意思，隨口道：「好名字，好名字！楊家英雄最多，楊老令公、楊六郎、楊宗保、楊文廣、楊家將個個是英雄好漢。楊大哥，咱哥兒來合夥賭一賭！」

楊溢之聽他稱讚楊家祖宗，心中甚喜，微笑道：「小人不大會賭。」韋小寶道：「怕甚麼？我來教你！你那兩隻大元寶拿出來。」楊溢之便將康親王所賞的那兩隻元寶拿了出來。韋小寶從懷裏摸出一張銀票，往桌上一放，笑道：「我和這位楊兄合夥，押一百兩！」莊家笑道：「好，越多越好！」他們賭的是兩粒骰子，一擲定輸贏。莊家骰子擲下來，湊成張和牌，韋小寶擲了個七點，給吃了一百兩銀子。韋小寶道：「再押一百兩！」這一次卻贏了。

擲得十六七手後，來來去去，老沒輸贏。韋小寶焦躁起來：「我輸幾百兩銀子不打緊，累得這姓楊的輸了那兩隻元寶，可對不住人。」一手擲出一個六點，已輸了九成，不料莊家擲了個五點。韋小寶哈哈大笑，此後連贏幾鋪，一百兩變二百兩，二百兩變四百兩，三把骰子，已贏了四百兩銀子。

做莊的那軍官笑道：「桂公公好手氣。」韋小寶笑道：「你說我好手氣嗎？咱們再試兩把！」將四百兩銀子往前一推，一把骰子擲下去，出來一隻四五。莊家擲成個長三，又是輸了。韋小寶轉頭道：「楊大哥，我們再押不押？」楊溢之道：「但憑桂公公的主意。」

韋小寶原來的四百兩銀子再加賠來的四百兩，一共八百兩銀子，向前一推，笑道：「索性賭得爽快些。」喝一聲：「賠來！」

骰子擲下去，骨溜溜的亂轉，過得片刻，一粒骰子已轉成了六點，另一粒卻兀自不住滾動。韋小寶手上使了暗勁，要這粒骰子也成六點，成爲一張天牌，但骰子不是自己帶來的，他擲骰的本事畢竟沒練到爐火純青，那粒骰子定將下來，卻是兩點，八點是輸多贏少的了。

韋小寶大罵：「直你娘的臭骰子，這麼不幫忙。」

莊家哈哈一笑，說道：「桂公公，這次只怕要吃你的了。」一把擲下去，一粒骰子是五點，另一粒轉個不休。韋小寶叫道：「二，二，二！」這一粒骰子擲出來倘若是一點，那是么五，三點則湊成八點，八吃八，莊家贏，四點則成九點，五點湊成梅花，六點湊成牛頭，都比他的八點大，只有擲出個兩點，莊家才輸了。韋小寶不住吆喝，說也湊巧，骰子連翻幾個身，在碗中定下來，果然是兩點。

韋小寶大喜，笑道：「將軍，你今天手氣不大好。」那軍官笑道：「霉莊，霉莊。桂公公正當時得令，甚麼事都得心應手，自然賭你不過。」賠了三張二百兩銀票，再加上兩隻一百兩的元寶。

韋小寶手中揑了把汗，笑道：「叨光，叨光！」向楊溢之道：「楊大哥，咱們沒出息，摘靑果子，可不賭啦。」將八百兩銀子往他手中一塞。

楊溢之平白無端的發了一注財，心中甚喜，道：「桂公公，這位將軍是甚麼官名？」韋小寶一怔，低聲道：「倒沒問起。」轉頭問那軍官道：「大將軍，你尊姓大名啊？」那軍官笑逐顏開，站起身來，恭恭敬敬的道：「小將江百勝，記名總兵，一直在康親王爺麾下辦事的。」韋小寶笑道：「江將軍，你打仗是百戰百勝，賭錢可不大成。」江百勝笑道：「小將和旁人賭，差不多也說得上是百戰百勝。只不過強中還有強中手，今天遇上公公，江百勝變成江百敗了。」

韋小寶哈哈大笑，走了開去，忽然心想：「那姓楊的爲甚麼要我問莊家名字？」一沉吟間，遠遠側眼瞧那江百勝擲骰子的手法，只見他提骰、轉腕、彎指、發骰，手法極是熟練，正是江湖上賭錢的一等一好手，適才賭得興起，沒加留神，登時恍然大悟：「原來這傢伙是故意輸給我的。怪不得我連贏五記，那有當眞這麼運氣好的？他媽的，老子錢多，不在乎輸贏，否則的話，一下場就知道了。這雲南姓楊的懂得竅門，他也不是羊牯，是殺羊的。」又想：「為甚麼連一個素不相識的記名總兵，也要故意輸錢給我？自然因為我在皇上跟前有面子，大家盼我為他們說好話。就算不說好話，至少也不搗他們的蛋。操你奶奶的，他花一千四百兩銀子，討得老子的歡心，可便宜得緊哪！」

他既知人家在故意輸錢，勝之不武，也就不再去賭，又回到席上，吃菜聽戲。這時唱的是一齣「思凡」，一個尼姑又做又唱，旁邊的人又不住叫好，韋小寶不知她在搗甚麼鬼，大感氣悶，又站起身來。

康親王笑道：「小兄弟想玩些甚麼？不用客氣，儘管吩咐好了。」韋小寶道：「我自己找樂子，你不用客氣。」眼見廊下衆人呼么喝六，賭得甚是熱鬧，心下又有些癢癢地，心想：「眼不見為淨，今日是不賭的了。」

他上次來過康親王府，依稀識得就中房舍大概，順步向後堂走去。

府中到處燈燭輝煌，王府中衆人一見到他，便恭恭敬敬的垂手而立。韋小寶信步而行，忽然便急，想要小解，他也懶得問人厠所的所在，見左首是個小花園，推開長窗，到了黑暗角落裏，拉開褲子，正要小便，忽聽得隔着花叢有人低聲說話。

一人說道：「銀子先拿來，我才帶你去。」另一人道：「你帶我去，找到了那東西，銀子自然不會少你的。」先一人道：「先銀後貨。你拿到東西後，要是不給銀子，我又到那裏找你去？」另一人道：「好，這裏是一千兩銀子，先付一成。」韋小寶心中一動：「一千兩銀子只是一成，那是甚麼要緊物事？」當卽忍住小便，側耳傾聽。

只聽那人道：「先付一半，否則這件事作罷。這是搬腦袋的大事，你當好玩嗎？」另一人微一沉吟，道：「好，五千兩銀票，你先收下了。」那人道：「多謝。」跟着發出悉索之聲，當是在數銀票，接着道：「跟我來！」

韋小寶好奇心起，尋思：「甚麼搬腦袋的大事，倒不可不跟去瞧瞧。」聽得二人脚步聲向西走去，便從花叢中溜了出來，遠遠跟在後面。眼見兩人背影在花叢樹木間躲躲閃閃，走得數丈，便停步左右察看，生怕給人發見。韋小寶心想：「鬼鬼祟祟，幹的定然不是好事。康親王待我極好，今晚給他拿兩個賊骨頭，也顯得我桂公公的手段。」第一摸，摸一摸靴桶子中那柄削鐵如泥的匕首；第二摸，摸一摸身上那件刀槍不入的寶貝背心，膽子又大了些。只見兩人穿過花園，走進了一間精緻的小屋。韋小寶躡着脚步走近，見雕花的窗格中透出燈光，繞到窗後，伸手指醮了唾液，濕了窗紙，就一隻眼向內張去。

裏面是座佛堂，供着一尊如來佛像，神座前點着油燈。一個僕役打扮的人低聲道：「我花了一年多時光，才查到這件物事的所在，你這一萬兩銀子，可不是好賺的。」另一人背向韋小寶，問道：「在那裏？」那僕役道：「拿來！」那人轉過身來，問道：「拿甚麼？」這人臉孔瘦削，正是適才在大廳上阻止那姓郎武師出去的齊元凱。那僕役笑道：「齊師傅明知故問了，自然是那五千兩啦。」齊元凱道：「你倒厲害得很。」從懷中取了一叠銀票出來。那僕役在燈光下一張張的查看。

韋小寶心中害怕，知道這齊元凱武功甚高，而他們所幹的定是一件干係重大的勾當，倘若給知覺了，立刻便會殺了自己滅口，心中一急，一泡尿就撒了出來，索性順其自然，讓尿水順着大腿流下，倒沒半點聲息。

只見那僕役數完了銀票，笑道：「不錯。」壓低了聲音，在齊元凱耳邊說了幾句話，齊元凱連連點頭，韋小寶卻一句也沒聽見。

只見齊元凱突然縱起，躍上供桌，回頭看了看，便伸手到佛像的左耳中去摸索。他掏了一會，取了一件小小物事出來，躍下地來，舉起在燭光下一看，卻是一枚鑰匙，金光閃閃，似是黃金所鑄。但這鑰匙不過小指頭長短，還不足一兩黃金。齊元凱笑容滿面，低下頭來數磚頭，橫數了十幾塊，又直數了十幾塊，俯下身來，從靴桶中取出一柄短刀，將一塊方磚撬起，低低的歡呼了一聲。那僕役道：「貨眞價實，沒騙你罷！」

齊元凱不答，將金鑰匙輕輕往下插去，想是方磚之下有個鎖孔。喀的一聲，鎖已打開。齊元凱一呆，說道：「怎麼拉不開，恐怕不對。」那僕人道：「怎麼會拉不開？王爺親自開鎖，我在窗外看得清清楚楚的。」說着俯下身去，拉住了甚麼東西，向上一提。

驀聽得颼的一聲，一枝機弩從下面射了出來，正中那僕人胸口，那僕人「啊」的一聲慘叫，向後便倒，手中提着的那塊鐵蓋也脫手飛出。齊元凱斜身探手，接住鐵蓋，免得掉在地下，發出巨聲。他蹲在那僕人身後，右手按住了他嘴，防他呻吟呼叫，驚動旁人，左手握着僕人的左腕，又伸到地洞中掏摸。

韋小寶看得目瞪口呆，心想：「原來地洞中另有機關，這姓齊的可厲害得很。」這一次不再有機弩射出。齊元凱自己伸手進去，摸出了一包物事，卻是個包袱。他右手一甩，將那僕人推在地下，長身站起，右足一提，已踏在那僕人口上，不讓他出聲，側身將包袱放上神座的供桌，打了開來。

韋小寶深深吸了口氣，只見包袱中是一部經書。世上書本何止萬千，他識得書名的，卻只有「四十二章經」一部，而這一部卻正便是「四十二章經」。經書形狀，和鰲拜府中抄出來的一模一樣，只是書函用紅綢子製造。

齊元凱迅速將經書仍用包袱包好，提起左足，在那弩箭尾上用力一踹，撲的一聲輕響，弩箭沒入了那僕役胸中。那僕役本已重傷，這一來自然立時斃命，嘴巴又被他右脚踏着，只一聲悶哼，身上扭了幾下，便不動了。

韋小寶只嚇得心中怦怦亂跳，小便本已撒完，這時禁不住又撒了許多在褲襠之中。

只見齊元凱俯身到僕役懷中取回銀票，放入自己懷裏，冷笑道：「你這可發財哪！」微一沉吟，將金鑰匙放入那僕役屍首的右掌心，捲起死屍的手指拿住鑰匙，這才快步縱出。韋小寶心想：「他這就要逃，我要不要聲張？」

突然間人影一幌，齊元凱已上了屋頂。韋小寶縮成一團，不敢有絲毫動彈，卻聽得屋頂有搬動瓦片之聲，過得片刻，齊元凱又躍了下來，大模大樣的走了。

韋小寶心想：「是了，他將經書藏在瓦下，回頭再來拿，哼，可沒這麼便宜。」候了一會，等齊元凱去遠，他可沒能耐一下子便躍上屋頂，沿着廊下柱子爬上，攀住屋簷，這才翻身上了屋頂，回想適才瓦片響動的所在，翻得十幾張瓦片，夜色朦朧中已見到包袱的一角。

他將包袱取出，仍將瓦片蓋好，尋思：「這部『四十二章經』到底爲甚麼這樣值錢？老烏龜，皇太后，這姓齊的，還有鰲拜、康親王，個個都當它是無價之寶。我韋小寶若不順手牽羊，發這注橫財，這韋字可是白姓了。」解開包袱，將經書平平塞在腰間，收緊腰帶。他袍子本來寬大，竟一點也看不出來，將包袱擲入花叢，又回去大廳。

大廳上仍和他離去時一模一樣，賭錢的賭錢，聽曲的聽曲，飾尼姑的旦角兀自在扭扭捏捏的唱個不休。韋小寶問索額圖：「這女子裝模作樣，搞甚麼鬼？」索額圖笑道：「這小尼姑在庵裏想男人，要逃下山嫁人，你瞧她臉上春意盪漾，媚眼一個一個的甩過來……」突然想起韋小寶是太監，不能跟他多講男女之事，以免惹他煩惱，說道：「這齣戲沒甚麼好玩。桂公公（他二人雖是結拜兄弟，但在外人之前，決不以兄弟相稱），我給你另點一齣，嗯，咱們來一齣『雅觀樓』，嗯，李存孝打虎，少年英雄，非同小可。然後再來一齣『鍾馗嫁妹』，鍾馗手下那五個小鬼，武打功夫熱鬧之極。」

韋小寶拍手叫好，說道：「只是我趕着回宮，怕來不及瞧。」一斜眼間，見齊元凱正在和一名武師豁拳，「五經魁首」，「八仙過海」，叫得甚是起勁。他豁了一會拳，大聲問道：「神照上人，那姓郎的傢伙呢？」席上衆武師都道：「好久沒見他了，只怕溜了。」神照冷笑道：「這人不識抬擧，諒他也沒臉在王府裏再耽下去。」齊元凱道：「多半是溜了，這人鬼鬼祟祟，別偷了甚麼東西走才好。」一名武師道：「那可難說得很。」

韋小寶心道：「這姓齊的做事周到之極，先讓那姓郎的丟個大臉，逼得他非悄悄溜走不可。待得王府中發見死了人，丟了東西，自然誰都會疑心到姓郎的身上。很好，這一個乖須得學學，幹事之前，先得找好替死鬼。」

眼見天色已晚，侍衛總管多隆起身告辭，說要入宮值班。韋小寶跟着告辭。康親王不敢多留，笑嘻嘻的送兩人出去。吳應熊、索額圖等人要直送到大門口。

韋小寶剛入轎坐定，楊溢之走上前來，雙手托住一個包袱，說道：「我們世子送給公公一點微禮，還望公公不嫌菲薄。」韋小寶笑道：「多謝了。」雙手接過，笑道：「楊大哥，咱們一見如故，我當你是好朋友，倘若給你賞錢甚麼，那是瞧你不起了。改天有空，我請你喝酒。」楊溢之大喜，笑道：「公公已賞了七百兩銀子，難道還不夠麼？」韋小寶大笑，說道：「這是人家代掏腰包，作不得數。」

轎子行出巷子不遠，韋小寶性急，命轎夫停轎，提起燈籠在轎外照着，便打開包袱來看禮物，見是三隻錦盒，一隻盒中裝的是一對翡翠鷄，一公一母，雕工極是精細；另一盒裝着兩串明珠，每一串都是一百粒，雖沒他研碎了給小郡主塗臉的珍珠那麼大，難得是兩百顆一般大小，渾圓無瑕，他心中一喜：「我騙小郡主說去買珍珠，吳應熊剛好給我圓謊。」第三隻錦盒中裝的卻是金票，每張黃金十兩，一共四十張，乃是四百兩黃金。

韋小寶心道：「下次見到吳應熊這小漢奸，我只冷冷淡淡的隨口謝他一聲，顯得嫌他的禮物也太差勁，他非再大大補一筆不可。這是索大哥所教的妙法。這小漢奸要是假裝不懂，老子就挑他的眼：『喂，小王爺，你送了我一對小小綠鷄兒，倒也挺有趣的，就只不怎麼像鷄。』小漢奸一定要問：『桂公公，怎地不像鷄哪？』老子就說：『世上的公鷄母鷄，哪有這麼小的？麻雀兒也還大得多。再說，綠色的鸚鵡、孔雀倒見得多了，綠鷄就是沒見過，不知你們雲南有沒有？』小漢奸只有苦笑。老子又說：『就算有綠鷄，公鷄的鷄冠總該是紅的罷？話又說回來啦，這母鷄老是不下蛋，那算是甚麼寶貝了？』哈哈，哈哈！」

韋小寶回到皇宮，匆匆來到自己屋裏，閂上了門，點亮蠟燭，揭開帳子，笑道：「等得好氣悶嗎？」只見小郡主一動不動的躺着，雙眼睜得大大地，嘴上仍是疊着那幾塊糕餅，竟一塊也沒吃。他取出那兩串珍珠，笑道：「你瞧我給你買了這兩串珍珠，研成了末給你一搽上，你若不是天下第一的小美人兒，我不姓……不姓桂！你餓不餓？怎麼不吃糕？我扶你起來吃罷！」伸手去扶她坐起，突然間脅下一痲，跟着胸口又是一陣疼痛。

韋小寶「啊」的一聲驚呼，雙膝一軟，坐倒在地，全身酸痲，動彈不得。

註：本回回目「每從高會廁諸公」的「廁」字，是「混雜在一起」的意思。「史記·樂毅傳」：「廁之賓客之中。」

鹿鼎記=The duke of the mount deer
／金庸著. -- 三版. -- 台北市：遠流，
1996 [民 85]
冊； 公分.--(金庸作品集；32-36)
ISBN 957-32-2946-3(一套：平裝)

857.9 85008899